读客科幻文库

跟着读客读科幻,经典科幻全看遍。

ISAAC ASIMOV
THE COMPLETE STORIES VOL II

阿西莫夫科幻短篇全集 2
双百人 上

[美] 艾萨克·阿西莫夫 著　　胡纾 译

图书在版编目（CIP）数据

阿西莫夫科幻短篇全集. 2, 双百人：全2册 /（美）艾萨克·阿西莫夫（Isaac Asimov）著；胡纾译. 南京：江苏凤凰文艺出版社, 2025. 2. — ISBN 978-7-5594-8565-6（2025.5重印）

Ⅰ. I712.45

中国国家版本馆CIP数据核字第2024MW3447号

THE COMPLETE STORIES VOL 2 by ISAAC ASIMOV
Copyright © 1992 by Isaac Asimov
This edition arranged with William Morris Endeavor Entertainment, LLC
Through Andrew Nurnberg Associates International Ltd.
Simplified Chinese translation copyright © 2025 Dook Media Group Limited
All rights reserved.

中文版权 © 2025 读客文化股份有限公司
经授权，读客文化股份有限公司拥有本书的中文（简体）版权
图字号：10-2023-468 号

阿西莫夫科幻短篇全集 2：
双百人（全 2 册）

［美］艾萨克·阿西莫夫 著　胡 纾 译

责任编辑	丁小卉
特约编辑	张敏倩　蔡佳迪
特约校对	王 品　马蒻瑜
封面插画	座一亿
封面设计	江冉滢　陈艳丽
责任印制	杨 丹
出版发行	江苏凤凰文艺出版社
	南京市中央路 165 号，邮编：210009
网　址	http://www.jswenyi.com
印　刷	河北中科印刷科技发展有限公司
开　本	880 毫米 ×1230 毫米 1/32
印　张	24.75
字　数	642 千字
版　次	2025 年 2 月第 1 版
印　次	2025 年 5 月第 2 次印刷
标准书号	ISBN 978-7-5594-8565-6
定　价	119.00 元

江苏凤凰文艺版图书凡印刷、装订错误，可向出版社调换，联系电话：010-87681002。

目 录

001 / 前　言

004 / 没有结束！

025 / 戏弄新生

045 / 死刑判决

066 / 死胡同

095 / 证　据

124 / 红皇后竞赛

153 / 猎手的时代

163 / 深　处

188 / 火星做派

241 / 猴子的手指

253 / 歌　钟

272 / 会说话的石头

296 / 个个都是探险家

312 / 让我们同在一起

331 / 鹅肝酱

348 / 奴工校对员

388 / 列　尼

前　言

我的短篇小说集出版了头两卷（这一本是第二卷），两卷不止五十多篇故事，此外还有很多等着收进接下来出版的集子里。

不得不承认，就连我自己也难免心生敬畏。我问自己："我是从哪儿找到时间写了这么多故事的？"——别忘了，这期间我还写了几百本书和几千篇非虚构文章。答案很简单：我已经笔耕不辍五十二年，所以写了那么多的故事，意味着我的年纪也一大把了。

另外还有一个问题："我又是从哪儿找来各种故事的点子的？"经常有人问起这个问题。

答案则是，半个多世纪里我总在想点子，这已经成了自动化的程序，根本拦都拦不住。昨晚我跟妻子躺在床上，不知被什么东西激发了想象力，我对她说："我刚刚想出一个崭新的故事，是关于心愿落空的。"

她问："什么故事？"

"我们的主人公，不幸娶了一位相貌寻常的妻子，他便向精灵许愿，希望每晚都能和一个年轻貌美的女人同床。精灵答应了，条件是任何时候他都不准抚摸、爱抚年轻女子的屁股，哪怕无意间碰一下也不行，否则年轻女子就会变成他老婆。每天晚上做爱的时候，他都没办法完全避开屁股，结果呢，他发现自己每晚都是在跟老婆做爱。"[1]

重点就是，万事万物都能让我想出故事来。

举个例子，有一次我正在核对一本复杂的校样，是我自己的一本书，这时电话来了。一位编辑急需一篇科幻故事。

"没时间写，"我说，"我忙着校对呢。"

"先搁下。"

"不行。"说着我就挂断了电话。可挂电话的时候我又忍不住想，要是有机器人能替我校对，那该多么省事。我还真的立马搁下了校样，因为我突然想出一个故事。你在这本集子里就能找到它，叫《奴工校对员》。

这本集子里我自己最喜欢的故事是《双百人》。就在我们步入1976年建国两百周年之际，一位编辑邀请我用这个标题写一篇故事。

我问："什么内容？"

"随便什么内容。我就只有个标题。"

我想了想。人类不可能成为双百人，因为我们活不了两百年。机器人倒是可以，但机器人又不算人。那就写一个希望成为人的机器人如何？我立刻动笔开写《双百人》，最终它赢得了雨果奖和星云奖。

有一次，我亲爱的妻子珍妮特头疼得厉害，可她还是觉得必须为爱她的丈夫准备晚餐。结果那天的饭菜出奇地可口，而我这个当丈夫的自然就说："你就该多头疼几次才好。"等她朝我扔完东西，我写出了《光的小调》。

1958年，一位作家同行英年早逝，结果在《纽约时报》上得到一则不错的讣告。那还是早年间，当时谁也不指望会有任何人关注科幻作家。我就耿耿于怀起来。等我去往天上的大打字机时，《纽约

---

[1] 对我而言，我的爱妻珍妮特就是全世界最美的女人——她自己也知道——所以她并没有为这故事心生不快，只是说我的脑子不太正经。——原书注

时报》也会提起我吗？如今我知道他们会的，但当时我并不确定。于是，在我把这件事翻来覆去想了半天后，我写出了《讣告》。

有一次，我跟一位编辑激烈争执，吵得很凶。他想让我对一篇故事做一个特定的改动，而我不愿改——不是因为懒，而是觉得改了会糟蹋整个故事。最后他如愿以偿（编辑通常都能称心如意），不过我写出《猴子的手指》还以颜色，当时的情形基本就跟故事里描述的一样。

还有一次，一位女编辑邀请我写一篇关于女机器人的故事，因为（在那之前）我的机器人全是男性。我满口答应，然后写出了《女性的直觉》。关于这篇故事，有一件事我记得特别清楚：当时我没太明白那位女编辑的意思，她要我写这篇故事给她出版，我却以为她只是提出一般性的建议。结果等我写完以后，另一位编辑说他需要一篇故事，十万火急，我就说："这儿就有一篇。"等那位女编辑发现了这件事时，好家伙，我可遭了大殃！

有时旁人随口一句话就能催生出一个故事，类似《让我们同在一起》和《雨，雨，走开些》都是这么来的。从别人的话里挖掘点子，我并不觉得内疚。它们在他们那儿又不会派上什么用场，所以为什么不该由我来动手呢？

不过重点在于故事会从任何东西里发展出来，你只需要一直睁着眼睛，竖着耳朵，同时让想象力不停地工作。有一次在乘火车旅行期间，我的第一任太太问我写作的点子是从哪里来的。我说："随便哪儿。我也可以写一篇关于这次火车之旅的故事。"说完我就开始手写，不过那篇故事没有被收进这本集子里。

艾萨克·阿西莫夫

没有结束![1]

尼古拉斯·奥尔洛夫给左眼戴上一片单片眼镜，举手投足全是英国范儿，只有在牛津受教育的俄国人才有这般刀枪不入的英国派头。他责备道："但是，我亲爱的秘书长先生！那可是五亿美元！"

利奥·伯纳姆带着满身倦意耸了耸肩，瘦长的身体往椅子里缩得更深了些："拨款必须通过，委员长。我们木卫三上的自治领政府就快要铤而走险了。目前为止一直有我拦着他们，可我不过是统管科学事务的秘书长，权力很小。"

"我知道，不过——"奥尔洛夫摊开双手表示无能为力。

"我猜也是，"伯纳姆了然道，"帝国政府对我们视若无睹，因为不加理睬似乎更容易些。迄今为止这就是政府的一贯做法。我已经努力了一整年，想让他们理解有怎样的危险悬在整个银河系头上，看来是白费了工夫。但现在我恳求你，委员长先生。你是新官上任，你处理木星问题是能够不戴有色眼镜的。"

奥尔洛夫咳嗽两声，目视靴头。他继格里德利后出任殖民地委员长已经三个月，这三个月里一直尽量回避"那该死的木星谵妄"，与此沾边的东西一概拖着没读。他的做法也是遵循久已有之的内阁政策：早在他就任之前，内阁就已经给木星问题贴上了"朽木难雕"的

---

[1] Copyright © 1941 by Street & Smith Publications, Inc. ——原版注（此为原文版权声明，下文同）

标签。

可最近木卫三人越来越难对付，于是人家就把他扔到木星波利斯城来，并指示他控制住那些"讨人厌的乡巴佬"，别让他们惹是生非。这活儿实在是吃力不讨好。

伯纳姆正说着："自治领政府实在走投无路，急需这笔钱，事实上，要是拿不到钱，他们就准备把一切公之于众。"

奥尔洛夫霎时慌了神，他一把抓住掉落的单片眼镜："亲爱的朋友，万万不可啊！"

"我很明白这会导致什么后果，所以一直建议不要如此，但他们的想法也合乎情理。一旦木星问题的实情泄露，一旦人民获悉内情，帝国政府在一周之内就会垮台。等技术官僚上台执政，他们会对我们有求必应。民意使然，必定如此。"

"但同时你们也会制造恐慌和歇斯底里——"

"那还用说！所以我们才犹豫不决。可是呢，如果你愿意也可以把我这番话当成最后通牒。我们想要保密，我们需要保密，但我们更需要钱。"

"明白了。"奥尔洛夫的脑筋飞快转动，并得出了一些令他不是很愉快的结论，"既然如此，看来有必要进一步调查实情。关于跟木星交流的那些文件，如果你手头有的话——"

"我手头倒是有的，"伯纳姆干巴巴地回答道，"可华盛顿的帝国政府手头也有。这一招行不通，委员长。过去的一年里地球官员反反复复就是这套说辞，我们的事却毫无进展。我要你跟我一起去以太站。"

木卫三人离座而起，六英尺[1]半的大个子低头瞪住奥尔洛夫。

---

[1] 英美制长度单位，1英尺＝30.48厘米。——编者注（本书中注释如无特别说明，均为编者注）

奥尔洛夫涨红了脸："你这是在命令我？"

"算是吧。我告诉你我们没时间了，如果你有意行动，那就必须抓紧，否则也不必行动了。"伯纳姆停顿片刻，又补充道，"希望你不介意步行。一般说来不允许电动交通工具接近以太站，再说趁走路的工夫我还可以跟你解释几件事。才两英里[1]。"

"我愿意走。"对方简短生硬地答道。

两人上行到地下一层，一路默默无语，直到踏入昏暗的前厅，奥尔洛夫才打破沉默。

"可真冷。"

"的确。靠地表太近，温度很难维持在标准水平。不过等到了外头还要更冷。喏！"

说话间伯纳姆已经踢开了一只储物柜的门，他指着从柜顶挂下来的衣服道："穿上。等会儿用得着。"

奥尔洛夫拿手指拨弄衣服，疑惑地问："够厚吗？"

伯纳姆正往他自己的那套衣服里钻，他一边穿一边说道："是电加热的。等下你就知道了，相当暖和。就是这样！把裤腿塞进靴子里，鞋带系紧。"

说完他转过身，嘴里闷哼一声，从储物柜一角的架子上搬出一套双瓶的压缩气瓶。他瞟一眼刻度盘上的读数，然后转动旋塞。气体逃逸发出轻微的咝咝声，伯纳姆吸吸鼻子，感到满意。

"知道这东西怎么用吗？"他边问边把一根金属丝网制成的软管拧到出气口上，软管的另一头是一个由清透的厚玻璃制成、弧形很怪的物体。

"是什么东西？"

---

[1] 英美制长度单位，1英里 ≈ 1.609千米。

"吸氧的鼻吸口！木卫三上的大气只含氩和氮，差不多一半对一半，非常不适宜吸入。"他用力把那套双瓶气瓶举到位，又用上面的束带将它绑紧在奥尔洛夫的背上。

奥尔洛夫踉跄了几步："太沉了。背着它我可走不了两英里。"

"等到了外头就不沉了，"伯纳姆漫不经心地朝上方点点头，又把玻璃鼻吸口拉下来套在奥尔洛夫头上，"只要记住鼻子吸气嘴巴呼气就没问题。对了，你最近吃过东西吗？"

"来见你之前我刚用过午餐。"

伯纳姆有些犹疑似的吸吸鼻子："嗯，这可有点儿难办。"他从口袋里掏出一个金属小容器抛给委员长："里头的药丸含一片在嘴里，然后一直嚼着。"

奥尔洛夫已经戴上了手套，他笨手笨脚忙活半天，好不容易从金属盒里弄出棕色的药丸放进嘴里，然后便跟随伯纳姆走上一段和缓的坡道。通道乍一看是死胡同，但等他们走到尽头，墙面就顺畅地滑到一旁，同时还伴有微弱的嗖嗖声，逸出的空气进入了更加稀薄的木卫三大气。

伯纳姆抓住奥尔洛夫的胳膊肘，生生把对方拽了出去。

"我把你的储气罐开到了最大功率，"他喊道，"深呼吸，再不停地嚼那药丸。"

他们跨过门槛，重力立刻跳到木卫三的正常水平。那一瞬间实在可怕，奥尔洛夫感到自己明显飘浮在半空；他的胃翻了个跟头，然后炸了。

他开始干呕，赶忙拿舌头舔药丸，拼命控制住自己。压缩气瓶里的混合气体富含氧气，灼痛了他的喉咙，不过木卫三带来的反应逐渐稳定下来。他的胃颤颤巍巍地归位。他尝试行走。

"放轻松，我说，"伯纳姆语气舒缓，"头几回快速切换重力场的时候，免不了这样。慢慢走，找到节奏，不然你要跌跟头的。就是这样，你上手了。"

大地似乎带着弹性。每走一步，奥尔洛夫都能感觉到对方胳膊的压力——伯纳姆在把他往下拉，免得他弹起来太高。他渐渐找到了节奏。现在他的步子变大了，也更平缓。伯纳姆继续说话，他的嘴和下巴上松松地罩了一层皮罩子，所以声音略微发闷。

"各人有各人的缘分，"他咧嘴笑笑，"几年前我去过地球一趟，跟我老婆一起，那段日子可真要命。不戴鼻吸口在行星表面上行走，我是无论如何也没法习惯。我老是呛着——千真万确。阳光太亮，天空太蓝，草地太绿。而且建筑物居然都在外头地面上。我永远忘不了，那次他们想让我住进半空里二十楼的房间，还开着窗户，有月光照进屋里。

"我赶紧搭上第一班往这里来的飞船就回来了，而且永远不打算再去。你现在感觉如何？"

"很好！棒极了！"最初的不适已经过去，现在奥尔洛夫正因低重力而欢欣鼓舞。他举目四顾。坑坑洼洼的起伏山地被黄色的光线浸透，地表覆盖着贴地生长的阔叶灌木；灌木排列齐整，一望便知是用心培育的。

伯纳姆回答了他没有问出口的问题："空气里含有足够植物存活的二氧化碳，而所有的植物都能固定大气里的氮，所以农业才成了木卫三最重要的产业。把这些植物卖给地球当肥料，能换回等重的黄金呢；另外它们还能提供差不多五十种生物碱，都是银河系其他地方找不到的，作为这些生物碱的来源，它们的价值还要再增加一两倍。再说了，跟木卫三出产的叶子相比，地球上的烟草简直一钱不值，这是谁都知道的。"

头顶传来平流层火箭的嗡嗡声，在稀薄的大气里显得分外刺耳。奥尔洛夫抬头看去。

他停下脚步——死死定在原地——连呼吸也忘了！

这是他第一次望见空中的木星。

从六十万英里之外的木卫三看过去，木星有黑檀色的太空当背景，看起来冷峻肃穆，确实也够壮观了。但其实还不只如此。此刻放眼望去，木星刚好位于木卫三上小山的山顶，它的轮廓线条变得柔和，还因稀薄的大气而略显朦胧；它在紫色的空中散发出柔美的光，而整片天空里也只有几颗躲躲闪闪的星星胆敢与巨大的木星争辉——这景象无论怎样遣词造句都难描难画。

起初奥尔洛夫一言不发，静静领略那凸月状圆盘的风采。它真是太大了，其表观直径是在地球看到的太阳直径的三十二倍。它的条纹被下方的黄色衬托着，显出一层层淡淡的色彩，而那个"大红斑"[1]，现在只不过是它西侧边缘一块椭圆形的橙色斑点。

过了好半天，奥尔洛夫虚弱地低声道："真美！"

利奥·伯纳姆也瞪眼看着木星，但他眼中没有惊叹。他经常看见木星，因此眼神里机械地流露出厌倦，此外还有厌恶和反感。他抽搐的微笑被下巴上的皮罩子遮住了，但他的手却狠狠抓住奥尔洛夫的胳膊，隔着地表套装结实的衣料也留下了瘀青。

他缓缓说道："这是银河系里最可怕的景象。"

奥尔洛夫迟疑着将注意力转到自己的同伴身上。"嗯？"然后他不悦道，"哦，是了，那些神秘的木星人。"

听了这话，木卫三人气冲冲地转过身，然后纵身往前跃，每一步都有十五英尺远。奥尔洛夫跌跌撞撞地跟过去，艰难地保持平衡。

他喘着气喊话："嘿，我说。"

可伯纳姆根本不听，他自顾自地说话，语气苦涩冰冷："你们地

---

[1] 原文是"Great Red Spot"，指出现于木星赤道以南上空的巨大卵形橙红色斑状物，多数人认为是木星上的风暴气旋。

球上的人当然可以不把木星放在心上。你们对它一无所知。在你们的天空里它只不过是一个小针眼、一粒苍蝇屎。你们又不住在木卫三上，不必眼睁睁看天上那见鬼的庞然大物得意扬扬地盯着你们。一连十五个钟头——地表上藏了什么只有天晓得。总之是藏在木星上伺机而动，一有机会就要离开木星的什么东西。活像一枚巨大的炸弹，就只等看它什么时候爆炸了！"

"胡说八道！"奥尔洛夫好不容易憋出这么一句，"你行行好，走慢点儿。我跟不上了。"

伯纳姆把步幅缩短了一半，又绷紧声音说道："谁都知道木星上有生命，却几乎没人肯停下来想一想这背后的意义。我跟你说吧，那些木星人，无论他们是谁，反正他们生来就是要称王称霸的。他们是太阳系顺理成章的统治者。"

"纯属歇斯底里，"奥尔洛夫喃喃道，"这话帝国政府已经听了一整年，你们自治领就没说过别的。"

"而你们只管耸耸肩不当回事。好吧，听着！抛开木星庞大的大气层不算，它的直径也有八万英里。也就是说它拥有的表面积是地球的百倍，比整个地球帝国都要大五十倍以上。它的人口、它的资源、它作战的潜能也都与此成正比。"

"不过是数字罢了——"

"我明白你的意思，"伯纳姆情绪激昂，径直往下说，"打仗靠的不是数字，打仗靠的是科技和谋划。可这两样木星人都有。我们跟他们交流已经进行了四分之一个世纪，也算了解一些情况了。他们有原子能，也有无线电。而他们的世界存在大量的氨，大气压又十分可观——换句话说，几乎没有任何金属能以金属的形态长期存在，因为金属必然趋向于形成可溶的氨络合物——然而他们还是成功地建立了复杂的文明。这就意味着他们必然已经成功运用塑料、玻璃、硅酸盐以及其他种种合成建筑材料。而这又意味着他们的化学水平至少与我们齐平,而且我愿意打赌,他们比我们走得更远。"

奥尔洛夫过了许久才回应对方,他说:"可是说到木星人最后的信息,你们的人到底有几分把握呢?我们地球这边对此是有所保留的,很难相信木星人竟能如你们形容的那般,完全不讲道理,一味好战。"

木卫三人发出短促的笑声:"最后那条信息过后,他们就彻底切断了通信,不是吗?听上去倒不像是很友好的样子,你说呢?我跟你保证,我们一直绞尽脑汁想联系他们,什么办法都想尽了。

"喏,听着,先别说话,听我跟你解释一件事。二十五年来,木卫三上有一小群人日没夜地工作,想弄明白我们的无线电设备里那些被重力扭曲、充满静电干扰的可变信号到底是什么意思,因为那些信号是我们与木星上智慧生命的唯一联系。这活儿本该由整个世界的科学家联手推进,可我们以太站的科学家从来没超过两打。我从一开始就参与了这项工作,我们和木星人之间发展出来的编码,是我以语文学家的身份帮忙构建和诠释的,所以你明白,我跟你说的话是实打实的内幕。

"那活儿真难啊,简直叫人心碎。最基本的四则运算就花了五年工夫:三加四等于七;二十五的平方根是正负五;六的阶乘是七百二十。而在那之后,有时要好几个月才有一点儿新进展:我们先解出一个新的思想片段的意思,再通过进一步的通信跟对方确认。

"但是——关键也在这里——等到木星人切断联系的时候,我们已经彻底理解他们了。我们根本不可能误解他们的意思,就好像木卫三不可能突然脱离木星。而他们最后的信息是对我们发出威胁,是扬言要毁灭我们。噢,那是毫无疑问的——毫无疑问!"

此时两人正穿过靠近地表的一条地下通道,黏湿的黑暗取代了木星的黄色光芒。

奥尔洛夫心里烦乱不安。这是第一次有人以这种方式把情况呈现给他。他说:"可是理由呢,伙计?我们难道给了他们任何理由——"

"没有理由!事情很简单:木星人终于从我们的信息里察觉出,具体是从什么地方、以什么方式察觉的我也不知道,但总之他们察觉出我们不是木星人。"

"啊,我们自然不是了。"

"对于他们这可没什么'自然'的。他们从未跟任何非木星人的智慧生命打过交道,为什么对于外太空的生物他们就该破例看待呢?"

"你说他们是科学家,"奥尔洛夫拿出吹毛求疵的谨慎态度,语气冷淡,"难道他们会意识不到异星环境自然会催生出异星生命?我们可是一开始就知道的。我们从没以为木星人是地球人,虽说我们也从未遇到过地球以外的智慧生命。"

两人再次回到木星那无孔不入的光照之下,在他们右手边的一处凹地里,一大片冰散布在地表,闪烁着琥珀色的光。

伯纳姆回答道:"我说他们是化学家和物理学家——可我从没说过他们是天文学家。我亲爱的委员长,木星的大气层有三千英里厚,甚或还不止,这些几千英里的气体会遮蔽一切,木星人只能看见太阳和木星最大的四颗卫星,他们对异星环境根本一无所知。"

奥尔洛夫琢磨片刻:"就算他们确认了我们是外星人。然后呢?"

"如果我们不是木星人,那么在他们眼里我们就不是人。后来我们发现,原来从定义上讲,非木星人就等于是'害虫'。"

奥尔洛夫不假思索地连声抗议,但伯纳姆打断他:"我说的是在他们眼里,在他们眼里我们是害虫,从那时到现在一直都是。不仅如此,我们这些害虫还出奇地胆大妄为,竟试图与木星人——与人类——来往。他们最后的信息是这样的,我逐字翻译给你听——'木星人是主人。没有害虫的位置。我们将马上毁灭你们。'我怀疑这条信息里并不存在任何敌意——只不过是冷冰冰地陈述事实。但他们是认真的。"

"可是为什么啊?"

"人又为什么要消灭苍蝇?"

"得了吧,先生。你总不会当真把人类比作苍蝇吧。"

"有何不可?因为木星人肯定是把我们当成某种苍蝇的,而且这种苍蝇竟然妄图获得智力,简直叫他们忍无可忍。"

奥尔洛夫负隅顽抗:"可是说真的,秘书长先生,智慧生命竟会采取这样一种态度,在我看来似乎是不可能的。"

"除去我们自己,阁下难道还对其他智慧生命有所了解?"对方立刻反唇相讥,"或者阁下觉得自己有能力洞悉木星人的心理?你知道木星人的身体形态跟我们有多大差异吗?只消想想看,他们世界的重力是地球正常重力的 2.5 倍;有大片的氨海——你把地球整个扔进去也溅不起像样的水花;三千英里的大气层被巨大的重力往下拽,在木星表层形成的密度和压力,能使地球的海底就跟中等厚度的真空差不多。我跟你说吧,我们曾经努力思考什么样的生命形态能在这样的条件下生存,现在已经放弃了。对我们而言那是完全无从理解的。所以你还指望能轻易理解他们的心态?绝不可能!你就老实接受吧。他们准备毁灭我们。我们只知道这么多,也只需要知道这么多。"

说完他抬起一只戴手套的手,一根手指往前戳:"前头就是以太站了。"

奥尔洛夫猛一转头:"在地下?"

"当然!全在地下,只有天文台除外。就是右边那个钢和石英的穹顶——那个小的。"

说话间两人停下脚步,只见前方有两块大岩石,中间夹着一段泥土建造的堤墙。从两块岩石背后分别走出一个戴着鼻吸口的士兵,穿的套装是代表木卫三的橙色;两名士兵朝他们大步走来,端着爆破枪随时准备开火。

伯纳姆抬起脸,让木星的光线落到自己脸上,于是士兵们就敬礼并让到一旁。其中一名士兵朝手腕上的传声器吼了一声，隐藏在岩石间的入口便向两侧分开。奥尔洛夫跟上秘书长，走进张开大嘴的气闸里。

气闸门关闭，将地表的景象完全挡在门外。关门前，地球人最后瞅了一眼摊开在天上的木星。

现在他可不觉得它美了！

奥尔洛夫走进爱德华·普罗瑟博士的私人办公室，坐进加了厚厚软垫的扶手椅里，这时候他终于又感觉正常了。他长叹一口气彻底放松，又把单片眼镜推到眉毛底下。

"我一边等一边在屋里抽支烟，普罗瑟博士会介意吗？"

"抽吧，"伯纳姆满不在乎，"照我的想法立马就要把普罗瑟拖过来，管他正在捣鼓什么。不过他这人脾气怪得很，最好还是等一等，等他自己准备好见我们，这么一来他会比较愿意说话。"他拿出自己的烟盒，盒子里装满泛着绿色、表面粗糙的卷烟；他抽出一根，恶狠狠地咬掉了卷烟顶端。

奥尔洛夫在自己香烟的青烟后面微微一笑。"我不介意多等等，我还有些话没说呢。你瞧，秘书长先生，刚才有一阵你确实叫我心惊胆战，不过说到底，就算木星人真打算一有机会就对我们出手，那又怎样呢？事实明摆着嘛，"说到这里他一字一顿以示强调，"他们根本没有机会。"

"就好比缺了引信的炸弹？"

"正是！事情再简单不过了，其实根本不值得拿来讨论。我猜你也承认吧，木星人是无论如何也不可能离开木星的。"

"无论如何都不可能？"伯纳姆慢吞吞地答话，声音里带出一丝嘲弄的意味，"咱们这就来分析分析。"

他手拿雪茄，眼睛死死瞪着雪茄顶端紫色的火光："说木星人无法离开木星,这实在是老生常谈了。地球和木卫三上都有好些惯爱哗众取宠的人,他们大肆宣扬这件事,喋喋不休地长吁短叹:那些不幸的智慧生命多么可怜啊,注定只能被束缚在地表,被迫永远凝望外面的宇宙,看着,看着,浮想联翩却永远遥不可及。

"可是说到底,究竟是什么把木星人留在他们的行星上?两个要素!仅此而已!其一是木星巨大的重力场。那是地球正常重力的2.5倍。"

奥尔洛夫点头赞同:"相当难了。"

"而木星的重力势还更棘手,因为木星的直径比地球更大,所以重力场强度随距离削减的速度就很慢,只有地球的十分之一。这实在是棘手的难题,但是已经解决。"

"哦?"奥尔洛夫坐直了。

"他们拥有原子能,而一旦你能让不稳定的原子核为你所用,那重力就不再是问题——哪怕木星的重力也不算什么。"

奥尔洛夫捻灭了香烟,动作里透出紧张:"但是他们的大气层——"

"对,现在拦住他们的就是这个。他们的大气层就像三千英里深的大洋,而他们生活在海底,在这个位置,单压力就能让构成大气的氢气坍塌,最终的密度接近固态氢。只不过木星的温度高于氢的临界温度,所以它仍然维持着气态。可如果你想算算多大的压力才能让氢气变成水的一半重,我不妨告诉你,那个数字后面跟了好多个零,数量准能叫你吃惊。

"任何飞船都不可能承受这样的压力,无论是金属还是其他材质。地球的飞船不可能降落木星,否则就会像蛋壳一样被压碎;木星的飞船也不可能离开木星,否则就会像肥皂泡一样破裂。这个问题至今没有解决,但总有一天会解决的。也许是明天,也许还要一百年,也许还要一千年。具体时间我们不知道,但是等木星人找到解决方案的那一天,他们就会从天而降。而这个问题是能够以一种特定的方式解决的。"

"我倒看不出能有什么——"

"力场！我们已经有了，你知道。"

"力场！"奥尔洛夫看上去着实吃了一惊，接下来他默默把这个词咀嚼了许多遍，"飞船通过小行星密集区域时，我们用力场充当护盾抵挡流星——但我看不出怎么能把它们运用到木星问题上。"

"普通的力场，"伯纳姆解释道，"是一片微弱、稀疏的能量区域，扩展到飞船外一百英里甚至更多。它能挡住流星，对于气体分子却只是一大片空荡荡的以太。但是，假如你把这个能量区域压缩到只有十分之一英寸[1]厚，那又会怎样呢？分子碰上它就会像这样弹开——乒——！假如你使用更强大的发生器，将力场压缩至百分之一英寸，届时哪怕分子是被木星大气层那难以想象的巨大压力所驱动，它们也照样会弹开，而如果你在这力场中建造一艘飞船——"他故意只说了一半。

奥尔洛夫脸色苍白："你难道是说这有可能做到吗？"

"反正木星人肯定正在尝试，这我可以跟你打赌，随你想赌什么都行。我们也在尝试，就在这个以太站。"

殖民地委员长猛拉椅子凑到伯纳姆跟前，一把抓住木卫三人的手腕："为什么我们就不能拿原子弹轰炸木星呢？彻底来一次全面轰炸，我的意思是，木星那重力，再加上它的表面积，我们是不可能错过目标的。"

伯纳姆微露笑意："这招我们也考虑过。但原子弹只会在大气层里轰出几个洞罢了。就算能穿透大气层吧，那你倒是算算，用木星的表面积除以一颗原子弹的杀伤区域，假设每分钟投弹一枚，我们又得

---

[1] 英美制长度单位，1英寸＝2.54厘米。

轰炸木星多少年才能制造明显的伤害？永远不要忘记，木星很大！"

雪茄已经熄灭，但伯纳姆并未停下来重新点烟。他继续用一种低沉、紧绷的声音说："不，只要木星人还在木星上，我们就没法攻击他们。我们必须等他们出来——一旦他们出来，他们对我们是会有数量优势的。一种叫人胆寒的可怕优势——我们只能在科学上抢占先机。"

"可是，"奥尔洛夫打断对方，此刻的他全神贯注，满心惊恐，"他们会有什么样的科技，我们又怎么可能预先知道？"

"没法预知。我们只能想尽办法积聚一切力量，然后祈祷最终能有好结果。但有一样东西我们确实知道他们肯定会有，那就是力场技术。因为没有力场他们就没法离开木星。而既然他们有力场，我们也必须有。我们在这里想要解决的就是这个问题。力场没法确保胜利，但要是没有它，失败必然无法避免。现在你明白我们为什么需要钱了——还不只是钱。我们还想让地球也动手干起来。地球必须开始推动科技军备，其他一切都要让位于这件事。你明白了？"

奥尔洛夫站起身："伯纳姆，我跟你看法一致——百分之百的一致。等我回到华盛顿，一定不负你的嘱托。"

他的真诚不容置疑。伯纳姆抓住对方伸出来的手，与之紧紧相握——就在这时，门被猛地推开，一个长得活像小精怪的矮子一头撞进了办公室里。

来人只顾着朝伯纳姆说话，飞快地吐出一大串短句子："你从哪儿来？一直在找你。秘书处说你不在。才过五分钟你自己跑来了。简直不明白。"他在自己办公桌前风风火火地忙起来。

伯纳姆咧嘴一笑："如果你愿意暂停片刻，博士，或许你可以跟殖民地委员长奥尔洛夫打个招呼。"

爱德华·普罗瑟博士踩着脚尖原地转身，活像是芭蕾舞者。他把地球人从头到脚打量了两遍:"新上任的?嘿,咱们弄到钱了吗?该给咱钱的。一直捉襟见肘地搞科学。不过说起来,没准也不需要了。看情况。"说话间他已经回到自己办公桌前。

奥尔洛夫似乎有些不知所措,但伯纳姆意味深长地眨了眨眼,于是奥尔洛夫也不做反应,只是透过单片眼镜面无表情地盯着对方。

普罗瑟把手伸进办公桌的文件格深处,他掏出一本黑色皮革装订的小册子,然后一屁股坐进转椅里,还操纵椅子滚来滚去。

"你来得正好,伯纳姆,"他边说边快速翻看小册子,"有东西给你看。还有奥尔洛夫委员长。"

"所以你才让我们一直等着?"伯纳姆质问道,"你刚才在哪儿?"

"在忙!忙得像猪一样!三晚没合眼了。"他抬起眼睛,那张皱巴巴的小脸真是喜气洋洋,"突然一切都对上了。跟拼图一样。简直见所未见。忙了个人仰马翻。我跟你说。"

奥尔洛夫一下子激动起来:"你们一直想搞的密集力场成功了?"

普罗瑟有些气恼:"不,不是那个。另外的。来吧。"他瞪眼看看手表,然后从座位上跳起来:"咱们有半个钟头。走。"

一台老旧的电动小车在办公室外待命,普罗瑟一面驾驶一面兴高采烈地滔滔不绝。机器嗡嗡作响,驶下一道道斜坡,驶向以太站深处。

"理论!"普罗瑟说道,"理论!重要极了,这鬼东西。你派技师去解决问题,他就只会瞎撞,几代人的生命白白浪费。半点儿进展都没有。没头苍蝇。真正的科学家跟理论打交道。让数学替他解决问题。"他沾沾自喜,得意之情溢于言表。

小车在一对硕大的双门前急停,普罗瑟急匆匆地滚落地面,另外两人跟在他身后,不过态度更闲适些。

"这边走!这边走!"普罗瑟推开门,领头通过一段走廊,又登上一段狭窄的阶梯,最后进入一条靠墙而建的通道。通道环绕一间分出三层的巨大屋子,往下两层有一个亮闪闪的椭圆体,由石英和钢制成,表面上伸出许多管子。奥尔洛夫认出那是原子发生器。

他正一正单片眼镜,细看底下的人如何来回奔忙。在一块缀满刻度盘的控制台前,有个戴耳机的男人坐在高脚凳上,抬头看见他们便招招手。普罗瑟咧开嘴挥手回应。

奥尔洛夫问:"你们的力场是在这儿制造的?"

"没错!以前见过吗?"

"没有。"委员长遗憾似的笑笑,"我连力场是什么都不懂,只知道它能当护盾抵挡流星。"

普罗瑟道:"很简单的。基础的玩意儿。一切物质由原子构成。原子靠原子间力结合。把原子拿走,原子间力留下。这就是力场。"

奥尔洛夫满脸茫然;伯纳姆挠挠自己耳朵背后,喉咙深处发出咯咯的笑声。

"听了这番解释,倒叫我想起我们木卫三人是怎样把鸡蛋悬空放到一英里高的空中。方法是这样的:你找到一座刚好一英里高的山,把鸡蛋放到山顶。然后你让鸡蛋留在原地不动,再把山拿走。就这么简单。"

殖民地委员长笑得前仰后合,而暴躁易怒的普罗瑟博士则噘起了嘴唇,活脱脱是一个代表"不满"的信号。

"行了,行了。不说笑。力场重要得很。木星人要来,我们得准备好。"

底下突然传来刺耳的呼呼声,普罗瑟闻声立刻远离了栏杆。

"到这边屏幕背后来,"他嘟囔道,"20毫米场要起来了。辐射大得很。"

呼呼声沉寂下去,几乎听不见了,三人重新走回通道里。一眼看去似乎什么也没变,但普罗瑟伸手往栏杆外推出去:"试试!"

奥尔洛夫小心翼翼地探出一根手指，他倒抽一口气，接着用手掌往外推。感觉就好像在推很软的海绵橡胶，或者是弹性超强的钢弹簧。

伯纳姆也试了试："这可比咱们之前的成果都强了，不是吗？"他又跟奥尔洛夫解释道："这是20毫米的屏障，也就是说在真空中能维持住20毫米汞柱[1]压力的大气，而且不会有足以察觉的渗漏。"

委员长点点头："明白了！那么要维持住地球上的大气，你就需要760毫米的屏障。"

"对！也就是一个单位的大气屏障。喏，普罗瑟，你兴奋就是为了这个？"

"为这20毫米屏障？当然不是。在锫分解期间，利用活性五硫化二钒，我就能把屏障升到250毫米。但是没必要。这事技师就能干，还能顺便把实验室炸上天。科学家验证理论，缓慢推进。"他眨眨眼，"现在我们要加固力场了。瞧着！"

"要不要去防护屏背后？"

"现在没必要。强辐射只在开头。"

呼呼声再度变响，不过不如之前响亮。普罗瑟朝坐在控制台前的那人喊话，对方的回应仅仅是扬手一挥。

片刻之后，控制台前的男人晃了晃拳头，于是普罗瑟喊道："我们越过50毫米了！感受一下！"

奥尔洛夫伸出手去，好奇地戳戳力场。海绵橡胶变硬了！那幻觉如此真实，毫无破绽，他忍不住拿拇指和食指捻了捻，可这时候"橡胶"却消失成了毫无抵抗的空气。

普罗瑟急躁地弹弹舌头："垂直于力的方向上没有阻力。基本的机械原理，这是。"

1　即水银柱，计量压力的单位，常见的有厘米汞柱（cmHg）和毫米汞柱（mmHg），1毫米汞柱 ≈ 0.133千帕。

控制台前的男人又在比画手势了。"过了70，"普罗瑟说，"我们开始减速了。临界点是83.42。"

他上身贴着扶手往外探，同时双脚作势朝两人踢过去："闪开！危险！"

然后他吼道："当心！发生器振荡！"

呼呼声已经攀升到粗粝刺耳的极限，控制台前的男人手忙脚乱地操作各种开关。原子在中央原子发生器的石英心脏里爆裂，阴沉的红光突然变亮，预示着危险。

呼呼声为之一顿，接着是响彻房间的咆哮，气浪把奥尔洛夫狠狠掼到墙上。

普罗瑟一跃而起。他一只眼睛上方有道伤口。"伤了？没有？好，好！我料到会这么着。本该提前警告你们。咱们下去。伯纳姆在哪儿？"

高个子木卫三人从地上爬起来，他拍拍衣服："我在这儿。什么东西炸了？"

"什么也没炸。有东西崩了。走走，咱们下去。"他拿手帕稍微按一按前额，领头往下走。

见他走近，控制台前的男人取下耳机，从高脚凳上下了地。他似乎很疲惫，脏兮兮的脸上满是汗水，看起来油腻腻的。

"头儿，鬼东西到82.8的时候就渐渐撑不住了。差点儿没要了我的命。"

"啊，可不是吗？"普罗瑟嚷道，"在误差限度以内，不是吗？发生器什么情况？嘿，斯托达德？"

被点到的那个技师坐在发生器前自己的岗位上，他回答道："5号管报废了，要两天才能换好。"

普罗瑟十分满意，他转身说："成功了。过程完全合乎预期。问题解决了，先生们。麻烦已经结束。咱们回我办公室吧。我想吃饭，然后还想睡觉。"

之后他就闭口不提这件事,直到他们返回他的办公室,他重新坐到办公桌前。他拿了一块猪肝洋葱三明治狼吞虎咽,边吃边说。

他对伯纳姆道:"还记得去年6月吗,关于空间应变的研究?当时搞砸了,不过我们还在继续。上周芬奇想到一个思路,我发展了它。一切都对上号了。鹅油一样顺滑。这辈子头一回。"

"接着说。"伯纳姆语气平稳。他了解普罗瑟,所以没有把心里的不耐烦表现出来。

"刚才你也看见了。力场达到最高点83.42毫米,它就变得不稳定,空间无法承受应力。空间崩裂,力场爆炸。砰!"

伯纳姆张口结舌,奥尔洛夫椅子的扶手在突如其来的压力下嘎吱作响。片刻的沉默后,伯纳姆颤声道:"你的意思是说,比那更强的力场不可能存在?"

"不可能。你可以制造,但越致密的力场就越不稳定。我要是开启250毫米的力场,它只会维持十分之一秒。然后,砰砰!把整个以太站都炸飞,包括我自己!换成技师就会这么干。但是科学家听从理论的警告,谨慎地探索,就像我这样。没有造成任何损失。"

奥尔洛夫把单片眼镜收到背心的口袋里放好,然后诚惶诚恐地问:"可是如果力场跟原子间力是一回事,为什么钢的原子间结合力那么强,却不会崩裂空间呢?这里有漏洞。"

普罗瑟气鼓鼓地盯住他:"没有漏洞。临界强度取决于发生器的数量。在钢里面,每一粒原子就是一台力场发生器。也就是说,每一盎司的物质里有大约 3×10^{23} 台发生器。如果我们也能用到那么多——但其实呢,一百台发生器就是实际可行的极限了,而这只会把临界点提高到97上下。"

他站起来,语气突然变得炽热,继续道:"不。问题解决了。我跟你说，绝对造不出能维持地球大气超过百分之一秒的力场。木星的大气想都不必想。冰冷的数字是这么说的，还有实验佐证。太空拒绝接受！

"随木星人拼命捣鼓去吧。他们出不来！结束了！结束了！结束了！"

奥尔洛夫说："秘书长先生，在以太站有什么地方可以发太空电报吗？我想通知地球我将搭乘下一艘飞船返回，以及木星问题已经清除——彻底和永远地清除了。"

伯纳姆没说话，但他与殖民地委员长握手，明显像是松了一口气；原本他那张容貌寻常的面孔又消瘦又憔悴，现在竟容光焕发，活像换了一个人。

而普罗瑟博士则像小鸟似的一甩头，嘴里又说了一遍："结束了！"

这里是彗星太空舰队最新投入使用的飞船"透明号"，哈尔·塔特尔在飞船头部他专属的私人观察室里。他抬起头，见埃弗里特船长走进了观察室。

船长说："总部刚刚从图森市转给我一封太空电报。我们要去木卫三的木星波利斯城，接殖民地委员长奥尔洛夫回地球。"

"好。至今还没有观察到其他飞船？"

"没有，没有！我们离惯常的太空航道大老远呢。要等'透明号'降落在木卫三，银河系才会知道我们的存在。那将是首次登月以来太空航行史上最伟大的事件。"他的声音突然变得柔和，"怎么回事，哈尔？说到底这可是属于你的胜利。"

哈尔·塔特尔抬头往外看，看向太空的黑暗："我猜算是吧。十年的辛劳，山姆。第一次爆炸时我失去了一条胳膊和一只眼睛，可我从不后悔。我只是有些茫然。问题解决了；我毕生的工作完了。"

"随之完结的还有银河系里每一艘钢体飞船。"

塔特尔微微一笑。"是的。实在难以想象,不是吗?"他往外指了指,"瞧见那些星星了吗?在某些时刻没有任何东西把它们同我们隔开。这让我觉得有点儿不安。"他沉吟道:"九年里我一无所获。我不是理论家,而且从来都不清楚自己在朝哪个方向努力——就只是尝试一切。我逼得太紧,太空不肯接受。我付出一条胳膊和一只眼睛的代价,然后重新开始。"

埃弗里特船长握拳砸向船身——星光透过船身照进来,毫无阻滞;可血肉却撞上某种坚固的表面,发出一声闷响——然而那堵看不见的墙并没有任何反应。

塔特尔点点头:"眼下它是够牢靠的——虽说它一直在闪烁着出现又消失,每秒闪烁八十万次。是频闪灯给了我灵感。你知道频闪灯的——它们闪烁的速度非常快,给人的感觉就好像是稳定的照明。

"船身也是如此。它启动的时长不足以崩裂空间,它关闭的时长也不足以容许可察觉的大气泄漏,而实际的效果就是比钢还要大的强度。"

他顿了顿,又慢吞吞地补充道:"而且也没人知道我们还能继续走多远。提高间歇效应的速率,让力场每秒迅速开关数百万次——数十亿次。由此得到的力场能抵挡原子弹爆炸。我毕生的工作!"

埃弗里特船长一拳打在对方肩膀上:"行了,伙计,打起精神来。想想我们降落木卫三会是什么情景。见鬼!多好的宣传。你还可以想想,比方说奥尔洛夫的脸,等他发现他将成为历史上首位搭乘力场船身飞船的乘客时,你猜他会是什么感觉?"

哈尔·塔特尔耸耸肩:"我猜他该挺乐意吧。"

戏弄新生 [1]

　　大角星大学位于大角星的第二颗行星埃隆，年中假期期间校园里十分沉闷，而且天气也相当炎热，因此二年级的迈伦·图巴尔深觉日子难挨，既无聊又不舒坦。他满心想找个熟人，于是老往本科生休息室里张望，这已经是当天第五次了。值得欣慰的是，这回终于让他瞧见了比尔·瑟方。那是一个绿皮肤的年轻人，来自织女星的第五颗行星。

　　瑟方跟图巴尔一样，也是生物社会学挂了科，只好在假期留校上课，等待开学补考。像这样的经历编织出坚韧的纽带，把两个二年级生紧紧联系起来。

　　图巴尔嘴里咕哝着跟对方打招呼，无毛的偌大身躯重重落进最大的一张椅子里——他是大角星系的原住民。他说："你瞧见新生了没有？"

　　"这么快！离秋季学期开学还有六周呢！"

　　图巴尔打个哈欠："来的这帮一年级生是特殊品种。从太阳系出来的头一批呢——总共十个。"

　　"太阳系？那个刚加入银河系联盟的新星系？三……四年前才加入的那个？"

　　"就是它。他们那个世界的首府好像是叫地球，我记得。"

1　Copyright © 1942 by Better Publications, Inc.

"好吧,那些一年级生怎么了?"

"没什么。他们刚刚到了,仅此而已。其中有几个上嘴唇还长了毛呢,模样可真傻。除此之外倒没什么特别的,有一打左右的类人种族都跟他们的外形差不多。"

就在这时,门被大力打开,小乌莱·弗拉斯跑进屋里。他来自天津四唯一的行星,个子矮小,头上和脸上长满了灰色的短绒毛。此刻这些绒毛因激动而根根挺立,他紫色的大眼睛也闪着兴奋的光。

"我说,"他眉飞色舞道,"你们看见地球人没有?"

瑟方叹口气:"难道大家就找不出别的话题了吗?图巴尔正跟我说这事呢。"

"是吗?"弗拉斯露出失望的样子,"不过……不过他有没有告诉你,他们是一个非正常种族,当初太阳系加入时,联盟为此闹得很厉害呢?"

图巴尔道:"我看着倒挺正常的。"

"我说的可不是身体外观,"天津四人嫌弃道,"是心理方面。心理学!这才是重点!"弗拉斯是立志要当心理学家的。

"哦,那个呀!好吧,他们有什么毛病?"

"作为一个种族,他们的群体心理完全乱套了。"弗拉斯开始滔滔不绝,"人数增加时,情绪化程度应该是降低的,所有已知的类人种族都是如此,可他们却变得更加情绪化!当地球人结成群体时,他们会暴动、惊慌、发疯,人数越多情况就越糟。千真万确,我们甚至发明了一个新的数学符号来处理这个问题呢。瞧!"

他一把掏出自己的口袋式平板和触屏笔,可不等他在平板上画下半个印子,图巴尔已经连平板带笔给他抓住了。

图巴尔说:"哦!我想到一个妙不可言的好主意。"

瑟方嘀咕道:"才怪!"

图巴尔不理他。他再次露出微笑,一面琢磨一面抬手摩挲自己光秃秃的头顶。

"听我说。"他一下子活泛起来,声音也低了下去,密谋似的说起了悄悄话。

刚刚从地球来的阿尔伯特·威廉斯睡得不太安稳,他渐渐意识到有根手指头在自己身上戳来戳去,就在第二和第三根肋骨之间。他睁开眼,转过头,傻愣愣地瞪大眼睛;然后他倒抽一口气,一挺身坐起来,伸手就要去开灯。

"别动。"床边那影影绰绰的人影开口了。只听一声沉闷的"咔嗒",袖珍手电筒射出珍珠色的光束,把地球人正好照在中央。

威廉斯眨眨眼,说道:"该死的,你到底是谁?"

"现在你要下床,"幽灵般的人影完全不为所动,"穿上衣服,跟我走。"

威廉斯笑容粗野:"有本事让我就范,你尽管试试。"

对方没有回答,不过手电筒略微偏转,光束落在人影的另一只手上。那只手握着一根"神经鞭"。神经鞭是一种顶可爱的小武器,能麻痹声带,让你的神经扭曲成无数个结,让你痛得死去活来。威廉斯用力咽唾沫,然后下了床。

他默默穿上衣服,又问:"好了,接下来要我做什么?"

闪闪发亮的鞭子往门的方向一指,于是地球人朝房门走去。

那陌生人说:"只管往前走。"

威廉斯走出房门,穿过静悄悄的走廊,又下了八层楼,一路都没敢回头看。走出校园后他再次停下脚步,他感到有金属戳了戳他的后腰。

"知道奥贝尔厅在哪儿吗?"

威廉斯点点头,继续往前走。他走过了奥贝尔厅,右转走上大学路;沿路走出半英里后他离开大路,穿过树丛。夜色里隐隐可见一艘硕大的宇宙飞船，左舷整个都用窗帘遮得严严实实，只有气闸开了一条缝，透出暗淡的光。

"进去。"他被推着走上一段楼梯，进了一个小房间。

进屋后他眨眼四下看看，然后放声数数："……七、八、九，加我就是十个。那么咱们是给一锅端了，我猜。"

"猜什么猜，"艾瑞克·张伯伦没好气地吼道，"明摆着的事。"他揉揉自己的手："我已经来了一个钟头了。"

威廉斯问："你那爪子怎么回事？"

"带我来的那个鼠辈，我拿拳头揍他下巴，结果倒把手扭了。他跟飞船的外壳一样硬实。"

威廉斯盘腿席地而坐，脑袋后仰靠在墙上。

"到底是怎么回事，谁心里有点儿谱没有？"

"绑架！"小乔伊·斯威尼说。他上牙下牙直打架。

"绑我们有什么鬼用？"张伯伦嗤之以鼻，"我可没听说我们这里头还有百万富翁。反正我不是！"

威廉斯道："我说，咱们可别发昏。绑架之类绝不可能。这些人不可能是犯罪分子。想想看，如果一种文明已把心理学发展到这个银河系联盟的水平，那是轻而易举就能扫清犯罪的。"

"海盗，"劳伦斯·马什哼哼道，"我倒没觉得是，只不过提出一种可能性。"

"瞎扯！"威廉斯道，"海盗活动是发生在边缘区域的现象。这片空间早就开化，已经好几万年了。"

"话虽如此，可他们有枪，"乔伊固执己见，"我可不喜欢这样。"他的眼镜落在卧室里，现在满心焦急，瞪着近视的眼睛到处瞅。

"枪不说明什么。"威廉斯回答道，"听着，我一直在想，瞧瞧我们——十个刚刚抵达大角星大学的一年级新生，今晚还是我们在学校度过的第一夜，结果就被神神秘秘地撺出房间，赶进一艘奇怪的飞船里。这倒叫我想起点儿什么。你们觉得呢?"

一直把头埋在胳膊里的西德尼·莫顿终于抬起头,他睁着惺忪的睡眼道:"我也想过。看着倒像是捉弄新生的把戏,而且是大手笔。先生们,依我看学校的二年级生在拿我们找乐子呢,没别的。"

"完全正确,"威廉斯附和道,"还有谁有别的意见吗?"

沉默。

"那好,看来除了等着也没别的事可做。我呢,我反正准备补补觉。要是他们想要我们做什么,让他们来叫醒我好了。"

就在这时,飞船倏地一震,害他失去了平衡。

"啊,我们上路了——也不知是去哪儿。"

之后不久,比尔·瑟方走进了控制室,进门前他迟疑了一瞬间。等他终于走进屋里,就对上了兴奋异常的乌莱·弗拉斯。

天津四人问:"效果如何?"

"糟透了,"瑟方没好气道,"什么惊慌失措,根本没有。他们准备睡觉。"

"睡觉!全体吗?不过他们说了什么?"

"我哪儿知道?他们又没说银河系联盟语,那叽里呱啦的外星鬼话我压根儿摸不着头脑。"

弗拉斯举高双臂,气急败坏。

最后图巴尔发话了:"听着,弗拉斯,我可是翘了一堂生物社会学课来的——冒着不及格的风险。咱们玩的这一招,你保证过里头的心理学绝对靠得住。要是最后搞砸了,我可要不乐意的。"

"唉,看在天津四的分儿上,"弗拉斯咬着牙拼命解释,"你们俩可真是好一对胆小鬼!难道指望他们马上就手忙脚乱、大呼小叫?伟大的大角星啊!等咱们到了角宿一星系再看好吧,等咱们把他们丢在那儿一个晚上——"

他突然窃笑几声:"咱们这回的把戏绝对妙不可言,堪比那年音乐会之夜,他们把臭蝙蝠绑到半音阶管风琴上那次。"

图巴尔终于咧开嘴笑了,瑟方却靠着椅背若有所思。

"万一给谁听说了这事呢——比方说温校长?"

控制台前的大角星人耸耸肩:"不过是戏弄新学生,他们会从宽发落的。"

"别装傻,迈伦·图巴尔,这可不是小孩子玩游戏。你心里明白,角宿一的第四行星——事实上应该说整个角宿一星系——都是严禁银河系联盟飞船进入的。第四行星上有一支亚类人种族,他们应当完全不受干扰地发展,直到他们自主发现星际航行技术为止。这是法律规定,而且这项法律执行起来是很严格的。太空啊![1]要是被人发现了,咱们准要被大卸八块!"

图巴尔坐在椅子里扭转身体:"你倒是说说看,温校长——那该死的讨厌鬼——他又怎么会发现咱们的事?喏,你瞧,我倒不是说故事不会在学校里传开,因为要是只有咱们自己知道,这里头的乐趣就少了一半。可是咱们的名字怎么会暴露呢?不会有人打小报告,你知道的。"

"好吧。"瑟方耸耸肩。

随后图巴尔说:"准备进入超空间!"

他按下几个键,众人体内出现怪异的拉拽感,表明飞船脱离了正常空间。

十个地球人个个疲惫不堪,从外表就能一眼看出来。劳伦斯·马什再次眯着眼睛看看手表。

"两点三十,"他说,"已经过了三十六个小时。真希望他们赶紧

---

[1] 语气词,相当于"天哪!"。

完事。"

"这不是捉弄新生的把戏，"斯威尼呻吟道，"时间太长了。"

威廉斯气红了脸："你们一个个半死不活的是什么意思？他们隔段时间就给我们送吃的，不是吗？他们也没把我们捆起来，不是吗？照我说事情明明白白，他们在好好照料我们。"

"或者呢，"西德尼·莫顿拖长了声音抱怨道，"他们是在把我们喂肥了好送进屠宰场。"

他止住话头，所有人身体一僵。毫无疑问，大家都感觉到了体内那怪异的拉拽感。

"是那个！"艾瑞克·张伯伦顿时激动起来，"我们回到正常空间了，也就是说无论目的地是哪里，离那地方都只有一两个钟头了。我们得做点儿什么吧！"

"赞成，赞成，"威廉斯哼哼道，"但是做什么呢？"

"咱们有十个人，不是吗？"张伯伦挺起胸脯嚷嚷道，"好吧，他们那边迄今为止我只看到一个人。等他下次进来的时候——不用等很久，马上就到下顿饭的时间了——咱们就一拥而上制服他。"

斯威尼好像快吐了："神经鞭怎么办？他每次都拿在手里的。"

"挨一鞭也不会死。再说他也不可能把我们全打倒，我们会抢先摁倒他。"

"艾瑞克，"威廉斯直抒己见，"你是个傻子。"

张伯伦满脸通红，粗壮的手指慢慢捏成拳头。

"我正想找谁练练说服人的技巧。你再拿那两个字喊我一遍，嗯？"

"坐下！"威廉斯简直连头都懒得抬，"我虽然贬低你，你却大可不必这么积极配合，证明我言之有理。我们大家全都神经紧张，心慌意乱，但也并不意味着我们应当干脆发疯了事。至少目前还不到时候。首先，就算不考虑神经鞭，想围殴我们的狱卒也不可能太成功的。

"我们只看见过他一个,但他来自大角星系,身高超过七英尺,体重轻轻松松过了三百磅[1]大关。他赤手空拳就能干掉我们呢——一口气收拾我们十个。我还以为你已经跟他有过一次冲突了,艾瑞克。"

凝重的沉默溢满房间。

威廉斯又补充道:"再说,就算我们能打晕他,还能收拾掉船里剩下的不知多少同伙,但对于我们在哪儿、怎么回去、飞船如何操作,我们一无所知。"短暂的停顿后他又说道:"所以呢?"

"瞎扯。"张伯伦转开头,默默生闷气。

门被踢开,大角星的大块头走进来。他用一只手把口袋里的东西全都倒在地上,另一只手谨慎地将神经鞭指向他们。

他哼哼道:"最后一餐。"

大家赶忙去抢满地乱滚的罐头,刚刚加热过,还是温的。莫顿瞪着自己手里的罐头,满脸嫌弃。

"我说,"他用磕磕绊绊的银河系联盟语说,"就不能给换个口味吗?你们这烂炖肉我早吃腻了,都第四罐了!"

"那又怎样?这是你们最后一顿饭。"大角星人不耐烦道,转身走了。

惊惧笼罩房间,人人呆若木鸡。

有人倒吸一口气,哑着嗓子挤出一句:"他什么意思?"

"他们准备杀了我们!"斯威尼瞪圆了眼睛,因为惊慌失措而声音尖厉。

威廉斯嘴巴发干。斯威尼的恐惧感染力十足,威廉斯感到心里升起了不太理智的愤怒。他克制住自己——那孩子才十七岁——并哑声说道:"闭嘴吧你。吃饭。"

---

[1] 英美制质量单位,1磅 ≈ 0.454千克。

两小时后，他感到飞船颤巍巍地晃了一下，表明飞船已经降落，旅程来到终点。这期间谁也没说话，但威廉斯能感觉到恐惧的阴霾掐住了他们的脖子，每分钟都在收紧。

角宿一已经落到地平线以下，只留下一片暗红的光。寒风一阵阵吹着。在布满岩石的小山顶上，十个地球人可怜巴巴地挤成一团，沉着脸望向俘虏自己的人。负责说话的是那个大块头大角星人，迈伦·图巴尔；在场的还有绿色皮肤的织女星人比尔·瑟方，外加毛茸茸的小个子天津四人乌莱·弗拉斯，这两位安安心心地充当着背景板。

"给你们生了火，"大角星人粗声大气地说，"附近也有的是木头，能保证火不灭。这么一来野兽就不会靠近了。我们离开之前会留两根鞭子给你们，如果这颗行星上的原住民来纠缠，鞭子也足够你们保护自己了。至于食物、水和住所，你们得自己开动脑筋解决。"

他转身准备离开。张伯伦骤然发难，大吼一声，朝离去的大角星人的后背猛扑。对方只一挥胳膊就把他扔了回去，不费吹灰之力。

三个异世界人回到飞船里，气闸锁闭。飞船立刻升空，直上云霄。最后是威廉斯打破了叫人胆寒的寂静。

"他们留下了鞭子。我拿一根，另一根你拿着吧，艾瑞克。"

地球人一个接一个颓然坐下，他们背对火堆，心里害怕，几近失魂落魄。

威廉斯强颜欢笑："周围野味是够了——这片区域林木挺茂盛的。得了，我说，咱们有十个人，而他们迟早总得回来。让他们瞧瞧咱们地球人是好样的，怎么样，伙计们？"

他说话越来越漫无边际，莫顿没精打采道："你干吗不行行好闭上嘴？说的话半点儿用处也没有。"

威廉斯放弃努力。他自己的心也在往下沉。

暮色渐深，转入黑夜，火堆四周的一圈火光收紧成一小块明灭闪烁的区域，其边缘终结于阴影中。马什突然倒抽一口气，他瞪大眼睛。

"有什么……什么东西来了？！"

众人一片慌乱，旋即又僵在原地，屏息凝目。

"你发什么疯——"威廉斯哑着嗓子说，然后他突然截断话头，因为确实有某种仿佛滑行的声音传进他耳朵里，千真万确。

他朝张伯伦吼道："快拿上鞭子！"

乔伊·斯威尼毫无来由地哈哈大笑——一种紧绷、高亢的笑声。

然后，空气中倏地响起一声尖啸，许多影子朝他们冲过来。

同一时刻，在另外一个地方也有事情发生。

图巴尔的飞船懒洋洋地从角宿一的第四行星往外飞。坐在控制台前的是比尔·瑟方，图巴尔自己则待在狭小拥挤的舱室里，只两口就干掉了一大壶天津四出产的烈酒。

乌莱·弗拉斯望着他这番举动，简直悲从中来。

"一瓶要花二十个信用点，"他说，"而且我没剩几瓶了。"

"嗯，可别让我一个人独吞，"图巴尔十分大度，"我喝多少你也比着喝嘛，我是不介意的。"

"那么一大口下去，"天津四人嘟囔道，"我得醉到秋季学期考试才能醒。"

图巴尔置若罔闻。"咱们这回戏弄新生的把戏，"他自顾自说道，"肯定能进学校历史——"

就在这时候，两人听到一阵尖厉的、有节奏的撞击声，"乒乒乒——"，即便隔了好几面墙声音也没怎么减弱。与此同时，灯灭了。

乌莱·弗拉斯感到自己被紧紧摁在墙上。他拼命吸气，然后喘着气结结巴巴地说道："太、太空在上，我们正在全、全速前进！平衡器出了什么毛、毛病？"

"还管该死的平衡器呢!"图巴尔咆哮着爬起来,"飞船出了什么毛病?"

他跌跌撞撞出了门,进入同样漆黑一片的走廊,弗拉斯跟在他身后伏地爬行。等他们撞进控制室,就发现瑟方被暗淡的应急灯包围,绿色的皮肤上挂着亮晶晶的汗水。

"流星,"瑟方嘶哑着嗓子说,"弄砸了咱们的动力分配器。现在所有能量都投入加速。照明、供暖和无线电通信全部无法使用,换气设备也就是缓慢而艰难地勉强运行。"他又补充道:"四号区域也被砸破了。"

图巴尔狂暴地四下打量:"蠢货!你为什么没有好好盯着物质指示器?"

"我是盯着的,你这团只长个子没长脑子的大糨糊,"瑟方咆哮道,"可是上头根本就没显示!根本——没——显示!花两百个信用点租来的二手破飞船,这不是意料之中的吗?那流星从屏幕穿过,跟空荡荡的以太一模一样。"

"闭嘴!"图巴尔一把拉开存放太空服的柜子,然后呻吟起来,"全是大角星款。我忘记检查了。这种太空服你能应付吗,瑟方?"

织女星人挠挠耳朵,显得疑虑重重:"也许。"

五分钟后,图巴尔冲进气闸,瑟方笨手笨脚、跌跌撞撞地跟上。过了半小时两人才回到飞船内。

图巴尔取下头盔:"谢幕!"

乌莱·弗拉斯倒抽一口气:"你是说——咱们完蛋了?"

大角星人摇摇头:"能修好,不过得花时间。无线电是彻底坏了,所以没办法求救。"

"求救?"弗拉斯惊得目瞪口呆,"可别雪上加霜了。人家要是问我们为什么在角宿一星系,我们怎么解释?比起发送无线电信号,还不如直接自杀了事。只要能靠自己回去,咱们就没有危险。再多缺几天课也没多大妨碍。"

瑟方的声音没精打采地插进来:"可是留在角宿一第四行星的地球人又怎么办?"

弗拉斯张开嘴,结果一个字也没说出来。他的嘴巴重新闭上。若说类人种族历史上有谁精准呈现了"毛骨悚然"这层意思,那非此刻的弗拉斯莫属。

这还只是开头呢。

他们花了一天半时间才理顺这艘破船的电缆线,又花了两天时间才完成减速,来到可以安全转向的位置。返回角宿一第四行星花了四天工夫。总用时:八天。

飞船再次来到他们丢下地球人的地方;时值正午,飞船悬停在空中,图巴尔通过显示屏观察这片区域。他板着脸研究了很久,飞船里的空气早已变得黏腻不堪。最后他终于开口了。

"我猜咱们是把能犯的错都犯完了。咱们把他们放下来的位置,旁边刚好有个当地人的村子。现在地球人连个影子都看不到。"

瑟方悲悲戚戚地摇摇头:"这事糟糕了。"

图巴尔把脑袋埋进长长的胳膊里,头径直落到胳膊肘上。

"完蛋了。要是他们没把自己吓死,那就是落到了当地人手里。侵入禁止进入的星系已经够糟糕的——可现在干脆就是谋杀了,我猜。"

"我们现在要做的,"瑟方说,"就是下去找,看有没有谁幸存下来。这是我们欠他们的。那之后——"

他咽口唾沫。弗拉斯悄声替他补全下半句:"那之后就是被学校开除,心理重塑……还有一辈子的体力劳动。"

"别想了!"图巴尔大吼一声,"到时候该怎么办就怎么办。"

飞船很慢、很慢地盘旋下落,最后停在那片满是石头的空地上。

八天前，十个地球人就是被留下来困在了这里。

"该怎么跟当地人打交道？"图巴尔转头朝弗拉斯扬起眉骨（他的眉骨上当然是没有毛发的），"快点儿，小子，给咱们来点儿亚类人心理学。咱们只有三个人，我可不想惹上麻烦。"

弗拉斯耸耸肩，毛茸茸的脸皱起来，好像很迷惑："我刚刚正好也在琢磨呢，图巴尔，可亚类人心理学我半点儿都不懂。"

"什么？！"瑟方和图巴尔同时炸了。

"根本没人懂，"天津四人赶紧解释，"事实如此。毕竟我们并不接纳亚类人种族进入联盟，他们得先完全文明化，那之前我们会隔离他们。想想看，我们又哪来的机会研究他们的心理？"

大角星人一屁股坐下："真是越来越妙了。开动脑筋，毛脸人，好吧？给点儿建议！"

弗拉斯挠挠脑袋："嗯……那个……最佳方案就是把他们当成正常的类人种族。缓慢接近，摊开双手，不要骤然做任何动作，并且保持冷静，我们应该能跟他们和平共处。喏，别忘了，我说的是应该。我可没法打包票。"

"咱们走吧，让你的包票见鬼去，"瑟方不耐烦地催促，"反正也没什么关系。要是我在这儿被干掉，正好不用回家了。"他露出忐忑不安的神情："一想到家里人会怎么说我——"

三人出了飞船，嗅了嗅角宿一第四行星的大气。太阳正在最高点，像橙色的大篮球一样明晃晃地挂在他们头顶。不远处的树丛里，一只鸟呱呱地尖叫一声，然后就沉默了。寂静完全笼罩了他们。

"哼！"图巴尔双手叉腰。

"简直能叫你睡着。一点儿生命迹象都没有。好吧，村子在哪边？"

三个人的意见各不相同，不过也没吵多久。大角星人率先行动，另外两人跟上。他们大步走下山坡，走向稀疏的树林。

进入树林一百英尺，一拨当地人悄无声息地从头顶的树枝跃下，树林一下子活了。第一拨当地人才刚扑上来，乌莱·弗拉斯已经应声而倒。比尔·瑟方一个踉跄，暂时站稳了脚跟，然后也闷哼一声仰面躺倒。

最后只有大块头迈伦·图巴尔还站着。他叉开双腿站稳，嘴里发出嘶哑的怒吼，同时恶狠狠地左一拳右一拳。攻上来的当地人撞上他，就像水滴撞上旋转的飞轮，立刻就弹开了。他模仿风车的原理进行防御，最后退到一株大树前，背靠树干站定。

这回他可犯了错。大树最低的一条树枝上，一个当地人立刻蹲下了，此人比自己的同胞更加谨慎小心，也更加足智多谋。图巴尔之前已经注意到当地人长着肌肉结实的粗壮尾巴，还在心里暗暗记了下来，因为在银河系的所有类人种族里，除此之外就只有仙王座伽马人拥有尾巴。然而有一件事他没有留意：这些人的尾巴是能够抓握的。

不过等他到了树下就马上发现了这件事，因为蹲在他头顶树枝上的当地人把尾巴垂下来，飞快地绕个圈缠住了他的脖子，然后开始收紧。

大角星人在剧痛之下拼死挣扎，把那长尾巴的袭击者扯下了树。那个当地人倒挂着，还被大幅度甩来甩去，可他仍然稳稳缠住图巴尔没有放松，并一步步收紧了桎梏。

世界陷入黑暗。不等身体落地图巴尔已经晕过去了。

图巴尔渐渐转醒，他感到脖子又僵又痛，很不舒服。他想揉一揉僵硬的脖子，过了几秒才发现自己在做无用功，因为他被捆得牢牢的。他吓了一跳，脑子也清醒了。他首先意识到自己是俯卧在地上的，其次察觉到周围有可怕的噪声，接着又意识到瑟方和弗拉斯也被捆成一团，就在自己身边——最后他发现自己挣不开身上的绳索。

"嘿，瑟方，弗拉斯！能听见我说话吗？"

瑟方喜气洋洋地应了声："好你个皮实的老山羊！还以为你再也醒不过来了。"

"我没那么容易死，"大角星人哼哼道，"我们在哪儿？"

短暂的停顿。

"在当地人的村子里，我想是，"乌莱·弗拉斯闷闷不乐道，"你这辈子可听过这样的噪声没有？自从咱们被扔过来，鼓点就一刻也没停过。"

"你们有没有看到——"

几只手落在图巴尔身上，他感到自己被转了个圈。现在他换成了坐姿，脖子越发疼得厉害。茅草和绿色木材搭成的破旧茅屋在午后的太阳底下闪着光。尾巴长、肤色深的当地人在他们周围围成一圈，默默无语。在场的人准有好几百，全都戴着羽毛头饰，手里的短矛带了刺，模样很吓人。

在最显眼的位置蹲着一排人，神秘感十足，所有人都目视他们。图巴尔也怒气冲冲地瞪着那些人，因为他们显然是部落首领。他们穿着带流苏的艳俗长袍，皮革鞣制的技术很粗糙；他们还戴着长长的木头面具，面具上画着夸张的人脸，更增添了那种摄人心魄的野蛮气势。

距离三人最近的首领起身，这个戴面具的恐怖形象不紧不慢地走到三人跟前。

"哈啰，"他说，把面具掀开取下，"这么快就回来了？"

图巴尔和瑟方哑口无言好一阵，乌莱·弗拉斯咳得停不下来。

最后图巴尔深吸一口气："你是其中一个地球人，对吧？"

"没错。我叫阿尔·威廉斯。叫我阿尔就行。"

"他们还没杀了你们？"

威廉斯开心地笑笑。"他们一个也没杀。正相反，先生们，"他鞠一个浮夸的躬,"来见见新的部落之……呃……神。"

"新的部落什么?"弗拉斯倒抽一口气,他还在咳嗽。

"呃……神。抱歉,我不知道联盟语里的神怎么说。"

"你们这些'神'代表什么?"

"我们就好像是某种超自然实体——被崇拜的对象。这你们都不明白?"

三个类人垂头丧气地瞪着他。

"没错,千真万确,"威廉斯咧嘴笑,"我们是拥有伟大力量的大人物呢。"

"你什么意思?"图巴尔气愤不过,嚷嚷起来,"为什么他们会以为你们是拥有伟大力量的大人物?从体格的角度看,你们地球人是低于平均水平的——远远低于平均水平!"

"这就涉及心理学了。"威廉斯解释道,"我们有一架闪闪发光的巨型交通工具,它神秘地穿空而过,起飞时还喷出了火箭的火焰。当地人见我们搭了这样一个东西降落在他们的星球,那是一准要把我们当成超自然存在的。基本的野蛮人心理学罢了。"

威廉斯还在喋喋不休,而弗拉斯的眼珠子差点儿脱眶而出。

"顺便问一句,你们怎么耽搁这么久?我们本来琢磨着这一出不过是捉弄新生而已,确实是的,对吧?"

"嘿,"瑟方插话了,"我觉得你根本就是说瞎话哄人!要是他们以为你们是神,为什么又不把我们当成神?我们也有飞船,而且——"

"这个嘛,"威廉斯道,"就是我们着手干预的地方了。我们跟他们解释过了——用了图画和手势——说你们是恶魔。等你们终于返回的时候——说起来,看见飞船降落我们可真高兴啊——他们就知道该怎么办了。"

"那个,"弗拉斯声音里充满了毫不压抑的敬畏,"'恶魔'又是什么东西?"

威廉斯叹气:"你们银河系联盟的人怎么什么也不懂?"图巴尔缓缓移动酸痛的脖子。"现在就放开让我们起来如何?"他嘟囔道,"我脖子抽筋了。"

"急什么?毕竟带你们来是要献祭给我们的。"

"献祭!"

"当然。要用匕首把你们切开呢。"

心惊肉跳的沉默。"少来了,你这一套全是彗星放的屁,"最后图巴尔总算从牙缝里挤出这么一句,"我们可不是动不动就被吓破胆子、惊慌失措的地球人,你知道。"

"噢,这我们是知道的!我骗谁也不会骗你们啊。不过简单、寻常的野蛮人心理学总是喜欢搞搞献祭的,再说——"

瑟方怒火中烧,拼命扭动着,想把捆在绳子里的身体朝弗拉斯撞过去。

"你不是说谁都不懂亚类人种族心理学吗?其实只是替你自己的无知开脱吧!你这个浑身长毛、鼓凸眼睛、干瘪难看的织女星蜥蜴杂种!瞧你害我们惹了多大麻烦!"

弗拉斯往后躲:"我说,等等!嘿——"

威廉斯觉得玩笑开够了。

"放轻松,"他安抚对方,"你们这群机灵鬼,搞的恶作剧反过来伤到了自己身上——伤得漂亮极了——不过我们不准备太过分。我猜我们也拿你们寻开心够了。斯威尼正在跟部落的头人解释,说我们准备离开,顺便带上你们三个。说实话,我是巴不得走了——等等,斯威尼在叫我。"

片刻之后威廉斯折回来,他的表情很奇特,脸色似乎有点儿发绿。事实上他的脸色是越来越绿了。

"现在看来,"他喉咙里喘着粗气,"似乎我们的反恶作剧也伤到了我们自己身上。头人坚持要献祭!"

三个类人思量着眼前的事态,沉默逐渐发酵。好一会儿工夫大家都哑口无言。

"我跟斯威尼说了,"威廉斯愁眉苦脸地补充道,"我说让他回去跟头人讲,要是他不听咱们的话,就会有可怕的事情降临部落。不过这纯属虚张声势,他可能不会上当。嗯——对不起,伙计们,我猜我们是玩过头了。如果情况果真不妙,我们就松了你们的绳子,跟你们并肩战斗。"

"现在就松开我们,"图巴尔咆哮道,他的血越来越冷,"咱们赶紧把这事了结!"

"等等!"弗拉斯慌忙嚷道,"先让地球人试试他的心理学。快,地球人,使劲想!"

威廉斯想啊想,一直想到头痛起来。

"是这样的,"他心虚道,"自从上回没能治好头人老婆的病,我们就失掉了一些作为神的威望。她昨天死了。"他心不在焉似的自顾自点点头:"现在咱们需要一个比较张扬的神迹。呃……你们几位口袋里有点儿什么没有?"

他跪到三人身旁开始搜索。乌莱·弗拉斯有一支触屏笔、一台口袋式平板、一把细齿梳、少许止痒粉、一叠信用币和其他一些零碎东西。瑟方也带了一堆毫不出奇的小物件,跟弗拉斯的大同小异。

最后威廉斯从图巴尔屁股口袋里掏出了一个黑色的小东西,外形类似手枪,握把极大而枪管很短。

"这是什么?"

图巴尔双眉紧蹙:"原来我是坐在这玩意儿上了?这是焊枪,飞船被流星砸出一个洞,我拿它修理来着。没用的,电已经快用完了。"

威廉斯眼睛一亮。他心里激动,整个身体都微微发颤。

"你以为它没用而已!你们银河系联盟人真是目光短浅,比自己鼻子更远的地方,你们就看不见了。你们干吗不下来到地球待一阵——学学看问题的新视角？"

说话间威廉斯就朝他的同谋跑过去。

"斯威尼,"他吼道,"你告诉那猴子尾巴的倒霉头人,就说再过差不多一秒钟我就要发火了,我要把整个天空拉下来砸到他脑袋上。你跟他来硬的!"

然而头人并没有等着斯威尼传话。他比画出抗拒的手势,于是当地人便齐刷刷地冲了上来。图巴尔高声怒吼,肌肉在绳索下嘎吱响。威廉斯手里的焊枪闪着光开启了,微弱的能量束向外射出。

距离最近的茅屋突然熊熊燃烧。另一间茅屋紧随其后——接着又一间——第四间——然后焊枪就哑火了。

不过已经够了。再没有一个当地人还站着。所有人都匍匐在地,哭喊哀号,乞求饶恕。声音最响的就是头人。

"跟头人说,"威廉斯吩咐斯威尼,"这只不过是一点儿微不足道的小小样本,咱们预备给他的惩罚可远远不止这些!"

接着他就去割开了捆住三人的生皮绳索,同时得意扬扬地补充道:"不过是一点点简单寻常的野蛮人心理学罢了。"

大家返回飞船,重新升空,这时弗拉斯终于收起了自己的自尊心。

"可是我还以为地球人从没发展出数学心理学!你们怎么知道那么多亚类人种族心理?整个银河系都没人走到了那一步!"

"啊,"威廉斯咧开嘴,"关于未开化的心灵的运作方式,我们有一些经验性的知识。你瞧——我们生活的那个世界,大部分人都可以说是还没开化呢,所以我们非懂不可!"

弗拉斯缓缓点头:"你们这些地球怪胎!至少这回的小插曲让我们明白了一件事。"

"是什么?"

"千万不要，"弗拉斯第二次尝试地球的俚语，"跟疯狗[1]较劲。你根本不知道他们能疯到什么程度。"

*

在浏览准备收入这本书的故事时，我发现只有《戏弄新生》是已经出版而光看标题我毫无印象的一篇。就连重读的时候也没有记忆闪现。如果有人隐去我的名字再把它拿给我看，让我猜猜作者是谁，我多半猜不出来。或许这说明了某些问题。

不过呢，反正这篇故事设定的背景确实是《太阳人》[2]。

另一篇投给弗雷德·波尔（Fred Pohl）[3]的故事运气更好些。《超中子》完成于2月底，跟《面具》和《戏弄新生》都写于同月。我在1941年3月3日把它投给了弗雷德，他在3月5日接受了。

那时距离我第一次投稿还不到三年，但我显然已经很不耐烦投稿被拒。反正在获悉《超中子》被接受以后，我在日记里留下的态度是，"也该卖出一篇了——距离上一篇都五个半星期了"。

---

1 原文为nuts，英文俚语中表示"疯子"。
2 《太阳人》（"Homo Sol"，1940）是以"银河系联盟"为背景的故事，阿西莫夫在这篇中首次提出心理学正在发展为一门在数学意义上深奥、严谨的科学。《戏弄新生》（"The Hazing"，1942）和《虚数》（"The Imaginary"，1942）是其续作。
3 弗雷德里克·波尔（Frederik Pohl，1919—2013），美国知名科幻作家、编辑，出访过许多国家（包括中国），享有崇高的国际声誉，在布赖恩·奥尔迪斯（Brian Aldiss）的《亿万年大狂欢：西方科幻文学史》中，被列为"科幻作品有史以来七大巨擘之一"。

死刑判决[1]

布兰德·戈拉不大自在，他笑笑说："这种事难免夸大，你知道的。"

"不不不！"小个子男人用力睁大了白化病人特有的粉红色眼睛，"早在第一个人类踏足织女星系之前，铎利斯就已经是一座伟大的城市了。曾经有一个比我们的联盟更伟大的银河系联邦，铎利斯就是它的首府。"

"那好，我们就说它是古老的首府好了。这我愿意承认，剩下的就交给考古学家吧。"

"考古学家根本没用。我的发现需要相关领域的专家，而你是委员会成员。"

布兰德·戈拉面露犹疑。他还记得大学四年级的西奥·里洛——一个不合群、白皮肤的人类小不点儿，一直潜藏在他记忆的背景里。时间已经很久远了，不过这白化病人当时就怪里怪气的，这一点倒是很容易就能回想起来。如今他也还是怪里怪气的。

"我会尽量帮忙，"布兰德说，"只要你告诉我你想怎样。"

西奥全神贯注地望着他："我希望你把某些事实呈给委员会。你能保证吗？"

布兰德只含糊道："即便我帮你的忙，西奥，我也得提醒你，我

---

[1] Copyright © 1943 by Street & Smith Publications, Inc.

不过是心理学委员会的初级成员，没多大影响力。"

"你一定要尽你所能。事实会证明自己。"白化病人的双手在颤抖。

"你说吧。"布兰德缴械投降。两人是校友，相识已久，要是不由分说就拒绝终归不太好。

布兰德·戈拉把身体往后仰，靠着椅背放松下来。大角星的光芒透过落地窗射进屋内，经偏光玻璃散射后变得柔和不少。不过落在西奥粉红色的眼睛里，即便稀释过的阳光也太过强烈，因此他说话时抬手遮住了光线。

"我在铎利斯生活了二十五年，布兰德，"他说，"我探访过好些地方，今天的人都不知道它们存在，而且我有了发现。铎利斯属于一个超越我们的文明，它是该文明科学与文化的首都。没错，它确实是的，尤其是在心理学领域。"

"属于过去的事物总是显得更厉害些，"布兰德屈尊笑笑，"论述这个道理的理论在所有初级心理学教材里都能找到。新生总管它叫'GOD 定理'，你知道，'过去的好时光'[1]。不过你接着说。"

见对方离题万里，西奥皱了皱眉。他藏起刚刚露出来的冷笑："遇到叫人不舒服的事实，人自然可以给它贴个粗陋的标签，然后心安理得地丢到一边。可是告诉我，你对心理工程了解多少？"

布兰德耸耸肩："根本没有这回事。反正在严格的数学意义上是没有的。一切广告和政治宣传都可以算作心理工程，某种时灵时不灵的粗糙形式——有时候也还挺奏效的。或许你指的就是这个吧。"

"根本不是。我指的是实实在在的试验，有大批被试者，在受控的条件下进行，而且持续了许多年。"

"这类事情曾经提出来讨论过，但实践起来行不通。我们的社会结构不太能容忍它，而且我们现有的知识不够，无法设定有效的控制

---

[1] 原文为"Good-Old-Days"。——译者注

参数。"

西奥强压兴奋:"但古人确实拥有足够的知识,而他们也确实设定出了控制参数。"

布兰德态度淡漠,他想了想道:"很惊人,也很有趣,不过你是怎么知道的?"

"因为我找到了相关的文件。"西奥喘不上气来,于是停顿片刻,"一整个星球,布兰德。一个专门按照试验要求筛选出来的完整世界,住满了方方面面都受到严格控制的个体。被研究,被记录,被用于试验。你还不明白这是怎样一幅画面吗?"

布兰德并未在对方身上发现精神失控的常见指征。或许如果更仔细地探查——

他不动声色道:"你必定是被误导了。根本不可能。人类是没法这样控制的。变量太多了。"

"关键就在于此,布兰德。它们不是人。"

"什么?"

"它们是机器人,正电子机器人。整整一个世界的正电子机器人,布兰德,什么也不干,就只是活着、做出反应、被一群心理学家观察,那才是真正的心理学家呢。"

"真是疯话!"

"我有证据——因为那个机器人世界仍然存在。第一联邦分崩离析,但那个机器人世界还在继续。它仍然存在。"

"你又是怎么知道的?"

西奥·里洛站起来:"因为过去的二十五年里我去过那里!"

会长把镶红边的长袍扔到一边,又从口袋里掏出一根粗糙的长雪茄;长袍是心理学委员会的正式着装,不过雪茄绝非官方配备。

"荒唐,"他哼哼道,"彻头彻尾的疯狂。"

"正是这话,"布兰德道,"而我也不可能就这么把它捅给委员会。大家不会听我的。我得先说通了你,然后,如果有你的权威在背后支持——"

"噢,真见鬼!我从没听过这样的——那家伙是什么人?"

布兰德叹气:"怪人,这我承认。在大角星大学时他跟我同班,那时候他就已经是个古里古怪的白化病人。像魔鬼一样适应不良,一门心思钻进古历史里。他正好是那种人,偶尔突发奇想,然后就傻头傻脑、心无旁骛地往下挖,最后竟让他成功了。他说他在铎利斯摸索了二十五年。他手头有完整的记录,差不多涵盖了一整个文明。"

会长气急败坏地喷着鼻息:"没错,我知道。在电视连续剧里,聪明绝顶的业余爱好者总会有伟大的发现。自由骑士。孤狼。呸!你咨询过考古系没有?"

"当然,而且结果很有趣。没人为铎利斯花心思。你瞧,它可不仅仅是古代历史,一万五千年,基本算是神话了。有声望的考古学家不会在它身上浪费时间,倒正好可能被一根筋的书呆子外行人发现。至于今后嘛,要是事情真如他所说,铎利斯必定要变成考古学家的天堂了。"

会长那长相普通的脸扭曲成骇人的怪相:"可真伤自尊心。要是这里头确实有任何部分属实,那么所谓的第一联邦对心理学的把握必定远远胜过我们,相形之下,我们无异于颠三倒四的低能儿。还有他们造的正电子机器人,必定比我们最先进的蓝图还要高明大概七十五个数量级。银河啊!想想看,里头涉及的数学是什么样子。"

"你瞧,先生,我差不多把所有人都咨询过一遍。我确信每一个角度我都核实到了,否则也不会把它提交给你。一开始我就找了布拉克,他是联合机器人公司的数学顾问。他说这些东西没有极限。只要有足够的时间和资金,再加上心理学的进步——你猜怎么着?——那样的机器人现在就能造出来。"

"他有什么证据？"

"谁，布拉克？"

"不，不！你的朋友，那个白化病。你说他手头有文档。"

"是的。我都带来了。他有很多资料——它们很古老，这点毋庸置疑，我已经用尽一切办法核实过了。当然文档的内容我自己读不了。我不知道除了西奥·里洛，还有谁能读懂它们。"

"这不是作弊吗？我们只能接受他的一面之词。"

"对，也可以这么说。但他也只说自己能破译其中的某些部分。他说资料上的文字跟古代的半人马座语言有关联，我已经找了语言学家来处理。文字是可以破解的，如果他的翻译不准确，我们不会一直蒙在鼓里。"

"好吧。咱们就来瞧瞧。"

布兰德·戈拉拿出用塑料套封的文档。会长把它们扔下，伸手去拿译文。他一边吞云吐雾一边开始阅读。

"哼，"最后他评论道，"更多细节都在铎利斯，我猜想。"

"据西奥说，光正电子机器人大脑的设计方案那边就有大量蓝图，约莫一百吨或是两百吨，全都在原先的保险库里。可这才只是最微不足道的部分。他去过了真的机器人世界。他手头有影像照片、电传记录，各种各样的细节。全是未经整合的零散资料，而且显然是出自一个对心理学几乎一无所知的外行人之手。但即便如此，他还是弄到了足够的数据，可以相当确凿地证明他前往的那个世界并非……嗯……并非自然。"

"这些你也带来了？"

"全在这儿。大部分在微缩胶片上，不过我还带了投影仪。给你眼镜。"

一小时过去，会长说："我明天就召集委员会大会，推动这事通过。"

布兰德·戈拉笑容紧绷："我们要派一支科考队前往铎利斯？"

"这个嘛，先得拿到大学的拨款，"会长干巴巴地说，"可说不好。眼下请你暂时把材料留下吧。我还想再研究一阵。"

理论上讲，政府科技部对一切科学研究实施行政管控；实际上呢，大型大学中那些纯粹的研究小组是完全自主的团体，而且按照惯常的规矩，政府并不对此提出异议。然而惯常的规矩也不一定次次都适用。

因为这个，尽管会长皱眉、发火，骂骂咧咧，但他还是没法拒绝会见温·默里。默里完整的头衔是主管心理学、精神病学与心理技术的副部长，另外他本身作为心理学家也是相当称职的。

所以会长虽然可以朝他瞪眼，但也只能瞪眼而已。

默里部长一脸高兴，无视对方瞪圆的眼睛。他一反常态地摩挲着他的长下巴道："可以说问题在于信息不充分。咱们就这么说可好？"

会长态度生硬："我看不出来你想要什么信息。对于大学的拨款，政府能做的仅仅是提供建议。而具体到这件事情上，我可以这么说，政府的建议并不受我们欢迎。"

默里耸耸肩："我对拨款没意见。但没有政府的许可你们无法离开行星。信息不充分的问题就在这里了。"

"除了我们已经提供的信息，再没有别的信息了。"

"可是有些事情已经走漏了风声。这一切实在很幼稚，而且这样藏着掖着完全没有必要。"

老心理学家涨红了脸："藏着掖着？要是你不了解学术圈的生活方式，我也无能为力。在取得明确的进展之前，调查研究的情况是不会也不能公布的，具有重大意义的调查研究尤其如此。等我们回来，我们会把这期间发表的所有论文拷贝寄给你们。"

默里摇摇头："不行啊。还不够。你们准备去铎利斯，是吧？"

"这点我们已经通知过科技部了。"

"为什么？"

"你为什么想知道?"

"因为这是大事件,否则会长不会亲自出马。那个更古老的文明和机器人的世界是怎么回事?"

"好吧,那么你们已经知道了。"

"只知道一些我们能够拼凑出的模糊概念。我要细节。"

"目前我们手头没有任何细节。在抵达铎利斯之前都不会知道什么。"

"那么我要跟你们一起去。"

"什么?!"

"你瞧,我也想知道细节。"

"为什么?"

"啊,"默里伸直双腿站起来,"现在换成你在问问题了。没用的,我说。我知道大学不乐意接受政府监督,我知道我没法指望从学术界获得任何自愿的帮助。但是,大角星在上,这回我会找到帮手的,而且随便你们怎么反抗我都不在乎。你们的科考队哪儿也别想去,除非我跟你们一起走——代表政府跟你们一起走。"

作为一个世界,铎利斯其实没什么了不起。它对银河系经济的重要性为零,它的位置远离所有主要贸易航线,它的住民愚昧落后,它的历史也晦涩模糊。然而在这个古老世界的瓦砾堆里埋藏着隐晦的证据,证明曾有火焰与毁灭涌入,摧毁了更早的铎利斯——那个更伟大的联盟的更伟大的首都。

就在这堆瓦砾里,来自新世界的人们在打探,在搜寻,在努力理解。

会长摇摇头,把灰白的头发往后捋。他已经一星期没刮胡子了。

"问题在于,"他说,"我们没有参照点。语言我猜可以破解,但符号就没办法了。"

"我觉得我们已经做成很多了。"

"摸黑瞎撞而已!以你那位白化病朋友的译文为基础,大家一起猜谜。我可不会因此就抱什么希望。"

布兰德道:"胡说!你花了两年时间研究尼米安畸形,迄今你花在这件事上的时间只有两个月,而后者比前者恰好复杂十万倍。你心烦是因为别的。"他冷笑道:"不是心理学家也能看出来,是政府的那个人让你心浮气躁。"

会长从雪茄顶端咬下一截,一口啐到四英尺开外。他慢吞吞地说:"关于那头固执的蠢驴,有三件事让我恼火。第一,我不喜欢被政府干涉。第二,我们正在经历心理学历史上最重大的事件,我不喜欢有陌生人到处刺探。第三,看在银河的分儿上,他到底想要什么?他有什么目的?"

"我不知道。"

"他应该有什么目的?你就完全没思考过这个问题?"

"没有。直说吧,我不在乎。我要是你就当他不存在。"

"你是会这样的!"会长暴躁道,"你会的!你以为政府插手进来,我们只管不理会就行了。我猜你知道吧,那个默里自诩为心理学家?"

"知道。"

"我猜你也知道,我们做的这一切,事无巨细他全感兴趣。"

"这个嘛,要我说,真要这样也正常。"

"哦!另外你也知道——"会长的声音骤然低下去,吓了布兰德一跳,"行了,默里到门口了。说话当心。"

温·默里笑盈盈地问候会长,会长板着脸点点头。

"好吧,会长先生,"默里直奔主题,"你可知道我已经连轴转了四十八小时?你这里确实有点儿东西,是大家伙。"

"谢谢。"

"不,不,我是认真的。机器人世界的确存在。"

"你本来以为它不存在？"

部长耸耸肩，态度很和善："我这人嘛，天生有些怀疑精神。你们下一步有什么计划？"

"你问这个做什么？"会长从喉咙里嘀咕出这句话，每个字都像是分别用力挤出来的。

"想看看你们的计划是不是跟我自己的计划吻合。"

"那么你自己又是什么计划？"

部长微微一笑："不，不。你们先请。你们准备再留多久？"

"直到对相关的文件有一个初步的全面了解。"

"这等于没回答。什么叫初步的全面了解？"

"我毫无头绪。也许需要好些年。"

"噢，见鬼。"

会长挑起眉毛没说话。

部长看看自己的手指甲："我猜你知道机器人世界的位置。"

"自然的。西奥·里洛去过了。到目前为止他提供的信息都得到了证实，准确无误。"

"没错。那个白化病。好吧，为什么不去那儿？"

"去那儿？不可能！"

"我能否问问原因？"

"听着，"会长强忍住不耐烦，"你在这里并非因为我们的邀请，而我们也并未请你来对我们的行动方案指手画脚，不过为了让你明白我不是故意找碴儿吵架，我准备用一个小小的比喻来说明一下眼下的情形。想象我们面前有一台巨大而复杂的机器，构成机器的原理和材料我们几乎一无所知。机器非常大，我们连各部件的关联都看不出来，更别想理解其整体的用处。那么，难道你会建议我在全面了解它之前就拿引爆射线去进攻机器上那些精微神秘的移动部件？"

"你想表达的意思我当然是明白的，可你这是变成神秘主义者了。这比喻牵强得很。"

"一点儿也不。那些正电子机器人的建造思路我们至今茫然无知，而它们会照何种思路行事我们也完全蒙在鼓里。我们真正知道的大概只有一件事：机器人被彻底隔离，以便它们能靠自己书写自己的命运。破坏隔离就等于破坏试验。要是我们一股脑儿拥过去，引入新的、不可预见的要素，诱发计划外的反应，一切就都完了。哪怕最微不足道的干扰——"

"胡扯！西奥·里洛已经去过了。"

这下会长再也压不住火气，瞬间大发雷霆："你以为我不知道？要是那该死的白化病不是一个不学无术的狂热疯子，要是他对心理学不是一窍不通，你以为会发生这种事？只有银河知道那蠢货造成了多大破坏。"

沉默。部长拿指甲敲敲牙齿，面露沉吟之色："我说不好……我说不好。但我非得弄明白不可，而且我不可能等上好几年。"

他离开了。会长火冒三丈，转头对布兰德说："现在怎么办？要是他想去机器人世界，我们又拿什么拦着他？"

"要是我们不让他去，我看不出他怎么能去成。科考队可不是由他指挥。"

"噢，是吗？刚才他进来之前我正想跟你说这个。自从我们抵达以来，联盟舰队的飞船已经有十艘降落在铎利斯。"

"什么？！"

"正如我所说。"

"可是为什么？"

"这个嘛，我的孩子，我也不明白。"

"介意我进来坐坐吗？"温·默里客客气气地问道。坐在桌前的西奥·里洛闻声抬头，一下子紧张起来。他的桌子上堆满文件，乱得一塌糊涂。

"进来。我给你腾张椅子。"屋里只有两张椅子,白化病人飞快地搬走其中一张椅子上的杂物,一望便知他慌得心肝乱颤。

默里坐下来,一条长腿架到另一条腿上。"你在这边也被分派了任务吗?"他朝书桌点点头。

西奥摇头,无力地笑笑。他几乎下意识地把桌上的纸张理成一沓,然后翻面朝下放下。

几个月前,他同一百个拥有各色光鲜头衔的心理学家一道返回了铎利斯,自那时起他就感到自己不断被排挤,离核心越来越远。这儿已经没有他的位置了。人家只要他做一件事,就是回答涉及机器人世界现状的问题,因为只有他去过那里,除此之外他参与不了任何工作。而即便是在回答问题的时候,他也觉察到——或者自以为觉察到——其他人愤怒于他竟然去到了机器人世界,而不是某个合格的科学家。

这种事情本该让他愤愤不平,然而也不知为什么,事情从来都是如此。

"抱歉?"他漏听了默里后面的那句话。

部长重新说了一遍:"我说你竟然没有被派到工作,真叫人吃惊。最初发现这一切的人是你,不是吗?"

"是我,"白化病人高兴起来,"不过它脱离了我的掌控。我力所不能及了。"

"但你去过机器人世界。"

"那是个错误,他们告诉我说。我有可能把一切都毁了。"

默里扮了个鬼脸:"据我猜想,他们其实是心里气恼,因为你弄到了大把的第一手材料,而他们却两手空空。可别因为他们有花哨的头衔,你就被唬住了,以为你自己一无是处。有常识的外行人可比瞎眼的专家强。你和我——我也算是外行,你知道——我们必须为我们的权利抗争。喏,来根烟。"

"我不抽——那我就来一根,谢谢。"白化病人逐渐对桌对面那个长手长脚的男人心生好感。他把文件翻回来正面朝上,然后勇敢地点燃了香烟,只是不大确定该怎么抽。

"二十五年。"西奥说话时很仔细,他得绕开急促的咳嗽。

"关于那个世界,你愿意回答几个问题吗?"

"我想可以吧。反正他们也只问我那个。不过你去问他们不是更好吗?他们现在多半已经把什么都想明白了。"他吐出一口烟,尽量把它吹离自己。

默里道:"咱们实话实说,他们连头都还没开呢,再说我想要未经心理学译解的原始信息,免得被人家搞糊涂。首先,那些机器人是哪种人——或者说是哪种东西?你手头不会正好有某个机器人的影像照片吧?"

"嗯,没有。我当时不乐意留存它们的影像。不过它们不是物品。它们是人!"

"不是物品?它们看起来像——像人?"

"对——大致上。反正至少外表是像的。我当时弄到一些细胞,对细胞结构做了微观研究。研究报告在会长手里。它们内在跟我们不同,你知道,经过了极大简化。但光看外表你绝对看不出来。它们很有趣——而且很和善。"

"它们比行星上的其他生命更简单吗?"

"哦,不是的。那颗行星非常原始。而且……而且,"西奥一阵咳嗽,被痉挛打断了话头,他尽量不动声色地捻灭了香烟,一颗火星也没剩,"它们拥有原生质,你明白,我觉得它们压根儿不知道自己是机器人。"

"是。我猜它们是不会想到的。它们的科学如何?"

"不知道。我一直没机会一探究竟。而且一切都那么不同。我猜得要专家才能看懂吧。"

"它们有机械吗？"

白化病人似乎吃了一惊："啊，当然。有很多机械，各式各样都有。"

"也有大城市？"

"是的！"

部长的眼神变得幽远："而且你喜欢它们。为什么？"

西奥·里洛一下子被他打断了思绪："我不知道。它们就是讨人喜欢。我们相处融洽。它们不怎么惹我心烦。具体的我也说不出所以然。也许是因为我在老家跟人相处太困难，而它们不像真人那么难相处。"

"它们更友好？"

"呃，不是的。不能这么说。它们一直没有完全接纳我。我是外人，起先也不懂它们的语言——所有这些原因。可是，"他抬起头，好像突然福至心灵，"比起真人我更理解它们。我更明白它们在想什么。我——可是我不懂这是为什么。"

"嗯。好吧——再来支烟？不？我得去跟枕头打架了。时间不早了。明天我俩结伴去打高尔夫如何？我弄到一条小球道。够咱们打了。出来活动活动。运动会让你长出胸毛的。"

他咧嘴笑笑，起身离开。

他还自顾自地咕哝了一句："看着倒像是死刑判决。"随后他便往自己的住处走，边走边若有所思似的吹起了口哨。

第二天见到会长时，他又自顾自地把那句话重说了一遍。这次他腰上系着代表其职位的腰带，而且没有落座。

"又来了？"会长好生疲惫。

"又来了！"部长肯定道，"但这回是真有正事。我或许有必要接管你的科考队。"

"什么？！不可能，先生！这样的提议我绝不听从。"

"我有授权。"温·默里拿出一个类金属材质的圆柱体，大拇指一拨就啪的一声打开了,"相关一切事宜由我全权处理。正如你所见,这是由联盟议会主席签署的。"

"那又——可是为什么?"会长好容易稳住呼吸,"假如不是武断的专制,还有什么理由吗?"

"有一个很好的理由,会长先生。从一开始我们看待这次科考的视角就不一样。科技部并不把机器人世界看成某种科学上的奇珍异宝,而是从它是否干扰联盟和平的角度去看问题。依我看,对于这个机器人世界内在固有的危险,你恐怕从来没有停下来思考过吧。"

"我看不出有什么危险。它被彻底隔绝,也完全无害。"

"你怎么知道?"

"就凭试验本身的性质,"会长怒不可遏地吼道,"最初的计划希望尽可能建立一个完全封闭的系统,因此机器人才在那里,尽可能远离一切贸易线路,孤悬于太空中一个少有人居住的区域。整个理念就是要让机器人摆脱外在干扰自行发展。"

默里微微一笑:"在这一点上我不同意你的看法。你瞧,你的全部问题就在于你是理论家。你看到的是事情应该如何,而我呢,我是一个讲究实际的人,我看到的是事情究竟如何。设计一项试验,然后任其在自身力量下无休止地运行,这绝对不可能。有一个不言自明的前提,就是存在至少一个观察者,由他来观察,并根据情况所需进行修正。"

"所以呢?"会长不为所动。

"所以呢,这项试验的观察者,也就是铎利斯原来的心理学家,已经随着第一联邦烟消云散,而试验则在一万五千年里自行发展。这期间各种小错误不断累积成大错,同时还引入了外来因素,并诱发了其他错误。这是一个几何级数的递增,而且一直没有人叫停。"

"纯粹是假说。"

"也许吧。但你只对机器人世界感兴趣,而我必须替整个联盟着想。"

"可机器人世界究竟能对联盟构成什么威胁呢？大角星在上，我真不知道你到底想说什么，伙计。"

默里叹口气："我就简要说说吧，不过如果听起来太过耸人听闻可别怨我。联盟内部已经好几个世纪没有经历过战争。如果我们与这些机器人发生接触又会怎样？"

"难道你害怕孤零零的一个世界？"

"有可能。它们的科学怎么说？机器人做事有时是能出人意料的。"

"它们能有什么了不起的科学？它们可不是用电和金属制造出来的超人。它们是不堪一击的原生质造物，是对现实人性的拙劣模仿，围绕正电子脑建造，根据一套简化的人类心理学法则进行调整。如果'机器人'这个词叫你害怕——"

"不，不是这个，可是我跟西奥·里洛谈过了。他是唯一一个见过它们的人，你知道。"

会长极流利地在心里咒骂了一通：最后还是让一个脑子不清楚的怪胎绊了脚，让一个门外汉信口雌黄坏了事。

他说："我们手头有里洛的完整描述，而且由胜任的科学家对其进行了充分的评估。我向你保证，机器人不构成危险。试验完全是学术性质的，要不是试验的视野实在广大，我连两天时间都不会花在这上头。据我们目前了解的情况看，整个理念就是建造一种正电子脑，其中包含一到两个对心理学基本公设的改动。具体细节我们尚未探明，但这部分必定不会很重要，因为这是有史以来头一个这种性质的试验，谁都得循序渐进，哪怕是那个时期那些神乎其神的伟大心理学家。那些机器人，我跟你说，既不是超人，也不是猛兽。我跟你保证——以心理学家的身份跟你保证。"

"抱歉！我本人也是心理学家。只不过我恐怕更加注重实际经验。仅此而已。可就算只是微小的改动又如何？！就以一般意义上的好斗精神为例——这自然不是科学术语，不过我没有耐心抠字眼，反正你知道我是什么意思。我们人类曾经是好斗的，但后来就通过一代代繁育将它剔除了，因为稳定的政治和经济体系不鼓励在战斗中浪费能量，战斗不是生存的要素。但假设那些机器人是好斗的，假设在它们无人监管的多少个千年里发生了一次错误的转折，它们变得好斗了，远远超出最初制造者的意图。我们跟这样的东西共处是不会舒服的。"

"再假设银河系里所有的恒星同时变成了新星。这下咱们来好好操操心吧。"

"另外还有一点，"默里权当没听见会长的冷嘲热讽，"西奥·里洛喜欢那些机器人。他喜欢机器人多过真正的人。他觉得自己适应那里，而我们都知道，在他自己的世界他一直是严重适应不良的。"

"而这，"会长问，"又有什么深意？"

"你看不出来？"温·默里眉毛上挑，"很显然，西奥·里洛喜欢那些机器人，是因为他跟它们相像。我现在就敢跟你担保，如果我们对西奥·里洛做一个全面的心理分析，将会发现多个基本公设有所改动，正好跟那些机器人的改动一样。"

"而且，"部长一口气说下去，"为了证明自己的观点，西奥·里洛坚持了四分之一个世纪，而假如被人知道他在做什么，整个科学界都会笑话死他。这里头有种狂热，有很大的实实在在的非人的毅力。那些机器人很可能也是如此！"

"你的说法毫无逻辑。你论证时活像疯子，像发狂的傻瓜。"

"我不需要严格的数学证据，合理的怀疑已经够了。我必须保护联盟。听着，这确实是合理的，你知道。锋利斯的心理学家没那么神通广大。你自己刚才也说过，他们必须循序渐进。他们制造的仿真人——我们就不把它们叫机器人吧——它们只不过是对人类的模仿，而且不可能模仿得很好。人类拥有某些非常、非常复杂的反应系统——诸如社会意识，以及建立道德体系的倾向；还有一些更为普遍的东西,像是骑士精神、慷慨、公平竞争等,这些东西根本就没法复制。我不觉得那些仿真人拥有这些。但假如我对西奥·里洛的看法成立,则它们必然拥有毅力,而毅力实际上就暗示着固执与好斗。好吧,只要它们的科学有任何进展,那我就不愿意看见它们在银河系里没人管,哪怕我们的数量比它们多出一千倍或者一百万倍。而我也不打算允许它们如此!"

会长脸上的肌肉变得僵硬:"你眼下是什么打算?"

"尚未最终决定。但我在考虑组织一支小规模的队伍登陆那个星球。"

"我说,等等。"老心理学家站起身,绕过书桌,抓住部长的胳膊肘,"你当真确定你知道自己在做什么?如此大规模的试验,其潜在的可能性如何,你我谁都无法预估。你不可能知道自己将会毁掉什么。"

"我明白。你以为我乐意这样吗?这不是英雄干的活儿。我自己也是合格的心理学家,我也对试验感到好奇,但派我来是为了保护联盟,而我准备为此竭尽所能——这确实是脏活儿,可我也没办法。"

"你肯定没有通盘考虑过。你怎么可能预料到试验能带给我们怎样的洞见?对心理学基本理念的洞见,相当于两个星系的融合,它能将我们送到无与伦比的高度,我们会由此获得多少知识多少力量啊。哪怕那些机器人真的是用电和金属制造的超人,我们能得到的益处也远超它们可能造成的伤害,超出一百万倍。"

部长耸耸肩:"现在换你拿微小的可能性做文章了。"

"听着,我跟你做笔交易。封锁它们。用你的飞船隔离它们。派人监控。但是别碰它们。再给我们一点儿时间。给我们一个机会。你非得这样不可!"

"这我也考虑过。但我得先取得议会的同意。花销会很大呢,你知道。"

会长心急火燎,一屁股坐进椅子里:"你说的花销是哪一种?如果成功，我们会获得什么性质的回报，你意识到了吗？"

默里想了想，然后半笑着说："要是它们发展出星际旅行的手段呢？"

会长迅速回答："那么我会撤回我的反对意见。"

部长站起身："我会向议会说明的。"

布兰德·戈拉望着会长弓起的脊背，小心翼翼地抹去了脸上的表情。刚才会长对有空的科考队员做了一番动员讲话，态度欢欣鼓舞，然而缺少实质内容，布兰德听得很不耐烦。

他问："接下来我们怎么办？"

会长的肩膀抽搐一下，但他并未转身："我叫西奥·里洛赶紧回来。那傻子上周去了东大陆——"

"去干吗？"

年长的男人被打断，立刻火冒三丈。"那个怪胎做的事我怎么知道？你难道看不出来默里说得没错？他是心理上的畸形。我们本来就该派人监视他。要是我早想到要多看他一眼，绝不会放着他不管。不过他就快回来了，而且今后他要一直留在这儿。"会长的声音低下去，嘴里咕哝道，"两小时前就该到了。"

布兰德直言不讳："这种情形是不可能的，先生。"

"哦？"

"那个——你难道觉得议会能支持在机器人世界外围无限期巡逻吗？这得花很多钱，而普通的银河系联盟公民不会觉得值得为此纳税。心理学公式退化成了常识的公理。说实话，默里竟然答应跟议会提这件事，我简直不明白是为什么。"

"你不明白？"会长终于转身面对晚辈。"好吧，那个傻子自诩为心理学家，银河保佑我们，这就是他的弱点。他自我陶醉，觉得自己内心深处是不愿意摧毁机器人世界的，只不过为了联盟的利益被迫如此。任何合理的妥协他都会欣然接受。议会不会同意无限期巡逻，这不必你来跟我挑明。"会长说话的声音很安静，很有耐心，"但我会要求十年、两年、六个月——能要到多长时间就要多长时间。我总能要到一点儿时间的。在这期间，我们会对那个世界有新的了解。我们会想出办法来增强我们的说服力，等协议的时间到了就把它续下去。我们能拯救这项计划。"

短暂的沉默，然后会长用苦涩的语气慢吞吞地添上一句："而这就是西奥·里洛要发挥关键作用的地方了。"

布兰德·戈拉默默望向会长，等他继续说。会长道："在这一点上，默里看到了我们忽略的东西。里洛是心理上的残疾人，也是整件事真正的线索。如果研究他，我们就能得到机器人的粗略画像，自然这画像是扭曲的，因为他生活在充满敌意、不友好的环境里。不过我们可以把这一点纳入考量，在评估他天性的时候使用一种——啊，我对这整个题目都厌烦透了。"

信号盒一闪，会长叹道："嗯，他来了。好了，戈拉，坐下。你叫我紧张。咱们来看看他。"

西奥·里洛像流星一样撞进门里，最后喘着粗气停在屋子正中央。他用虚弱的眼睛把屋里的两个人挨个瞅了瞅。

"这一切是怎么发生的？"

"一切什么？"会长冷冷地说，"坐下。我有些问题要问你。"

"不。你先回答我。"

"坐下！"

里洛坐下了。他泪水盈眶："他们打算摧毁机器人世界。"

"别担心这个。"

"可是你说了，如果机器人发展出星际飞行，他们就有可能这么干。你说的。你这个笨蛋。难道你看不出来——"他哽咽起来。

会长有些不安，他皱起眉头道："拜托你冷静冷静，把话说明白，好吗？"

白化病人咬牙切齿道："可是过不了多久它们就会有星际飞行了。"

两个心理学家同时朝小个子男人嚷道："什么？！"

"那个……那个，要不然你们以为呢？"里洛因绝望而暴跳如雷，他一跃而起，"你们以为我是降落在沙漠或者大海中央，然后一个人出发去探索一个世界的？你们以为生活是故事书吗？我一降落就被抓住，被带去了一座大城市。至少我觉得那应该是大城市。它跟我们的城市不一样。它有——但是我不告诉你们。"

"别管什么城市了，"会长厉声喊道，"你被抓住了，接着说。"

"它们研究我。它们研究了我的飞行器。然后，有一天夜里，我离开了，回来告诉联盟。它们不知道我走了。它们不想让我走。"他破了音，"而我本来也愿意留下的，可是联盟需要知情。"

"关于你的飞船，你告诉它们什么没有？"

"怎么告诉？我又不是机械师。我不懂飞船的理论和建造。不过我给它们演示过怎样操控飞船，还让它们看了引擎。就这么多。"

布兰德·戈拉说话了，几乎是自言自语："那么它们是永远也弄不明白的。这点儿信息远远不够。"

白化病人猛地抬高了声音，他志得意满地尖叫道："哦，会的，它们会弄明白的。我了解它们。它们是机器，你知道。它们会钻研那个问题。它们会不断地钻研，不断地钻研，而且永远不会放弃。最终它们会弄明白的。它们从我这里了解到的东西足够了。我打赌足够了。"

会长看了他半晌，然后转开眼睛——他疲态尽显："为什么你先前没有告诉我们呢？"

"因为你们抢走了我的世界。是我发现它的——靠我自己——全靠我自己。结果等我完成了所有真正的工作，邀请你们进来，你们就把我赶出去了。你们对着我就只会抱怨，说我登陆了那个星球，说或许因为我的干扰一切都毁了。我为什么要告诉你们？既然你们那么睿智，又满不在乎地把我踢来踢去，你们倒是自己去找答案啊。"

会长满心苦涩，他暗想："适应不良！自卑情结！迫害妄想！妙极了！现在我们终于肯把目光从地平线上收回来，看一看一直以来就在眼皮底下的东西，一切都对上了。而且现在一切都毁了。"

他说："好吧，里洛，咱们都输了。你走吧。"

布兰德·戈拉声音紧绷："全完了？真的全完了？"

会长回答道："真的全完了。最初的试验，像这样符合最初设想的试验，已经结束了。里洛前往那个世界以后，造成的扭曲很可能已经足够大了，我们在这里研究的方案无异于已经死去的语言。再说了——默里说得没错，假如它们掌握了星际飞行，它们就会对我们构成威胁。"

里洛在嘶吼："但是你们不能毁灭它们。你们不能毁灭它们。它们从未伤害过任何人。"

没有人回答。他继续怒喊："我这就回去。我要提醒它们。它们会做好准备的。我会提醒它们。"

他边说边往门口退，他稀疏的白头发根根立起，眼睛从红色的眼眶里往外鼓。

他冲出门外，会长一动不动，没有阻拦他。

"随他去。这是他的人生。我已经无所谓了。"

西奥·里洛横冲直撞地飞向机器人世界，加速度几乎令他窒息。

就在前方的某处有一粒微尘，那是一个孤立的世界，人造的仿真人仍然挣扎在那个世界上，尽管它们的试验早已消亡了。它们挣扎着奔向一个新的目标：星际飞行，而这将成为它们的死刑判决。

他朝着那个世界飞去，奔向他第一次被它们"研究"时所在的那座城市。他清楚地记得它。它的名字是它们的语言里他学会的第一个词。

纽约！

死胡同[1]

在银河系历史上,只发现过一次有智慧的非人类种族。

——《史论》,李古恩·维尔(著)

1

发件人:外围行省事务局

收件人:卢敦·安条克,首席公共事务行政官,A-8级别

主题:仙王座18民事督管官之行政职务任命

参考文件:

(a)银河帝国971年之第2515号议会法案,标题《行政部门官员之任命办法修订》

(b)《帝国方针》,Ja 2374,银河帝国纪元 243 / 975

1. 据参考文件(a)赋予之权力,现任命汝担任本函主题所示之职务。据参考文件(b)所规定的自治条款,该职务作为仙王座18民事督管官,权限当囊括生活在该行星的非人类帝国公民。

2. 本函主题所示之职务,其职责当囊括对非人类内部事务之

---

[1] Copyright © 1945 by Street & Smith Publications, Inc.

一般性监管、对政府授权之各调查与报告委员会的协调,以及对非人类事务各阶段进展之半年度报告之准备。

C. 莫里利,局长,外省局

银河帝国纪元 12 / 977

卢敦·安条克认真听了半晌,现在温和地晃了晃圆乎乎的脑袋:"我的朋友,我是乐意帮你的,可你却是问道于盲——找错人啦。这事还得去找事务局说道呢。"

托莫尔·扎莫把身体坐回椅子里,奋力揉了揉他的鹰钩鼻。他压下本要脱口而出的话语,转而静静地回答道:"符合逻辑,然而不现实。眼下我不可能前往川陀。你是事务局在仙王座 18 的代理人,难道你完全无能为力?"

"这个嘛,虽说我担任民事督管官,但也必须在事务局政策限定的范围内工作。"

"好,"扎莫嚷道,"那就告诉我事务局的政策到底是什么。我牵头一个由皇帝陛下直接授权成立的科学调查委员会,理论上应当享有最广泛的权力;可现实里呢,我在每一个转角都被民事部门拦住,给出的理由全是鹦鹉学舌的'事务局政策'。事务局政策到底是什么?我迄今也没有收到像样的文件。"

安条克目光平稳,毫不慌张。他说:"据我看——这并非官方的说法,所以你不能要求我对此负责——事务局的政策在于尽可能体面公道地对待非人类。"

"那他们有什么权力——"

"嘘!没必要抬高嗓门儿。事实上,皇帝陛下是人道主义者,也是奥勒里翁哲学的信奉者。有件事我可以私下告诉你,其实好多人都知道的,最早建议设立这个世界的就是陛下本人。所以毋庸置疑,事务局政策肯定会贴近陛下的想法。同样毋庸置疑的是,面对那样一股潮流,我是没法单枪匹马逆流而上的。"

"好吧,小子,"生理学家肉乎乎的眼皮微微颤动,"你要是这么一个态度,那你是保不住饭碗了。不,我不准备叫人踢你出局。压根儿不是那个意思。你的工作会一点儿一点儿从你脚底下消失掉,因为这里什么事都办不成!"

"当真?为什么?"安条克是个胖乎乎的小矮子,粉红色的脸颊十分丰满,态度一向彬彬有礼,满脸的欢快温和,仿佛很难摆出别的表情——但眼下这张脸显得很严肃。

"你刚来不久,我在这儿却已经很长时间了。"扎莫皱起眉,"介意我抽烟吗?"他手拿一支表面粗糙、气味浓烈的雪茄,被他满不在乎地吸了一口就亮起火光。

他粗声大气地往下说:"行政官,在这个星球没有人道主义的位置。你把非人类当成人类一样对待,那是不会成功的。其实我从来不喜欢'非人类'这么个说法。它们是动物。"

"它们有智慧。"安条克柔声插话。

"好吧,就算是智慧动物吧。我猜'智慧'和'动物'也并不彼此排斥。总之呢,相异的智慧生命混杂在同一个空间里,这是行不通的。"

"你是建议杀光它们?"

"银河啊,不是!"扎莫用雪茄比画一个手势,"我建议我们将它们视为研究对象,并且仅此而已。只要允许我们研究,我们能从这些动物身上学到很多东西。容我指出,相关的知识是立即就能使人类获益的。要是你对奥勒里翁那套软骨头宗教崇拜感兴趣,这不就是符合人性的做法吗?这不就是造福大众吗?"

"举例来说,你指的是什么?"

"就说最明显的——我猜你听说过它们的化学?"

"对,"安条克承认,"最近十年关于非人类的报告,大多数我都浏览过了。我还准备再继续读下去。"

"嗯。好吧——也免了我多费口舌,总之它们的化学疗法极其彻底。举个例子,我亲眼见证过它们治疗骨折——我指的是对它们而言算是骨折的问题——只用了一片药片。十五分钟后骨头就痊愈了。自然它们的药对人类毫无作用,大多数甚至会迅速致人死命。但如果能查明这些药物对非人类是如何起效的——我是说对动物——"

"对,对。我看出它的重要性了。"

"哦,你看出来了。好啊,真叫人高兴。还有第二点,这些动物以一种未知的方式交流。"

"心灵感应!"

科学家的嘴都扭曲了,他咬牙切齿道:"心灵感应!心灵感应!心灵感应!干脆说是用女巫药水好了。心灵感应不过就是个名字,除此之外,任何人对它都没有任何了解。心灵感应的机制是什么?它的生理学和物理学基础又是什么?我希望弄明白,但是我做不到。那么是因为事务局政策禁止我这样做——要是我相信你的说法。"

安条克也抿紧了小嘴巴:"可是——请原谅,博士,可是我不明白你受到了什么阻挠。你要对非人类展开科学调查,想来民政部门总不会跑来阻拦。当然我没法完全为我的前任打包票,但是我本人——"

"没有发生任何直接干预,我说的不是那个。可是行政官,以银河的名义,这整个体制的精神就在妨碍我们。你们迫使我们把它们当成人类对待。你们允许它们拥有自己的领袖和内部自治。你们纵容它们,给予它们奥勒里翁哲学所谓的'权利'。我没办法跟它们的领袖打交道。"

"为什么不行?"

"因为他拒绝允许我自由行事。他拒绝允许在任何个体身上进行试验,除非事先征得对方同意。我们只有两三个志愿者,都不怎么机灵。这样的安排使得我们没法工作。"

安条克耸耸肩，表示无能为力。

扎莫继续往下说："还有，关于这些动物的大脑、生理和化学层面的研究，我们非得用上解剖、饮食试验和药物不可，否则显然不可能获得任何有价值的信息。你明白，行政官，科学研究是冷酷的游戏，其中没有人性的位置。"

卢敦·安条克拿手指轻敲下巴，显得疑虑重重："难道非得如此冷酷不可吗？这些都是无害的生物，这些非人类。解剖想必是——或许如果稍微换种思路去接近它们——我印象中你似乎激起了它们的敌意。你的态度可能有些专横。"

"专横？！我可不是只会抽抽搭搭抱怨的社会心理学家，眼下倒数那种人最时髦。有些问题非得解剖才能弄明白，否则还能如何？难道诉诸时下风行的所谓'正确的个人态度'？我反正是不信的。"

"你这样想，我感到很遗憾。社会心理学的训练是所有高于A-4级别的行政官都必须接受的。"

扎莫从嘴里抽出咬烂的雪茄，他等了一段适宜的时间以示不屑，然后把雪茄重新放回嘴里。"那么你最好把你学到的技巧用一点儿在事务局身上。你知道，我在陛下的宫廷可是真有朋友的。"

"啊，我说，这件事我没法跟事务局提，不能直接提。基本政策的改动超出了我的管辖权限，只能由事务局牵头。不过呢，你知道，我们或许可以试试间接手段。"他露出一丝笑意，"某种策略。"

"哪种？"

安条克突然伸出一根手指，同时另一只手轻轻落在几份报告上。报告装在灰色封套里，就放在他座椅旁的地板上。"喏，你瞧，这边的报告我差不多都读过了。很无趣，不过也包含了某些事实。比方说，仙王座18最近一次有非人类婴儿诞生是什么时候？"

扎莫几乎不假思索："我不知道，也不在乎。"

"但是事务局会在乎。在仙王座 18 上从来没有诞生过非人类婴儿——自这个世界设立以来,两年里一个也没有。你知道原因何在吗?"

生理学家耸耸肩:"可能的因素太多,要研究了才能知道。"

"很好。假设你写一份报告——"

"报告!我已经写过二十份了。"

"再写一份。强调未解决的问题。告诉他们你必须改变方法。抓住出生率的问题不放。这件事事务局是不敢置之不理的。要是非人类灭绝,总得有人向皇帝陛下负责。你瞧——"

扎莫瞪着对方,眼神幽暗:"这就能扭转局面?"

"我替事务局工作已经二十七年。我知道事务局的行事方式。"

"我想想。"扎莫起身大步走出办公室。门在他身后砰的一声关上。

后来扎莫对一个同事说:"此人首先是个官僚。文书是官僚主义的正统,他绝不肯放弃,另外他也绝不肯担风险。光靠他自己是成不了事的。不过要是我们通过他去行动,或许倒能做成一点儿事。"

发件人:行政总部,仙王座 18

收件人:外省局

主题:外围行省第 2563 号计划,第二部分——对仙王座 18 之非人类之科学调查之协调

参考文件:

(a)外省局函,仙–N–CM/jg,100132,银河帝国纪元 302 / 975

(b)仙 18 行政总部函,AA–LA/mn,银河帝国纪元 140 / 977

附件：

1. 第10科研小组，物理与生物化学分部报告，标题《仙王座18非人类的生理特征，第十一部分》，银河帝国纪元172/977

1. 随函附上附件1，供外省局了解相关信息。提请注意附件1第十二节第1-16段其涉及对非人类现行政策可能的变更，此变更意在促进目前据参考文件（a）授权所进行之物理与化学研究。

2. 提请外省局注意，参考文件（b）已对研究方法之可能变更进行讨论，仙18行政总部仍持原意见，即此类变更为时尚早。然虑及第10科研小组对此问题之重视（详见附件1第五节），仍建议将非人类出生率之问题纳入外省局之计划，并交由仙18行政总部负责。

L.安条克，督管官，行政总部仙18

174/977

发件人：外省局
收件人：仙18行政总部
主题：外围行省第2563号计划——对仙王座18之非人类之科学调查，其协调
参考文件：

（a）仙18行政总部函，AA-LA/mn，银河帝国纪元174/977

1. 针对参考文件（a）第2段提及之建议，经考量，非人类出生率问题不属于仙18行政总部之审理范畴。虑及第10科研小组报告称不育或源于食物供应中特定化学物质之缺乏，现将此领域一切调查划归第10科研小组负责，其恰为

此领域之权威。

2. 各科研小组之调查程序将继续遵循现行方针。目前未考虑变更政策。

C.莫里利，局长，外省局

银河帝国纪元 186 / 977

2

这位记者动作灵活又兼身形瘦削，显得忧郁而高大。他叫古斯提夫·班纳德，名气不小，同时能力出众——无论耳熟能详的道德箴言怎么说，这两样东西其实并不总是同时具备的。

卢敦·安条克怀疑地把对方掂量了一番，他说："自然你说得没错，否认也没有用处。但科研小组的报告是保密的，我不明白你怎么会——"

"报告泄露了，"班纳德冷面无情，"什么都免不了泄密。"

安条克粉红色的脸略微皱起，显然是被难住了。"那么只好由我堵住漏洞。我不能通过你的报道。里面提到科研小组有所不满的部分，相关内容必须全部删除。你能理解，对吧？"

"不能。"班纳德泰然自若，"此事极其重要，而我有我的权利，这是帝国方针政策赋予我的。我认为应该让皇帝陛下知道发生了什么。"

"可是你说的事情并没有发生，"安条克感到绝望，"你的论断通通错了。事务局不准备变更政策。我已经给你看过相关的信函。"

记者不屑道："等扎莫开始施压，你觉得你能扛得住？"

"我会的——如果我认为他做错了。"

"如果？！"班纳德先是语气冷淡，接着骤然激情迸发，"安条克,帝国在此地拥有一些伟大的东西,政府似乎远没有意识到它的价值。他们正在摧毁它。他们把这些生命当成动物一样。"

"这话未免——"安条克开了个头,然而毫无气势。

"别跟我说什么仙王座18。仙王座18就是个动物园。高级动物园,园里有你那些冥顽不灵的科学家,拿棍子伸进围栏去戳那些可怜的生物,戏弄它们。你们扔肉块给它们吃,但同时也把它们关在笼子里。我知道实情!关于它们的报道我已经写了两年。我几乎算是跟它们一起生活的。"

"扎莫说——"

"扎莫!"浓浓的轻蔑。

"扎莫说,"安条克战战兢兢地稳住阵脚,坚持把话说完,"他说我们现在就已经太把它们当人对待了。"

在记者又长又直的脸颊上,所有肌肉都变得僵硬起来:"扎莫自己在有些地方就挺像动物。他崇拜科学。这种人大可以再少些。你读过奥勒里翁的著作吗?"最后一个问题十分突兀。

"嗯。读过。据我所知皇帝陛下——"

"皇帝陛下倾向于我们。这很好——比先皇的迫害强。"

"我不明白你究竟想说什么?"

"这些外星人能教会我们很多东西。明白吗?这类东西扎莫和他的科研小组用不上;它不是化学,不是心灵感应。它是一种生活方式,一种思维方式。这些外星人没有犯罪,它们之中没有适应不良的个体。我们做了哪些努力去研究它们的哲学,或者将它们作为社会工程方面的问题进行研究?"

安条克琢磨片刻,连圆脸上的皱纹都抹平了:"这一考量倒也有趣。可以交由心理学家——"

"没用。大部分心理学家都是庸医。心理学家指出问题,但他们的解决方案靠不住。我们需要奥勒里翁一样的人,崇尚哲学的人——"

"可是我说,我们总不能把仙王座18变成……变成形而上的研究项目。"

"有何不可?很容易就能做到。"

"怎么做?"

"忘了那些玩试管的可怜虫。允许外星人建立一个没有人类参与的社会。给它们不受限制的自由,允许各种哲学相互融合——"

安条克胆怯地回应道:"这可不是一天就能做成的。"

"我们可以用一天来开个头。"

行政官缓缓说道:"好吧,你们要开始尝试我也拦不住。"他表现出推心置腹的样子,温和的眼睛若有所思:"不过如果你们发表第10科研小组的报告,并站在人道主义的立场上谴责它,你们难免自毁长城。科学家是很有权势的。"

"我们这些哲学的信徒也一样。"

"没错,但还有一个简单的法子。你们不必大肆宣扬,仅仅指出第10科研小组没能解决问题就好了。指出这件事的时候不带感情,让读者自行得出你们的观点。就以出生率的问题为例。这里头就有些东西你们用得上。就算科学竭尽全力,非人类也可能在一代之内灭绝。指出对此需要采取一种更为哲学化的解决思路。或者另找一个显而易见的观点。发挥你们自己的判断,嗯?"

安条克一边起身一边讨好地笑笑:"不过,看在银河的分儿上,无论你们做什么,总之别弄得太难看。"

班纳德身体僵硬,不置可否:"也许你说得也有些道理。"

稍后班纳德寄给朋友一封胶囊信,信中写道:"他实在不算聪明,脑子稀里糊涂,人生也缺乏指针,毫无疑问根本不能胜任他的工作。但他深谙如何小修小补、粉饰太平,懂得通过妥协绕过问题,而且愿意让步以避免强硬立场。在这方面我们也许会发现他的用处。奥勒里翁与我们同在。"

发件人：仙18行政总部
收件人：外省局
主题：仙王座18非人类出生率之新闻报道
参考文件：
　　（a）仙18行政总部函，AA-LA/mn，银河帝国纪元174/977
　　（b）《帝国方针》，Ja2374，银河帝国纪元243/975
附件：
　　1. G.班纳德之新闻报道，发稿地点与日期：仙王座18，银河帝国纪元201/977
　　2. G.班纳德之新闻报道，发稿地点与日期：仙王座18，银河帝国纪元203/977

1. 参考文件（a）中上报外省局仙王座18非人类之不育问题，已成为银河社新闻报道之主题。所涉新闻报道作为附件1与附件2呈交，供外省局了解相关信息。尽管该报道基于不对民众公开的保密材料，然据参考文件（b）之条款，所涉记者仍享有报导自由。
2. 鉴于大众之知情与误解已无可避免，现请求外省局指示，未来对非人类不育问题当采取何种政策。

　　　　　　　　　　　L.安条克，督管官，仙18行政总部
　　　　　　　　　　　　　　银河帝国纪元209/977

发件人：外省局
收件人：仙18行政总部
主题：仙王座18非人类出生率的调查

参考文件：

（a）仙18行政总部函，AA-LA/mn，银河帝国纪元209 / 977

（b）仙18行政总部函，AA-LA/mn，银河帝国纪元174 / 977

1. 针对参考文件（a）与（b）中提及之出生率不佳现象，建议对其起因及解决方法展开调查研究。据此设立一项目，项目名为"仙王座18非人类出生率之调查"，鉴于该问题之极端重要性，予以该项目AA优先级。

2. 分配予该项目之编号为2910，由此产生之一切费用纳入18 / 78号拨款预算。

C.莫里利，局长，外省局
银河帝国纪元 223 / 977

3

每当托莫尔·扎莫来到第10科研小组实验站的场地内，他的坏脾气就会减少，不过他的友好程度并不随之增加。安条克发现自己无人理会，独自站在野外主实验场的观察窗前。

野外主实验场是一片宽阔的场院，环境条件完全依照仙王座18的环境设置，实验对象自然处处方便，实验者就不那么舒适了。滚烫的白色阳光从天而降，在火热的沙子里、在富含氧气的干燥空气中，刺眼的光芒处处闪烁。烈日下，砖红色的非人类三三两两蹲在地上，它们有着皱巴巴的皮肤和细瘦结实的身体，意态十分闲适。

扎莫从实验场里出来，中途停下喝水，看来是渴得狠了。他抬起眼睛，嘴唇上的水渍闪闪发亮："你进去吗？"

安条克明确地摇头："不了,谢谢。现在的气温是多少?"

"有阴凉的话是一百二十华氏度[1]。它们还嫌冷呢。现在是喝水的时间了。想看它们喝水吗?"

场院中央的喷泉朝天喷出水花,非人类小小的身影摇摇晃晃地站起来,它们热切地往前蹦,动作古怪,矫健地半跑半跳。它们彼此推搡,乱哄哄地在水边走来走去。倏忽间它们的脸变了样,中央伸出一根长而灵活的肉质管子。管子向前插进水花里,然后又滴着水缩回去。

这一幕持续了好几分钟。它们的身体逐渐胀大,皮肤上的皱纹也消失了。它们倒退着慢慢往后走,饮水管还在快速进进出出。终于,饮水管最后一次缩回带褶皱的粉红色肉团里,就在那没有嘴唇的宽大吻部上方。它们聚成几群,在阴凉的角落里睡下,胀鼓鼓地心满意足。

"动物!"扎莫鄙夷道。

安条克问:"它们喝水的频率如何?"

"它们想喝多少次就喝多少次。有必要的话也可以一周不喝。我们每天都浇水。它们把水储存在皮肤底下。进食是在傍晚。素食,你知道。"

安条克的圆脸上露出笑容:"偶尔来点儿第一手材料也挺不错的。总不能老读报告。"

"是吗?"扎莫不置可否,然后问道,"有什么新消息?川陀那些涂脂抹粉的小白脸有什么动静?"

安条克迟疑着耸耸肩:"很不幸,没法让事务局明确表态。既然皇帝陛下赞同奥勒里翁主义者,人道主义就成了如今的主流。这你是

---

[1] 英制计量温度的单位,符号为°F。华氏温度与摄氏温度的换算关系为:华氏温度＝32＋(9/5)摄氏温度。

知道的。"

行政官停顿片刻，这期间摇摆不定似的咬着嘴唇："不过现在有了出生率这个问题，研究项目也终于分派给了行政总部，你知道——而且还是双 A 优先级呢。"

扎莫无声地嘟嘟囔囔。

安条克说："你或许还没意识到，如今在仙王座 18 就数这个项目优先级最高，正在进行的其他所有工作都要给它让位。它很重要。"

他回转身，再次面朝观察窗。他沉吟着提了一个问题，提问前毫无铺垫："你觉得这些生物会不会觉得不快乐？"

"不快乐？！"对方抬高嗓门儿，直如平地惊雷。

"嗯，或者说，"安条克赶忙改口，"不适应。你明白吧？对这个种族我们了解很少，想根据它们的需求调整环境是很难的。"

"我说——你见过我们带它们离开的那个星球吗？"

"我读过报告——"

"报告！"扎莫带着无尽的轻蔑，"我见过它。那外头在你眼里也许跟沙漠一样，对于这些可怜虫却是湿润的天堂。食物和水，它们想要多少有多少。如今它们有了一个属于自己的世界，其中有植物和自然的水流，而它们原先的星球只不过是一团硅石和花岗岩，真菌要在山洞里手动培植，水得从石膏岩里蒸发。本来这群野兽再过十年就要全部死光，是我们救了它们。不快乐？哈，要是它们真的不快乐，那它们还不如大多数动物懂得感恩呢。"

"嗯，也许吧。不过我有个想法。"

"想法？什么想法？"扎莫伸手去拿雪茄。

"或许对你能有帮助。我的意思是，为什么不用一种更综合的方式去研究这些生物呢？让它们发挥它们的主观能动性。毕竟它们本来确实拥有高度发展的科学，你在报告里多次提到过的。给它们一些问题让它们去想办法解决。"

"例如？"

"嗯……嗯，"安条克无助地摆摆手，"无论什么你觉得最有帮助的。比如飞船。带它们进飞船的控制室，然后观察它们的反应。"

"为什么？"扎莫语气干巴巴的，毫不客气地问道。

"因为它们的大脑会对依据人类气质调整的工具和控制装置做出反应，从中你能看出很多东西。再说，据我想，这件事可以是很有效的'贿赂'，比你之前试过的法子都有效。如果它们觉得做的事情有意思，你也能得到更多的志愿者。"

"这又是你那套心理学。嗯。听起来还行，其实多半不怎么样。我先想想，明天再说。不过说到底，我上哪儿去搞让它们操作飞船的许可？而且飞船这种资源我手头是没有的，要是想让上头分配一艘飞船，谁知道有多少道烦琐的官僚手续在前头等着，为此花太多时间就不值得了。"

安条克轻蹙眉头沉吟片刻："倒也不是非得用飞船不可。不过即便如此——如果你愿意再写一份报告，亲自提出这个建议——强烈建议，你明白——我或许能想办法把它跟我的出生率项目绑定。双A级项目基本上什么都能弄到手，你知道，人家连问都不问的。"

扎莫想假装兴味索然，不过不太成功："好吧，也许。同时呢，我还有些基础代谢测试正在进行，时间可不早了。我会考虑的。你这想法也有点儿道理。"

发件人：行政总部仙18

收件人：外省局

主题：外围行省项目2910，第一部分——仙王座18非人类出生率之调查

参考文件：

（a）外省局函，仙-N-CM/car，115097，银河帝国纪

元 223 / 977

附件：

1. 第 10 科研小组，物理与生物化学分部报告，第十五部分，银河帝国纪元 220 / 977

1. 随函附上附件 1，以供外省局了解相关信息。

2. 提请特别注意附件 1 第三段第五节，其中第 10 科研小组请求分配一艘飞船以便加速外省局授权之研究。仙 18 行政总部认为，此类研究对参考文件（a）授权之本函主题所示项目或可起到重大作用。鉴于外省局赋予本函主题所示项目以高优先级，建议对该科研小组之请求立即予以考虑。

L. 安条克，督管官，仙 18 行政总部
银河帝国纪元 240 / 977

发件人：外省局

收件人：仙 18 行政总部

主题：外围行省项目 2910——仙王座 18 非人类出生率之调查

参考文件：

（a）行政总部仙 18 函，AA-LA/mn，银河帝国纪元 240 / 977

1. 据参考文件（a）附件 1 之请求，现将训练飞船 AN-R-2055 交付仙 18 行政总部，以用于本函主题所示项目及其他获得授权之外围行省项目中对仙王座 18 非人类之研究。

2. 迫切要求尽一切可能加快本函主题所示项目之进展。

C. 莫里利，局长，外省局
银河帝国纪元 251 / 977

4

那砖红色的小生灵举止如常,但想必是不会舒服的。室温已经特意为他调高,在座的人类解开了衬衣扣子也仍然大汗淋漓,但他却还是把自己裹得严严实实。

他说话时声调很高,字斟句酌:"我感到潮湿,但在如此的低温下并非无法忍受。"

安条克微笑:"多谢你赏光。我本来打算去拜访你,可惜试过你们那外头的空气之后——"笑容变得心有余悸。

"无须介怀。你们异界人已经为我们做了很多,远远超过我们自己能为自己做的。我来忍受如此微不足道的不适,也不过是略为报答罢了。"他说话从不直奔主题,就好像他是从侧面接近自己的想法,又或者直言不讳有违一切礼仪。

古斯提夫·班纳德坐在房间的一角,一条长腿架在另一条腿上,行云流水般奋笔疾书。他说:"这些我全都记下来你不介意吧?"

仙王座非人类瞟了记者一眼:"我不反对。"

安条克继续为自己辩护:"今天并非纯社交性质的活动,先生。我是不会为那种小事害你忍受不适的。有一些重要问题需要考虑,而你是你族民的领袖。"

仙王座的非人类点点头:"我确信你的行为是出于善意。请继续。"

行政官实在难以将想法化成言语,以至于身体几乎扭动起来。"这一话题,"他说,"略有些敏感,我本来是绝对不会提起它的,只不过因为这一……呃……这一问题实在极为重要。我仅仅是代表政府发言——"

"我的族民认为异世界的政府是善意的政府。"

"啊,是的,他们是善意的。正因为如此,他们才因为你的族民不再生育感到不安。"

安条克闭上嘴，忧心忡忡地等待对方回应，然而对方没有答话。仙王座非人类的面部纹丝未动，只那片有褶皱的区域在轻柔地颤抖，那是瘪下去的饮水管。

安条克继续往下说："我们一直难以决断，要不要提起这一问题，因为其角度实在是极私密的。我方政府的首要目标是不干涉，而我们也尽量不打扰你的族民，只是静悄悄地研究这一问题。不过实话实说，我们——"

"失败了？"见对方停下来，仙王座非人类便替他把句子补充完整。

"对。或者至少可以说，我们认为我们完美再造了你们原来世界的生存环境，当然还做了一些必要的改动，以使它更加宜居，但总之我们没能发现这一复制有任何具体的缺陷。自然地，我们怀疑是不是缺少了某些化学物质。因此我请求你们的自愿帮助。你的族民对你们自己的生物化学很有研究。当然，如果你选择不这么做，或者宁愿不要——"

"不，不，我可以帮忙。"仙王座非人类好像还挺开心。在他皮肤松弛、光滑无毛的脑瓜上，平顺的表面起了褶皱，也不知对应的是外星人的何种情绪。"这件事，我们中谁也没想到会困扰你们这些异世界人。你们竟为此感到困扰，再一次证明了你们的好心和善意。我们认为这个世界十分适宜居住，与我们过去的世界相比宛如天堂。它什么也不缺。现有的条件只在我们关于黄金时代的传说中出现过。"

"那么——"

"但是确实有些东西，某些你们或许无法理解的东西。我们不能指望不同的智慧生命会有相似的想法。"

"我愿意努力理解它。"

仙王座非人类的声音变得柔和，那流水般低声细语的特质越发明显："原先在我们出生的世界，我们正在灭亡，但我们还在抗争。

我们的科学是在比你们的历史更久远的年代里发展出来的，它在走向失败，但还没有失败。或许因为我们的科学是以生物学为基础，而不像你们的科学以物理学为基础。你们发现新的能量形式，并飞往群星；我们发现心理学和精神病学的新真理，并建立起了一个运转良好、没疾病也没有犯罪的社会。

"无须质疑哪种思路更值得称道，不过哪种思路最终被证明更成功则毫无疑问。在我们那个濒死的世界，既无生存下去的方法，也无生存所需的能源，我们的生物科学只能让死亡变得比较容易而已。

"然而我们仍在抗争。过去的几个世纪里，我们摸索着接近原子能的基本原理，渐渐地，希望的火花开始闪烁，我们或许可以突破我们行星表面的二维限制，就此走向群星。在我们自己的星系没有其他行星可以充当垫脚石。距离我们最近的恒星也有大约二十光年，中间空无一物，我们丝毫无从确认其他行星系统是否真的存在，倒是不存在的可能似乎更大些。

"然而在一切生命中都有某种力量坚持要拼搏，哪怕是无益的拼搏。在最后的日子里我们只剩下五千。仅仅五千。而我们的第一艘飞船也准备就绪了。它是试验飞船，大概是会失败的吧，但我们已经正确推导出了飞船推进与导航的所有定律。"

长久的沉默，仙王座非人类追忆往昔，黑色的小眼睛似乎呆滞了。

坐在角落里的记者突然插话："然后我们就来了？"

"然后你们就来了，"仙王座非人类简简单单地附和道，"一切都改变了。能源取之不尽，只要我们开口就能得到。一个新世界，适宜居住，事实上非常理想，无须我们开口就给了我们。我们的社会问题很早以前就由我们自己解决了，而更加困难的环境问题突然也由别人替我们解决了，后者跟前者的解决都同样彻底。"

"然后呢？"安条克催他继续。

"然后……然后结果却似乎并不好。几个世纪以来，我们的祖先朝着群星奋斗,现在我们突然明白群星是属于别人的。我们本来为了生命而战,现在生命突然变成了他人馈赠给我们的礼物。我们再也没有任何战斗的理由,再也没有什么成就需要达成。整个宇宙都是你们种族的财产。"

安条克柔声道:"这一个世界是属于你们的。"

"因为你们的容许。它是礼物,不是我们正当获得的。"

"据我看来,是你们赢得了它。"

现在仙王座非人类目光炯炯,紧盯对方的面部表情:"你是一片好心,但我怀疑你没法明白。除开作为礼物送给我们的这个世界,我们无处可去。我们身处一条死胡同。生命的功能就是要拼搏,而它从我们手里被夺走了。生命已经不复能令我们感到有兴趣。我们没有后代——是我们自愿的。这是我们在把自己挪开,给你们让路。"

安条克似乎有些心不在焉,他从靠窗的座位上拿下荧光球,使它在底座上旋转起来。旋转时荧光球俗丽的表面反射光线,三英尺高的大球飘浮在空中,其优雅而轻盈的姿态与庞大的体积相映成趣。

安条克道:"这就是你们唯一的解决方案?不育?"

"我们仍然有可能逃脱,"仙王座非人类悄声道,"然而银河系中哪里还有我们的位置?一切都属于你们。"

"是的。假如你们想要独立,最近也得去麦哲伦星云。麦哲伦星云——"

"而你们是不会让我们离开你们的。你们的出发点是好的,我知道。"

"是的,我们的出发点是好的——但我们不能让你们离开。"

"你们的好意用错了地方。"

"也许吧,但你们就不能妥协吗?你们拥有一个世界。"

"这件事是无法完全解释清楚的。你们的心智与我们的不同。我们无法妥协。我相信,行政官,这一切你早已全盘考虑过了。我们身处的死胡同,这一概念对你并不陌生。"

安条克吃了一惊,他抬起头,一只手稳住荧光球:"你能读懂我心里的念头?"

"不过是猜测。猜中了,我想。"

"是的——不过你能读心吗?我指的是针对一般的人类。这点很有趣。科学家说你们不能,但有时候我怀疑,会不会你们只是不愿。你能回答我吗?或许我不该问,已经耽搁你太久了。"

"不……不——"话虽如此,那小个子非人类还是拉紧了包裹全身的长袍,又把脸埋进衣领处的电子加热垫里好一会儿,"你们异世界人说读心,其实完全不是那么回事,但要想解释明白,无疑是毫无希望的。"

安条克喃喃念出那句老话:"夏虫不可语冰。"

"是的,正是如此。这种感觉被你们错误地称为'读心',但这一说法对我们并不适用。不是说我们无法接收恰当的感官信息,而是你们的人无法传递它们,而我们也无法解释应该如何传递。"

"嗯嗯。"

"当然也有些时候,当异世界人极其专注,或者情感张力极大的时候,而我们这方又恰好有这一感觉比较敏锐,或者可以说是眼神更好的成员,那么我们也可能影影绰绰探测到某些东西。这类情形是说不准的,不过我自己有时候也不禁好奇——"

安条克再次旋转荧光球,动作很小心。他粉红色的脸上露出沉吟之色,眼睛则紧盯着仙王座非人类。古斯提夫·班纳德舒展手指,嘴唇无声地开合,他在重读刚才的笔记。

荧光球在旋转,仙王座非人类将目光转向球体易碎的表面。他注视着那五彩的光泽,身体似乎也慢慢紧绷起来。

仙王座非人类问:"这是什么?"

安条克回过神来，抚平了脸上的神情，几乎带着平稳的笑意："这个？银河帝国三年前的潮流。也就是说今年已经是无可救药的过气老古董。毫无用处，不过看起来很漂亮。班纳德，把窗户调成不透光，好吗？"

开关发出轻柔的咔嗒声，窗户随之变成一片有弧度的黑暗区域。在房间中央，荧光球骤然化作一片玫瑰色光辉的焦点；玫瑰色的光束仿佛一条条彩带，从荧光球内部向外跃出。安条克变成了绯红的房间里一个绯红的人影，他将荧光球置于桌上，用一只流溢着红光的手拨动荧光球旋转。色彩开始变化，而且逐渐变化得越来越快，不同的颜色交融又散开，形成更加极端的对比。

房间里仿佛充满变动不居的熔融的彩虹，安条克在这怪异的氛围里说道："球的表面是一种呈现可变荧光的材料。它几乎没有重量，极其易碎，不过它借助陀螺仪保持平衡，所以只要稍加注意，倒也很少摔下来。相当漂亮，你不觉得吗？"

仙王座非人类的声音从房间某处响起："漂亮极了。"

"不过它已经存在太久，不复受人欢迎。它流行的时期已经过去了。"

仙王座非人类似乎有些恍惚："它很漂亮。"

班纳德做了个手势，光线重回房间，彩色的光暗淡下去。

仙王座非人类说："这是我的族民会喜欢的那种东西。"他盯着荧光球，好像着了迷。

现在安条克站起来："你最好离开了。要是停留再久些，空气可能会对你产生不好的影响。我谦卑地感谢你的善意。"

仙王座非人类也站起来："我亦对你的善意致以谦卑的感谢。"

安条克说："对了，你们大多数都接受了我们的提议，去研究我们现代飞船的构造。我猜你该明白，我们的目的在于研究你的族民对我们的科技做何反应。我相信这一做法与你们的礼节并不相悖。"

"你无须致歉。我自己如今也具备了人类飞行员的素质。这有趣极了,让我回想起我们自己在这方面的努力,并提醒我们记得,我们曾经几乎走上了正确的道路。"

仙王座非人类离开了,安条克坐下来,愁眉不展。

"好了,"他对班纳德说话,语气有些严厉,"你还记得我们的协议吧,我希望。这次的会谈不会被发表。"

班纳德耸耸肩:"好吧。"

安条克坐在自己的办公桌前,手指抚弄桌上小小的金属雕像:"班纳德,对这一切你怎么想?"

"我替它们遗憾。我觉得我理解它们的感受。我们必须教育它们从中挣脱出来。哲学能做到。"

"你觉得能?"

"是的。"

"当然了,我们不能放它们走。"

"噢,不,这是没有商量余地的。从它们身上我们能学到的东西太多了。它们目前的这种心绪是会过去的。它们的想法会改变,尤其等我们赋予它们最彻底的独立之后。"

"也许吧。对荧光球你有什么看法,班纳德?他似乎喜欢荧光球。订购几千个送给它们也许是合适的表示。银河晓得,如今市场上这东西是供大于求的,也便宜得很。"

"听起来不错。"班纳德道。

"不过事务局不会同意的。我了解那些人。"

记者眯细眼睛:"但说不定它正好能起到关键作用。它们需要新的兴趣。"

"是吗?好吧,我们或许可以做点儿事。我可以把你的会谈记录作为报告的一部分发给事务局,并且稍微强调一下荧光球的事。你毕竟是哲学会的成员，也许能对一些大人物施加影响。在事务局，这些大人物的话可能比我的话要管用得多。你明白我的意思？"

"对，"班纳德沉吟道，"对。"

发件人：仙 18 行政总部

收件人：外省局

主题：外围行省项目 2910，第二部分——仙王座 18 非人类出生率之调查

参考文件：

　　（a）外省局函，仙 -N-CM/car，115097，银河帝国纪元 223 / 977

附件：

　　1. 仙 18 行政总部安条克与仙王座 18 非人类至高裁决者尼 - 桑缮之会谈记录

1. 随函附上附件 1，以便外省局了解相关信息。

2. 据参考文件（a）授权发起之本函主题项目之调查正遵照附件 1 中指明之新思路进行。保证采取一切手段对抗如今在非人类中普遍存在之有害心理态度。

3. 提请注意，仙王座 18 非人类至高裁决者对荧光球表现出兴趣。已启动对此非人类心理之初步调查。

　　　　　　　　　L. 安条克，督管官，仙 18 行政总部

　　　　　　　　　　　　　　银河帝国纪元 272 / 977

发件人：外省局

收件人：仙 18 行政总部

主题：外围行省项目 2910——仙王座 18 非人类出生率之调查

参考文件：

（a）行政总部仙18函，AA-LA/mm，银河帝国纪元272 / 977

1. 参照参考文件（a）附件1，五千荧光球已由贸易部分拨，不日由飞船运往仙王座18。
2. 现指示仙18行政总部，贯彻落实帝国宣言，以一切手段安抚非人类之不满情绪。

C.莫里利，局长，外省局

银河帝国纪元：283 / 977

5

晚餐结束，葡萄酒送上，雪茄也掏出来了。人们三三两两聚到一起交谈，其中要数围在贸易舰舰长周围的人最多。他一身闪亮的白色制服，令他的听众黯然失色。

此人说话时几乎有些自鸣得意的味道："跑这一趟本身不算什么。我过去也曾指挥过超过三百艘飞船的大舰队。可话说回来，我还真没运过这样的货。银河在上，你们这沙漠里要五千个荧光球做什么？"

卢敦·安条克温和地哈哈笑。他耸肩道："是给非人类的。但愿这些货运起来不是太困难吧？"

"不，不难。只是占地方。太易碎，关于包装和防破损，政府又有一大堆规定，所以一艘飞船最多只能运二十个。不过我就想，反正也是政府出钱嘛。"

扎莫冷笑："难道你是头一次体验政府的办事方式吗，舰长？"

"银河啊，当然不是，"太空族炸了毛，"自然我尽量避免，但有时候也难免搅进去。真搅进去了实在烦人,千真万确。那么烦琐的官僚手续,还有那些文书!简直叫人提心吊胆、食不下咽。这是肿瘤,是长在银河系身上的癌变。要我说,就该把这一大片乌烟瘴气通通清理掉。"

安条克说:"这话不公平,舰长。你不明白。"

"是吗?那好,你是官僚中的一员,"他说"官僚"两个字时还怪友好地笑了笑,"要不你从你方立场来解释一下,行政官。"

"嗯,那好吧,"安条克似乎有些迷糊,"政府有严肃而复杂的事务。在我们的帝国里,我们要替几千个行星和数万亿的人民操心。此种情形之下,监督执政这项工作几乎要超出人类能力的极限,幸亏有了最严格的组织,我们才能勉强为之。据我所知,如今单就职于帝国政务部门的人就有四亿之多,为了协调他们的努力、汇聚他们的知识,非得有你所谓烦琐的官僚手续和文书不可。所有这些,无论看上去多么无意义,无论经历起来多么叫人心烦,它们都自有其用途。每张纸都是一条线,将四亿人类的劳作绑在一起。废除行政部门,你就废除了帝国,也就废除了星际间的和平、秩序与文明。"

舰长道:"得了吧——"

"不,我不是开玩笑。"安条克认真极了,连气也顾不上喘,"行政机构的规则和系统必须足够包罗万象,足够僵化,这样一来,假如遇上不称职的官吏,而且有时候确实会任命这样的人——你们笑吧,可世上不也一样有不称职的科学家、记者和舰长吗?——总之如我所说,假如遇上不称职的官吏,也不会造成多少伤害。因为哪怕在最糟糕的情况下,系统也可以自行运作。"

"没错,"舰长酸溜溜地哼哼道,"那要是任命了一位称职的行政官呢?他同样会被困在这张僵化的大网里,被迫变得平庸。"

"根本不会,"安条克热切地回答道,"有能力的人会在规则限定的范围内游刃有余,并把他希望做成的事做成。"

班纳德问:"怎么做?"

"嗯……嗯——"安条克顿时不自在起来,"办法之一就是替自己搞一个Ａ类优先级的项目,可能的话双Ａ就更好了。"

舰长仰起头正准备哈哈大笑,不过终究没能笑出来,因为门正好在这一刻被用力推开,一群饱受惊吓的人涌进屋里。起先对方大喊大叫,听不出到底在说什么。然后他听到:"长官,飞船没了。被非人类强行夺走了。"

"什么?全部?"

"一艘没剩。飞船和非人类——"

过了两小时四个人才重新聚到一起,这回是在安条克的办公室。

安条克冷冰冰地说:"他们没看错。一艘飞船也没剩下,包括你的训练飞船在内,扎莫。眼下呢,在这半个星区是一艘政府的飞船也找不出来了。等我们组织起追捕,它们保准已经飞出银河系,在去麦哲伦星云的半路上了。舰长,对舰船保持充分警戒是你的职责。"

舰长欲哭无泪:"这才是我们第一天离开太空。我们怎么能想到——"

扎莫凶猛地打断他。"等一下,舰长,我有点儿明白过来了。安条克,"他的声音硬邦邦的,"此事是你一手策划的。"

"我吗?"很奇怪,安条克的表情很平静,几乎像是漠不关心。

"今晚你告诉我们的,说为了达成自己所愿,聪明的行政官会想办法被分派到一个Ａ类优先级的项目。你搞到了这样一个项目,为的就是协助非人类逃跑。"

"是吗?请你原谅,但是怎么可能呢?是你本人在你的一份报告里提起了出生率下降的问题,又是这边的班纳德写出了轰动一时的报道,吓得事务局为此设立了双Ａ优先级项目。我跟此事毫无关系。"

扎莫大发雷霆:"是你建议我提到出生率的。"

"是吗?"安条克云淡风轻。

"说起来,"班纳德突然咆哮道,"也是你建议我在报道里提到出生率的。"

现在三个人把他挤在中间团团包围住,安条克却靠着椅背轻松自如地说:"我不知道你们说的建议是指什么。如果你们要指控我,请用证据说话——合法的证据。帝国法律承认书面的、录制的或者转录的材料,也承认证人的证言。我任行政官期间,所有往来信函都在这里,事务局和其他地方全有存档。我从未要求过双A项目,项目是事务局指派给我的,这件事是扎莫和班纳德的责任。至少在纸面上是。"

扎莫高声咆哮,几乎口齿不清:"你骗我教会了那些生物操作飞船。"

"那是你的建议。我这里存有你的报告,你提议研究它们对人类工具的反应。同一份报告事务局也有存档。证据——合法的证据——一目了然。此事跟我毫不相干。"

"荧光球跟你也毫不相干?"班纳德质问道。

舰长突然高声号叫:"是你故意让我把飞船运来的。五千荧光球!你早知道那得要几百艘舰船。"

"我从未要求荧光球,"安条克冷冷地说,"那是事务局的主意,虽说我觉得班纳德在哲学会的朋友也曾帮忙促成。"

班纳德险些被一口气噎死。他啐道:"当时你问仙王座非人类的首领他是不是能读心,其实你是在跟他通气,让他表达对荧光球的兴趣。"

"得了,我说,会谈的记录是你亲手准备的,它也一样存了档。你什么也证明不了。"安条克站起身,"请各位见谅。我得去准备给事务局的报告了。"

他走到门边,又回头说:"非人类的问题也算是解决了,哪怕只有它们自己觉得满意。现在它们会生育了,也有了凭自己赢来的世界。正如它们所愿。

"还有一件事。别拿那些愚蠢的傻话指控我。我在政府供职已经二十七年,我向你们保证,我有书面材料为证,足以证明我做的每一件事都完全正确。舰长,等你方便的时候我很愿意继续我们今晚的讨论,我会向你解释称职的行政官如何通过烦琐的官僚手续,获得他想要的结果。"

那样一张圆润光洁的娃娃脸竟能露出如此讥诮的表情,简直叫人叹为观止。

发件人:外省局
收件人:卢敦·安条克,首席公共事务行政官,A-8级别
主题:政务部之任职
参考文件:

(a)政务法庭决议22874-Q,银河帝国纪元1/978
1.鉴于参考文件(a)提出的有利意见,特免除你在仙王座18非人类逃离事件中的一切责任。现要求你做好准备接受下一项任命。

R.霍普利特,部长,政务部
银河帝国纪元15/978

证 据[1]

"但那也不是关键，"凯文博士沉吟道，"噢，当然，那艘飞船和其他类似的东西最终都成了政府的财产。超空间跃迁日臻完美，如今我们甚至在距离最近的几个恒星系统的行星上建立了人类殖民地，但关键不在于此。"

我已经吃完饭，现在抽着烟，并透过香烟的烟雾望着她。

"真正重要的，是最后五十年里地球这边的人所经历的事件。你还年轻，但在我出生时，我们刚刚度过了最后一次世界大战。那是人类历史上的一个低谷——同时也是民族主义的终结。地球太小，容不下那么多国家，于是国家逐渐合并成了界域。这一进程花了不少时间。我出生时，美利坚合众国仍是一个国家，而不仅是北方界域的一部分。说起来，公司的名字至今也还是'美国机器人——'。总之，国家化作界域，经济稳定下来，还带来了类似黄金时代的繁荣——如果把这个世纪跟上一个世纪相比较，它的确算是黄金时代了。而国家之所以能成为界域，也是由我们的机器人促成的。"

"你是指机体吧，"我说，"你提到的'金头脑'就是最早的机体，不是吗？"

---

[1] Copyright © 1946 by Street & Smith Publications, Inc.

"没错，是的。但我刚刚想到的不是机体，而是一个人。他去年刚刚去世。"她的声音里骤然流露出深深的悲伤，"或者至少说他安排让自己去世了，因为他知道我们已经不再需要他——史蒂芬·拜尔莱。"

"对，我猜到你想说的就是他。"

"他第一次担任公职是在2023年。那时你还小，自然不会记得那件事多么离奇。他的市长竞选十分怪异，堪称人类历史之最——"

法兰西斯·奎恩是新派的政客。"新派"这一说法自然没什么实际意义，所有类似的说法莫不如此。如今，我们拥有的大多数"新派"都在古希腊的社会生活中出现过，如果我们对这一问题有更充分的了解，或许还会发现所谓"新派"早在古苏美尔社会生活，以及史前瑞士湖边的群落中出现过。

不过呢，为了摆脱这么个似乎很可能变得沉闷、复杂的开头，或许我们最好赶紧声明，奎恩既没竞选过公职，也没有拉过票，他不曾发表演讲造势，也不曾伪造幽灵选票作弊，就好像拿破仑从未在奥斯特里茨[1]开过枪。

政治经常造就奇怪的盟友，所以此刻与奎恩隔桌交谈的是艾弗瑞德·兰宁。兰宁额头高耸，咄咄逼人的白眉毛向前突出，眉毛下的眼睛则因长年对人不耐烦而分外锐利。现下他很不高兴。

奎恩如果知道对方如何不悦，那是半点儿也不会为此烦恼的。他的语气很友好，也许是职业性的友好。

"兰宁博士，我猜你知道史蒂芬·拜尔莱吧。"

"我听说过他。很多人都听说过他。"

---

[1] 今捷克斯拉夫科夫，拿破仑在奥斯特里茨战役中击败俄奥联军，威震欧洲。

"对,我也一样。也许下届选举你还准备投他一票。"

"这我可说不好。"此处兰宁的话有一丝明白无误的尖刻,"我并不关注政治潮流,所以不知道他在竞选。"

"他或许会成为我们的下一任市长。当然了,如今他还只是普通律师,但老话说得好,合抱之木——"

"对,"兰宁打断对方,"这话我听过。不过我想我们还是赶紧进入正题。"

"我们说的就是正题,兰宁博士。"奎恩的语气非常温和,"出于我自身的利益,我要限制拜尔莱先生,让他至多做到地方检察官一职;而你要帮我,这符合你的利益。"

"符合我的利益?得了吧!"兰宁的眉头低垂。

"嗯,就说符合美国机器人与机械人公司的利益吧。我来找你,因为你是公司的荣誉研发主任,而且我了解你跟公司的关系。这么说吧,他们敬你是退休的元老,尊重你的意见,同时你跟他们的关系又不像过去那般紧密,因此你拥有相当的行动自由,即便是不太正统的行动也没有关系。"

兰宁博士沉默片刻,反刍似的咀嚼着脑子里的想法。他略微放缓和了态度说:"我一点儿也不明白你想说什么,奎恩先生。"

"对此我并不吃惊,兰宁博士。不过事情其实简单明了。你介意吗?"奎恩用造型简洁、颇具品位的打火机点燃了细长的香烟,他那张骨架宽大的面庞上流露出自得其乐的表情,"我们提到了拜尔莱先生——一个特立独行又颇具色彩的人物。三年前他还寂寂无闻,如今却广为人知。此人有力量,也有能力,而且毫无疑问,我从未见过比他更能干、更机智的检察官。很不幸,他跟我不是朋友——"

"我明白。"兰宁机械地说,只顾盯着自己的手指甲。

"去年我曾有些机缘,"奎恩平静地往下说,"我调查了拜尔莱先生——十分详尽的调查。把改革派政治家的过往拿来打探研究一番,你明白,这类东西总能派上用场的,频率之高包你猜想不到——"他停下来,对着香烟顶端的火光笑笑,笑容里毫无愉悦之意:"不过拜尔莱先生的过去无甚出奇。曾在小镇上过着平静的生活,接受过大学教育,妻子年纪轻轻就去世了。出过一次车祸,而且花了很长时间才康复,法学院出身,来到大城市,成为律师。"

法兰西斯·奎恩缓缓摇头,又补充道:"不过他现在的生活嘛,啊,可就不一般了。咱们的地方检察官从来不吃东西!"

兰宁猛地抬起头,苍老的眼睛出奇地锐利:"你说什么?"

"咱们的地方检察官从来不吃东西。"对方重复一遍,几个字挨个砸下来,"我稍微更正一下,应该说是从来没人见过他吃东西。从来没有!你明白这话是什么意思吗?不是很少有人,而是从来没有!"

"在我听来实在难以置信。你的调查员可信吗?"

"我的调查员是可以信任的,而且我也根本不觉得此事难以置信。还不止,也从没有人见过我们的地方检察官喝东西,无论是水还是酒精;从没有人见过他睡觉。除此之外还有一些别的因素,但我认为我的观点已经很明白了。"

兰宁把上身靠在椅背上。两人全神贯注,在沉默中你来我往斗了几个回合,然后年老的机器人专家摇摇头:"不。你刚才的说法,再加上你找上了我,如果我把二者结合起来考虑,那么你暗示的意思只有一种可能性,而那是不可能的。"

"但那人真的很不像人,兰宁博士。"

"如果你说他是撒旦伪装的,那我倒还有一丝可能会相信你。"

"我跟你说,兰宁博士,他就是机器人。"

"而我跟你说,我从未听过如此异想天开的观点,奎恩先生。"

又是一番沉默的较量。

"无论如何,"奎恩以十分精细的动作捻灭香烟,"你还是必须借助公司的一切资源对这一不可能展开调查。"

"我确信我没办法推动这么一件事,奎恩先生。你总不会当真建议公司插手地方政治。"

"你别无选择。想想看,如果我不经证明就把手头的事实公之于众怎么办?我的证据实在是很间接的了,但也有足够充分的细节。"

"随你愿意。"

"但我不愿意。有直接证据会好得多。再说你也不会愿意的,因为媒体的关注会对你的公司造成巨大伤害。在有人类定居的世界严禁使用机器人,相关的规定你应该很熟悉。"

"自然!"兰宁毫不客气。

"你很清楚,美国机器人与机械人公司是太阳系唯一的正电子机器人制造商,而如果拜尔莱是机器人,他肯定是正电子机器人。你也知道正电子机器人仅供租赁使用,不予出售;出租后,公司仍然是每一台机器人的拥有者和管理者,因此也要对所有机器人的行为负责。"

"此事非常简单,奎恩先生,我们很容易就能证明公司从未制造过具备人类特征的机器人。"

"不过若要制造是能做到的?只是讨论一下可能性。"

"是的。能做到。"

"而且是秘密进行,我猜想。不记入你们的账本。"

"对正电子脑是不可能这样的,先生。其中涉及的因素太多,政府的监管也极尽严格。"

"对,但机器人会磨损,故障,失灵,然后被拆解。"

"而拆卸下来的正电子脑要么重新投入使用,要么销毁。"

"当真?"法兰西斯·奎恩语气中流露出一丝挖苦,"要是有一个正电子脑没有销毁——当然是出于意外——然后又正好有一具人形结构的躯体等着用它,又会如何?"

"不可能!"

"你反正也得向政府和公众提供证据,为什么不先向我证明呢?"

"可我们有什么理由做这样一件事?"兰宁气急败坏地质问对方,"我们的动机何在?请相信,最低限度的理智我们还是有的。"

"我亲爱的先生,请你不必如此。若能让各界域允许在有人定居的世界使用人形正电子机器人,公司高兴还来不及。利润会非常可观的。问题只在于公众对此的偏见根深蒂固。而假如你们让大家先习惯这类机器人——瞧,我们这儿有一位能干的律师,一位好市长——而他就是机器人,难道你们还不愿意购买我们的机器人管家吗?"

"纯属梦话。荒唐至极,几乎叫人觉得好笑。"

"也许是吧。为什么不证明给我看呢?或者你还是更愿意向公众证明?"

办公室里的光线渐渐变暗,但仍然足以照出艾弗瑞德·兰宁脸上沮丧的红晕。机器人专家的手指缓缓触碰一个旋钮,壁置照明器随之开启,放射出柔和的光线。

"那好吧,"他怒道,"我们就来看看。"

史蒂芬·拜尔莱的脸不太容易描述。出生证明显示他四十岁,看他外表也的确是这般年纪——只不过是一种体格康健、营养良好、脾气宽和的四十岁样子;一看见这张脸,诸如"岁月都写在脸上"之类的陈词滥调就会自动失去效力。

他哈哈大笑时尤其如此,而现在他就正在大笑。他的笑声响亮而持久,稍微减弱,接着又重新响起——

而艾弗瑞德·兰宁的面部肌肉则开始收缩,满脸都是僵硬苦涩的不满之色。他朝坐在自己身旁的女子随意比画了个手势,然而对方只是微微抿了抿没有血色的薄唇。

拜尔莱喘着气,好容易稍微接近到正常状态。

"这可真是,兰宁博士……这可真是——我……我……是机器人?"

兰宁猛地打断他:"这并非我的主张,先生。我本人很愿意视你为人类的一员。我的公司从未生产过你,所以我相当确信你确实是人类——至少是法律意义上的人。然而有人极严肃地向我们提出了你是机器人这一观点,而此人拥有相当的社会地位——"

"不必泄露他的姓名,免得损伤了阁下花岗岩一般坚实可靠的道德。不过为了方便讨论起见,我们不妨称呼此人法兰西斯·奎恩。请继续。"

被对方打断后,兰宁恶狠狠地猛吸了一口气,他气势汹汹地停顿片刻,再开口时比先前更加冷淡:"此人拥有相当的社会地位,其身份我无意拿来玩猜谜游戏。我必须请你合作,助我推翻他的说法。此人很有手段,若他提出这一观点并大肆宣传,对于我代表的公司将是巨大的打击——哪怕他的指控永远得不到证实。你明白我意思?"

"哦,是的,你的立场我很清楚。指控本身愚不可及,然而你的困境并不可笑。如果我刚才大笑冒犯了你,那么请你原谅。我嘲笑的是前者而非后者。我该怎么帮你?"

"方法可以很简单。你只需在有证人在场的情况下去餐厅用餐,让人拍下照片,并且吃饭。"兰宁往椅背上一靠,这次会面最糟糕的部分已经结束了。坐在他身旁的女子聚精会神地望着拜尔莱,不过并未发表任何看法。

史蒂芬·拜尔莱与她四目相对,一时被她的目光吸引,片刻后才把注意力转回到机器人专家身上。有一会儿工夫,他手指落在青铜镇纸上,似乎若有所思。那镇纸是他办公桌上唯一的装饰。

他静静说道:"恕难从命。"

他抬起一只手:"先别忙,兰宁博士。我理解这整件事都让你感到厌烦,你是被迫卷进来的,你感到自己扮演了一个不体面甚至可笑的角色。但即便如此，这件事对我本人更是要紧，所以请你少安勿躁。

"首先，你凭什么认定奎恩——那个有着相当社会地位的人，你知道——不是在故意蒙骗你，仅仅为了让你来做你现在正在做的事情？"

"怎么？一个广有声望的人竟会以如此可笑的方式危害自己的名声？实在不大可能，除非他坚信自己的落脚点安全无虞。"

拜尔莱神色一肃："你不了解奎恩。他总有办法制造安全的落脚点，哪怕是在大角野羊也无计可施的岩架上。我猜他声称对我进行过调查，还给你看过具体内容？"

"看了一些，足够说服我相信一点：由我的公司设法驳斥他会太过麻烦，而你却能轻易做到。"

"那么他说我从来不吃东西，你是相信他了。你是科学家，兰宁博士。想想这是什么逻辑。从来没人见过我吃东西，由此得证我从来不吃东西，证明完毕。说到底就是这样！"

"你是在使用控方的策略，以此混淆一个原本非常简单的局面。"

"恰恰相反，我是在试图澄清情况——你和奎恩两人正在联手制造一个非常复杂的局面。你瞧，我这人不怎么睡觉，这是事实，而且我当然是不会在大庭广众之下睡觉的。我从来不喜欢跟人一起用餐——这癖好有些不同寻常，多半具有神经症的性质，但它对任何人都没害处。听我说，兰宁博士，让我陈述一出假想的案子给你听。假设有这么一个政客，他不惜一切代价想要打败改革派的候选人，在调查后者私生活期间他碰巧发现了一些怪现象，类似于我刚刚提到的那些事。

"再进一步假设，为了有效地抹黑该候选人，他找到你的公司，因为由你的公司出手再理想不过了。你会不会指望他对你说：'某某是机器人，因为他几乎从来不跟别人一起用餐，而且我也从没见他在

法庭上睡着过；还有一次我半夜往他家窗户里瞅，好家伙，他捧着一本书坐着读呢；我还看了他的冰箱，里头空空如也。'

"如果他这么跟你说，你会找精神病院来收了他。但如果他告诉你，'此人从来不睡觉，也从来不吃东西'，那么你听了就会感到震惊，震惊之余便会忽略一个事实：这类说法是不可能被证明的。于是你就替他跑腿，正中他下怀。"

"即便如此，先生，"兰宁顽固得吓人，"无论你是否认真看待这件事，要终结它也只需要我刚刚提到的那顿饭而已。"

拜尔莱再次转向那名女子，后者依然面无表情地望着他。"抱歉，我刚刚没听错吧，你叫苏珊·凯文？"

"是的，拜尔莱先生。"

"你是美国机器人公司的心理学家，不是吗？"

"请叫我机器人心理学家。"

"噢，机器人与人类的区别有那么大吗？我是说精神上。"

"天差地别，"她露出一个冷若冰霜的微笑，"机器人本质上是正派的。"

律师心里一乐，嘴角上扬："啊，真是沉重的一击。不过我想说的是：既然你是心理——机器人心理学家，同时又是女性，我打赌你肯定做了一件兰宁博士没想到要做的事。"

"那又是什么事？"

"你的手袋里有食物。"

苏珊·凯文目光一闪，她精心锻造的漠然裂开了。她说："你出乎我的意料，拜尔莱先生。"

她打开手袋，拿出一个苹果，默默递给对方。兰宁先是吓了一跳，旋即睁大了警觉敏锐的眼睛，看着苹果慢慢从一只手递到另一只手里。

史蒂芬·拜尔莱从容不迫地咬了一口苹果，又从容不迫地把苹果吞下肚里。

"瞧见了，兰宁博士？"

兰宁博士松了一口气，他的笑容那么深，竟连那双严肃的眉毛也显得和蔼可亲起来。然而这轻松的心情脆弱不堪，只维持了短短一秒钟。

苏珊·凯文道："我刚刚很好奇你会不会真的吃下去。不过当然了，目前的情形下，这并不能证明任何事。"

拜尔莱咧嘴一笑："不能吗？"

"当然不能。事情显而易见，兰宁博士，假如此人是人形机器人，那他必然是完美的模仿品。他简直可以说是太像人了，以至于不太可信。毕竟我们自出生起就一直看见和观察人类，模仿品如果仅仅是九成像人，那是不可能骗过我们的。模仿品必须完美无缺。看看他皮肤的质地、虹膜的品质、双手的骨骼结构。假如他是机器人，那我巴不得他真是美国机器人公司的产品，因为这活儿干得实在漂亮。那么一个有能力关照到所有这些精微细节的人，他难道竟会忘记加上几个小部件，用来处理诸如吃饭、睡觉、排泄之类的事情？或许仅供紧急情况下使用，就为了预防类似现在这种局面。因此一顿饭并不能证明什么。"

"等等，"兰宁怒道，"你们俩好像都把我当成傻子了，我可还没那么傻呢。我对拜尔莱先生属不属于人类不感兴趣。我感兴趣的是如何帮助公司摆脱眼前的困境。公开进餐就能终结这件事，让奎恩再也兴不起风浪。更微妙的细节可以留给律师和机器人心理学家处理。"

"不过呢，兰宁博士，"拜尔莱道，"你可是忘掉这一局面的政治意义了。我自己是渴望当选的，就好像奎恩渴望阻止我。顺便说一句，你注意到了吗，你刚才说出了他的名字。这是律师爱用的廉价小花招。我早料到了，不等我们谈完你就会说漏嘴的。"

兰宁满脸通红："竞选跟这事有什么关系？"

"广告效应是双向的,先生。如果奎恩想管我叫机器人,同时有胆量说出来,我也有胆量照他的玩法跟他来一局。"

兰宁货真价实地吓坏了:"你是说你——"

"正是。我是说我准备任他施为,我准备由着他选好绳索,测试绳子的强度,剪下长度适宜的一截,系好套索,把自己的脑袋伸进去,再咧嘴笑。这我能做到,不费什么力气。"

"你倒是非常自信。"

苏珊·凯文站起身:"走吧,艾弗瑞德,他已经打定主意,我们说什么也无济于事了。"

"看吧,"拜尔莱温和地笑笑,"人类的心理你也一样在行的。"

当天傍晚拜尔莱回到家,他把车停在通往地下车库的自动楼梯上,自己则穿过小径走向前门。此时此刻,兰宁博士提到的那种自信已经消失了一部分。

见他进门,坐在轮椅上的那人抬头微笑。拜尔莱心里欢喜,眼睛一亮。他大步走到轮椅前。

那残疾人的声音嘶哑刺耳,而且十分微弱,吐出声音的嘴巴永远歪向一侧;脸上的笑容令人感到不适,半张脸都只见疤痕组织。"你回来晚了,史蒂夫[1]。"

"我知道,约翰,我知道。不过我今天遇到了一个奇特而有趣的麻烦。"

"是吗?"扭曲的脸和受损的声音都无法传递情绪,然而那双清澈的眼睛里却写着忧虑,"不是什么你应付不来的事吧?"

"我还不能完全确定,或许会需要你帮忙。你才是这家里的聪明人。想让我带你去外头的花园吗?今晚的夜色很美。"

---

[1] Steve(史蒂夫)为 Stephen(史蒂芬)的昵称。

强壮的胳膊将约翰抱出轮椅。拜尔莱用一只胳膊环住残疾人的肩膀，另一只胳膊伸到对方裹着毯子的双腿底下，动作非常温柔，几乎像是爱抚。他小心翼翼地缓步慢行，穿过几个房间，走下平缓的坡道——坡道是照着方便轮椅通行的样式建造的——最后他走出后门，来到房子背后用墙和铁丝围起来的花园。

"你干吗不让我自己用轮椅，史蒂夫？这太可笑了。"

"因为我情愿抱你走。你反对吗？那台装了发动机的小车，你知道自己巴不得摆脱它一小会儿，就好像我也巴不得看见你摆脱它。你今天感觉如何？"他轻手轻脚地把约翰放到凉爽的草地上。

"我还能感觉如何？还是跟我讲讲你的麻烦。"

"奎恩的竞选将基于一件事：他声称我是机器人。"

约翰睁大眼睛："你怎么知道的？不可能。我绝不相信。"

"哦，得了，我跟你说就是这样。他去了美国机器人与机械人公司，找到一个大牌科学家。那人今天来办公室跟我争论了一番。"

约翰的手慢吞吞地扯着青草："原来如此。原来如此。"

拜尔莱说："不过我们大可以放他来挑选战场。我有个点子。你听听，看咱们能不能这样……"

当天晚上，在艾弗瑞德·兰宁的办公室，屋里的场景仿佛一幅所有人面面相觑的静态画。法兰西斯·奎恩带着沉吟之色望向艾弗瑞德·兰宁，兰宁的目光恶狠狠地落在苏珊·凯文身上，后者则不动声色地盯着奎恩。

法兰西斯·奎恩率先打破沉默，他故作轻松，不过似乎用力过猛："虚张声势。他是临阵磨枪现想的法子。"

凯文博士无动于衷："你愿意据此下赌注吗，奎恩先生？"

"这个嘛，真说起来下注的其实是你们。"

"听我说，"兰宁用咄咄逼人的口吻掩盖确定无疑的悲观情绪，

"你的要求我们已经照做了。我们亲眼看见那人吃了东西。把他想成机器人是很可笑的。"

"你也这么想?"奎恩朝凯文发难,"兰宁说你是专家。"

兰宁几乎带着威逼的口吻说道:"我说,苏珊——"

奎恩极顺滑地打断他:"干吗不让她说话呢,伙计?她坐在这儿假装门柱都半小时了。"

兰宁只觉十分疲惫。他此刻的感受距离被害妄想症初期仅仅一步之遥。他说:"好吧。你想说什么就说吧,苏珊。我们不打断你。"

苏珊·凯文淡淡地瞥了他一眼,接着就拿冰冷的目光锁定了奎恩:"奎恩先生,只有两种办法可以确定无疑地证明拜尔莱是机器人。迄今为止你提供的都是间接证据,据此你可以控诉,但无法证实——而依我看拜尔莱先生足够聪明,知道如何驳斥这类材料。你自己多半也这么想,否则也不会来找我们。

"真要证明的话有两种办法,物理的办法和心理的办法。物理方面你可以解剖他,或者使用 X 光。该怎么达成就是你的问题了。心理方面,可以研究他的行为,因为如果他确实是正电子机器人,则他必须遵守机器人学三大法则。正电子脑是不可能脱离三大法则建造的。你知道这些法则吧,奎恩先生?"

她认真念出机器人学三大法则,吐字很清楚,正是《机器人学手册》第一页那著名的黑体大字,一字不差。

奎恩漫不经心道:"我听说过。"

"那事情就好说了,"心理学家冷淡地回应道,"因为如果拜尔莱先生违背了其中任何一条法则,他就不是机器人。很不幸,这一判断只在一个方向上起作用。如果他遵循这三条法则,则既无法证明他是机器人,也无法证明他是人类。"

奎恩彬彬有礼地扬起眉毛:"为什么呢,博士?"

"因为,你稍加思索就知道,机器人学三大法则正好是世界上许多个伦理体系的基本指导原则。我们当然预设每一个人类都拥有自保的本能,对应到机器人就是第三法则。同样地,每一个'好'人,也就是说拥有社会良知和责任感的人,都应当服从正当的权威,听从他的医生、他的老板、他的政府、他的心理治疗师、他的人类同胞;遵纪守法,遵守公序良俗——哪怕会影响他本人的舒适或安全,对应到机器人就是第二法则。同样地,每一个'好'人都应当爱人如己,保护自己的人类同胞,冒着生命危险去拯救他人,对应到机器人就是第一法则。简而言之——假如拜尔莱遵循机器人学三大法则中的每一条,那么他有可能是机器人,也有可能仅仅是一个非常善良的好人。"

"可是,"奎恩道,"你等于是说你永远没法证明他是机器人。"

"我也许可以证明他不是机器人。"

"我想要的证据不是这种。"

"你能得到的是现实存在的证据。至于你想要什么,那只能由你自己负责。"

此时兰宁突然被一个想法触动,大脑骤然活跃起来。"难道大家都没想过,"他一字一顿道,"对于机器人而言,地方检察官是一个很奇怪的职业?检控人类,判处他们死刑,带给他们无与伦比的伤害——"

奎恩一下子来了精神:"不,你没法借这一点脱身。成为地方检察官并不能说明他是人类。你不知道他的记录?你不知道吗?他曾经吹嘘说自己从没起诉过任何一个无辜的人,还说有好几十个人他都没有提起公诉,因为现有的证据不足以说服他相信他们确实有罪,尽管他多半能够说服陪审团把这些人分解成原子。事实恰好也正如他所说。"

兰宁瘦削的脸颊颤抖起来:"不对,奎恩,不对。机器人学三大法则绝不会考虑人类是否有罪。机器人不得判定人类是否应当被处死。这不由他来决定。他不得伤害人类——无论那人是卑鄙的坏蛋还是天使。"

苏珊·凯文似乎有些厌倦。"艾弗瑞德,"她说,"别说傻话。假设机器人遇到一个疯子,后者正准备纵火焚烧一栋有人的房屋。机器人会去阻止那个疯子,不是吗?"

"当然。"

"而假设要想阻止对方,唯一的办法就是杀掉对方——"

兰宁喉咙里传出一点儿微弱的声响,除此之外他一言未发。

"这个问题的答案是这样的,艾弗瑞德,他会尽全力不要杀死对方。而假如疯子死了,机器人将需要心理治疗,因为他完全可能因这一冲突而发疯——为了遵循更高意义上的第一法则而违背第一法则。但无论如何,事实就是死了一个人类,而杀死此人的是一个机器人。"

"好吧,那么拜尔莱是疯了吗?"兰宁的口气极尽挖苦之能。

"没有,但他也没有亲手杀过任何人。他只是揭露了一些事实,借此表明某些人类对我们称之为社会的其他大多数人类构成了威胁。他保护了数量更大的人类,也因此在最大限度上坚持了第一法则。除此之外他没有进一步的行动。之后是陪审团决定此人是否有罪,而据此判处罪犯死刑或监禁的则是法官。囚禁此人的是狱警,而执行死刑的是行刑者。拜尔莱仅仅是确认真相并帮助社会,除此之外他什么也没有做。

"其实呢,奎恩先生,你上次来让我们注意到这件事以后,我调查了拜尔莱先生的职业生涯。我发现他在向陪审团做结案陈词时从未要求过死刑。我还发现他曾发表过支持废除死刑的意见,并对研究犯罪神经生理学的机构慷慨解囊。看来他相信对罪犯应该予以治疗而非惩罚。依我看这有些耐人寻味。"

"是吗?"奎恩微笑,"也许是某种机器人的味道?"

"也许。有什么必要否认呢?据他的所作所为判断,他只可能是机器人，或者是一个极其正直而可敬的人类。但是你瞧，机器人和最好的人类是无从区分的。"

奎恩把身体靠在椅背上，他满心不耐烦，连声音都开始发颤："兰宁博士，要制造一个在外观上完美复制人类的人形机器人，这是完全可能的，对吧？"

兰宁清清喉咙，思考片刻。"美国机器人公司曾经做过试验，"他迟疑道，"当然并未植入正电子脑。利用人类的卵子和激素控制，我们在多孔有机硅塑料制成的骨架上培育出肌肉和皮肤，单凭外表完全看不出它不是人类。眼睛、头发和皮肤都完完全全是真人的样子，绝非仿造品。往它内部加入正电子脑，再加进你想要的其他小配件，你就能得到一个人形机器人。"

奎恩马上追问道："制造这样的机器人需要多长时间？"

兰宁想了想："如果你手头所有的设备都齐全——大脑、骨架、卵子、恰当的激素和辐射——大概两个月吧。"

政客挺直身体站起来："那么我们就来看看拜尔莱先生的内部到底是什么样子。这当然意味着美国机器人公司也会上新闻——不过我已经给过你们机会了。"

奎恩离开后，兰宁迫不及待地转向苏珊·凯文："你刚才为什么非要坚持——"

她脱口就给出了尖锐的回答，而且情真意切："你想要哪样？要真话还是要我辞职？我不会替你撒谎。美国机器人公司能照料好自己。别变成懦夫。"

"万一呢？"兰宁道，"万一他切开拜尔莱，结果掉出来机轮和齿轮呢？到时候可怎么收场？"

"他别想切开拜尔莱，"凯文不屑道，"拜尔莱不比奎恩傻，至少也跟他一样聪明。"

距离拜尔莱本该获得提名的日子还有一周，这时消息爆出来，传遍了全城。不过说"爆"不太准确，消息更像是跟跄着出现在城市里，跌跌撞撞地四处爬行。人们哈哈直乐，各种俏皮话层出不穷。奎恩从远处操控，分了几个阶段轻轻松松地收紧压力，于是笑声逐渐变得勉强，新添了几分缺乏底气的犹疑，大家开始暗自琢磨。

拜尔莱所属的政党召开竞选大会，会场的氛围仿佛一匹焦躁的骏马。并没有人计划跟拜尔莱竞争。一周前有可能获得提名的便只有拜尔莱，即便现在也没人站出来准备取而代之。他们只能提名他为候选人，然而整件事混乱到了极点。

本来情况还不至于乱成这样，问题在于普通人全都举棋不定，左右为难：要是指控属实，这件事实在太过严重；要是指控不属实，这般哗众取宠又太愚蠢了。

最后拜尔莱例行公事般获得了敷衍而空洞的提名，紧接着第二天，终于有一份报纸刊登了一篇长篇采访的要点，受访人是苏珊·凯文博士，"世界知名的机器人心理学家与正电子学专家"。

接下来事情的走向，若借用流行的精简说法，就叫地狱。

而这正是基要主义者翘首盼望的局面。基要主义者并未组成政治团体，也并不假装自己信奉任何正式的宗教。当初原子还是新鲜事物时，有些人没能适应所谓的原子时代，他们就是基要主义者。事实上他们也可以算是简单生活主义者，渴望过那种似乎更为简单的生活——虽说亲历那种生活的人（这些人因此也可以说是简单生活主义者呢）多半会觉得它也不怎么简单。

基要主义者早就恨死了机器人和机器人制造商，他们倒不需要什么新的理由去恨；但有了奎恩的控诉和凯文的分析，他们就有了新的理由可以把自己的恨大声说出来。

在美国机器人与机械人公司，巨大的厂房仿佛变成了生产武装警卫的蜂巢。它严阵以待。

而在城里，史蒂芬·拜尔莱家也挤满了警察。

自然地，与竞选相关的一切政治议题再也没人关注；它表面上看起来仍然是竞选，但仅仅是因为它填充着提名候选人和正式选举之间的空当罢了。

史蒂芬·拜尔莱没让那煞有介事的矮个男人扰乱自己，面对背景里那些穿制服的警察，他也依旧悠然自得，不为所动。神色严肃的警卫在他家屋外拉起一条警戒线，把记者和摄影师挡在外头，后者正依照本行业的传统耐心等待。其中一个视讯台颇有进取心，运了一台扫描机到检察官那朴实无华的宅子前头，正对着空荡荡的大门口。与此同时，一个故作兴奋的播音员正用夸张的评论填补空白时间。

那煞有介事的矮个男人大步上前。他递出一张写满复杂词句的纸："这是法庭签署的命令，拜尔莱先生，授权我搜查这些场所，以确认是否存在任何类型的非法……呃……机械人或机器人。"

拜尔莱半站起身，接过那张纸。他无所谓似的扫了一眼，很快就微笑着把文件还给对方。"符合规定。去吧。尽你的职责。霍彭夫人——"接着他又呼唤自己的管家，后者不情不愿地从隔壁房间走过来，"请跟他们一起去，可能的话给他们搭把手。"

矮个子男人名叫哈洛威，他迟疑片刻，明显地脸上一红，还彻底避开了拜尔莱的目光。他朝两名警察嘀咕道："走吧。"

十分钟过后他回来了。

"完事了？"拜尔莱问话的语气恰如其分，正好表明他对问题和问题的答案都并不十分感兴趣。

哈洛威清清嗓子，结果一开口就是假声，叫他好不尴尬。他气冲冲地重整旗鼓："听我说，拜尔莱先生，我们收到了特别指示，必须彻底搜查这栋房子。"

"你们刚才没有这样做？"

"人家跟我们讲了具体要找什么。"

"是吗?"

"简而言之,拜尔莱先生,恕我直言,我们奉命要搜你。"

"我?"检察官的笑容加深了,"那你们又打算如何操作?"

"我们有一台透视辐射仪——"

"也就是说我要让人给我照一张 X 光片,嗯?你们有授权吗?"

"你已经看过我的执行令了。"

"我能再看一遍吗?"

哈洛威再次拿出执行令。他前额亮闪闪的,显然不仅仅是出于热情。

拜尔莱从容不迫道:"我读到这里写的搜查范围,原文是这么说的:'属于史蒂芬·艾伦·拜尔莱的住宅,位于埃文斯特隆市柳林街 355 号,含附属该住宅的所有车库、仓库或其他结构与建筑,连同附属该住宅的所有土地。'……嗯……诸如此类。完全符合规定。不过,我的好伙计,上头可没提到要搜查我身体内部。我不属于住宅或其他附属建筑的一部分。要是你怀疑我口袋里藏了机器人,你可以搜我的衣服。"

自己坐上今天的位置是谁的功劳,哈洛威心里清清楚楚。他不准备退缩,因为现在他有机会爬上一个更好的位置,也就是说薪水更丰厚的位置。

他微微带着点儿虚张声势的意味说:"看这儿。我有权搜你房子里的家具,以及我在房子里发现的其他一切。你就在房子里,不是吗?"

"了不起的观察力。我确实在房子里。但我不是家具。作为承担成年人责任的公民——我有精神科医生的证书予以证明——根据《界域法案》,我享有特定的权利。对我进行搜查将被归于对隐私权的侵犯。那张纸是不够用的。"

"当然,但如果你是机器人,你就没有隐私权。"

"这倒是真的——但那张纸还是不够。因为它隐含着承认我是人类的意思。"

"哪里?"哈洛威一把抢过执行令。

"就在它说'属于史蒂芬·艾伦·拜尔莱的住宅'和类似的地方。机器人无权拥有房地产。而且你可以告诉你的老板,哈洛威先生,假如他企图发出一张类似的文件,并且剔除承认我是人类的隐含部分,那他会立刻面临限制性禁令和民事诉讼。我会要求他必须以他在此刻掌握的信息证明我是机器人,否则他就得支付天价的赔偿金,理由是他在缺乏正当理由的情况下企图剥夺《界域法案》赋予我的权利。这些话你会转达给他的,对吧?"

哈洛威大步走向门口。他回转身。"作为律师你是挺狡猾的——"他把一只手揣在兜里,就这样在原地站了一会儿,然后就离开了。走时他还朝着仍在运行的影像扫描机微微一笑,又挥着手对记者们大喊:"伙计们,明天准有消息给你们。不开玩笑。"

他坐进自己的地面车里往后靠去,又从口袋里掏出一个小装置仔细查看。这是他第一次利用 X 光反射拍摄照片,希望没有操作错误。

奎恩和拜尔莱从来没有单独面对面。不过视频电话跟面对面其实相去不远,若以字面的意思论,说他们有过面对面也算准确,虽然对他俩来说,对方只是一排光电管构成的明暗图案而已。

发起通话的是奎恩,也是奎恩第一个开口。他省去了寒暄客套,直入正题:"我觉得你可能会想知道,拜尔莱,我准备向公众公开,你在衣服里穿了防透视射线的防护罩。"

"是吗?那么事情多半已经公开了。咱们那些果敢能干的媒体人,他们窃听我的各条通信线路恐怕已经好一阵工夫。反正我办公室的通信线是千疮百孔的,这我清楚,所以最近几周我才在家坚守。"

拜尔莱态度友好,几乎有些饶舌。

奎恩略微抿紧嘴唇:"这次通话被屏蔽过了——没有任何漏洞。我发起通话,也是冒了一定风险的。"

"我猜也是。谁都不知道这次的攻势是你在背后主使。至少没人正式地知道。非正式嘛,那是无人不知了。我不必担心。那么,我穿了防护罩?你是怎么知道的呢?我猜是因为不久前你的狗腿子用透视射线拍照,结果发现照片过曝了?"

"你应该明白吧,拜尔莱?所有人都会觉得真相显而易见,你不敢面对X光分析。"

"还有一件事也很明显:你,或者你的手下,企图非法侵害我的隐私权。"

"谁也不会在意这点儿破事。"

"难说。对于我们二人的竞选,这倒很有象征意义,不是吗?你很少把公民个人的权利放在心上,我则对此十分在意。我不会接受X光分析,因为我要维护自己的权利,这是我做人的原则。就好像一旦我当选,我也会维护其他人的权利。"

"拿这题目发表演说无疑会很有趣,但谁也不会相信你的。调子太高,不像真话。还有一件事,"奎恩语气骤然一变,十分干脆,"那晚你家的人员不完整。"

"此话怎讲?"

"根据报告,"他翻了翻身前的几页纸,它们正好处于视屏的可见范围内,"那天少了一个人——一个残疾人。"

"正如你所说,"拜尔莱的声调毫无起伏,"一个残疾人。我过去的老师,跟我一起住,如今在乡下——已经在乡下住了两个月了。他这类情况,通常的说法是'亟须休养'。需要你的许可吗?"

"你的老师?某方面的科学家?"

"曾经是律师——在他身体残疾之前。他有政府颁发的执照,可以从事生物物理方面的研究；有他自己的实验室，进行的工作都向有关部门提交了完整的说明，具体哪些部门我可以指给你。工作本身不太重要，不过是一种无害的爱好，帮一个……一个可怜的残疾人打发时间。你瞧，我对你是知无不言的。"

"明白了。那么这位……老师……他对机器人制造又了解多少？"

"我对这一领域并不了解，因此无从判断他掌握了多少知识。"

"他不会正好能弄到正电子脑吧？"

"问你在美国机器人公司的朋友吧。这事只有他们知道。"

"我长话短说，拜尔莱。你那位残疾的老师才是真正的史蒂芬·拜尔莱。你是他制造的机器人。这件事我们能证明。经历交通事故的是他，不是你。记录是有办法可以查清楚的。"

"当真？那就去查吧。祝好运。"

"我们还可以搜查你那位所谓的老师的'乡间住宅'，到时候倒要看看会发现什么。"

"啊，并不完全如此，奎恩。"拜尔莱笑容灿烂，"对你来说很不幸，我那位所谓的老师是病人，而他的乡间住宅是他休养的场所。在这种情形下，他身为承担成年人责任的公民，其隐私权比我的隐私权还更牢靠。除非你能提出正当理由，否则你拿不到进入他住处的许可令。不过呢，你要是愿意试试看，我是绝不会阻拦的。"

片刻的停顿，时间不长不短，然后奎恩上身前倾，于是屏幕上他的脸放大了，额头上的细纹清晰可见："拜尔莱，你干吗还不放弃？你不可能当选的。"

"不可能？"

"你以为自己能当选？你被指控是机器人，却从未尝试过要反驳——本来是很容易的，只要你违背机器人学三大法则的任何一条——你以为你这种做法会有什么后果？只会让人民深信不疑，你的确就是机器人。"

"我只知道一件事：我本来不过是大都市里的普通律师，大家隐约知道我，不过总的来说没什么名气，可现在我却成了闻名世界的人物。你当宣传员倒是很成功。"

"但你确实是机器人。"

"有这个说法，不过并未证实。"

"在选民看来证据已经够充分了。"

"那么放轻松——你赢了。"

"再见。"奎恩终于露出一丝恶毒，视屏电话砰的一声切断连接。

"再见。"拜尔莱不为所动，对着空白的屏幕道了别。

选举前一周，拜尔莱把"老师"带回家。空中汽车迅速降落在城里一个不起眼的区域。

"你就留在这儿，直到选举结束，"拜尔莱告诉对方，"要是局势转坏，你在他们找不到的地方更好。"

约翰张开歪嘴，沙哑的声音痛苦地扭曲着，其中似乎能听出关切的调子："有暴力的危险？"

"基要主义者威胁要使用暴力，所以我猜理论上危险是有的。不过我真的不觉得会那样。那些基要分子手头没有真正的力量。他们只不过是一种持续发生作用的刺激性因素，过段时间就有激起暴乱的可能。你不介意留在这里吧？求你了。要是心里记挂着你的安危，我会表现失常的。"

"哦，我会留下。你还是觉得事情会顺利？"

"我确信无疑。在乡下的时候没人去打扰你？"

"没有。我很肯定。"

"你做的那部分也还顺利？"

"够顺利的。那部分不会有问题。"

"那就照顾好你自己,然后明天打开电视机,约翰。"约翰把一只满是疙瘩的手放在拜尔莱手背上,拜尔莱按了按对方的手。

伦顿眉头紧蹙,完美诠释了何为"焦躁不安"。他的工作实在不值得羡慕:他是拜尔莱的竞选经理。然而这次竞选根本不像竞选,同时候选人不但拒绝透露自己的策略,还拒绝接受自家竞选经理的策略。

"你不能这么干!"这是他最爱说的一句话,现在更进一步变成了他唯一的口头禅,"我跟你说,史蒂夫,你不能这么干!"

他扑到检察官跟前,后者正翻看打印出来的演讲稿。

"把那东西放下,史蒂夫。听我说,基要分子已经组织了一群暴众,你根本没机会替自己辩护,倒是比较可能被石头砸死。你干吗非要当着现场听众演讲?录制的演讲有什么不好?视频录像有什么不好?"

拜尔莱语气和缓:"你希望我赢得选举,不是吗?"

"赢得选举?!你赢不了的,史蒂夫。我现在只想救你的命。"

"噢,我是没有危险的。"

"他没危险。他没危险。"伦顿从喉咙里发出锉刀摩擦似的奇异声音,"你的意思是说,你准备出去站到那阳台上,站到五万个发疯的狂人面前,并且尝试跟他们讲道理——像中世纪的独裁者一样站在阳台上讲?"

拜尔莱看看手表:"再过大概五分钟就去——先要等电视线路空出来。"

伦顿的回答不太好转写成文字。

城里用绳索圈出一片区域,里面满满当当都是人,树木和房屋仿佛是从人潮形成的巨大地基里长出来的。而在世界的其余地方,人们则借助超波观看转播。这次选举完全是地方性的事件,但它仍然拥有了满世界的观众。拜尔莱想到这里,不禁面露微笑。

不过外面的那群人可一点儿也不好笑。人群里到处是横幅和标语,从每一个可能的角度攻击他所谓的机器人身份。敌对的氛围十分浓烈,几乎化为可触碰的实质。

演讲从一开始就不成功。暴众发出混乱的号叫,基要分子有节奏地喝倒彩,在大群的暴众中间又形成许多个"暴众小岛"。拜尔莱必须与所有这些声音竞争,但他继续往下讲,语气舒缓,听不出任何情绪——

留在屋里的伦顿扯住头发呻吟起来——并且等着流血事件的发生。

前排出现骚动,有人在往前挤。那是一位瘦骨嶙峋的公民,眼球外凸,衣服太短,遮不住他瘦长的四肢。一名警察追过去,挣扎着从人群里挤出一条道来,推进速度十分缓慢。拜尔莱生气地挥手,让后者退下。

瘦子来到阳台正下方。他声嘶力竭地喊话,然而人群的咆哮掩盖了他的声音。

拜尔莱身体前倾。"你说什么?如果你有合理的问题,我会回答的。"他转向护卫在他身旁的一名警卫,"带那人上来。"

人群中气氛一紧。各处都有人高喊"安静",叫声先是升高成闹哄哄的一片,接着又参差不齐地低下去。瘦子来到拜尔莱面前,他涨红了脸,气喘吁吁。

拜尔莱说:"你有问题要问?"

瘦子瞪着他,用粗糙的嗓音说:"打我!"

说着那人突然亢奋起来,使劲把下巴往前一伸:"打我!你说你不是机器人。证明给我看。你没有能力打人,你这个怪物。"

一片死寂,又怪异又沉闷。拜尔莱的声音穿透它:"我没有理由来打你。"

瘦子疯了似的哈哈大笑："你不能够打我。你是不会打我的。你不是人，你是怪物，假装成人的样子。"

史蒂芬·拜尔莱抿紧嘴唇，当着现场数千人的面，同时也当着屏幕前数百万观众的面，他把拳头往回收，砰的一声打中了对方的下巴。那位挑战者猛地往后瘫倒，脸上只剩下无比茫然的诧异。

拜尔莱说："抱歉。请带他进去，好好照料他。等演讲完我要跟他谈谈。"

而当凯文博士发动汽车，从为她预留的区域开车离开时，只有一名记者从震惊中回过神来。那人追着她喊出了一个谁也没听见的问题。

苏珊·凯文扭头大声说："他是人类。"

这一句已经够了。记者也往自己要去的方向飞奔而去。

至于演讲剩余的部分，我们可以这样形容：讲了，但谁也没听见。

凯文博士和史蒂芬·拜尔莱又见了一面——在他宣誓就任市长的前一周。时间挺晚了——午夜已过。

凯文博士说："你看起来并不疲惫。"

当选市长微笑道："我可能还会熬会儿夜。可别告诉奎恩。"

"我不说。不过既然你提到奎恩，他讲的那个故事倒是很有趣，只可惜最后没成真。我猜你听说过他的理论。"

"某些部分。"

"非常戏剧化。史蒂芬·拜尔莱是一位年轻的律师、富于感染力的演讲者、了不起的理想主义者——还在生物物理学方面有一定天赋。你对机器人科学感兴趣吗，拜尔莱先生？"

"仅限于涉及法律的方面。"

"这一个史蒂芬·拜尔莱是感兴趣的。只不过出了一场事故。拜尔莱的妻子丧生，他自己情况更糟。他失去双腿，脸毁了，声音也没了。他的心智有一部分——扭曲了。他不愿接受整形手术。他避世独居，作为律师的职业生涯也就此完结——只有他的智力和双手还留着。不知怎么的，他竟能搞到正电子脑，甚至是复杂的正电子脑，那正电子脑拥有最强大的功能，能对伦理问题形成判断——这正是迄今发展出来的机器人的最高功能。

"他围绕正电子脑建造了身体，训练它成为自己，成为自己本来可以是却永远不会再是的一切。他将它作为史蒂芬·拜尔莱送到世界里，他自己则留在幕后，充当一个衰老、残疾的老师，不跟任何人见面——"

"很不幸，"当选市长说，"我打了一个人，把这一切全给毁了。据报纸上的说法，事发时是你亲口做了正式的论断，说我是人类。"

"那件事是如何发生的？你愿意跟我说说吗？不可能是偶然。"

"不完全是。大部分的工作都是奎恩完成的。我手下的人悄悄散布消息，说我从来没有打过人，说我没有能力打人，说我在受到挑衅时也不能打人，而这能确定无疑地证明我是机器人。所以我就安排公开发表一场愚蠢的演讲，其中隐含了各式各样的宣传调子，最后肯定会有某些傻瓜上当，这几乎是不可避免的。就其本质而言，我愿意管它叫律师的小花招。它能成功，全靠我们制造的虚假氛围。当然了，由此产生的情感效果确保了我当选市长，正如预期的那样。"

机器人心理学家点点头："看得出你是跨界到了我的领域——我猜所有政客都非得如此不可。不过事情发展成这样我非常遗憾。我喜欢机器人。我喜欢机器人远远超过喜欢人类。如果能造出一个有能力做好民事行政工作的机器人，我觉得他肯定会是最棒的。根据机器人学三大法则，他将不可能伤害人类，不可能实施独裁，不可能腐败，不可能愚蠢，不可能抱有偏见。而等他出色地完成了自己的任期，他就会离任,尽管他其实永生不死。因为若人类知道是一个机器人统治了他们,人类是会受伤的,而他不可能伤害人类。真是再理想不过了。"

"唯一的问题在于,由于其大脑内在固有的不足,机器人很可能会失败。正电子脑从来没能达到人类大脑的复杂程度。"

"他会有顾问。即便人类的大脑也得有人协助才能治理国家。"

拜尔莱严肃而饶有兴趣地审视着苏珊·凯文:"你在笑什么呢,凯文博士?"

"我笑奎恩先生并未把一切都考虑周全。"

"你的意思是说他那套故事还可以多点儿别的。"

"只多一点点。选举之前三个月,奎恩先生提到的那个史蒂芬·拜尔莱,那个伤痕累累的男人,他因为某些神秘的原因去了乡下。他回来时正好赶上你那次著名的演讲。说到底,那位残疾老人已经做过一次的事情,完全可以再做一次,尤其第二次的工作与前一次相比要简单得多。"

"我没太听明白。"

凯文博士起身抚平裙子上的褶皱。她显然准备告辞了:"我的意思是说,机器人袭击人类而又不违背第一法则,有一种情形是可能的。只有一种。"

"是哪一种呢?"

凯文博士已经走到门边。她轻声说:"只要挨打的人类不过是另一个机器人。"

她开心地笑了,瘦削的脸庞闪闪发亮:"再见,拜尔莱先生。希望五年后能再为你投票——选你当界域总协。"

史蒂芬·拜尔莱轻笑道:"我必须回答,这想法有些异想天开。"

门在她身后关上。

我带着点儿惊恐盯住她:"真是这样?"

她说:"一字不假。"

"伟大的拜尔莱只是机器人?"

"噢,这一点是永远没法确认的。我觉得他是。但是后来他决定死去,而且让人把自己的尸体彻底分解成了原子,所以我们永远找不到任何法律认可的证据。——再说了,是与不是又有什么区别?"

"嗯——"

"你跟大多数人一样,对机器人抱有很不理性的偏见。他任市长期间政绩出众,五年后就当选界域总协。等到地球各界域在2044年成立联盟,他又成了第一任世界总协。到那时候,管理世界的本来也是机体了。"

"没错,可是——"

"没有可是!机体就是机器人,而它们在管理世界。我是在五年前才发现了全部的真相。那是2052年,拜尔莱正要结束他作为世界总协的第二个任期——"

红皇后竞赛[1]

如果你喜欢猜谜,我这儿就有一个给你猜:把化学课本翻译成希腊文犯法吗?

或者换个说法。如果有人未经授权进行试验,由此彻底摧毁了全国首屈一指的原子能发电站,另有一人供认自己曾经从旁协助,后者又算不算罪犯呢?

当然,上述问题都是随时间推移逐渐发展出来的。我们的出发点仅仅是原子能发电站——它被抽干了。我的意思真的是说抽干了。我不知道电站的可裂变燃料有多少——然而仅仅两个微秒闪过,它就全部裂变了。

没有爆炸。没有强度超常的伽马射线。只不过是整个结构里的所有活动部件全部熔融,整座主楼略微发烫,方圆两英里的大气稍显暖和。就只是一座无用的死楼,后来花了一亿美元替换。

事发时间大约是凌晨 3 点,他们在中央能源室发现了埃尔默·泰伍德,就他自己。二十四小时紧锣密鼓的调查,其成果几句话就能总结完毕。

1. 埃尔默·泰伍德——哲学博士、理学博士、某某会会士、荣誉某某,年轻时曾参加最初的曼哈顿计划,如今是核物理学的正教授——并非非法闯入者。他有 A 类通行证——无限制。然而找不到

---

[1] Copyright © 1948 by Street & Smith Publications, Inc.

任何记录可以解释他为什么正好在那个时间点出现在那里。一张带滚轮的桌子上摆着设备，找不到申请制造的记录。设备同样被熔成了一团——不算太烫，手还能摸。

2. 埃尔默·泰伍德死了。他躺在桌旁，脸充血，几乎变成了黑色。未探测到辐射效应。未发现任何外力的痕迹。医生说是中风。

3. 在埃尔默·泰伍德的办公室，保险柜里发现了两样叫人摸不着头脑的东西：二十张大号的书写纸，写的似乎是数学；一本装订成册的对开本，写满外语，后来发现是希腊文，经翻译又发现其主题是化学。

这一团乱麻被层层封口，保密的氛围做到了极致，但凡跟它沾上边，那就死定了。死定了，只有这个词才能形容。调查期间有二十七个男男女女来过电站，包括国防部长、科学部长，还有两三个人地位超级高，公众连听都没听说过。而当晚去过电站的人，包括辨认泰伍德身份的物理学家、检查他身体情况的医生，全都离开了工作岗位，相当于被软禁在家。

从来没有哪家报社搞到过这个故事。没人听说任何内幕消息。只有国会的几位议员知道一部分情况。

自然要如此！能从相当于五十到一百磅的钚里吸干所有可用能量，同时还不引发爆炸，无论这是哪个人、哪个团体或国家的手笔，对方都已把美国的工业和国防牢牢攥在了手心里，打个哈欠的工夫就能让一亿六千万人的生命之光永远熄灭。

是泰伍德干的吗？或者是泰伍德与其他人同谋？又或者仅仅是其他人，泰伍德受了利用？

我的工作？我是诱饵，愿意的话也可以说成是"负责人"。总得有人守在大学，问一问跟泰伍德有关的问题，他毕竟是失踪了。可能是失忆，可能是被抢劫，可能是被绑架，可能是遭遇谋杀，可能是离家出走，可能是精神错乱，还可能是意外事故——够我忙个五年，看遍人们的臭脸，同时也许能转移大家的注意。不必说，事情并没有这样发展。

不过据我想来，起初我并未掌握全部情况。我不属于刚刚提到的二十七个人，不过我的老板位列其中。当然我也知道一些情况——够我下手了。

约翰·凯泽教授同样是搞物理的。我没有一开始就去找他。首先有很多例行公事的步骤，我必须尽可能认真地完成。很没有意义，但很有必要。不过现在我终于来到了凯泽的办公室。

教授们的办公室总是与众不同。每天早上8点，某个疲惫的清洁女工蹒跚着进出办公室打扫一番，此外再不会有人清扫除尘，而教授们反正也不会留意灰尘这种东西。书很多，但不怎么规整。距离办公桌最近的那部分书经常用到——讲义就是从里头抄的。剩下的书坐在桌前伸手够不到，都是学生借阅后随手放的。另外还有专业期刊，乍一看似乎很廉价，其实贵得要命，它们在办公室里干等着，也许哪天会有人来读。桌上有很多纸，其中一些被随手写了东西。

凯泽是个老头子——跟泰伍德是一代人，鼻子较大且颜色挺红，抽的是烟斗。他眼睛里有一种不带掠夺性的随和神情，搞学术的人通常如此——也许因为这类工作正好吸引这类人，也可能是这类工作把人塑造成了这个样子。

我问："泰伍德教授现在做的是什么工作？"

"物理学研究。"

这类答案我根本不往心里去，早几年我会气疯的，现在我只是说："这我们知道，教授。我想了解的是细节。"

他挺包容地朝我眨眨眼："我敢说细节是帮不上什么忙的，除非你本人也研究物理学。有必要吗——眼下这种情形？"

"也许没必要。但他不见了。如果他遭遇了任何——"我做了个手势，还故意做出扭抱的动作，"不测，那么或许跟他的工作有关——除非他很富有，而犯罪动机是钱。"

凯泽干巴巴地笑了几声："大学教授从来不会富有的。我们兜售的商品并不被人重视，毕竟供应量实在很大。"

这句话我也同样不予理会，因为我知道我的外表对我不利。其实我大学毕业的成绩是"优秀"——"优秀"二字翻译成了拉丁语，免得大学校长不认识——而且我这辈子从没参加过美式足球比赛。但光看外表则恰恰相反。

我说："那么需要考虑的就剩下他的工作了。"

"你是指间谍行为？国际阴谋？"

"有什么不可能？过去也发生过！他毕竟是核物理学家，不是吗？"

"是。但还有其他人也是。我也是。"

"啊，不过也许他知道一些你们不知道的东西。"

他下巴的肌肉收紧了。被人打个措手不及的时候，教授的表现也跟普通人没两样。他僵硬地说："我也许记得不是很清楚，但泰伍德发表的论文包括液体黏度对瑞利线翼部的影响、高轨道场方程、两个核子的自旋轨道耦合，不过他主要的工作是关于四极矩。我在这些问题上都很有心得。"

"他现在就正在研究四极矩吗？"我努力保持镇定，我觉得我成功了。

"对——算是吧。"他差点儿要嗤笑出来，"他可能终于要来到试验阶段了。他自己有一个特殊的理论，这辈子大部分时间似乎都在推算这理论的数学结果。"

"类似这个。"我把一张大号书写纸扔给他。

那是从泰伍德办公室的保险柜里找到的其中一张纸。当然了，那叠纸很可能毫无意义，因为教授保险柜里的东西经常如此。我的意思是说，有时候本该把某样东西放进抽屉里，结果抽屉里塞满了还没改的卷子，于是教授们一时不凑手，就把东西往保险柜里塞。保险柜里的东西当然是从来不会往外拿的。就拿泰伍德的保险柜来说，我们发现了几个灰扑扑的小玻璃瓶，里面装着泛黄的晶体，上面的标签几乎无法辨认；又有一些标记为"内部资料"的油印小册子，日期一路上溯到第二次世界大战；此外还有一本很旧的大学年鉴和一些信件，讨论请他去担任美国电力公司研发主任的事，日期是十年前。除此之外当然还有用希腊文书写的化学。

大号书写纸也在保险柜里。像大学文凭一样卷起来，用橡皮筋固定，上头既没有标签，也没有描述内容的标题。大概二十张，张张满是墨迹，全是细致的小字——

我拿着其中的一张。据我推测，世上任何一个人手头都没有超过一张大号书写纸。而且我敢说世上只有一个人知道，谁要是弄丢了自己手头的那张纸，政府会确保此人尽可能在同一时间丢掉自己的小命。

于是我把那张纸扔给凯泽，就好像它不过是大学校园里随处可见的什么东西。

他盯着它看了一会儿，又看看背面，背面是空白的。他的目光从纸的顶端移动到底部，接着又跳回顶端。

"我不知道这是讲什么的。"他说出那几个字，仿佛它们在他嘴里留下了酸味。

我没说话，只是把纸折起来，塞回夹克的内兜。

凯泽赌气似的说："这是你们门外汉常犯的错误，你们以为科学家看一眼方程式就能说'啊，对——'，然后就此写出一本书来。其实数学不具有自己独立的存在，它只不过是一组任意的代码，编出来描述物理上的观察或者哲学上的概念。每个人都可以根据自己的独特需要去调整它。就比如符号，谁也没办法看见一个符号就确定它的含义。迄今为止，科学已经用光了字母表里的所有字母，大写、小写、斜体，每个都象征许多不同的东西。他们用过了粗体字、哥特式字体、希腊字母，大写小写都用过了，还有下标、上标、星号甚至希伯来字母。不同的科学家用不同的符号表达同一个概念，又用同一个符号表达不同的概念。所以如果你拿这么一张前后不搭的纸给人看，研究的主题和使用的符号学一概不提，任何人都绝对没办法把它看明白的。"

我打断他："不过你说他在研究四极矩。用四极矩来理解它能说得通吗？"我边说边敲敲胸口。过去的两天里这张大纸一直放在那儿，简直要在我的夹克上慢慢烧出一个洞来。

"说不好。涉及四极矩的常规方程我一个也没看见。至少我一个也没认出来。不过很显然，我是不可能对此下定论的。"

短暂的沉默，然后他说："要我说吧，你干吗不找他的学生核实？"

我挑眉道："你是说去他教课的班上？"

他似乎有些恼火："老天爷，当然不是。他的研究生！他的在读博士生！他们一直跟着他做研究。他们最了解他的研究细节，肯定比我或者系里的其他人都清楚。"

"倒也是个办法。"我挺随意地说。确实是个办法。我也不知道为什么，但我自己肯定想不到这招。我猜也正常，大家自然会以为随便哪个教授肯定都比学生知道得多。

我起身准备离开，凯泽抓住一侧翻领。"另外，"他说，"我觉得你找错了方向。这话我只私下跟你透露，你明白，要不是情况特殊我也不开这个口，不过泰伍德在同行间的评价并不太高。哦，教书他是够资格的，这我愿意承认，不过他的研究论文从来难以叫人敬重。他一直有一种倾向，毫无实验证据就连猜带蒙地构建理论。你手头那张纸多半也是这类东西。谁也不会为了它跑去……呃，绑架他的。"

"是吗？明白了。那么关于他为什么不见了，或者他去了哪里，你自己有没有什么想法?"

"没什么具体的,"他噘了噘嘴说,"但大家都知道他身体不好。两年前他中过风,一学期没来上课,那之后一直没有彻底恢复。他左半边身体偏瘫了一段时间,至今走路还一瘸一拐。再来一次中风就会要了他的命。随时都可能发生。"

"那么你觉得他已经死了?"

"并非不可能。"

"尸体又在哪儿呢?"

"嗯,瞧你这话——依我看那就是你的工作了。"

的确如此,我告辞了。

我挨个跟泰伍德的四个研究生会谈,地点就在被称作"研究实验室"的混乱空间里。这类学生研究实验室通常有两个被看好的学生在里头工作,而这两人会形成流动人口,因为每隔一年左右他们就会交替被其他人取代。

由于这个原因,实验室的设备堆得层层叠叠。长凳上放的是目前正在使用的设备,三四个最趁手的抽屉里装着可能会用到的替换品或者补充品。在位置较远的抽屉里、在高到天花板的架子上、在各种犄角旮旯,则堆放着过去无数代学生褪色的遗留物——各种鸡零狗碎,从未使用,也从未清理。事实上,有人宣称从来没有哪个研究生完全了解自己实验室里的所有东西。

泰伍德的四个研究生全都忧心忡忡。不过其中三人主要是担心自己的状况。也就是说,担心泰伍德不在,自己研究的"问题"的进展会受到影响。我让这三人走了——希望如今他们都拿到学位了吧——然后我叫回了第四个人。

四个人里就数他最憔悴,也最不愿意交流——在我看来这类迹象表明有戏。

他全身僵硬地坐在书桌右边的直背椅里,我则放松身体靠坐在一张嘎吱响的老式转椅里,还推开了遮住前额的帽子。他名叫埃德温·豪,后来他是拿到了学位的。对此我确定无疑,因为如今他已经是科学部的大人物了。

我说:"你跟其他几个小伙子干的是一样的活儿,我猜?"

"都跟核能有关,可以这么说。"

"但并不完全一样?"

他慢吞吞地摇头:"我们采取的角度不同。搞的研究必须轮廓清晰,否则没法发表。我们总得拿学位啊。"

他说这话的语气,就好像你我可能会说"我们总得挣钱糊口啊"。说起来,也许对他们来说二者本来也没区别。

我说:"好吧。你的是什么角度?"

他说:"我负责数学。我的意思是,我跟泰伍德教授一起搞数学。"

"哪种数学?"

他微微笑了笑,营造出当天早上我从凯泽教授身上留意到的那种氛围,就是"你真以为我能把我所有深邃的思想全部解释给你这个小笨蛋听吗?"的那种氛围。

不过他嘴里说的只不过是:"要解释起来就比较复杂了。"

"我来帮你,"我说,"是类似这种东西吗?"说着我把那张大号书写纸扔给他。

他压根儿没有从头到尾浏览一遍,只是一把抓过去,还发出一声尖细的哀号:"你从哪儿弄来的?"

"泰伍德的保险柜。"

"剩下的也在你手里?"

"在安全的地方。"我含糊其词。

他稍微放松下来——只一点点:"你没拿给其他人看吧,啊?"

"我给凯泽教授看过了。"

豪用下嘴唇和门牙发出一个不礼貌的声音:"那个蠢材。他怎么说?"

我把双手的手掌翻过来朝上,豪见了哈哈大笑。然后他用一种漫不经心的口气说:"嗯,我做的就是这种东西。"

"到底是什么?用我能理解的方式说来听听。"

他明显迟疑了。他说:"我说,听着,这是要保密的东西。就连老爹的其他学生对它也一无所知。我甚至不认为我知道它的全貌。我弄它不仅仅是为了拿学位,你明白。它是泰伍德老爹的诺贝尔奖,我能用它搞到加州理工助理教授的位置。我们得先发表,然后才能谈它。"

而我缓缓摇头,并且把声音放轻柔:"不对,小子。你弄反了。你得先谈它,然后才说得上发表,因为泰伍德失踪了,也许死了,也许没有。而如果他死了,就有可能是谋杀。而一旦局里怀疑到谋杀,谁都得开口。喏,要是你想瞒下什么秘密,孩子,看起来可对你不利啊。"

这话奏效了。我知道会奏效的,因为大家都读谋杀悬疑小说,都知道小说里的陈词滥调。他从椅子里跳起来,噼里啪啦说了一通话,就好像面前有剧本照着念的一样。

"怎么可能?"他说,"你总不会怀疑我能做出……做出这种事?怎么……怎么,我的事业……"

我把他推回椅子里,他前额上已经开始冒汗。我念出下一句台词:"我并不怀疑任何人做了任何事,目前还没有。只要你老实说,你就不会惹上任何麻烦,伙计。"

他已经准备好开口了:"听着,这一切都得严格保密。"

可怜的家伙。他压根儿不知道什么叫"严格"。从那一刻开始,他再也没有一秒钟离开过政府特工的视线,直到政府决定用一个"?"作为最后的论断,把整个案子掩盖掉。(我没开玩笑。直到今天仍是如此，案子既非在查也非结案，就只是一个"？"。)

他有些犹疑："你知道时间旅行是什么吧，我猜？"

我当然知道时间旅行。我最大的孩子十二岁，他常听下午的视频节目，通过耳朵和眼睛吸收一大堆胡说八道，整个人肉眼可见地膨胀了。

我说："时间旅行怎么了？"

"从某种意义上讲，我们能做到。其实也不算时间旅行，只应该管它叫'微时间转化'——"

我差点儿控制不住发起火来。事实上我觉得自己确实没压住火。事情似乎一目了然，这小屁孩想糊弄我，而且手法还不怎么隐蔽。人家看我的样子以为我蠢，这我早就习惯了，但我还没蠢到那种地步。

我从喉咙深处发声："你是准备跟我说，泰伍德正在某个时间点上——就好像时间独行侠埃斯·罗格斯？"（这是我儿子最喜欢的节目——本周埃斯·罗格斯正单枪匹马阻止进犯的成吉思汗。）

不过他满脸厌恶，多半跟我脸上的厌恶旗鼓相当。"不是，"他吼道，"我不知道老爹在哪儿。你倒是好好听我说呀——我说的是'微时间转化'。喏，不是视频节目，也不是魔法，它恰好是科学。举个例子，你知道质能守恒吧，我猜？"

我气哼哼地点头。自从倒数第二次世界大战的广岛，谁都知道质能守恒。

"那就好，"他继续往下说，"很好的开始。现在来看看，假如你手头有一团腐殖质，并对其施加时间转化——你知道，就是把它送回过去——事实上你就是在你把它送回去的那个时间点上创造了物质。要做到这一点，你必须使用一定量的能量，与你创造的物质等价的能量。换句话说，要把一克——或者一盎司的物质送回过去，你就必须完全分解一盎司的物质，借此提供所需的能量。"

"嗯——"我说，"那是为了在过去创造一盎司的物质。但你把一盎司的物质从现在移除，难道不是摧毁了一盎司的物质吗？这难道不会创造等量的能量？"

他满脸恼怒，活像是一屁股坐在大黄蜂身上的研究员——而且大黄蜂还没死透。看来外行人是不应当质疑科学家的。

他说："我这是简化的说法，方便你理解。事实上很复杂。要是能用物质消失的能量来使它出现，那可就太好了，但相信我，这样只会原地绕圈。熵的规则会禁止事情这样发生。更严谨地说，克服时间惯性需要能量，结果呢，我们发现为了将以克为单位的物质送回过去，所需的以尔格为单位的能量正好等于物质的质量乘以光速的平方——光速以厘米每秒为单位。这恰好是爱因斯坦的'质能方程'。其中的数学我可以算给你看，你知道？"

"我知道，"我挥挥手，把他错付的热情挡回去一部分，"不过这一切已经通过实验验证了吗？或者仅仅停留在纸面上？"

很显然，现在的关键就是要让他继续说下去。

他眼里闪现出古怪的光芒，听说只要有人要求研究生讲讲自己的研究课题，每个研究生都会如此。他愿意跟任何人谈论自己的课题，哪怕对方是个"愚蠢的警察"——眼下倒是方便了我。

"你瞧，"他的口气活像是搞不正当生意的人，此刻正预备给你透几句内幕消息，"整件事都是从中微子开始的。三十年代末他们就开始找中微子，一直没成功。中微子是一种不带电的亚原子粒子，其质量甚至比电子还要小。自然想发现它的踪迹几乎是不可能的，而它也一直没被发现。但是他们还是继续找，因为我们必须假设中微子存在，否则某些核反应的能量没法平衡。泰伍德老爹在二十年前提出一个观点，他认为有一部分能量以物质的形式消失在了过去的时间里。我们就开始研究——或者说他开始研究——我是他带着处理这一问题的第一个学生。

"很显然，我们必须拿极少量的物质进行实验，然后……好吧，完全是老爹灵光闪现，他想到利用微量的人工放射性同位素。这东西你可以用计数器追踪其活度，你知道，所以只用几微克就行。活度随时间的变化应当遵循一条非常确定且简单的法则，从来不受任何已知的实验条件影响。

"那好，就比方说我们要把一个微粒送回十五分钟前，就在我们动手之前的十五分钟——一切都是安排好了自动进行的，你瞧——计数器突然一跃，跳到了本该有的数值的将近两倍，之后它以正常的方式下降，然后又在把物质送回的那一刻急剧下降，跌落到了本该有的正常数值以下。材料在时间里跟自己重叠了，你瞧，在十五分钟里我们的计数器显示出来有两倍的材料——"

我打断他："你的意思是说你们让相同的原子在同一时间存在于两个地方。"

"对，"他略有些惊讶，"为什么不呢？所以我们才要用到这么多能量——等于是创造了这些原子。"然后他一口气往下讲："现在我来告诉你我的工作具体是什么。如果你把材料送回十五分钟前，它似乎会被送回相对地球而言的同一个位置，尽管在十五分钟里，地球围绕太阳运行了一万六千英里，而太阳本身移动的距离还更多，诸如此类。但其中还是有一些微小的不一致，我做了分析，结果发现可能的原因有两个。

"首先，存在一种摩擦效应——咱们姑且这么称呼它好了——由于这一效应，物质确实会稍微飘移，改变其与地球的相对位置，飘移的距离取决于回到过去的时间的长短，还有材料的性质。其次，有一些不一致只可能有一个解释，就是回到过去的旅程本身也需要花费一定的时间。"

"此话怎讲？"我问。

"我的意思是说，一部分的放射性在转化期间是均匀分布的，就好像测试材料在返回过去的过程中在以一个常量起反应。据我得出的数字显示——嗯,这么说吧,如果你要回到过去,那么每往回一百年你就会衰老一天。或者换个说法,如果有一个时间刻度盘记录'时光机'之外的时间,那么当时间刻度往回走一百年,你自己的手表则会前进二十四小时。我觉得这是一个普遍的常数,因为光速就是一个普遍的常数。总之呢,我的工作就是研究这个。"

我花了几分钟消化这一切,然后我问:"你们实验所需的能量是从哪里搞到的?"

"他们从电站接了一根特殊的电缆线出来。老爹在那边是个大人物,他跟那边谈妥的。"

"嗯。你们送回过去的材料中最重的是多少?"

"噢——"他的眼珠子往上翻,"我记得有一次我们往过去送了百分之一毫克。也就是十微克。"

"试过把东西送去未来吗?"

"那是不会成功的,"他立刻回答道,"不可能。你没法那样改变符号,因为所需的能量会大于无穷。这个命题是单向的。"

我使劲瞪着自己的手指甲:"如果你们裂变大约……嗯,就说一百磅的钚吧,得到的能量能把多少材料送回过去?"这话问的,我暗想,底牌都快漏光了。

答案来得很快。"钚裂变的时候,"他说,"转化成能量的质量不超过百分之一或百分之二。所以如果完全消耗一百磅的钚,就能把一到两磅的东西送回过去。"

"就这么点儿?不过你们能处理这么多能量吗?我的意思是,一百磅的钚能制造不小的爆炸了。"

"一切都是相对的,"他有点儿傲慢,"这么多的能量,如果你一次只释放一点点,那是能控制的。如果你一次性释放全部能量,但是使用能量的速度跟释放能量的速度一样快,那你仍然能控制。把材料送回过去的时候,能量的使用速度非常快,就连裂变释放能量的速度也比不上。至少理论上如此。"

"但你们是怎么把能量消耗掉的？"

"自然是散布到时间里了。不消说，这么一来呢，传送材料的最低时间限制就取决于材料的质量了。否则随着时间的推移，能量密度很可能过高。"

"好吧，孩子，"我说，"我现在就联系总部，他们会派人来送你回家。你要在家里待一段时间。"

"可是——为什么呢？"

"不会很久的。"

确实也没太久——而且事后还给了他补偿。

那晚我在总部度过。我们在总部有个图书馆——非常特别的图书馆。爆炸发生后的第二天，有两三个特工一大早就静悄悄地溜进了大学的化学与物理图书馆。干这种事他们是专家。他们找出泰伍德这辈子在所有期刊上发表的每一篇文章，每一页都拍下来了。除此之外什么也没惊动，一切如常。

另有其他人翻找杂志档案和书单，最后总部就有了这座图书馆，泰伍德的整个"王国"悉数呈现于此。而且做这件事也并没有任何明确的目的，它不过就是我们采取的一部分措施。在解决这类问题时我们做事真的非常彻底，由此可见一斑。

我把图书馆翻了个遍。科学论文我没看，因为我知道里头不会有我想要的东西。不过二十年前泰伍德曾为一家杂志社写过一个系列的文章，那些文章我都读了。能找到的私人信件我也通通没放过。

之后我就坐在原地思考——而且把自己吓坏了。

凌晨4点左右我才上床睡觉，做了好些噩梦。

但第二天一早，我还是9点钟就来到了老板的私人办公室。

老板身材魁梧，一头铁灰色的头发极平整地贴在脑袋上。他不抽烟，但办公桌上总留着一匣子雪茄。每回想沉默几秒钟时，他就拿出一根雪茄摆弄片刻，嗅嗅气味，然后就把它正正塞到嘴巴中间，极细心地点燃。到了那时候，他要么已经有话可说，要么已经什么都不必说了。之后他就放下雪茄，任它燃成灰烬。

大概每三周他就要耗光一匣子，每年圣诞，他拆开的礼物包装纸里有一半都是一匣一匣的雪茄。

不过他现在并没有伸手去拿烟。他只是把两只硕大的拳头叠放在桌面上，又从紧锁的眉头底下看着我："什么情况？"

我跟他说了，语速很慢，因为微时间转化这种东西任谁也难消化，你管它叫时间旅行的时候尤其如此，而我正是这么叫的。他只问了一次我是不是疯了，正好说明情况有多严重。

然后我说完了，我俩就面面相觑。

他说："所以你认为他试图把某样东西送回过去——某样大概一两磅重的东西——并因此搞垮了整座电站？"

"合情合理。"我说。

我随他自己琢磨了一会儿。他在思考，而我希望他继续思考。如果可能，我希望他自己想到我想到的那件事，免得由我来告诉他——

因为这事不能不说，可我真不愿意说——

首先是因为它太疯狂了，然后还因为它太可怕了。

于是我保持沉默，而他继续思考。偶尔他的一些想法也会显露在脸上。

过了一会儿他说："假设那个学生，豪，说了实话——对了，你最好检查他的笔记本，希望你已经扣下来了——"

"那层楼的整个侧翼现在都是禁区。笔记本在爱德华兹手里。"

他继续说道："那好。假设他把自己知道的情况原原本本告诉我们了，为什么泰伍德要从不到一毫克一跃跳到一磅？"

他的目光落下来，眼神冷硬："现在你的注意力集中在时间旅行这个角度，我想对你来说它是关键点，你认为涉及的能量只是附带的结果——纯粹是附属品。"

"是的，长官，"我很认真，"我的看法正是如此。"

"你有没有考虑过或许你想错了？或许你把事情想反了？"

"我不太明白你什么意思。"

"喏，你瞧。你说你读了很多跟泰伍德有关的东西。好吧。第二次世界大战以后，有一群科学家强烈反对原子弹，希望建立包含整个地球的世界国，泰伍德是其中之一。这你知道的，对吧？"

我点点头。

"他怀有一种内疚情结，"老板振振有词，"他帮忙造出了原子弹，结果想到自己干了什么就夜不能寐。他带着这种恐惧生活了好些年。虽说核弹最终没有在第三次世界大战期间被使用，但那种日复一日的不确定感，你能想象吗？直到'六五协议'达成最终妥协，那之前的每一个关键时刻他都在等着别人决定是否使用原子弹，你能想象他的灵魂经历了什么样的困顿和恐怖吗？

"最后一次大战期间，我们对泰伍德和其他几个同他一样的人做过完整的精神状态分析。你可知道？"

"不知道。"

"是真的。当然，'六五协议'以后我们就放松了，因为当时对原子能建立起了全球统一管控，所有国家的原子弹库存全部报废，全球各势力范围之间也建立了科研上的联系，所以科学家心里的伦理冲突大部分都消除了。

"但当初精神状况分析的结果很不乐观。在1964年，泰伍德潜意识里对原子能的整个概念怀有一种病态的仇恨。他开始犯错，很重大的错误。最终我们被迫把他撤下来，什么研究也不让他碰了。另外还有几个人也一样，尽管当时情况危急，我们非常需要他们。那时候我们刚刚失去了一个地方，也许你还记得。"

那时候我正好就在那里，所以当然记得。不过我还是不明白他什么意思。

"现在想想看,"他接着说道,"万一那种态度的残渣一直埋藏在泰伍德心里,直到最后?你难道看不出来,时间旅行是一把双刃剑?再说为什么要把一磅重的东西扔回过去?就为了证明一个观点?当他把一毫克的一小部分送回过去的时候,他已经很好地证明了自己。对诺贝尔奖已经够了,我猜。

"但是有一件事他没法用一毫克的物质做到,用一磅的物质却可以,那就是耗干一座核电站。所以他的目标肯定就是这个。他发现了一个办法可以消耗难以想象的巨大能量。把八十磅的泥土送回过去,他就能消除掉世上现存的所有钚,无限期地终结原子能。"

我根本无动于衷,不过我努力不要表现得太明显。我只是说:"你觉得他竟然以为这一招还能故技重施?"

"这一切分析的基础在于他这人不正常。我怎么知道他想象自己能做到什么?再说了,他背后也可能还有别人——那些人搞科学不如他,但脑子更好使——说不定他们早准备好要接手做下去。"

"我们找到这些人中的某一个了吗?有证据表明这些人存在吗?"

片刻的等待,他把手伸向雪茄匣子。他盯着雪茄,把它颠来倒去。只需再等一小会儿。我有耐心。

然后他果断放下雪茄,没有点火。

他说:"没有。"

他看着我,一眼把我看穿:"那么你仍然不愿意接受我的解释?"

我耸耸肩:"这个嘛——听起来不对劲。"

"你有自己的看法?"

"有。但我简直不愿意谈起它。如果我说错了,我就是有史以来错得最厉害的人;但如果我说对了,我就是最对的。"

"你说。"他把一只手伸到办公桌底面。

那里有一个放线装置。他的办公室有装甲保护,能隔音,还能抵御除核爆炸之外的所有辐射。而当那个小小的信号出现在他的秘书桌上时,哪怕美国总统也没法打扰我们。

我背靠椅背说:"头儿,你会不会正好记得你是怎么遇见你妻子的?是一件小事吗?"

他肯定觉得这问题来得莫名其妙,不然他还能怎么想?但现在他把主导权交给了我。大概他有他自己的道理,我猜。

于是他只笑笑:"我打了个喷嚏,她转身看我。那是在一个街角。"

"是什么原因让你在那一刻出现在那个街角?她又是为什么去的?你还记得你打喷嚏的确切原因吗?你在哪里着的凉?或者那粒害你打喷嚏的灰尘来自哪里?想想看,你和你妻子要相遇,有多少因素必须在恰到好处的时间、在恰到好处的地点交织在一起。"

"我猜就算当时没遇上,我们也会在另外一个时刻相遇。"

"但这你是没法确切知道的。你怎么可能知道你没有遇见谁,就因为有一次你本来会转身,结果没有转身;因为有一次你本来可能迟到,结果没有迟到。每时每刻你的生命都在分岔,而你几乎是随机地走上其中一条岔路,其他的所有人也都一样。从二十年前开始,随着时间的推移,岔路之间的间隔也越来越远。

"你打了个喷嚏,于是遇到了一个姑娘,而没有遇到另一个。因为这个喷嚏,你又做了某些决定,那姑娘也做了某些决定,还有那个你没有遇到的姑娘也一样,乃至遇到那姑娘的男人,还有你们几个在那之后遇到的所有人。你的家庭、她的家庭、他们的家庭——还有你们的孩子。

"就因为你二十年前打了一个喷嚏,五个人,或者五十个、五百个人,他们本来可能会活着的,结果却死了;也可能本来会死的,结果现在还活着。把它再往回推两百年、两千年,一个喷嚏——哪怕只是一个历史上从没人听说过的小人物——都有可能意味着如今活着的人全都不会活着了。"

老板揉揉后脑勺儿:"扩大的涟漪。我曾经读过一则故事——"

"我也读过。这不是什么新鲜点子——但我希望你想想这个,因为我想读一篇文章给你听,是埃尔默·泰伍德教授二十年前发表在杂志上的。刚好是在上次世界大战之前。"

胶卷的拷贝就在我兜里,而办公室的白墙正适合当屏幕,它本来也是用来做这个的。老板准备转身,但我挥手阻止他。

"不,长官,"我说,"我想由我来读。我想让你听着。"

他坐在椅子里放松后背。

"文章的标题,"我说,"是《人类的第一次重大失败!》。别忘了,它的写作时间是在大战前不久,当时联合国终于宣告失败,大家的怨愤和失望情绪正好达到顶点。我准备读的是从文章第一部分节选出来的。下面开始。

"'……人类尽管拥有了完美的技术,却未能解决当今最大的社会学问题,然而这才只是这一种族经历的第二个大悲剧。第一个大悲剧,或许也是更严重的悲剧,则在于这些社会学的大问题曾经是解决过的;然而解决的方案并非一劳永逸,因为我们如今拥有的完美技术在当时并不存在。

"'这是一个二选一的命题,有黄油就没有面包,或者有面包就没有黄油,永远无法同时拥有……

"'想想古希腊世界,我们的哲学、数学、伦理学、艺术、文学——事实上我们的整个文化——全部发端于此……在伯里克利的时代,希腊就好像我们当今世界的缩影,它同样是一个令人惊讶的现代化大杂烩,充满了彼此冲突的意识形态和生活方式。然后罗马来了,它采纳了希腊的文化,不过赋予了和平并将其强制推行。没错,罗马的和平仅仅持续了两百年,但自那时起,再也没有出现类似的时代……

"'在罗马的时代,战争被废除。民族主义不复存在。罗马的公民是整个帝国的公民。塔尔苏斯的保罗和弗莱维厄斯·约瑟夫斯都是罗马公民。西班牙人、北非人、伊利里亚人全都曾穿上代表罗马的紫色。奴隶制是存在的,但那是一种不加区分的奴隶制,作为惩罚强加给一部分人,他们因经济上的失败付出这一代价,或者因战争中的运气承受这一命运。谁也不是生而为奴——不会因为他皮肤的颜色或出生的地点一生下来就是奴隶。

"'还有彻底的宗教宽容。如果说早期对待基督徒的态度有所例外,那也是因为基督徒自己拒绝接受宗教宽容之原则;因为他们坚称只有他们自己才知道真理——这一原则为文明的罗马人所不齿……

"'于是整个西方的文化都处在单一的城邦政治下,也没有了宗教与国家的专一主义和排他主义毒瘤,同时又存在一种高度发展的文明——可为什么人类却无法保有自己的成就?

"'这是因为,从技术的角度讲,古希腊一直是落后的。由于缺少机械文明,闲暇的代价,也就是说文明与文化的代价,太高了,少数人的闲暇必然意味着多数人被奴役。因为文明找不到一个办法,可以将舒适与安逸带给所有的人。

"'于是乎,被压迫的阶层便转向另一个世界,转向那些唾弃世俗物质利益的宗教——于是接下来的一千多年里,任何真正意义上的科学都不再可能。不仅如此,当初期希腊主义的动力开始衰减,帝国却缺乏技术力量来击退蛮族的进攻。事实上,直到公元1500年以后,战争才充分成为一个国家工业资源的一种功能,使得定居的人们能轻松战胜部落民和游牧民……

"'那么想象一下,假如通过某种方法,让古希腊人稍微学到一点点现代的化学与物理学。想象一下,如果在罗马帝国发展的同时,其科学、技术与工业也在同步发展。想象这样一个帝国,机械取代了奴隶,所有人都能分享到这世上财物的可观份额;军团成为装甲纵队,任何蛮族都无法抵挡。想象这样一个帝国扩展到整个世界,不带任何宗教的或民族的偏见。

"'一个属于所有人的帝国——人人皆兄弟——最终人人皆自由……

"'假如历史能够改变。假如那第一次的大失败能够被阻止——'"

我停在这里。

"所以呢?"老板问。

"所以,"我说,"所有这一切,我觉得不难跟我们发现的事实联系起来:泰伍德急于把某些东西送回过去,以至于毁了整座核电站;同时在他办公室的保险柜里,我们发现了翻译成希腊文的化学教科书的某些章节。"

他开始思考,并且变了脸色。

他的语气沉甸甸的:"可是什么都没有发生,不是吗?"

"我知道。但泰伍德的学生告诉我,回到一个世纪之前要花一天的时间。假设目标区域是古希腊,那就是二十个世纪之前,所以是二十天。"

"但是能阻止它吗?"

"我可不知道。也许泰伍德知道,但他死了。"

这整件事的严重性扑面而来,甚至比前一天晚上的打击更深——

整个人类都等于被判了死刑。这或许只是一个可怕的抽象概念,然而有一件事将抽象压缩成了令人完全无法忍受的现实:我也会死,还有我的妻子、我的孩子都会死。

而且这将是一种没有优先级的死亡。一种存在的停止,仅此而已。仿佛一息吹过,仿佛梦境消散,仿佛一片阴影飘入永恒的非空间与非时间中。事实上我根本就不是死了。我只不过是从来没有出生过。

或者也许不会这样?我会存在吗? ——我的个性,我的自我,或者说我的灵魂?另一生?生活在不同的境遇下?

当时这些想法并未化作清晰的言语。但假如在那种情况下，胃里那阵冰凉的痉挛能说话，我觉得它说的就会是这些。

老板强势打断我的念头。

"那么我们还有大约两个半星期。必须争分夺秒，马上行动。"

我咧着半边嘴巴笑起来："怎么行动？追上那本书？"

"不，"他冷冷道，"但有两条路线我们必须跟进。首先，你的想法可能是错的——完全错误。所有这些间接推理仍然可能只代表一条假线索，说不定是故意抛给我们的，就为了掩盖真相。这一点必须查明。

"其次，你的想法也许正确——但也许存在某种方法可以拦下那本书，除用时光机追上去以外的法子，我的意思是。假使果真如此，我们必须把它找出来。"

"我只想说一件事，长官，如果这是假线索，只有疯子才会以为这条线索能令人信服。那么假设我的想法正确，同时又没有任何办法可以阻止事情发生呢？"

"那样的话，年轻人，我准备接下来的两个半星期好好忙一忙，我建议你也照做。忙起来时间过得更快些。"

当然了，他说得很对。

我问："我们从哪儿开始？"

"首先我们需要一份名单，包括所有拿着政府薪水同时在泰伍德手下工作的男男女女。"

"为什么？"

"推理。你的专长，你知道。泰伍德应该不懂希腊语，这样推断我觉得是没什么问题的，所以肯定得别人替他翻译。如此规模的大工程不太可能有人替他白干，泰伍德也不太可能自掏腰包——教授的薪水是不够用的。"

"但他可能希望行动更加隐秘，"我指出，"而拿政府薪水的人是容易暴露的。"

"为什么?能有什么风险?把化学教科书翻译成希腊文,难不成还犯法?谁能据此就推断出你所描述的那种阴谋?"

我们花了半小时工夫,在"顾问"一栏挖出了米克罗夫特·詹姆斯·博尔德,并发现《大学名录》里提到他是哲学系助理教授;同时,通过电话我们了解到此人多才多艺,其中就包括对雅典希腊语了如指掌。

还真巧——因为老板伸手去拿帽子的时候,供办公室间通信的电传打字机正好咔嗒响起来,原来米克罗夫特·詹姆斯·博尔德就在前厅,过去的两个小时里他一直坚持要见老板,人家终于给他通报了。

老板把帽子放回去,打开了办公室的门。

米克罗夫特·詹姆斯·博尔德教授是个灰色调的人。头发是灰色的,眼珠是灰色的,西装也是灰色的。

但最主要的还是他的表情,一脸灰暗,灰中带着紧张,连瘦削面孔上的线条也似乎因此而扭曲。

博尔德柔声道:"过去的三天里我一直争取跟某个负责人面谈,先生。比你级别更高的人我都接触不到。"

"或许我的级别也够了,"老板说,"你有什么事?"

"我希望获准与泰伍德教授面谈,事情相当重要。"

"你知道他在哪儿?"

"我相当确定他被政府关押了。"

"为什么?"

"因为我知道他在计划一项实验,必然违背国家安全条例。之后的一系列事件,据我能掌握的情况判断,正验证了这一假设——安全条例确实遭到违背。由此我推定实验至少是已经尝试过了。我必须了解它是否成功完成。"

"博尔德教授,"老板说,"我相信你能读懂希腊文。"

"是的，我能。"博尔德教授态度冷静。

"并拿着政府支付的费用替泰伍德教授翻译了化学课本。"

"对——作为合法雇佣的顾问。"

"然而在目前的情形下，上述的翻译却构成了犯罪，因为它使你成了泰伍德罪行的从犯。"

"你能确立二者的关联？"

"你不能？你难道没有听说过泰伍德关于时间旅行的想法？或者说是——你们怎么称呼它的来着——微时间转化？"

"啊？"博尔德微微一笑，"原来他都跟你说了。"

"不，他没说。"老板厉声道，"泰伍德教授死了。"

"什么？"然后他说，"我不信。"

"他死于中风。看这个。"

老板有一张第一晚拍摄的照片，就在入墙式保险箱里。照片上的泰伍德面孔扭曲，但仍然可以辨认——摊开四肢，死了。

博尔德呼吸粗重，就好像齿轮卡住了似的。据墙上的电子钟显示，他盯着照片看了足足三分钟。他问："这是什么地方？"

"原子能发电站。"

"他完成实验了吗？"

老板耸肩："无从知道。我们发现他时他已经死了。"

博尔德抿紧的嘴唇无一丝血色："必须想办法确认。必须召集一个由科学家组成的委员会，有必要的话还必须重做实验——"

然而老板只是看着他，同时伸手去拿雪茄。我从没见他用雪茄用了这么长的时间——最后他放下雪茄，任由燃烧着的烟气将他包裹，他说："二十年前，泰伍德替杂志社写过一篇文章——"

"噢，"教授嘴唇扭曲，"是那东西给你们提供了线索？不必理会它。这人不过是物理学家，对历史和社会学都一窍不通。那不过是幼稚的幻梦，仅此而已。"

"如此说来,你并不认为把你的译作传回过去就能开启一个黄金时代,是吗?"

"当然不会。两千年缓慢劳作的成果,难道你以为能嫁接到一个毫无准备的幼年社会上?难道你以为伟大的发明、伟大的科学原理都是直接在天才的大脑中完全成形的,与天才所处的文化环境毫不相干?牛顿对万有引力定律的阐述推迟了二十年,就因为当时地球的直径被算错了百分之十。阿基米德差点儿就发明了微积分,但最终还是功败垂成,就因为阿拉伯数字是由某个无名的印度人或一群印度人发明的,而阿基米德从没听说过。

"同样的道理,古希腊和古罗马存在奴隶社会,仅此一点就意味着机械不可能吸引太多关注——奴隶要便宜多了,而且更能适应各种需要。同时那些真正才智超群的人,你也很难指望他们花费精力研究替代人力劳动的设备。阿基米德是古代最伟大的工程师,可就连他也拒绝公布任何具有实际用途的发明——他向来只发表抽象的数学成果。当一个年轻人询问柏拉图几何有什么用处时,他立刻就被从学园开除,因为此人有着不懂哲学的鄙俗灵魂。

"科学从不向前猛冲——它只会一寸寸往前挪动,而且挪动时只会朝着特定的方向——那些塑造社会同时反过来被社会塑造的巨大力量所许可的方向。没有一个伟人能够前进,除非他站在环绕他的整个社会的肩膀上——"

听到这儿老板打断了他:"那么不如你来告诉我们,你在泰伍德这件事里扮演了什么角色?你说历史是无法改变的,我们权且相信你好了。"

"噢,历史倒是可以改变,只不过不可能有意地去改变它——你瞧,泰伍德第一次找我效劳,让我把课本里的某些段落翻译成希腊文,我是看在钱的分儿上答应的。但他想让我用羊皮纸记录译文,还坚持要我使用古希腊的术语——拿他的话说就是柏拉图的语言——根本不管这样一来我必须扭曲这些段落的字面意思，而且他想要我手写在卷轴上。

"我就产生了好奇心。我跟你们一样，也找到了杂志上的那篇文章。我没有马上得出那个明显的结论，因为现代科学的成就太不可思议，在太多方面都超越了哲学的想象。但最终我还是洞悉了真相，并且立刻看出泰伍德关于改变历史的理论是非常幼稚的。时间里的每一个瞬间都有两千万个变量，至今人类还没有发明出任何数学体系——或者让我们生造一个术语，发明出数学的心理史学——以处理这多变函数的汪洋大海。

"简而言之，两千年前的事件如果发生变化，则任何变化都会彻底改变其后的整个历史，但改变的方式我们无从预测。"

老板假装平静地提出意见："就好像那颗引发山崩的鹅卵石，对吧？"

"完全正确。我看出来了，你对情况是有一定理解的。在动手之前我深思熟虑了好几个星期，然后我就意识到我必须如何行动——我必须如此。"

一声低吼。老板站起来，他的椅子往后倾倒。他一闪身绕过办公桌，一只手掐住了博尔德的喉咙。我正要上前阻止，但他挥手让我退下。

他只不过是稍微收紧了对方的领带。博尔德仍然可以呼吸，他脸色变得极其苍白，在老板说话期间，他一直限制自己只做这一件事——呼吸。

老板说的是："当然，我能明白你是如何决定自己必须行动的。我知道世上有几个你这种脑子有毛病的哲学家，总觉得世界需要你们来治一治。你想重新掷一把骰子，看能掷出个什么来。或许你根本不在乎在新的设置里你自己还会不会活着——也不在乎谁也不可能知道你的丰功伟绩。但反正你都准备要创造。可以这么说，你准备给上帝一次机会重新来过。

"也许我这么说只是因为我想活——但世界也可能变得更糟啊。它有两千万种不同的方式可以变得更糟。一个叫怀尔德的家伙写过一出戏,名叫《九死一生》,也许你读过。主题就是讲人类能存活至今实在是九死一生。不,我不准备对你大发议论,说什么冰河时期人类差点儿就死绝了。我对这种事了解不多。我甚至不准备提起希腊人如何才赢了马拉松战役;阿拉伯人如何在图尔被打败;蒙古人如何在最后一刻才撤回军队,之前他们甚至没有打过败仗——因为我不是历史学家。

"但就只说20世纪。第一次世界大战,德国人在马恩河被拦住了两次。敦刻尔克大撤退发生在第二次世界大战,另外德国人不知怎的被挡在了莫斯科和斯大林格勒[1]。上一次世界大战我们本来可以使用原子弹,但我们没有;然后正当双方看来都非使用原子弹不可了,却又迎来了'伟大的妥协'——仅仅因为布鲁斯将军从锡兰[2]机场起飞时耽搁了足够长的时间,因此直接收到了信息——我们总是幸运地逃过一劫。就像这样,一次又一次的好运贯穿整个历史。因为历史上有那么多的'如果',有时某个'如果'假如成真,会把我们所有人都变成超人,结果它没有成真;还有另一类'如果',它们假如成真,就会给所有人带来巨大的灾难,然而它们也没有成真。后者的数量是前者的二十倍。

"你在拿那一对二十的概率打赌——用地球上的每一条生命做赌注。而且你下注成功了,因为泰伍德确实把课本送回去了。"

他咬牙切齿地说完最后一句话,然后松开了他的拳头,好让博尔德从他手里落回椅子上。

---

1 今伏尔加格勒。
2 今斯里兰卡。

而博尔德哈哈大笑。

"你这蠢材,"他痛苦地喘着气,"你能如此接近真相,却又能偏离目标如此之远。泰伍德确实把课本送回去了,你确定?"

"现场没有发现希腊文的化学教科书,"老板冷冷地说,"同时几百万卡路里的能量凭空消失了。反正无论如何,我们有两个半星期的时间来替你——替你把事情变得有趣。"

"噢,无稽之谈。拜托你,愚蠢的装腔作势就省省吧。你只管听我说,并且尽量理解。曾经有两位希腊哲学家,留基伯和德谟克里特,他们发展出了原子理论。据他们说,一切物质都是由原子构成。各式原子各不相同,并且永远不变,它们彼此间以不同的方式组合,由此形成了自然界中的各种物质。这一理论并非通过实验或观察得出的。它不知怎么的就出现了,完全成形。

"古罗马有一位哲理诗人卢克莱修,在他的长诗《物性论》里详细阐述了这一理论,从头到尾都透露出令人惊异的现代感。

"在希腊化时代,亚历山大里亚的希罗建造了蒸汽引擎,战争所用的武器几乎机械化了。这一时期被称作流产的机械时代,最终对后世毫无影响,因为不知怎么的,它既不是从当时的社会与经济大环境中发展出来的,也与这一大环境格格不入。亚历山大学派的科学是一个怪异而相当难以理解的现象。

"然后我们还可以谈谈罗马传说中古老的西比尔书,据说书里的神秘信息是直接从诸神处得来的——

"换句话说,先生们,你们的想法没错,对过往事件的任何改变,无论多么微不足道,都将产生难以估量的后果;并且我也同意你们的推测,即任何随机的变化都不太可能导致更好的未来,反而是情况恶化的概率要大得多。但即便如此,我必须指出你们的最终结论还是错了。

"因为这就是希腊语化学文本已经被送回过去的那个世界。

"也许你们还记得《爱丽丝镜中奇遇记》,这件事就是一次红皇后的赛跑。在红皇后的国度,一个人必须全力奔跑才能留在原地。眼下的情形就是如此!泰伍德或许以为自己在创造一个新世界,但准备译文的是我,而我很小心地挑选了翻译的段落,我研究了那些古人似乎凭空得到的怪异知识碎片,在译文里只留下了与之相应的知识。

"而我这么跑了老半天,唯一的意图就是留在原地。"

三个星期过去了。三个月。三年。什么也没发生。既然什么也没发生,你也就没有证据。老板和我,我们放弃了寻找解释,最终还开始自我怀疑。

案子一直没有结案。我们没法把博尔德当成罪犯,除非同时也把他当成救世主,反过来也一样。于是我们干脆对他置之不理。到最后,案子既没被解决也没结案,就只是单独放进卷宗,署以"?"作结,然后埋藏到华盛顿最深的保险库里。

老板如今也在华盛顿,大人物。我则是联邦调查局的地区负责人。

不过博尔德仍然是助理教授,毕竟大学里的晋升是很慢的。

猎手的时代[1]

事情开始,又在同一晚结束。不是什么大事。只不过它令我困扰,到现在仍然困扰我。

你瞧,乔·布洛克、雷·曼宁和我,我们去了街角的酒吧,围着我们最喜欢的桌子蹲坐。我们手头有一整晚的时间,还有一车的废话可以用来消磨时间。事情的开头就是这样。

乔·布洛克挑起话头。他说起了原子弹,以及他认为应该拿原子弹怎么办,还有五年前谁能想到这玩意儿。而我说五年前好多人都想到过这玩意儿,还写了科幻故事呢,现在这些人可伤脑筋了,因为得努力写出比报纸上的新闻更离奇的故事。由此就引发了许多泛泛之谈,我们说起许许多多荒诞的事如何可能成真,一大堆这样那样的例子满天飞。

雷说他听某人说了,某个了不起的大科学家把一块铅送回了过去,往回两秒还是两分钟还是千分之二秒——他记不清了。他说那科学家没跟任何人提起这事,因为他觉得没人会相信他。

于是我就狠狠挖苦他,问他又是怎么知道的。虽说雷有很多朋友不假,可他的朋友跟我的朋友都是一伙人,而他们谁也不认识什么了不起的大科学家。但他说别管他是怎么听说的,爱信不信,不信拉倒。

---

[1] Copyright © 1950 by Columbia Publications, Inc.

那之后就非得聊聊时光机不可了：万一你回到过去，结果不小心杀了你自己的爷爷怎么办？为什么没人从未来回来告诉我们下一次大战谁会赢？或者会不会再有一次大战？或者不论赢的是谁，战争结束后地球上还会不会有大家能活命的地方？

在雷看来，要是能在第六场赛马期间提前知道第七场谁会赢，就已经很不错了。

但乔有不同看法。他说："你们俩的毛病呢，就是你们心里老惦记着战争和赛马。我呢，我有好奇心。知道如果我有时光机我会做什么吗？"

我们当然立刻就想知道，无论他说什么，我们都准备要好好给他来一顿冷嘲热讽。

他说："如果我有时光机，我就往回两百万年，或者五百万年，或者五千万年，去看看恐龙遇到了什么事。"

这答案对乔实在不利，因为我和雷都觉得他的想法几乎毫无道理。雷说谁在乎那一大堆恐龙啊，而我说它们压根儿只有一个用处，就是留下一大堆乱七八糟的骨头，让某些大傻子把博物馆的地板磨穿。再说它们让了道也挺好的，给人类腾了位置嘛。乔当然就说，比起他认识的有些人类啊，其实还不如让恐龙继续存在呢。说时他狠狠瞪了我俩一眼，但我俩都不搭理他这话茬。

"你们这些蠢小鬼，你们只管笑，假装自己懂点儿什么东西，其实只是因为你们从来没有想象力。"他说，"那些恐龙可是大家伙。好几百万种——房子一样大，也跟房子一样笨——到处都是。然后呢，突然之间，就像这样，"他打个响指，"就再也没有了。"

怎么就没了呢？我们想知道。

但他忙着喝干杯里的啤酒，又拿了一枚硬币朝查理挥舞，证明自己不准备赖账。对我们的问题他只是耸耸肩："我哪儿知道？不过我想知道的就是这个。"

仅此而已。本来聊到这儿就该结束了。我会说点儿什么，雷会说句俏皮话，我们会再来一杯啤酒，或许再你来我往说说天气和布鲁克林道奇队，然后我们会道别，再也不去想恐龙。

只不过事情并没有像这样发展，而现在我脑子里除了恐龙，什么也没有，我觉得恶心反胃。

因为隔壁桌的醉汉抬起眼睛喊了一声："嘿！"

之前我们没看见他。一般来说，在酒吧里我们不会随便打量不认识的醉汉。照看我认识的醉汉就已经够我忙了。那家伙面前有一瓶酒，已经空了一半；他手里还握着酒杯，酒杯是半满的。

他说："嘿！"我们就都看向他。雷说："乔，问他想干吗。"

乔离对方最近。他把椅子往后翘起来："你想干吗？"

那醉汉说："我仿佛听各位先生提到了恐龙？"

他只稍微有点儿歪歪倒倒，他的眼睛看上去好像在流血，衬衫的颜色简直无法分辨，只能连蒙带猜，推测它曾经是白色的。但大概是他说话的方式吧，听起来不像醉汉，如果你明白我意思的话。

总之乔放松了一点点，他说："没错。你想知道什么？"

他对我们露出仿佛微笑的表情。那笑容有些怪异，始于嘴唇，在即将抵达眼睛前戛然而止。他说："你想造一台时光机，回过去看看恐龙最后是怎么回事？"

我看得出来，乔认定对方是想赢得我们的信任，然后就该骗我们上当了。我心里也是一样的想法。乔说："怎么？你准备自告奋勇替我造时光机？"

醉汉露出满口乱七八糟的牙，他说："不，先生。我能办到，但我不准备这么干。知道为什么吗？因为两年前我替自己造了一台，我回到中生代，弄明白了恐龙的下场。"

也许你觉得奇怪，我居然能写对"中生代"这样的词？那是因为事后我查过了，而且我还知道了中生代就是所有的恐龙干着恐龙会干的任何事的时代。不过当然了，在当时这个词对我来说就只是故作高深、不知所云的言辞而已，我心里想的主要还是这儿有个疯子在跟我们说话。乔后来声称自己知道这个中生代的事，不过要想让我和雷相信他，他还得多费上一车的唾沫，喊得更大声点儿才有希望。

反正这话奏效了。我们让那醉汉坐到我们这桌来。我猜我当时是盘算着，我们可以听他说一会儿，没准还能把他瓶子里的酒搞点儿来喝喝，乔和雷肯定也是这么想的。但他坐下时把瓶子紧紧捏在右手里，之后也一直没撒手。

雷说："你能在哪儿造时光机？"

"在中西部大学。我和我女儿合力做的。"

他说话听起来倒也像是大学的人。

我说："它现在在哪儿？在你兜里？"

他连眼睛也没眨，不管我们怎样自作聪明地挖苦他，他从来不指责我们，就只是大声自言自语，仿佛威士忌帮他的舌头热好了身，我们是去是留他根本不在乎。

他说："我给砸了。不想要了。受够了。"

我们并不信他。我们压根儿一个字也不信。这点你最好搞清楚。这是理所当然的，不是吗？因为如果有人发明了时光机，他还不赚疯了——只要能提前知道股市、赛马和选举的结果，他能把全世界的钱一扫而光。我不管他有什么理由，这样的好事他才不会放手呢——再说了，我们三个本来也不准备要相信时间旅行的，因为万一你真的杀了你自己的爷爷怎么办？

好吧，先不说这个。

乔说："啊，你给砸了。那还用说？你叫什么名字？"

但他没有回答，从头到尾都没有。我们又问了他好几次，最后干脆就管他叫"教授"。

他喝干杯里的酒,又慢腾腾地把杯子倒满。他没有主动请我们一起喝,我们三个就啜自己的啤酒。

于是我说:"好吧,说吧,恐龙怎么了?"

不过他并没有马上就告诉我们。他直愣愣地盯着桌子中央,朝它说话。

"起先卡罗尔送我回到过去,每次只往回几分钟或者几小时,我也不记得总共多少次,然后我就跃了一大步。恐龙我倒不在乎,我只想看看手头的电力供应够机器把我送回多久前。我猜危险是有的,但生命又有多美好呢?到处战争肆虐——再多一条命又如何?"

他满心爱怜似的握着酒杯,好像在思考什么一般性的问题,然后他似乎在脑子里跳过了某个部分,径直往下说起来。

"阳光明媚,"他说,"又明媚又晴朗;地面干燥坚实。没有沼泽,没有蕨类。我们跟恐龙联系在一起的各种白垩纪'行头'通通没有。"——反正我觉得他说的是这个。那些高深的词我并不总能听明白,所以事后我只能把记得住的部分填进去。拼写我都检查过了,而且我得说,他虽然灌了那么多酒,念这些词的时候却是一点儿也没结巴。

或许就是这一点令我们不安。他好像对一切都熟悉极了,张口就来,浑不当回事。

他继续说道:"那是比较晚的一个时期,肯定是白垩纪。恐龙已经开始走向灭绝——全部,只除了那些小东西,那些系着金属腰带佩着枪的小东西。"

我猜乔差点儿把整个鼻子都伸进啤酒里去了。在教授好像有点儿伤心似的说出那番话的时候,他把脸从酒杯旁边滑开了。

乔似乎气急败坏:"什么小东西?又是谁的金属腰带和哪些枪?"

教授看看他,只一秒钟,然后目光就缩回了不知哪里。"它们是小型爬行动物,站起来有四英尺高。它们用后腿站立,身后拖着一条粗壮的尾巴,细小的前臂末端长着手指。它们腰上系着宽大的金属腰带,腰带上挂着枪——而且也不是发射弹丸的枪,是能量投射枪。"

"什么东西来着?"我问,"我说,这是什么时候的事?几百万年前?"

"没错,"他说,"它们是爬行动物。有鳞片,没有眼睑,多半还会下蛋。但它们用的是能量枪。总共有五个。我刚走出时光机它们就扑上来了。整个地球上准有它们好几百万的同类——是的,好几百万,散布在地球各处。当时它们肯定是地球上至高无上的造物。"

我猜大概就是说到这儿的时候,雷自以为抓住了对方的漏洞,因为他眼睛里出现了那种自鸣得意的精光,让你恨不能拿空酒杯砸他脑袋,而没喝空的酒杯会白费了啤酒。"我说,教授,它们有好几百万,嗯?可难道不是有些人,他们成天啥也不干,就到处找老骨头,再捣鼓一通,直到弄明白某个恐龙长什么样?博物馆装满了这种骨头架子,不是吗?那你倒说说,哪儿有挂了金属腰带的呢?要是真有好几百万,它们如今都怎么样了?骨头又在哪儿?"

教授叹气。是真心实意的叹气,还挺伤心。也许他刚刚才第一次意识到,自己这是在酒吧里,谈话的对象是三个穿工装裤的家伙。或者也可能他根本不在乎。

他说:"你是找不到太多化石的。想想看,从古至今有多少动物曾在地球上生活。想想看,那可是多少亿、多少万亿。然后再想想我们找到的化石又多么少。再说这些蜥蜴是很聪明的,记住这点。它们不会被困在雪堆、泥浆里,也不会掉进熔岩中,除非是发生了什么大意外。想想看人类的化石是多么稀少——哪怕是一百万年前那种亚智慧猿人。"

他看着半空的酒杯,把它转了一圈又一圈。

他说:"再说化石又能显示什么?金属腰带会生锈腐烂,什么也不剩。那些小蜥蜴是温血动物。我心里知道,但你没法靠石化的骨头予以证明。见鬼,一百万年以后,你难道能靠一具人类的骨架说出纽约城是什么模样?光凭骨头你难道能分辨人类和大猩猩,弄清二者之中谁造了原子弹谁又在动物园里吃香蕉?"

"嘿,"乔大有意见,"随便哪个头脑简单的流浪汉也知道大猩猩的骨架跟人类的不一样。人的大脑更大。随便哪个傻瓜都看得出谁更聪明。"

"真的吗?"教授自顾自地哈哈大笑,就好像一切都那么简单,那么显而易见,为此浪费时间真是太可惜了,"你拿人类最终发展出来的大脑类型去判断一切。可生物行为在进化时是有不同路径的。鸟用一种方式飞行,蝙蝠用另一种。生命有许多把戏,各种花样都不缺。你以为你用了多少自己的大脑?大约五分之一。心理学家是这么说的。据他们所知,据任何人所知,你的大脑有百分之八十根本没发挥作用。所有人都在超低的挡位上运行,或许只除了历史上的少数几个人。莱奥纳多·达·芬奇,比方说。阿基米德、亚里士多德、高斯、伽罗瓦、爱因斯坦……"

他说的那些人,除了爱因斯坦我一个也没听说过,不过我没表现出来。他又提到了另外几个人,不过我能记得的已经都写下来了。然后他说:"那些小爬行动物大脑很小,也许只有我们的四分之一,说不定还更小些,但它们把它全派上了用场——每一处都用上了。光看它们的骨头也许看不出来,但它们很聪明,像人类一样聪明。而且它们曾经是整个地球的老大。"

这时候乔想出一个特别好的点子,有一会儿工夫我坚信他终于把教授难住了,我特别开心他当面说了出来。他说:"我说,教授,要是那些蜥蜴真这么了不得,它们怎么没留下点儿什么呢?它们的城市在哪儿？它们的房子在哪儿？还有各种各样穴居人留下来的东西，石头匕首什么的，我们不是老发现那些吗？见鬼，要是人类从地球上灭绝了，想想我们会留下多少东西。你走不出一英里就会撞上一座城市。还有公路什么的。"

然而教授根本无法被问住，他甚至丝毫不见慌张。他只是马上就反驳道："你还是在用人类的标准去判断其他生命形式。我们建造城市、公路和机场，还有其他跟我们人类有关的东西——但它们并不如此。它们生活在一个完全不同的位面。它们的生活方式从最基础的层面开始就不同于我们。它们并不生活在城市里。它们没有我们的这种艺术。我不大确定它们到底有什么，因为那是完全与我们相异的，我根本无从领会——除了它们的枪。枪倒是一样的。真有意思，不是吗？我哪儿知道呢？说不准我们每天都遇到它们的遗留物，结果却根本不知道那是它们遗留的东西。"

到这时候，我已经快受够了。反正你就是没法扳倒他。你越是机灵，他也越机灵。

我说："听着，对那些东西你怎么会懂这么多的？你干什么了？跟它们一起住过不成？或者它们说英语？或者你也许能说蜥蜴话？跟我们来几句蜥蜴语呗。"

我猜我正变得很气愤。你明白这种情况是怎么回事。有个家伙跟你讲了一件事，你一点儿也不信，因为从头到尾都太扯了，可你就是没办法逼他承认他撒谎。

然而教授并不生气。他只是又一次慢腾腾地倒了满杯酒。"不，"他说，"我没说话，它们也没说话。它们只是睁大了冰冷、冷酷的眼睛——蛇一样的眼睛盯着我，而我当场就知道它们在想什么，我还能看出来它们也知道我在想什么。别问我那是怎么回事。反正就是如此。一切。我知道它们是出来打猎的队伍，还知道它们不准备放我走。"

我们都不再提问了。我们只是看着他，然后雷说："然后呢？你怎么逃掉的？"

"简单。有一头动物从小山顶上飞快跑过，身体挺长——也许有十英尺——而且很窄，跑的时候贴近地面。几个蜥蜴兴奋起来了。我能感觉到它们的兴奋，一波又一波。就好像嗜血的欲望滚烫地一闪，它们立刻就把我抛在脑后——它们离开了。我回到时光机里，返回，砸了它。"

这可真是你这辈子听过的最平淡乏味的结尾。乔喉咙里发出一丝声音："好吧，那么恐龙到底是怎么回事？"

"噢，你没听出来？我还以为已经很明显了。是那些聪明、有智慧的小蜥蜴干的。它们是猎手——既出于天生的本能，也出于它们自己的选择。狩猎是它们一生的爱好。不是为了获取食物，只是为了找乐子。"

"而它们就这么把地球上的所有恐龙都消灭干净了？"

"至少是活在那个时期的所有恐龙；所有与它们自己同时代的物种。你们以为这不可能吗？灭绝上亿的北美野牛花了我们多长时间？渡渡鸟在几年之内又是什么下场？假设我们当真用心去做，狮子、老虎和长颈鹿又能坚持多久？说起来，等我见到那些蜥蜴的时候，地球上已经没有大型猎物了——已经没有超过大约十五英尺的爬行动物。全没了。那些小恶魔在追踪拼命逃窜的小猎物，多半还伤心欲绝，哀叹过去的好日子一去不复返呢。"

我们三个通通沉默，各自看着空啤酒瓶，心里暗自琢磨。所有那些恐龙——房子一样大——全都被拿枪的小蜥蜴给杀了。为了找乐子而杀光了。

然后乔凑过去，一只手搭在教授肩上，动作挺轻柔地晃晃对方的肩膀。他说："嘿，教授，但如果真像你说的，那些拿枪的小蜥蜴又哪儿去了？嗯？你回去调查过没有？"

教授抬起头,他眼里有种神情,如果他迷路了应该就会是那种眼神。

"你们还是不明白!事情已经开始发生在它们身上了。我从它们眼睛里看得出来。它们不再有大型猎物——乐子已经快没了。所以你以为它们会怎样?它们转向另外一种猎物——当时所有猎物中间体格最大也最危险的那种,而且真正得了好多乐子。他们会一直玩狩猎游戏,直到把那种猎物杀光。"

"什么猎物?"雷问。他没听懂,但我和乔已经明白了。

"它们自己,"教授高声道,"它们杀光了其他所有猎物,然后就开始狩猎自己的同类——直到一个都不剩。"

我们再一次停下来,再一次想到了那些恐龙——房子一样大——全都被拿枪的小蜥蜴给杀了。然后我们又想到那些小蜥蜴,想到它们无论如何也要继续开枪,哪怕最后再也没有别的地方可以射击,除了朝向它们自己。

乔说:"可怜的蠢蜥蜴。"

"是啊,"雷说,"可怜的疯子蜥蜴。"

接下来发生的事才真把我们吓坏了。因为教授一跃而起,他的眼睛好像要从眼眶里爬出来跳到我们身上。他嚷道:"你们几个该死的笨蛋。你们干吗傻坐着唠叨死了一亿年的爬行动物?那是地球上最早的智慧生命,就这么完蛋了,已经无可更改。但我们是第二种智慧生命——见鬼,你们以为我们又会怎么完蛋?"

他一把推倒了椅子,朝酒吧大门走去。就在最后踏出酒吧前,他在门口站了片刻,说:"可怜的蠢人类!你们还是为这个哭去吧。"

深 处[1]

1

　　最终任何一个特定的行星都必然死亡。可能是因其太阳爆炸而快速死亡,也可能是更为缓慢的死法:它的太阳开始衰老,它的海洋被冻结成冰。若是后一种情形,则行星上的智慧生命至少还有机会生存下去。

　　生存的方向可能是向外进入太空,找一个距离正在冷却的太阳更近的行星,或者干脆换到另一个恒星的行星去。这条路有时候也行不通,要是行星不幸身为围绕它的恒星旋转的唯一一个重要天体,或者要是当时没有任何恒星位于五百光年以内,那就无计可施了。

　　生存的方向也可能向内,进入行星的地壳。这是永远都可行的。可以在地下建造新家,再发掘行星内核的热量作为能源。如此庞大的工程或许要花上几千年时间,但太阳垂死时,冷却的速度是很慢的。

　　然而随着时间的推移,行星的温暖也会消失。洞穴必须越挖越深,直到行星彻底死去。

　　这一刻就快到了。

　　在行星表面,丝丝缕缕的氖气无精打采地吹拂,几乎无法搅动聚集在低地的一池池氧气。长日漫漫,"结痂"的太阳偶尔会短暂地爆

---

[1] Copyright © 1952 by Galaxy Publishing Corporation.

发耀斑，变成一团暗红色的光球，氧气池里也会冒几个泡泡。

而在漫长的夜晚，蓝白色的"氧霜"出现在氧气池上方，出现在光秃秃的岩石上，氪气也形成露水。

地表以下八百英里，生命和最后一团脆弱的热气仍然存在着。

2

温妲与鲁瓦的关系近到了你能想象的极致，近到她根本不该知道的地步，否则就太不体面了。

她这辈子只有一次获准进入卵房，而且人家把话说得很清楚，那一次就是唯一的一次。

当时种族学家对她说："温妲，你其实并未完全达标，不过你确实有生育能力，我们就试一次。也许能成功。"

她想它成功，拼了命地想。她这一生，在相当早期的时候就知道自己智力方面有所欠缺，一辈子只能止步于"劳作者"。因为辜负了种族，她心里羞愧，于是加倍渴望能帮忙创造另一个生命，哪怕一次也好。这成了她内心的执念。

她把她的卵排在卵房的一个角落，然后返回，开始观察它。在机械受精期间，"随机化"进程会令所有的卵和缓地移动（以确保基因均匀分布）。很幸运，她自己塞在角落的那枚卵只是微微晃动了一阵。

在卵的成熟期，她不动声色地继续观察。她眼看着那小家伙从她的卵里出现，她记下他的身体特征，看着他一点点长大。

小家伙很健康，种族学家也对他很满意。

有一次她假装不经意说："看那一个，坐在那儿的那个。他生病了吗？"

"哪一个?"种族学家吓了一跳。要是在这一阶段出现肉眼可见的病弱婴儿,那将意味着他的能力有重大不足。"你说鲁瓦?无稽之谈。我巴不得我们的幼儿全跟他一样才好呢。"

起先她只是得意,后来就觉得害怕,最后简直惊骇不已。她发现自己的心思老系在那小东西身上,关注他的学业,看他玩耍。他在附近她就开心,否则她就闷闷不乐。她从未听说过这种事,并为此感到羞耻。

她该去看精神治疗师,但她知道不能去。她还没那么傻,她明白这不是什么轻微的失常,只需调一调脑细胞就能治愈。这是货真价实的精神病征象。对此她确信无疑。要是被他们发现,他们会把她关起来,说不定还会对她执行安乐死。因为种族手头可用的能源极其有限,不该被她无价值地消耗。如果他们查明哪一个是她的卵孵化的后代,说不定还会连它一起实施安乐死。

许多年里她一直与自己的非正常状态斗争,也在一定程度上成功了。然后她第一次听说鲁瓦被选中进行长征的消息,内心充满了痛楚。

她跟在他身后来到地穴中一条空旷的走廊,离城市中心好几英里。唯一的城市。他们只有这一座城。

他们来到的这个地穴是在温妲自己有记忆期间关闭的。长老们丈量了地穴的长度,考虑了其居民的数量和继续为其供电所需的能源,然后就决定将它变暗。居民的数量确实不多,全都被转移到更靠近中心的区域。他们下一轮的卵房配额也被削减。

温妲发现鲁瓦思维的对话层很浅,就好像他的大部分心智都转向了内在的沉思。

她朝他想道:你害怕吗?

因为我来这里思考?他犹豫片刻,然后说话了:"是的,我害怕。这是种族最后的机会。如果我失败——"

你替你自己害怕吗？

他吃惊地看着她，于是温妲便因自己的不体面感到羞耻，思维流因此而震颤。

她说："我希望让我去就好了。"

鲁瓦说："你认为你能做得更好？"

"噢，不是的。但如果是我失败了——并且再也不回来，对种族来说损失更小。"

"无论是你还是我，"鲁瓦淡淡地说，"损失都完全一样。损失的就是种族的生存。"

种族的生存此刻根本不在温妲心上，最多也只是个背景。她叹息道："旅程真是太长了。"

"有多长？"他微笑着问，"你知道？"

她迟疑了。她不敢在他面前显出蠢笨的样子。

她中规中矩地说："通常的说法是，要去到第一层。"

温妲小时候，加热走廊比如今从城市往外延伸得更远，青少年都喜欢探险，她也会沿着走廊游荡。有一天她走出去很远，空气中的寒意越来越刺骨，最后她来到一间大厅。大厅向上倾斜，但不多远就被一个巨大的塞子截断了；塞子牢牢地楔进来，上下左右全无一丝缝隙。

很久以后她了解到，在塞子的另一侧，往上就是第七十九层，再往上就是七十八层，以此类推。

"我们会越过第一层，温妲。"

"但是第一层之后空无一物啊。"

"你说得对。空无一物。行星的所有固体物质都终结于此。"

"但是怎么可能存在某种东西是空无一物呢？你是指空气？"

"不，我是指空无一物。真空。你知道真空是什么，对吧？"

"知道。但真空是必须用泵抽并且保持密封的。"

"这对维护保养它很有益。不过呢,越过第一层以后就只是无止境的真空,延伸向每一个方向。"

温妲想了一会儿。她说:"有谁曾经去过吗?"

"当然没有。但我们有记录。"

"也许记录会有错。"

"不可能。你知道我将穿越多少空间吗?"

温妲的思维流显示出压倒性的否定。

鲁瓦说:"你知道光速是多少,我猜。"

"当然,"她立刻就回答了。光速是一个普遍的常数,就连婴儿都知道。"一秒钟的时间里往返整个地穴一千九百五十四次。"

"正确,"鲁瓦道,"但假如光要沿着我将穿越的距离旅行,它要花十年时间。"

温妲说:"你在取笑我。你想吓唬我。"

"为什么这会吓着你呢?"他站起来,"不过我在此地闷闷不乐也够久了——"

有片刻工夫,他六条抓取肢中的一条轻轻停在她的一条抓取肢中,显露出一种客观的、不动声色的友谊。一种非理性的冲动催促温妲紧紧抓住它,不让他离开。

她惊慌失措了一瞬,生怕他会越过对话层刺探她的心灵。怕他感到厌恶,再也不愿面对她;怕他甚至会举报她,强迫她接受治疗。然后她放松下来。鲁瓦是正常的,不像她自己那样病态。他做梦也不会想到要深入朋友心灵里,进入比对话层更深的地方,无论遇到什么样的刺激都不会。

他走开了。在她眼里他十分俊美。他的抓取肢笔直有力,他可盘卷、善操控的触须又多又纤细,他的视觉片是美丽的乳白色,比她见过的一切视觉片都更美。

3

劳拉在座位上安顿下来。他们把座位造得多么柔软，多么舒适啊。飞机的内部多么令人愉快，一点儿也不吓人，与外部那非人的冷硬银光多么不同。

摇篮放在比邻的座位上。她往摇篮里瞅，目光越过毯子和那顶小小的褶边帽。沃尔特在熟睡。婴儿的面孔上毫无表情，只是圆乎乎的一团柔软；眼皮是半轮带流苏的月亮，落下来盖住眼睛。

一束浅棕色头发散落在他的前额上，劳拉以无限的温柔细致地将头发勾起来放回帽子底下。

很快就到给沃尔特喂食的时间了，她但愿他不会被这奇异的环境惊扰。还是有希望的，毕竟他还这么小。空乘十分好心，甚至把他的奶瓶保存在小冰箱里。想想看，飞机上竟还有冰箱。

过道对面的乘客一直用一种特别的方式望着她，表明他们很想跟她聊天，只是一时没找到借口。很快机会就来了，因为她把沃尔特抱出了摇篮，把这包裹在白色棉茧里的粉红色小肉团放到了自己的大腿上。

陌生人之间想要开启对话，小宝宝向来都是合情合理的开场白。

过道对面的女士说（她说出的话果然不出所料）："多可爱的孩子啊。他多大了，亲爱的？"

劳拉嘴里含着别针说话（她在膝盖上铺了一条毯子，现在正给沃尔特换尿布）："下周就四个月了。"

沃尔特睁着眼睛，朝着对面的女人傻笑；他笑时张大了嘴巴，露出湿漉漉的牙床。（他向来都很享受妈妈给他换尿布。）

那位女士说："看他笑了，乔治。"

她丈夫回以微笑，还捻得肥大的手指作响。

他说："咕咕。"

沃尔特发出打嗝儿似的尖厉笑声。

女人问:"亲爱的,他叫什么名字?"

"他叫沃尔特·迈克尔,"说完劳拉又补充道,"随了他父亲的名字。"

这下人与人之间的闸门大大降低。劳拉了解到这对夫妇是乔治和艾莉诺·埃利斯,他们是出来度假的。夫妇俩有三个孩子,一儿两女,全都成年了。两个女儿都已经结婚,其中一个自己也生了两个孩子。

劳拉听着,瘦脸上露出愉悦的表情。沃尔特(爸爸沃尔特)总说,他最早对她发生兴趣,就是因为她很懂得倾听。

沃尔特渐渐焦躁起来。劳拉松开他的胳膊,通过肌肉的运动,努力缓和他的一部分情绪。

她请空乘帮忙:"麻烦你温一下奶瓶,好吗?"

之后劳拉接受了严密但友好的询问,并解释了沃尔特如今每天需要喂几次、喝的具体是哪种配方奶粉,以及他是否遭受尿布疹的困扰。

"希望他的小肚子今天不会不舒服,"她担忧道,"我指的是飞机的飞行,你明白。"

"噢,天哪,"埃利斯太太说,"他还太小,不会受那影响的。再说这些大型飞机真是妙不可言。除非我往窗外看,否则根本不会相信我们是在天上呢。你不觉得吗,乔治?"

然而埃利斯先生是个不藏话的直率人,他说:"这么小的婴儿你就带上飞机,我是吃惊的。"

埃利斯太太转过身去冲他皱眉头。

劳拉抱着沃尔特,让他靠在自己肩膀上,同时温柔地轻拍他的后背。小小的手指没入母亲柔顺的金发,探进垂在她脖子上的松散发髻根部,于是软软的号啕刚一开始就平息了。

她说:"我带他去见他父亲。沃尔特还从没见过自己的儿子呢。"

埃利斯先生露出疑惑的表情,眼看就要大发议论,但埃利斯太太飞快地插进来:"你丈夫正在服兵役,我猜。"

"嗯,是的。"

(埃利斯先生张嘴发出无声的"噢",然后就消停了。)

劳拉接着说道:"他就驻扎在达沃城外,他会来尼科尔斯机场接我。"

不等空乘拿来奶瓶,埃利斯夫妇已经了解到她丈夫在军需兵团担任军士长,他在军队服役已经四年而他俩结婚也有两年了,他马上就要退役,他俩会在这里度一个长蜜月再回旧金山。

然后奶瓶到了。劳拉将沃尔特轻轻搂在左臂的臂弯里,将奶瓶凑到他脸上。奶嘴径直从他嘴唇间滑过,被他的牙床含住。牛奶里开始有小泡泡往上浮。沃尔特用双手拍打温暖的玻璃瓶身,并未撼动奶瓶分毫;他蓝色的眼睛直直地盯着她。

劳拉用极轻微的动作把小沃尔特抱得更紧些,她心里想着,虽说有那么些琐碎的困难和烦恼,但拥有一个完全属于自己的小宝宝又是多么美妙啊。

4

理论,甘恩心想,永远都是理论。一百万年或者更早以前,生活在地表的大家能亲眼看到宇宙,能直接感受到它。现在呢,现在他们头顶上有八百英里厚的岩石,种族只能借助仪器,靠那颤抖的探针去推断一切。

有一种理论认为,除开通常的电势以外,脑细胞还会放射一种完全不同的能量,但这纯属理论。这一能量并非电磁能,因此不必受慢吞吞地爬行的光速限制。它只与大脑最高级的功能相关,因此只有理性的智慧生命才具备它。

只有一根探针轻微晃动,它探测到这一能量场渗入了他们的地穴,再然后又有其他探针精准定位了能量场的来源,它就在十光年之外的某个方向上。当初的地面居民曾经探测过,确定最近的恒星也在五百光年之外。自这之后的时间里,至少有一颗恒星移动到了距离他们很近的位置。或者也许理论错了?

"你害怕吗?"甘恩并未提前告知,径直突入了对方思维的对话层,猛烈撞击到鲁瓦心灵那思绪繁忙的表面。

鲁瓦道:"这是巨大的责任。"

甘恩想:"你们谈责任谈得轻巧。"无数代的首席技师不懈地努力,制造共振器,制造接收站;而现在,在他担任首席技师期间,他们必须迈出最后一步。别的族民哪儿知道什么叫责任。

他说:"是的。我们满口都是种族灭绝,但我们也一直假定种族灭绝虽然会发生,终究不会是现在,不是在我们自己活着的时候。但它会发生的,你理解吗?会的。我们今天要做的事,它会消耗掉我们全部能量储备的三分之二。剩下的能量不够我们再次尝试,也不够这一代族民度过余生。但只要你依令行事就没有关系。我们把一切都考虑到了。我们花费了好几代的技师,考虑到了所有的事情。"

鲁瓦说:"我会听从指令行事。"

"你的思维场将与来自太空的思维场进行匹配。所有思维场都带有个体的特征,通常情况下重复的概率是很低的。但根据我们估算出的最接近事实的结果,来自太空的思维场数量高达数十亿。你的场域很可能与其中的某一个场域相似,这时只要我们的共振器还在运行,就能在你们之间建立起共振。你知道其中涉及的原理吗?"

"是的,先生。"

"那么你就明白,在共振期间,你的心灵将会飞到 X 行星[1]上,进入那个思维场与你相似的生物的大脑中。那并不是一个耗费能量的进程。在与你的心灵建立共振的过程中,我们会将接收站本体也置入那个空间。以此种方式转移物质是解决问题的最后阶段,而它将耗费掉通常可供种族使用一百年的能量。"

甘恩拿起接收站,面色沉郁地看着它。接收站是一个黑色的方块,三代之前大家还一致认定,具备所有必要特性的立方体不可能小于二十立方码[2]。现在他们造出它来了,它跟他的拳头一般大小。

甘恩说:"智慧生命的脑细胞,其思维场只能遵循某些特定的模式。一切生物,无论是在哪个星球发展出来的,必然拥有蛋白质作为物质基础,还有含氧的水这一化学组成。如果他们的世界适宜他们生活,那就适宜我们生活。"

理论,甘恩在心灵更深的一层暗暗琢磨,永远都是理论。

他继续道:"但这并不意味着你进入的那具身体,以及它的心灵和情感,就没有可能完全与你相异。所以我们安排了三种方式来激活接收站。如果你肢体强健,那么只需对立方体的任意表面施加五百磅的压力。如果你肢体纤弱,你只需通过立方体上唯一的开口触到这个钮,把它按下去。如果你没有肢体,如果宿主身体瘫痪或因别的原因无力施为,你也可以单凭精神力激活接收站。接收站一经激活,我们就将在你之外拥有第二个参照点,种族就能靠普通的远程传输转移到 X 行星。"

"而这,"鲁瓦道,"就意味着我们要使用电磁能。"

"所以呢?"

"我们需要十年时间才能转移过去。"

---

[1] 此处 X 代指某个未知行星。
[2] 英制体积单位,表示一个边长为1码的立方体的体积,1码 ≈ 0.914米,1立方码 ≈ 0.765立方米。

"我们不会意识到时间的流逝。"

"这我明白，先生，但它意味着接收站要留在 X 行星十年。万一这期间它被摧毁了怎么办？"

"这点我们也同样考虑到了。我们什么都考虑到了。接收站一旦激活就会产生超质场。它将沿引力牵引的方向移动，它会平顺地穿过普通物质，直到有相对高密度的连续介质对其施加足够阻止它的摩擦力。要做到这一点需要二十英尺的岩石。任何密度较低的东西都不会影响它。它将在地下二十英尺停留十年，十年后由一个反向场将其带到行星表面。然后一个接着一个，我们种族的人就会出现。"

"那样的话，为什么不把接收站设定为自动激活呢？反正它也已经具备那么多自动的属性了——"

"你还没把问题想透彻，鲁瓦，而我们已经想透了。X 星球的表面或许并非全都合适我们。如果当地居民强大而先进，你或许必须替接收站找一处不显眼的地方。要是我们出现在城市的广场那可不行。而且你还必须确认周围环境中不含其他方面的危险。"

"其他哪些方面，先生？"

"我不知道。关于地表的古老记录里有许多东西，如今我们已经不复能理解。记录里未做解释，因为它们在当时都是稀松寻常的，然而我们离开地表已经将近十万代了，我们对此感到困惑。我们的技师甚至无法就恒星的物理性质达成一致，而这还是记录里经常提及和讨论的东西。那么，'暴风雨''地震''火山''龙卷风''雨夹雪''塌方''洪水''闪电'，诸如此类的东西又是什么？所有这些术语都指代地表的危险现象，但我们不知道它们是什么，我们不知道该如何防范它们。你也许可以通过宿主的心灵了解到必要的信息，并采取适当的行动。"

"届时我有多少时间，先生？"

"共振器无法连续运行超过十二个小时。我但愿你能在两小时内完成你的任务。一旦接收站激活,你将自动返回这里。你准备好了吗?"

鲁瓦道:"准备好了。"

甘恩领头走向装了毛玻璃的传送舱。鲁瓦在座位上坐好,又将抓取肢安放在恰当的凹陷处。他的触须浸入水银,以获得良好的接触。

鲁瓦道:"万一我发现自己在一具即将死亡的身体里呢?"

甘恩一面调整控制按钮一面回答道:"个体接近死亡时,其思维场会发生扭曲。你这种正常的思维场是不会与其共振的。"

鲁瓦说:"那万一对方即将意外死亡呢?"

甘恩说:"这我们也想到了。这一点我们无从防范,死亡确实可能随即发生,以至于你无法利用精神力激活接收站。但据我们估算,其可能性低于二十万亿分之一,除非地表的神秘危险远比我们预料的更加致命……你有一分钟时间。"

出于某种奇怪的原因,传送前鲁瓦最后想到的竟是温妲。

5

劳拉猛地惊醒。怎么回事?她感到自己仿佛被别针扎了一下。

午后的阳光照在她脸上,刺目的光线让她眨了眨眼睛。她放下遮光板,同时俯身看沃尔特。

她发现他睁着眼睛,不禁有些吃惊。眼下并非他平时醒着的时段。她看看手表。是的,确实不是。而且离下一次喂奶的时间还有足足一个小时。她遵循的是按需喂食制度,也就是说"想吃你就喊,喊了就有的吃"。不过沃尔特通常很守时,几乎一丝不苟。

她朝他皱皱鼻子:"饿了吗,小乖乖?"

沃尔特毫无反应,劳拉不禁有些失望。她本来很希望他能微笑其实她希望的是他能放声大笑,用胖乎乎的胳膊搂住她的脖子,蹭着她喊"妈妈"。不过她知道现在他还做不到这些事。但他确实能微笑的。

她伸出一根轻巧的手指,放在他下巴上轻轻敲了敲。"咕咕咕咕。"人家这么干的时候他总是会微笑。

然而他只是朝她眨眨眼。

她说:"但愿他不是病了吧。"她满脸苦恼地看向埃利斯太太。

埃利斯太太放下手里的杂志:"什么地方不对劲吗,亲爱的?"

"不知道。沃尔特就只是躺着。"

"可怜的小东西,多半是累了。"

"那他难道不该睡觉吗?"

"他在陌生的环境里,多半在好奇这一切是怎么回事呢。"

埃利斯太太起身来到过道对面,又弯腰越过劳拉,将自己的脸凑近了沃尔特的脸:"你在好奇现在是怎么回事,你这个惹人喜欢的小不点儿。没错,就是。你在说:'我可爱的小床床哪儿去了呀?还有墙纸上那些好看的小滑稽连环漫画呢?'"

然后她冲他发出一声短促的尖叫。

沃尔特的视线从他母亲身上离开,他严肃地望着埃利斯太太。

埃利斯太太猛地直起腰,满脸痛苦之色。她用一只手捂住头好一会儿,又嘀咕道:"天哪!这下痛得好奇怪。"

劳拉问:"你觉得他是饿了吗?"

"老天爷,"埃利斯太太脸上的难受渐渐消散,"他要是饿了那是马上就会让你知道的。他什么问题也没有。我生过三个孩子,亲爱的。我清楚。"

"我看我还是请空乘再热一瓶奶好了。"

"好吧,要是能让你安心……"

空乘拿来奶瓶,劳拉从摇篮里抱出沃尔特。她说:"你先把你的瓶瓶喝了，然后我给你换尿布，然后——"

她把他的脑袋靠在臂弯里调整好，俯身飞快地在他脸颊上轻吻了一口；接着她搂着他靠近自己的身体，又把奶瓶凑近他的嘴巴——

沃尔特放声尖叫！

他张大嘴巴，张开手指，双臂往外推，整个身体又僵又硬，仿佛处于强直性痉挛状态。他放声尖叫，叫声响彻整个客舱。

劳拉也在尖叫。她失手摔碎了奶瓶，脚下一片乳白。

埃利斯太太跳起来，还有另外半打乘客也一样。埃利斯先生本来迷迷糊糊地打着瞌睡，这下也惊醒了。

埃利斯太太茫然道："怎么回事？"

"我不知道。我不知道。"劳拉正焦急忙乱地摇晃沃尔特，她让他靠在自己肩上，不断拍他后背，"宝宝，宝宝，别哭。怎么了，宝宝？宝宝——"

空乘沿过道飞奔而来。她的一只脚落下来，距离摆在劳拉座位底下的立方体不到一英寸。

沃尔特开始拼命挣扎，他的吼声如汽笛风琴般响起。

6

鲁瓦的心灵被震惊淹没。前一刻他还被固定在椅子里，和甘恩清晰的心灵进行联系；下一刻（意识层面其实并无时间的间隔），他就被浸入了一种古怪、野蛮、破碎的思想中。

他完全关闭了自己的心灵。之前他的心灵是大大敞开的，以便增强共振的有效性，而与外星生命的第一次接触便已令人——

并不是痛苦——不是的。眩晕？恶心？不，也不是。没有语言能够形容。

他封闭心灵，在静谧的空茫中积蓄力量恢复自己，同时思考眼下的处境。他感受到了接收站的轻微触感，他与接收站之间一直维持着精神联系。接收站确实跟着他来了。很好。

眼下他没有理会宿主。稍后或许需要对方进行一些激烈的行动，所以暂且不要引起对方怀疑为妙。

他开始探索。他随机进入一个心灵，首先评估了弥漫其中的感官印象。该生物对电磁的部分波谱以及空气的振动都比较敏感，此外不消说，对身体的接触也是敏感的。它拥有局部的化学觉知力——

就这么多了。他惊讶不已，又重新查看一遍。没错，既没有直接的物质感也没有电势感，没有任何对宇宙万物的精微解读力；不仅如此，精神接触也丝毫没有。

该生物的心灵是完全孤立的。

那么它们如何交流呢？他继续探查，发现对方拥有一套复杂的编码，借空气振动传递。

它们真是智慧生命？是不是他碰巧选中了一个残缺的心灵？不，它们全都如此。

他通过精神触须把周围那一群心灵过滤一遍，他想找技师，或者说在这群残缺的半智慧体中间找一个相当于技师的个体。他找到一个自诩为交通工具操控员的心灵。一则信息淹没了鲁瓦。原来他身处一台空中交通工具里。

也就是说，哪怕没有精神接触，它们也仍然可以建立初级的机械文明。又或者行星上真正的智慧生命在别处，它们只是被对方当作工具的动物？不……它们的心灵表明并非如此。

他对"技师"进行全面探查。附近的环境如何？有无必要担忧祖先提到过的种种问题？这一过程涉及解读。环境中确实存在危险：空气的流动；温度的变化；空气中坠落的水——液体的水和固体的水都有；放电现象——每种现象都对应一种空气振动的编码，然而它们毫

177

无意义。生活在地表的祖先曾提到的那些现象，它们与这里的这些现象有关联吗？他只能靠猜。

不过这无关紧要。此刻有危险吗？此处有危险吗？有任何理由应该害怕或担忧吗？

没有！"技师"的心灵说没有。

这就够了。他返回宿主的心灵休息片刻，然后小心翼翼地展开自己……

空无！

他宿主的心灵一片空白。最多只有一种模模糊糊的暖意，另外对基本的刺激也有一些不定向的反应，浑浑噩噩，一闪而逝。

或许他终究还是遇到了濒死的宿主？失语症？大脑被切除了？

他迅速移动到距离最近的心灵，挖掘关于宿主的信息。他找到了。

他的宿主是这一种族的婴儿。

婴儿？正常婴儿？发育程度竟如此之低？

他任自己的心灵沉入宿主现有的心灵，并暂时与其合并。他搜索大脑中负责肌肉运动的区域，费了大力气才找到。他谨慎地施以轻度刺激，结果宿主的肢体毫无规律地乱动。他试图进行更精微的操控，结果失败了。

他感到愤怒。看来他们并未把一切都考虑周全，不是吗？他们想到过竟会存在无法进行精神接触的智慧生命吗？他们想到过竟会存在完全没有发育的婴儿期生物，简直就跟还在蛋里的胚胎差不多吗？

当然了，这就意味着他不可能借助宿主的身体激活接收站。对方的肌肉与心灵都过于虚弱，难以控制，甘恩讲述的那三种方法根本使用不了。

他紧张急速地思考着。宿主的实体脑细胞难以完美聚焦，他自然没法指望通过它们去操控大量的物质，但假如通过成年个体的大脑间接操控物质呢？直接的物理影响是微乎其微的，基本上相当于分解恰当的三磷酸腺苷和乙酰胆碱分子。之后那个生物将会自主行动。

他担心失败,迟疑着不愿尝试,同时又咒骂自己是个懦夫。他再次进入距离最近的心灵。它是该种族的一个雌性,眼下正处于一种暂时的抑制状态,他在其他个体身上已经注意到这种状态的存在。他并不觉得吃惊:如此原始的心灵自然是需要定期休憩的。

他端详着自己面前的心灵,并以精神力触弄可能回应刺激的区域。他选中其中一个区域,猛刺一下,有意识的区域几乎同时全面活跃起来。感官印象涌入,思维水平陡然上升。

很好!

但还不够。刚刚只是戳一下,拧一拧。他需要命令对方执行特定的动作。

情绪倾泻到他身上,搅得他不安生。情绪来自他刚刚刺激过的心灵,自然是指向他的宿主而不是他。即便如此,原始的粗糙情感仍然令他心烦;她裸露的感受散发出讨人厌的温暖,他封闭自己的心灵,将温度抵挡在外。

又一个心灵将注意力投注到他的宿主身上。如果他有实体,或者如果他能控制一个叫他满意的宿主,那他肯定会恼怒地大打出手。

伟大的地穴啊,它们就非要妨碍他专注思考严肃的事务吗?

他猛地刺向第二个心灵,激活了负责不适感的大脑中心,于是它便离开了。

他很满意。刚刚那一下已经不单是缺乏明确目的的简单刺激了,而且效果很好。他清理干净了精神氛围。

他返回控制交通工具的"技师"处。他想详细了解下方经过的地表。

水?他迅速将这一数据归类。

水!还有更多的水!

永恒的地下世界啊,现在他理解"大洋"这个词了。那古老而传统的字眼,"大洋"。竟有这么多水存在,真是做梦也想不到。

不过说起来,如果这是"大洋",那么传统所说的"岛屿"一词就有明显的意义了。他将整个心灵投入对地理信息的探索中。"大洋"中点缀着许多小块的陆地,不过他需要确切的——

他被一闪而过的惊讶打断了,宿主的身体在空间中移动,并被抱起来靠在旁边的雌性身体上。

鲁瓦的心灵正全神贯注地搜索信息,因此完全敞开,毫无防备。雌性的情绪以其最大的强度迅速堆积到他身上。

鲁瓦一阵畏缩。动物的激情通过宿主的脑细胞灌入,赤裸裸的情绪分散了他的注意力;为了将其驱赶,他飞快地压制宿主的脑细胞。

他的动作太快,太用力了。宿主的心灵被弥散的痛苦淹没,由此产生了强烈的空气振动,他能触到的几乎每一个心灵都即刻有了反应。

他气急败坏,试图将疼痛遮蔽,结果只是更进一步刺激了宿主。

宿主的疼痛仿佛挥之不散的精神迷雾,他快速翻动"技师"们的心灵,免得与对方的接触就此滑开、失焦。

他的心灵变得冰冷。最好的机会几乎就是现在!他大概有二十分钟。过后也还会有别的机会,但不会这么好了。然而宿主的心灵处于全然的混乱状态,这种时候他不敢尝试指挥另一个生物去行动。

他退出来,撤回原处,回到心灵封闭的状态,只跟宿主的脊髓细胞维持着最微弱的一丝联系。他等着。

一分钟又一分钟,他逐渐恢复更完整的连接。

他还有五分钟。他选定了一个目标。

7

空乘说:"我觉得他似乎感觉好些了,可怜的小东西。"

"他以前从来没有过这样的行为,"劳拉眼泪汪汪地坚持说,"从来没有过。"

空乘道:"只不过是有点儿腹痛,我猜。"

埃利斯太太提供见解:"也可能是裹得太严实了。"

"有可能,"空乘说,"这里头挺热的。"

她解开毯子,掀开睡衣,露出沃尔特鼓起的粉红色圆肚皮。沃尔特仍在抽噎着。

空乘道:"要我替你换一换吗?他挺湿的。"

"可以吗?有劳你了。"

距离最近的乘客大多已经返回各自的座位。较远处的乘客也不再伸长脖子张望。

埃利斯先生仍跟太太一起站在过道里。他说:"嘿,瞧。"

劳拉和空乘太忙,无暇理睬他;埃利斯太太也无视他,不过纯粹是习惯使然。

埃利斯先生对此习以为常,反正他刚刚说话也不是为了要人家回答他什么。他弯下腰,用力拉了拉座位底下的匣子。

埃利斯太太很不耐烦地低头看。她说:"天哪,乔治,别对人家的行李动手动脚。坐下,你挡住道了。"

埃利斯先生稀里糊涂地直起腰。

劳拉仍然红着眼睛,眼泪汪汪的。她说:"不是我的。我都不知道它在座位底下。"

空乘正在照料哭哭啼啼的宝宝,闻言抬头问:"是什么?"

埃利斯先生耸耸肩:"是个匣子。"

他妻子说:"好吧,看在老天的分儿上,那你动它干吗?"

埃利斯先生试图寻找理由。他刚刚到底干吗动它来着?他咕哝道:"我就是好奇。"

空乘道:"好了!现在小伙子又浑身干爽了,我打赌,再过两分钟他就会开心得跟什么似的，嗯？你说是不是呀，小甜心？"

然而"小甜心"还在抽泣。见人家再度拿出奶瓶，他还猛地别开了脑袋。

空乘说："我去稍微热一热。"

她拿过奶瓶，沿过道往回走。

埃利斯先生下定了决心。他坚定地拿起匣子，将它在座位扶手上放稳。太太皱起眉头，但他视而不见。

他说："我又不会弄坏它，就只看看。说起来它到底是什么东西做的？"

他拿指关节敲敲它。其他乘客似乎全都对此毫无兴趣。他们既不关注埃利斯先生，也不关注那匣子，倒好像他们对这一事件的兴趣被什么东西给屏蔽了。就连埃利斯太太也只顾跟劳拉说话，拿后背对着他。

埃利斯先生把匣子翻过来，找到了开口。他早知道肯定有开口的。开口挺大，够他伸进一根手指，不过当然了，他哪有什么理由要把手指伸进一个奇怪的匣子里呢？

他小心翼翼地把手指探进去，那里有个小小的球状凸起，他满心渴望摸一摸它。他按下去。

匣子颤动起来，突然从他手里落下，还穿透了座位的扶手。

他瞥见它穿过地板，可眨眼间又只剩下了完好无损的地板，别的什么也没有。他缓缓摊开双手，盯着自己的手掌看了一会儿。然后他双膝跪地去摸地板。

空乘正好拿着奶瓶回来，见状彬彬有礼地问他："先生，您是丢了什么东西吗？"

埃利斯太太往地上一看："乔治！"

埃利斯先生费力地站起身。他满脸通红，心慌意乱。他说："那匣子——它滑下去，然后就——"

空乘问："什么匣子，先生？"

劳拉说："把奶瓶给我，好吗，女士？他不哭了。"

"当然。给。"

沃尔特急切地张开嘴巴，接受了奶嘴。气泡穿透牛奶浮上去，他吞咽时发出轻微的声响。

劳拉抬起头，容光焕发："现在他好像没事了。谢谢你，乘务员。谢谢你，埃利斯太太。刚才有一小会儿，我简直以为他不是我的小宝宝了。"

"他不会有事的，"埃利斯太太说，"可能只是有点儿晕飞机。乔治，你坐下。"

空乘说："有需要只管叫我。"

"谢谢你。"劳拉道。

埃利斯先生说："那匣子——"结果半路中断。

什么匣子？他不记得有过什么匣子。

然而飞机上有一个心灵却能追踪那黑色立方体的踪迹——它正沿着抛物线下落，穿过挡在它面前的气体分子，全然不受风和空气阻力的影响。

在它下方，环礁仿佛位于巨大目标中央的小小靶心。在过去的战争期间，这里曾经拥有引以为傲的飞机跑道和军营。如今军营已然坍塌，跑道也只是一条正在消失的不规则线条，环礁空空如也。

立方体撞上一棵棕榈树羽毛状的叶片，结果没有一片叶子被扰动。它穿过树干落入珊瑚，继而沉入行星的身体。它不曾激起哪怕最轻微的尘雾，毫无迹象表明它已经进入行星。

从地表的土壤往下二十英尺，立方体转入停滞状态。它纹丝不动，与岩石的原子亲密无间地混合，同时仍然保留着自己的独特性。

仅此而已。日夜轮转，雨打风吹，太平洋的海浪击打在白色的珊瑚上，泛起白色的泡沫。什么也没有发生。

什么也不会发生——在这十年之内。

8

"我们已经广播了你成功的消息,"甘恩道,"依我看你现在该休息了。"

鲁瓦道:"休息?现在?在我回到完整的心灵中以后?谢谢你,不过算了吧。我太享受此刻了。"

"它令你如此困扰吗?缺乏精神接触的智力?"

"对。"鲁瓦没好气道。甘恩很有分寸地克制自己,没有去追踪对方退却的思绪。

他换了个话题:"地表如何?"

鲁瓦道:"可怕极了。祖先所谓的'太阳'是头顶一块叫人难以忍受的明亮光斑。它显然是光源,并周期性地发生变化,换句话说就是'白天'和'黑夜'。另外还有一些无法预测的变化。"

"也许是'云'吧。"甘恩说。

"为什么会是'云'?"

"你知道的,不是有句老话说'云蔽日'嘛。"

"你这么想?对,有可能。"

"嗯,接着说。"

"我想想看。'大洋'和'岛屿'我已经解释过了。'暴风雨'涉及空气中的湿气凝结成水滴坠落。'风'是巨大范围的空气移动。'雷'是空气中自发的静电释放,或者同时产生的巨大声响。'雨夹雪'是坠落的冰。"

甘恩道:"最后这个真是奇特。冰能从哪里落下来呢?怎么发生的?为什么?"

"我可一点儿也不知道。一切都非常多变。有时候会有暴风雨，有时候又没有。地表上似乎有些区域永远都很冷，又有些区域永远都很热，还有些区域有时候冷，有时候热。"

"真是难以置信。据你判断，这其中有多少是对异星心灵的错误解读？"

"丝毫也没有。我确信无疑。一切都很清楚明白。我有足够的时间探索它们古怪的心灵。时间太多了。"

他的思绪再度飘回私密区域。

甘恩道："很好。对于祖先生活在地表的时期，我们总是称其为'黄金时代'，我本来就一直担心这种浪漫化的倾向。我本来以为在我们的团体中间会有强烈的冲动，要重新回到地表生活。"

鲁瓦激烈反对："不行。"

"自然是不行的。你所描述的那种环境，什么暴风雨，什么白天黑夜，还有各种不可预知的环境变化，我怀疑我们中间最强悍的个体也不会考虑去地表生活了，哪怕一天也不会。"甘恩的念头是愉悦的，"明天我们就开始转移。一旦到了那岛上——你说那是荒岛？"

"一个居民也没有。它是那个类型中间唯一一个没有交通工具停靠的。'技师'的信息非常详细。"

"很好。我们马上开始行动。要过好几代才能完成，鲁瓦，但最终我们将抵达一个温暖新世界的'深处'，我们会居住在宜居的地穴里，受控的环境将有利于各种文化与精致生活的发展。"

"另外，"鲁瓦补充道，"绝不与地表的生物进行任何接触。"

甘恩问："这又是为什么？尽管它们十分原始，等我们建好基地后，它们仍然可能对我们有所助益。一个有能力建造飞行器的种族，想必还是有些能力的。"

"问题不在这儿。它们是一个好战的群体，先生。在任何情形下它们都可能以动物的凶猛发动进攻，而且——"

甘恩打断他:"提及外星生物时,你心绪中满是晦涩的半影,令我深感不安。你隐瞒了一些事情。"

鲁瓦道:"起先我觉得我们可以让它们派上用场。假如它们不允许我们成为它们的朋友,那至少我们也可以控制它们。我令它们中的一个关闭了立方体内部的连接开关。那非常困难。它们的心灵有着根本上的不同。"

"怎么个不同法?"

"如果我能加以描述,这种区别就算不上根本性的了。不过我可以给你举个例子。当时我在一个婴儿的心灵中,它们没有成熟室。婴儿由个体照料,而负责照料我宿主的那个生物——"

"接着说。"

"她——她是雌性——对那个幼儿感到一种特殊的羁绊。她似乎觉得自己是幼儿的所有者,二人之间的关系将社会的其他成员排除在外。我隐约察觉到一种情感,类似于我们身上联结伙伴或朋友的那种情感,但它比我们的情感强烈得多,而且不加节制。"

"嗯,"甘恩道,"既然它们不具备精神接触,多半也难以真正拥有'社会'这一概念,自然可能萌生出各种亚关系。也可能这是一个病态的个体?"

"不,不。这是普遍现象。照料婴儿的雌性是婴儿的母亲。"

"不可能。它自己的生身母亲?"

"必然如此。婴儿在母亲体内度过其生命的第一个阶段。婴儿的身体就在母体内。那生物的卵子留在体内。这些卵子在体内受精。它们在体内生长,最后出现在体外时已经是活的。"

"伟大的地穴啊,"甘恩虚弱无力地感叹起来,厌恶之情在他心中十分强烈,"每个生物都将知道自己孩子的身份,每个孩子都会有一个特定的父亲——"

"而父亲的身份也是知道的。我的宿主正被带去很远的地方,就我对距离的判断，应该有五千英里，就为了让它父亲见它。"

"不可思议！"

"我们两个种族的心灵永远无法交流，对此你还需要更多证据吗？我们之间的差异是根本性的，与生俱来。"

甘恩的思绪略微染上代表遗憾的黄色，同时失去了平顺的质地。他说："真是太糟了。我本来还以为——"

"以为什么，先生？"

"我还以为历史上将第一次有两种智慧生命相互扶持。我还以为我们携起手来将能够快速发展，速度远超我们各自单打独斗。即便它们的技术很原始——它们的技术确实也很原始，但技术并非一切——我总以为我们仍然能从它们身上学习。"

"学什么？"鲁瓦粗暴地问，"学习了解我们的父母？学习跟我们的孩子交朋友？"

甘恩道："不，不，你的想法很对。我们之间必须永远完全隔绝。它们将拥有地表，我们将拥有'深处'，并将一直如此。"

鲁瓦在实验室外遇到了温妲。

她的思维是很集中的愉悦："你回来了我真高兴。"

鲁瓦的思维也很愉悦。与一个朋友进行清爽的精神接触，多么让人平静放松。

火星做派[1]

1

　　一小段走廊连接着飞船航行舱内仅有的两个房间,马里奥·埃斯特班·里奥斯站在走廊上,从门边气呼呼地往门里瞅。只见特德·朗煞费苦心地调着视频旋钮,他试着往顺时针方向拧一拧,又往逆时针方向拧一拧。画面差劲得很。

　　里奥斯心知画面不可能好转。他们距离地球太远,还面朝太阳,位置欠佳。可话说回来,他也并不指望朗能明白这些。里奥斯在门边又多待了片刻,他低着头好避开过梁,半侧着身好挤进狭窄的入口,然后他突然冲进飞船的厨房,活像软木塞砰的一声从酒瓶里蹦出去。

　　他问:"你找什么?"

　　朗说:"我想着说不定能收到希尔德。"

　　里奥斯把屁股靠着搁板桌的桌角,配套的另一张搁板刚好高过他的脑袋。他从上头拿下一罐圆锥形牛奶罐。罐子的尖端受压裂开。他拨动它缓缓旋转,等它暖起来。

　　"收他做什么?"他把圆锥倒过来,大声吮吸。

　　"想听听。"

　　"要我说这是浪费能源。"

---

[1] Copyright © 1952 by Galaxy Publishing Corporation.

朗皱着眉头抬起眼睛："私人的视频设备允许自由使用，这是惯例。"

里奥斯顶回去："凡事有个限度。"

两人怒目相向。里奥斯身材瘦高，憔悴的面孔脸颊微凹，活脱脱是标准的火星拾荒人——这些人从火星出发到太空拾荒，总是耐心地出没于地球与火星之间的太空航路。浅蓝色的眼睛嵌在他布满皱纹的棕色面孔上，显得很是机警；皮质太空外套衣领竖起，边缘镶了一圈白色人造毛边，又把他的脸衬得分外黝黑。

朗整个人看上去都比里奥斯肤色更浅，感觉更柔和。他身上带着些地面佬的印记，不过他其实是第二代火星人，所以无论如何也不是地球人那种意义上的地面佬了。他的外套衣领是翻下去的，深棕色的头发全然暴露在外。

朗质问道："你所谓的限度是什么样的？"

里奥斯薄薄的嘴唇抿得更薄些。他说："考虑到我们这一趟连开销都赚不回来，从目前的情况来看，任何能源消耗都在限度之外。"

朗说："既然我们在损失金钱，那你不是最好回你自己的岗位去吗？现在该你值守。"

里奥斯哼了一声，拿大拇指和食指捋捋下巴上的胡子楂。他站直身子，费力地往门边走，又软又重的靴子消除了他的脚步声。他停步片刻，看了一眼恒温器，然后火冒三丈地回转身。

"我就说觉得热。你以为你这是在哪儿？"

朗说："华氏四十度并不过分。"

"对你也许不过分。可这里是太空，不是铁矿里有供暖的办公室，"里奥斯大拇指飞快地一拨，把恒温器控制板调到最低温度，"太阳够暖了。"

"厨房不在向阳的那一侧。"

"热气会散开的，见鬼。"

189

里奥斯走出门外,朗盯着他的背影看了好一会儿,然后又回去看视频。他没有调高恒温器。

画面仍然忽隐忽现,他也只能凑合。朗从墙里拉出一张折叠椅。他身体前倾,静待正戏开场。之前先有正式的公告,帷幕缓缓拉开前还有短暂的停顿,然后聚光灯找到那个为人熟知的大胡子男人,他被往前放大,直到充斥整个屏幕。

两千万英里的电子风暴制造出滋滋沙沙的噪声,然而那人的声音依然让人印象深刻。他开始说:"朋友们!我的地球公民同胞们……"

2

里奥斯走进驾驶室,一只眼睛正好瞄到闪过的无线电信号。他觉得仿佛看到了雷达的回波,刹那间掌心就冒出汗来,黏得一塌糊涂;不过那只是内疚感作祟罢了。理论上讲,值守期间他绝不应该离开驾驶室,虽说拾荒人都这么干,但无论如何这也是标准的噩梦:你确信周围的空间干干净净,什么也没有,于是溜出去迅速喝杯咖啡,不过五分钟的工夫,目标正好就出现了。这样的噩梦也不是没有成真过。

里奥斯打开多重扫描器。这是在浪费能源,可既然他已经起了疑,那就不如弄明白。

太空里空空如也,只远远地从拾荒线上相邻的飞船传来些回声。

他接入无线电线路,屏幕上出现一颗长着长鼻子的金发脑袋,是理查德·斯温森,他的飞船在靠近火星这一侧挨着他们的飞船,斯温森是副驾驶。

斯温森说:"嗨,马里奥。"

"嗨,有什么新闻?"

在他的问题和斯温森的下一句话之间有一秒多的停顿，因为电磁辐射的速度也不是无限的。

"我今天这日子过得呀。"

里奥斯问："出什么事了？"

"我发现了一个目标。"

"啊，好事。"

"当然，如果我有把它套住的话。"斯温森闷闷不乐。

"怎么回事？"

"该死的，我迎过去的时候搞错了方向。"

里奥斯明白现在绝不能发笑。他问："怎么会？"

"不怪我。问题在于那个箱壳，它的移动线路跑出黄道之外老远去了。你能想象那飞行员有多蠢吗？连脱离操作都弄不对。我哪儿能想到？我测出了箱壳的距离，然后就照这个操作了。我心里想着它的轨道肯定跟通常的轨迹是一个类型嘛。换你难道不会这么想？我飞上一条自以为很不错的拦截路线，过了五分钟才发现与箱壳的距离还在继续增加。雷达回波慢吞吞地老不反馈回来。所以我就又弄了那东西的角投影，可那时候已经追不上它了。"

"有别的小伙子去逮它了吗？"

"没有。它跑出黄道太远了，还会永远这么跑下去。我心烦倒不全是为这个。那只不过是内层箱壳，可我起速，然后又回到静止位，这一通浪费了多少吨推进剂，我连提都不想提。你该听听卡努特那番唠叨。"

卡努特是理查德·斯温森的兄弟，也是搭档。

"气坏了，呃？"里奥斯道。

"气坏了？杀了我的心都有呢！不过话说回来，我们这趟出来也已经五个月了，局面变得有些尴尬，你懂的。"

"我明白。"

"你那边情况如何，马里奥？"

里奥斯做个啐唾沫的动作："这一趟的收获差不多就这么多。过去两个星期只逮到两个箱壳，而且每一个我都追了六个钟头才到手。"

"大家伙？"

"你开玩笑吧？我徒手都能把它们抛去火卫一。有史以来收获最差的一趟。"

"你们还要再待多久？"

"要我说明天就可以打道回府。这才出来两个月，可我已经老在跟朗发火了。"

片刻的停顿，比电磁信号的延迟还更长些。

斯温森问："说起来，他什么样？朗，我是问。"

里奥斯扭头往后看。他能听到厨房里在播放的视频传来带噼啪声的轻柔话音："我搞不懂他。我们这趟出来以后大概一星期，他问我：'马里奥，你为什么当拾荒人？'我看着他说：'讨生活。不然你以为为什么？'我的意思是，这是什么鬼问题？谁当拾荒人不都是为了这个？

"反正他又说：'不是的，马里奥。'他倒来教我呢，你瞧。他说：'你当拾荒人是因为这属于火星的方式。'"

斯温森问："这话啥意思？"

里奥斯耸耸肩："我没问。现在他正坐那儿听地球传过来的超微波。听一个叫希尔德的地面佬。"

"希尔德？地面佬的政治家、议员什么的，对吧？"

"没错。反正我觉得好像是。朗永远都在干这种事。他带了差不多十五磅书上飞船，全是关于地球的。全是没用的累赘，你知道。"

"这个嘛，反正他是你的搭档。说到搭档，我得继续干活儿了。要是我再错过一个目标，这船上准要发生谋杀案。"

他走了，里奥斯把身体倒向椅背。他看看那条水平的绿线，那是脉冲扫描器。他又试了试多重扫描器。太空依然空无一物。

他心情好了一点点。如果你周围的拾荒人都一个箱壳接一个箱壳地抓到手,如果箱壳打着旋儿降落到火卫一的废品锻造厂,可焊在上头的印章就是没有你的份儿,这样的坏运气自然更叫人难受。知道大家一起倒霉,他心里好受多了。再说刚刚发泄一通,他对朗的怨恨也排解了些。

他不该跟朗搭伙。跟任何新手搭伙都是错。这些人以为你想要的是谈天说地,尤其是朗,他有一整套没完没了的理论,关于火星,还有火星在人类进步中扮演的伟大新角色。他的原话:人类进步取决于火星的方式和新兴的创造性少数派。而里奥斯想要的从来都不是交谈,而是发现目标,是搞到几个他们能宣告所有权的箱壳。

说起来其实他也并没有什么可选择的余地。在火星,朗也算小有名气,他当过矿业工程师,收入很不错。他是桑科夫总长的朋友,过去还出来参加过一两次短途的拾荒任务。你总不可能连试一试的机会都不给就一口拒绝人家,哪怕这事看着确实有点儿稀奇:矿业工程师的活儿很轻松,收入也高,这种人怎么会想来太空折腾?

这话里奥斯一直没问过朗。拾荒的搭档被迫彼此挤得很近,所以好奇心并不可取,有时甚至很不安全。不过朗太爱说话,主动把问题给回答了。

"我非得来这儿不可,马里奥,"他说,"火星的未来不在矿里,火星的未来在太空。"

里奥斯心里琢磨,也许可以试试独自出航。大家都说这不可能办到。首先如果只有一个人,那人就免不了要离开观察岗去睡觉或者处理别的事,而就算不考虑这期间错过的机会,一个人孤身在太空,只需相对较短的时间就会抑郁到难以忍受,这是谁都晓得的。

带上一个搭档就有可能耐住六个月的航程。有一小队常驻的船员当然更好,但如果飞船大到足以容下一队船员,那就没有哪个拾荒人能挣到钱了。单推进剂就要花掉巨额资金!

可就算有两个人搭伙，在太空里也不是好玩的。通常每趟出航你都得换个搭档，而且人跟人也各不相同，跟有些人你一次能待的时间更久些。看理查德·斯温森和卡努特·斯温森就知道了。他俩每隔五六次就搭档一次，因为他们是兄弟。可就算这样，每次他俩搭档，只消一周，关系就会不断紧张，敌意就会不断加剧。

哦，好吧。反正太空里空荡荡的，也许他应该回厨房去，缓和一下先前的口角，这样他心里会好受些。让对方看看他里奥斯是太空老手，对于太空引发的烦躁情绪，他完全能泰然处之。

他站起来，只三步就踏上了连接飞船两个房间的那条又短又窄的走廊。

3

里奥斯又一次来到门口，他站着看了一会儿。朗全神贯注地盯着图像闪动的屏幕。

里奥斯粗声大气道："我准备把恒温器推上去。没什么大不了——这点儿能源咱用得起。"

朗点点头："随你。"

里奥斯迟疑着往前迈了一步。周围的太空空无一物，所以犯不着傻坐在驾驶室里死盯着那条光秃秃、没有回波的绿色直线。他问："那地面佬说的啥？"

"基本上都是太空旅行的历史，老话儿了。不过他干得不错。什么都用上了——彩色卡通、特技摄影、老电影的剧照，应有尽有。"

就好像为了证实朗的话，那个大胡子男人淡出视线外，飞船的剖面图滑到屏幕上。希尔德的声音继续响起，指出用示例颜色标记的各个关键部位。他谈到飞船的通信系统，通信系统就用红色勾勒出来，然后是储藏室、质子微反应堆驱动器、智能控制电路……

然后希尔德回到屏幕上:"但这还只是飞船的航行舱。是什么让它动起来的?是什么让它能够离开地球?"

谁都知道让飞船动起来的是什么,可希尔德的声音就像迷药一样。被他这么一说,飞船的推进系统仿佛变成了古老的奥秘、终极的启示。就连里奥斯也被悬念撩拨,觉得身上麻酥酥的,虽说他这辈子过半的时间都是在飞船上度过的。

希尔德接着往下讲:"科学家用各种名字称呼它。有时他们管它叫作用与反作用定律。有时他们管它叫牛顿第三定律。有时他们管它叫动量守恒定律。但我们不必用任何名字称呼它。我们只需要运用常识。游泳的时候,我们把水往后推,我们自己则往前移动。走路的时候,我们脚踩地面向后推,身体向前移动。驾驶回转飞行器的时候,我们把空气往后推,并且向前移动。

"必定得有什么东西向后移动,否则任何东西都无法向前移动。这就是老话说的,'不付出就没收获'。

"现在想象一下,十万吨重的飞船从地球升空离开,要做到这一点就必须有些别的东西被往下移动。既然飞船极重,就必须把极多的物质向下移动。确实是非常之多,以至于不可能全部储存在飞船内部。必须在飞船后方造一个特别的隔舱去容纳它。"

希尔德再次淡出,飞船重回屏幕。它缩小,背后出现一个截锥。明黄色的文字出现在圆锥内部:待抛弃的物质。

"可是现在还不够,"希尔德说,"飞船的总重量还要重得多。你还不断需要更多的推力,要多得多。"

飞船缩小了非常多,好添上第二个更大的箱壳,接着又添上了一个硕大无比的箱壳。现在飞船的本体,它的航行舱,变成了屏幕上一个闪着红光的小点。

里奥斯说:"见鬼,都是幼儿园学的玩意儿。"

"对于他的听众可不是,马里奥,"朗回答道,"地球不是火星。肯定有几十亿的地球人从没见过飞船,对飞船压根儿一无所知。"

希尔德正说着:"等最大的箱壳耗尽了内部的物质,箱壳就脱离飞船,并被抛弃。"

最外层的箱壳松开,在屏幕上飘来荡去。

"然后第二个箱壳也脱离飞船,"希尔德说,"再然后,如果航行距离很长,最后一个也被弹射出去。"

现在飞船就只是一个红点,三个箱壳摇摇晃晃地迷失在太空中。

希尔德说道:"这些箱壳代表了十万吨钨、镁、铝和钢。它们永远地离开了地球。火星被拾荒人环绕,他们等在太空旅行的必经之路上,等着被抛弃的箱壳。他们用网捕获箱壳并给它们打上烙印,替火星把它们收集起来,而且一分钱也不会付给地球。它们是打捞品,谁的飞船发现就归谁。"

里奥斯说:"我们可是赌上了自己的投资和性命。要是我们不捡,谁也拿不到。地球损失什么了?"

"那个嘛,"朗说,"他一直说的就是火星、金星和月球是如何消耗地球的。这只不过是其中一项损失。"

"他们会得到回报的。我们采的铁矿每年都在增加。"

"而大部分都直接用在了火星上。如果你相信他的数据,地球投资了两千亿美元给火星,收回了大约值五十亿美元的铁。投给月球五千亿美元,收回值二百五十亿多一点儿美元的镁、钛和各色轻金属。投给金星五百亿美元,一分钱也没收回去。而这就是地球上的纳税人真正感兴趣的东西:税钱花出去,什么也没拿回来。"

说话间,屏幕上出现了火星航线上拾荒人的示意图。许多小小的飞船咧嘴笑着,活像滑稽漫画;它们伸出金属丝一样的纤细胳膊,摸索着朝翻滚的空箱壳抓过去。箱壳被抓住后沿蛇形的轨迹拉向飞船、用闪亮的字母打上"火星所有"的烙印,最后被抛向火卫一。

希尔德再度现身:"他们告诉我们最终他们会把这一切都还给我们。最终!一旦他们拥有了持续经营的能力!我们不知道要等多久。再过一个世纪?一千年?一百万年?'最终'。既然他们说了,我们就姑且相信吧。总有一天他们会把我们所有的金属还给我们。总有一天他们会耕种他们自己的食物,使用他们自己的能源,过他们自己的日子。

"但是有一样东西他们永远也还不出来。再过一亿年也不行。水!

"火星只有一小股水,因为火星太小了。金星完全没有水,因为它太热。月球也没有,因为它又小又热。所以地球必须供水给他们,不仅是太空族喝的水、洗漱的水,他们工业运转所需的水,他们声称正在修建的水培工厂所需的水——甚至还要提供数百万吨用来丢弃的水。

"飞船的助推力从哪儿来?为了向前加速它们往后抛出了什么东西?曾经是爆炸产生的气体,但那十分昂贵。后来发明了质子微反应堆——一种便宜的能源,在巨大的压力下,可以将任何液体加热成气体。我们手头最多、最便宜的液体是什么?还用问吗?当然是水了。

"每艘离开地球的飞船都携带了将近一百万吨水——不是磅,是吨,唯一的目的就是将飞船推入太空,让飞船可以在太空里加速或者减速。

"我们的祖辈疯狂任性地烧掉了地球的石油,肆无忌惮地毁掉了地球的煤矿,为此我们鄙夷他们,谴责他们,可他们至少拿得出这个借口——他们以为等未来需要时总能找到替代品的。而他们也没想错。我们现在有了浮游生物农场和质子微反应堆。

"但是没有任何东西能替代水。没有!永远不会有。而当我们的后代看着我们制造出的沙漠地球时,他们能为我们找到什么借口?等干旱降临且日益严峻——"

朗倾身关掉接收器。他说:"我有点儿担心。那该死的傻子故意——怎么?"

里奥斯已经不大自在似的站直了:"我该去盯着雷达回波的。"

"去他的雷达回波。"朗也站起来,跟着里奥斯穿过狭窄的走廊,最后在刚进驾驶室的位置站住,"如果希尔德把这事搞下去,如果他够胆量真心挑事——哇!"

他也看见了。A级的雷达回波,它追着雷达发射的电磁波,活像灵缇犬追着机械兔。

里奥斯语无伦次:"刚刚太空是空的,我跟你说,空的。看在火星的分儿上,特德,别给我傻愣着。看看肉眼能不能发现它。"

里奥斯动作很快,效率极高,拾荒近二十年可不是白干的。两分钟后他就弄清了距离。然后他想起斯温森的教训,于是又测量了偏角和径向速度。

他朝朗吼过去:"一点七六弧度。你不可能看不到,伙计。"

朗屏着呼吸调整游标尺:"离太阳才半个弧度,那就只会被照亮像月牙那么大的一小块。"

他壮起胆子尽快加大了放大倍数,不断搜索那颗会变换位置的"星星"。它会渐渐露出外形,让人知道原来它并非恒星。

"我先启动了再说,"里奥斯道,"我们等不起。"

"找到了。找到了。"放大倍数还是不够,看不出确定的外形,但朗发现的那个小点在有节奏地忽明忽暗,这是箱壳旋转时大小不一的断面在反射阳光。

"抓稳。"

第一股蒸汽的细流从恰当的喷口喷出,飞船身后留下一长串冰冻的微结晶,在远方太阳苍白的光芒中闪出雾蒙蒙的光。结晶喷出约一百英里,逐渐变得越来越稀薄。一股蒸汽,接着再一股,又一股,于是拾荒飞船离开了先前的稳定轨道,来到一条与箱壳的航线形成切角的航线上。

"它移动起来活像彗星到了近日点!"里奥斯吼道,"该死的地面佬飞行员,故意把箱壳这么抛出来。我恨不得——"

他赌咒发誓,一通乱骂发泄怒火,同时不管不顾地向后狂喷蒸汽,直到自己座椅的液压垫嗖嗖响着缩进去足足一英尺,而朗险些就要抓不住防护栏杆。

他哀求道:"行行好。"

可里奥斯眼里只有雷达回波:"你要是受不了,伙计,就该留在火星上!"蒸汽喷射流继续远远传来轰隆隆的巨响。

无线电被唤醒。朗奋力把身体前倾,感觉就像陷在糖浆里,他合上无线电开关。是斯温森,怒目圆睁。

斯温森嚷嚷道:"你们见鬼的想去哪儿?再过十秒钟就要进到我的分区了。"

里奥斯说:"我在追一个箱壳。"

"在我的分区?"

"刚开始是在我的分区,而且你的位置也抓不到它。特德,把无线电关了。"

飞船以雷霆万钧之势穿过太空,那雷声只有在飞船船体内才能听见。接着里奥斯分阶段关闭引擎,动作很猛,害得朗往前扑倒。突如其来的寂静比先前的噪声更加震耳欲聋。

里奥斯说:"成了。望远镜给我。"

两人都在观察。现在箱壳已经显露出清晰的轮廓,一个截锥,它以庄严的姿态缓缓翻滚,穿行在群星间。

"是 A 级没错。"里奥斯大为满意。箱壳中的巨无霸,他心想。这下他们能盈利了。

朗说:"扫描器上又出现一道雷达回波。多半是斯温森追过来了。"

里奥斯只略瞥了一眼:"追不上的。"

箱壳越来越大,填满了观察窗。

里奥斯的双手来到鱼叉操作杆上。他等着,其间对角度做了两回极细微的调整,充分利用可分配的长度。然后他猛地一拉,启动了释放线缆的机关。

接下来的片刻什么也没发生。然后一条金属网格线缆如蛇行一般进入观察窗,像发起攻击的眼镜蛇一般朝箱壳奔去。它触到箱壳,但并没有抓起后者——真要是抓住箱壳,线缆会像蜘蛛网的细丝一样立刻绷断,箱壳转动的旋转动量高达数千吨呢。于是线缆所做的只是架起一片强大的电磁场,起到给箱壳刹车的作用。

一条又一条线缆射出。里奥斯只管发射线缆,完全不顾能源消耗。

"我一定要抓住这一个!火星做证,一定!"

足足两打紧绷的线缆连接起飞船和箱壳后,里奥斯这才罢手。箱壳旋转产生的能量因刹车转化成热量,箱壳的温度升高,飞船的仪表已经能探测到了。

朗问:"要我去打咱们的烙印吗?"

"我没意见。不过你不愿意就算了。是我轮值。"

"我不介意。"

朗钻进自己的太空服,走出气闸。这场游戏他的确是新手:他还能数得清自己穿上太空服太空行走的次数,这就是最明白无误的新手标志。这回是第五次。

他沿着距离最近的线缆前进,双手交替把自己往前拉,手套内的金属接收到网格的震颤。

他把他俩的序列号烙在箱壳光滑的金属上。在空荡荡的太空里,钢不会被任何东西氧化。它只是熔化、汽化,在距离能量束几英尺的地方凝结;被能量束触碰的表面变成了灰色的粉状暗沉状态。

朗朝飞船荡回来。

他回到飞船内,摘下头盔。刚进来头盔上就积了厚厚一层白霜。

他最先听见的是无线电里传出的斯温森的声音，怒不可遏，几乎无法分辨："……直接就去找总长。见鬼，要玩就得讲规矩！"

里奥斯背靠椅背，不为所动："听着，它撞进了我的分区。我发现得晚了，就追着它进了你的分区。就算火星亲自下场来支援你，你也不可能逮到它。就是这么回事——你回来了，朗？"

他切断通信。

通信指示灯朝他疯狂闪烁，但他毫不理会。

朗问："他要去告总长？"

"门儿都没有。他唠唠叨叨，只不过是闲得无聊，嘴上说说而已。他知道那是我们的箱壳。你呢，特德，你对咱们那一大块东西感觉如何？"

"挺好。"

"挺好？明明是棒极了！等等，我先设置让它荡起来。"

侧面的喷口喷出蒸汽，飞船开始绕箱壳缓慢旋转。箱壳开始跟着飞船旋转。三十分钟后它们就在空旷的太空中成双成对地旋转起来。朗打开星历表确认火卫二的位置。

一个精确的时刻被计算出来，时间一到，所有线缆就一齐松开了电磁场，箱壳沿切线疾驰而去，再过一两天工夫，箱壳的航线就会把它带到火星的卫星附近，近到能被某个箱壳商店叉住的位置。

里奥斯目送它离开，心情很不错。他转向朗："今天是咱们的好日子。"

朗问："希尔德的演讲呢？"

"啥？谁？哦，那家伙。听着，要是随便哪个地面佬说点儿什么我都瞎操心，我就再也别想睡觉了。忘了吧。"

"我不觉得我们应该忘了他说的事。"

"你有病吧。别拿它烦我行吗？你还是去睡会儿吧。"

4

在特德·朗看来，城市主干道的宽度和高度都令人振奋。两个月之前，总长宣布暂停拾荒活动，并下令让所有飞船返回火星，但主干道狭长的远景依旧让朗意气风发。虽说眼下还不确定拾荒能否重启，一切都得看地球方面是否决定坚持新提出的节水政策，看地球决定配给拾荒的水量限额究竟多少，但这并没有完全影响他的心情。

大道的天花板被刷成明亮的浅蓝色，也许是模仿地球天空的老派做法。特德也拿不太准。浅蓝色的光亮穿透墙面的商店橱窗，照亮了两侧的墙壁。

他能听到远处间歇传来的爆炸声，那是隧道在施工，通过钻孔进入火星的地壳，爆炸声盖过了车流的嗡嗡声和路人的脚步声。他这辈子都不会忘记这样的爆炸声。如今他脚踩的地面，在他出生时曾是一块坚硬完整的岩石。城市在扩张，而且会继续扩张——只要地球允许。

他转进一条岔路，比主干道窄，照明的灯光也不那么明亮耀眼，商店橱窗让位于公寓房，每栋房子正面都有一排灯。购物的人和车流被步子较慢的行人取代，此外还有些年轻人在街上嬉闹，他们对母亲的呼唤置若罔闻，不肯就这样回家吃晚饭。

朗在最后一刻才记起这里的社会服务设施，于是在街角一家卖水的商店止步。

他把自己的水壶递过去："加满。"

胖乎乎的店主拧开壶盖，斜睨着一只眼睛往里瞅。他轻轻晃动壶身，听到水发出汩汩声，然后开开心心地说："没剩多少了。"

朗附和道："确实。"

店主把壶嘴凑近管口免得水洒出来，一小股水流进壶里。计量表呼呼转。他把壶盖拧回去。

朗递过去几枚硬币，拿回自己的水壶。走路时它撞着他的髋部，沉甸甸的叫人愉快。去已婚的人家里做客却不带上一满壶水，这是绝对不行的。单身男人之间倒没关系，至少是关系不大。

他走进27号的门厅，爬上一小截阶梯，大拇指停在信号按钮上。屋里的说话声清清楚楚地传到门外。

其中一个是女人的声音，有点儿尖厉："你把你的拾荒朋友叫来家里就没事，对吧？你一年能回家两个月我就该感恩戴德了。噢，你跟我一起待个一两天就很够了。那之后就又去跟那些拾荒人鬼混。"

"我这次在家已经很久了，"一个男人的声音说，"而且今天谈的是生意。看在火星的分儿上，你消停些，多拉。他们就快到了。"

朗决定等会儿再发信号。也许夫妻俩能转到某个比较中立的话题上。

"他们来了我怕什么？"多拉反驳道，"我的话不怕他们听。我倒情愿总长下令永久停止拾荒活动呢。你听见了？"

"然后我们拿什么过日子？"男人的声音激动起来，"你倒是告诉我。"

"我就告诉你。火星上就有光荣体面的活儿能让你谋生，跟其他所有人一样。这栋公寓房里就我一个是拾荒人的寡妇。我就是这个——寡妇。我比寡妇还惨，因为如果我真是寡妇，至少还有机会嫁给别人——你说啥？"

"没啥。我啥也没说。"

"噢，我知道你说了啥。现在你给我听着，迪克[1]·斯温森——"

"我只不过是说，"斯温森嚷道，"现在我算明白为什么大多数拾荒人都不成家了。"

"你也不该结婚的。邻居个个都可怜我，冲我假笑，问我你啥时候回来，我受够了。别人都可以做采矿工程师、行政人员，哪怕当隧

---

[1] Dick（迪克）为 Richard（理查德）的昵称。

道挖掘工。隧道挖掘工的老婆至少能一家人好好过日子,她们的孩子也不会跟游民似的长大。彼得就好像根本没爸爸一样——"

一个又尖又细的声音传到门外,是男孩的声音,听着似乎距离更远,就好像来自另一个房间:"嘿,妈,游民是啥?"

多拉的声调拔高了一个音阶:"彼得!把你心思放在功课上。"

斯温森压低嗓门道:"在孩子跟前不该这么说话。他听了对我会有什么看法?"

"那你就留在家里,教他些更好的看法。"

彼得再次喊话:"嘿,妈,我长大了也要当拾荒人。"

急促的脚步。说话声短暂停顿片刻,紧接着是尖厉的高喊:"妈!嘿,妈!别拧我耳朵!我做错啥了?"抽鼻子的声音,此外一片安静。

朗抓住机会,使劲按下信号按钮。

斯温森打开门,用双手把头发捋平整。

"你好,特德。"他的声音蔫巴巴的。然后他又抬高嗓门儿:"特德来了,多拉。马里奥呢,特德?"

朗道:"他稍后就到。"

多拉急忙从另一个房间里跑出来。她是个深色皮肤的小个子女人,鼻翼内凹,头发从前额往后梳,刚刚开始露出一点点灰色。

"你好,特德。吃过饭了吗?"

"吃过了,谢谢。我没打扰你们吃饭吧?"

"一点儿也没有。早吃完了。想来点儿咖啡吗?"

"我觉得可以来点儿。"特德摘下水壶递过去。

"哦,天哪,不用客气。我们水够多的。"

"我坚持。"

"嗯,那好吧——"

她回到厨房里。朗透过双开弹簧门瞥到一台装满盘子的塞科特洗碗机,"无水洗碗机,只要一眨眼,油脂污渍吸光光。一盎司的水，八平方英尺的碟子，要多干净有多干净。来买塞科特啊。洗碗高手塞科特，你的碟子亮闪闪，废水不再有——"

广告的调子在他脑子里叽叽喳喳，朗靠说话把它掐灭。他问："小彼得还好吗？"

"好，好。这孩子已经念四年级了。你知道，我能见到他的时间不多。我跟你说，先生，我上次回来的时候，他看着我说……"

故事持续了好一阵。笨家长都爱讲机灵孩子说过的机灵话，总的来说这回的故事还不算太糟。

大门的信号响了，马里奥·里奥斯走进来，他皱着眉，脸通红。

斯温森赶紧走到他跟前："听着，可别提抢箱壳那事。多拉还记得你有一回从我的领地摸走了一个A级箱壳，而且她今天又在闹脾气。"

"见鬼，谁想说箱壳了？"里奥斯抖落皮毛衬里的夹克扔在椅背上，然后自己坐下。

多拉走出弹簧门外，带着虚假刻意的微笑看看新来的人："你好，马里奥。也来杯咖啡？"

"好啊。"马里奥下意识地朝自己的水壶伸出手。

"就多用点儿我的水吧，多拉，"朗赶紧说，"他欠着我的就是了。"

"好啊。"里奥斯说。

朗问："出什么事了？"

里奥斯闷闷地说道："说吧。说你早说了我还不信。一年前希尔德演讲的时候你就跟我说了。说吧。"

朗耸耸肩。

里奥斯道："他们定了配额。十五分钟前新闻播了。"

"怎么说？"

"每艘飞船五万吨水。"

"什么？"斯温森气得大叫，"五万吨连火星都出不去！"

"就是这个数。这是故意要我们的命。别想再拾荒了。"

205

多拉端着咖啡出来,杯子放到每个人跟前。

"'别想再拾荒了'是怎么回事?"她稳稳坐下,斯温森满脸无助。

"似乎他们给我们配的份额是五万吨,"朗说,"也就是说我们没法再飞了。"

"嗯,那又怎么样?"多拉抿口咖啡,笑容欢快,"要问我的意见,我说这是好事。你们这些拾荒人也该在火星当地找个安稳的好活计干了。我真心这么想。在太空里到处乱跑这算什么过日子——"

斯温森道:"拜托,多拉。"

里奥斯差点儿就要嗤之以鼻。

多拉扬起眉毛:"我只不过是说说我的意见。"

朗道:"请尽管说。不过我也想说一件事。五万吨只不过是细节。我们知道地球——或者至少希尔德的党派——想用节水政策赢取政治资本,所以我们算是掉进坑里了。我们非得想办法弄到水不可,否则他们能逼得我们彻底歇业,不是吗?"

"嗯,当然。"斯温森道。

"但问题在于怎么弄,对吧?"

"如果只是要弄水,"里奥斯突然滔滔不绝,"那只有一个办法,你们心里都清楚。如果地面佬不肯给我们水,我们就自己拿。难道就因为那些地面佬的父亲、祖父都是该死的胆小鬼,从没离开过他们那个肥得流油的行星,水就属于他们了不成?水属于人,无论是哪儿的人。我们也是人,水同样也属于我们。这是我们的权利。"

朗问:"你准备怎么拿?"

"容易!他们地球有满大海的水,总不能每平方英里都设哨卡。我们随时可以从地球黑夜的一侧溜下去,装满我们的箱壳然后跑掉。他们有什么法子能拦得住我们?"

"法子至少有半打,马里奥。你在太空是怎么探测到十万英里之外的箱壳的?那么大的空间,就那么薄薄的一片金属箱壳。怎么办到的?用雷达。你以为地球上没有雷达吗?如果地球意识到我们在走私水,他们不费什么工夫就能建起雷达网络,侦测从太空来的飞船,你以为他们不会这么干?"

多拉义愤填膺地打断他:"有件事我可以告诉你,马里奥·里奥斯。你要是想抢了水好继续拾荒,我丈夫是不会参加的。"

"不只是拾荒,"马里奥说,"接下来他们还会削减其他一切。我们现在就得阻止他们。"

"但我们本来也不需要他们的水,"多拉说,"我们又不是月球,也不是金星。我们用管子从极地冰盖接下来的水够用了。这间公寓里就有水龙头。这条街的每间公寓都有一个水龙头。"

朗说:"家庭用水只是最小的一部分。采矿得用水,还有水培缸又怎么办?"

"就是这样,"斯温森说。"水培缸怎么办,多拉?它们是非用水不可的,而且我们也该想法子自己生产新鲜食物了,要不就只能永远吃他们从地球运来的压缩货。"

"听听,"多拉不屑道,"你又知道什么新鲜食物了?你这辈子也没吃过。"

"我吃过好几次,你不知道而已。有一次我还带了胡萝卜回来,你忘了?"

"哼,那东西有什么了不起?要我说烘焙原粉强多了,而且更健康。只不过他们涨了水培农业的税,所以大家才赶时髦说什么新鲜蔬菜。再说这一切迟早会平息的。"

朗说:"我不这么看。至少放着不管它是不会平息的。希尔德多半会成为下一任全球总协,到那时候事情才真要难看呢。如果他们连食物货运也削减——"

"就是,我说,"里奥斯嚷道,"我们怎么办?我还是那话,拿!拿他们的水!"

"而我说我们不能那么干,马里奥。你看不出来吗?你建议的是地球的方式,地面佬的方式?你还想抓着那条把火星连在地球身上的脐带不松手。你就不能脱离它吗?你就看不到火星的方式?"

"不,我看不到。要不你跟我说说。"

"我这就说,只要你愿意听。想到太阳系的时候我们想的是什么?水星、金星、地球、月球、火星、火卫一和火卫二。就这么多——七个星体,没了。但它们所代表的还不到太阳系的1%。我们火星人正好处于剩余99%的边缘。在那外头,在离太阳更远的地方,水多得超乎想象!"

其他人瞪圆眼睛。

斯温森迟疑道:"你指的是木星和土星上的冰层?"

"倒不特指它们,不过你也承认,对吧?那确实是水。一千英里厚的一层水可很不少呢。"

"可那上头盖着一层又一层的氨或——别的什么,不是吗?"斯温森问,"再说了,我们没法在主要行星降落。"

"这我知道,"朗说,"但我没说那就是答案。那外头的天体又不只是几大行星。小行星和卫星呢?小行星,比如灶神星,直径两百英里,基本上就是一大块冰。土星有一颗卫星也几乎全是冰。如何?"

里奥斯说:"你去过太空吗,特德?"

"你明知道我去过。问这做什么?"

"当然,我知道你去过,可你说起话来还跟地面佬一个样。你想过这里涉及的距离没有?在最近的点上,一般的小行星跟火星的距离也有一亿两千万英里,是金星到火星航程的两倍,而且你心里明白,就连金火航线也很少有航班会一鼓作气飞完。它们通常会在地球或者月球停靠一次。说到底,你指望人能在太空待多久,伙计?"

"我不知道。你的极限是多少?"

"你知道极限是多少,不必问我。六个月。这是手册上的数据。

六个月之后，如果你还在太空，你就等着当心理治疗的材料吧。不是吗，迪克？"

斯温森点头。

"而那还只是小行星，"里奥斯接着往下说，"从火星到木星是三亿三千万英里，到土星是七亿。这么远的距离谁能应付？假设你达到标准时速，或者公平起见，就说你能把速度提升到每小时两百英里。那你需要——我看看，算上加速和减速的时间——大概六七个月才能到木星，将近一年才能到土星。当然了，理论上讲你可以把速度大幅提升到每小时一百万英里，可你得有水才行，你哪儿来的水呢？"

"老天爷，"一个小小的声音从脏兮兮的鼻子和圆眼睛底下冒出来，"土星！"

多拉坐在椅子里转了半圈："彼得，马上回你房间！"

"噢，妈。"

"少跟我来这套。"她准备要起身，彼得赶紧溜了。

斯温森道："我说，多拉，要不你去陪陪他？要是我们全都在这儿聊天，他很难把心思放在作业上。"

多拉执拗地笑了笑，身体纹丝未动："我就坐这儿，哪儿也不去，直到弄明白特德·朗在打什么主意。我现在就可以告诉你，那主意我听起来就不喜欢。"

斯温森紧张兮兮地说："那个，别管木星和土星了。我敢说特德本来也没指望它们。灶神星怎么样？花十周、十二周就能到，回来也是那么久。直径两百英里呢。那可是四百万立方英里的冰！"

"那又怎样？"里奥斯道，"到了灶神星我们干吗？采冰？架起采集设备？我说，你知道那得花多长时间吗？"

朗说："我想说的是土星，不是灶神星。"

里奥斯对着一群看不见的观众总结发言："我告诉他七亿英里，结果他还在继续说。"

"好吧,"朗说,"要不你跟我说说,你怎么知道我们只能在太空里待六个月,马里奥?"

"见鬼,这是常识。"

"因为它被写在《太空飞行手册》里。那是由地球科学家根据地球飞行员和太空族的经验编制的数据。你还在用地面佬的方式思考。你就是不肯用火星的方式。"

"火星人也许是火星人,可他总也还是人类。"

"可你怎么会瞎得这样厉害?你们这帮人不间断地待在外头超过六个月,之前有过多少次了?"

里奥斯说:"那不一样。"

"因为你们是火星人?因为你们是职业的拾荒人?"

"不。因为我们不在既定航线上,想回火星随时可以动身。"

"但你们不想回。我要说的就是这个。地球人的船很大,还带了影片库,船员有十五人,外加乘客,可他们的极限仍然是六个月。火星拾荒人的飞船总共两个房间,除了自己就一个搭档,但我们却能坚持六个月以上。"

多拉说:"我猜你是想在飞船里待上一年去土星吧。"

"有何不可,多拉?"朗说,"我们能做到。你看不出来我们能吗?地球人做不到。他们拥有一个真实的世界。他们拥有开放的天空和新鲜的食物,空气和水要多少有多少。对他们来说,进入飞船是可怕的变化。正因为这样,六个月以上对他们来说才太久了。火星人不一样。我们一生都活在飞船上。

"火星就只是这样而已——一艘飞船。它只是一艘跨距四千五百英里的大飞船,其中一个小小的房间里住了五万人。它像飞船一样是封闭的。我们呼吸包装空气,喝包装水,而且两者都反复重新净化;我们吃的是跟飞船上一样的配给食物。当我们进入飞船,面对的是我们一生所熟悉的生活。有必要的话我们可以长时间忍受它,远远超过一年。"

多拉问："迪克也行？"

"我们大家都行。"

"这个嘛，迪克不行。对你来说当然没问题，特德·朗，还有这个偷箱壳的贼，这个马里奥，你们当然可以随口就说什么跑出去一整年。你们又没成家。迪克有家。他有老婆，还有孩子，对他这就够了。他完全可以在火星上找份安稳的活儿。我说，老天在上，万一你们到了土星然后发现那儿根本没水呢？你们怎么回来？就算你们还有水剩下，你们也肯定没有食物了。我从没听过这么荒唐的事。"

"不。听我说，"朗声音紧绷，"这件事我全盘考虑好了。我跟桑科夫总长谈过，他也会帮忙。但我们必须找到飞船和人手。我办不到。大家不会听我的。我是新手。你们俩不一样，大家都认识你们，也敬重你们。你们是老手。如果你们支持我，哪怕你们自己不去，只需要你们帮我说服其他人，招募到志愿者——"

"首先，"里奥斯粗声大气道，"你得把事情解释个明白。等我们到了土星，水在哪儿？"

"妙就妙在这儿，"朗说，"这就是为什么非得是土星不可。水就飘在太空里随我们拿。"

5

当初哈米什·桑科夫来火星时，世上还没有火星本地人这种东西。如今已经有不止两百个小婴儿的祖父是出生在火星的——第三代本地人。

他十几岁时抵达火星，当时火星上就只有几艘降落的飞船挤成一团，船与船之间用密封的地道相连。时间一年年过去，他眼看着建筑物在地上地下扩张,把迟钝的鼻子插进人无法呼吸的稀薄大气中。他看见巨大的仓库拔地而起,一口就能连飞船带货物整个吞下。他看见矿场从无到有,变成火星地壳里偌大的断层,而火星的人口也从五十涨到五万。

这些漫长的记忆让他觉得自己老了——这些记忆,外加眼前这个地球人勾起的那些更加黯淡的记忆。地球的访客唤醒了许多早已被遗忘的碎片,那个对待人类柔软而温暖的世界,仿佛母亲的子宫一样又亲切又温柔。

这地球人像是刚从那子宫里出来的,不太高,也不很瘦,事实上绝对该算是微胖,深色的头发里像有一小片整齐的波浪,外加整洁的小胡子和擦洗洁净的皮肤。他的穿着十分时髦,塑胶衣料清爽笔挺极了。

桑科夫自己的衣服是火星制造,还能穿,也还干净,不过已经落后时代好些年头了。他的脸硬朗粗糙,布满皱纹,他的头发是纯白色,他说话时喉结颤动。

地球人是迈伦·迪格比,地球的全球联合大会的议员。桑科夫是火星总长。

桑科夫说:"这档子事对我们打击很大,议员。"

"对我们中的大多数人也一样,总长。"

"嗯嗯。那老实说我可不懂了。当然,你明白,我并不是说我能理解地球的方式,即使我是在那儿出生的也没用。在火星生活很艰难,议员,这你一定得理解。我们要活下去,食物、水和原材料都得靠运输,单运这些就占了好大空间,也没剩什么地方给书和新闻影片了。连视频节目也传不到火星,只除了地球火星相合的那约莫一个月,可就算那时候大家也没多少工夫去听它。

"我的办公室每周会从行星新闻局拿到一份概要片。一般来说我都没工夫看。也许你会说我们都是乡巴佬,也确实如此。发生这种事的时候,我们能做的基本就是一筹莫展地大眼瞪小眼。"

迪格比慢吞吞说道："你难道想说你们火星没听说过希尔德的反挥霍竞选运动？"

"哪里！那倒不全是。我们有个年轻的拾荒人，是我一个死在太空的好朋友的儿子，"桑科夫挠挠脖子一侧，好像拿不大准似的，"他平时就爱拿地球历史之类的东西读着玩。去太空的时候他也收看视频播报，就听到了这个希尔德讲话。我印象里那仿佛是希尔德第一次谈到挥霍者。

"那年轻人听了就来找我。自然我并没拿他太当回事。那之后一段时间我也留意着行星新闻局，可里面并没怎么提到希尔德，提到的时候他也显得挺好笑。"

"是的，总长，"迪格比道，"刚开始他那一整套都好像是玩笑话。"

桑科夫把两条长腿挪到书桌一侧舒展开，脚踝相叠："依我看现在也基本还是玩笑话。他有什么论据？我们会耗光水。他有没有研究过数据？数据我这里就有。你们委员会抵达时我让人拿来的。

"大致上地球的大洋里有四亿立方英里的水，每立方英里的水重达四十五亿吨。那是很多水了。那么这一大堆水里我们拿了一部分用于太空旅行。大部分推进活动是在地球的重力场里完成的，也就是说抛洒出来的水最终会回到海洋里。希尔德没有把这一点算进去。他说每次航行都会用掉一百万吨水，那是撒谎骗人。其实还不到十万吨。

"现在假设我们每年做五万次航行。当然其实没这么多，连一万五都没有。不过就说五万吧，我估计往后肯定是会有大规模扩张的。那么五万次航行，每年总共会有一立方英里的水丢在太空里。也就是说，再过一百万年，地球才会损失它总蓄水量百分之一的四分之一！"

迪格比掌心朝上摊开双手，接着又任双手落下："总长，类似的数据星际合金组织在反对希尔德的竞选运动里已经用过了，但冰冷的数学不可能抵挡极端情绪化的冲动。这个希尔德发明了'挥霍者'

这个词，然后又逐步把这个词塑造成了一个巨大的阴谋：一群唯利是图的残暴恶棍，为了赢得眼前的利益掠夺地球。

"他控诉政府里充斥着这类人，全球联合大会被他们操控，新闻媒体是他们的走狗。很不幸，普通人一点儿也不觉得他这话荒谬可笑。普通人很知道自私自利之徒对地球的资源造成了什么样的损害。比方说，在'困难时期'，地球的石油资源曾遭遇过什么，表层土又是如何被糟蹋的。

"的确，太空航行损失的水并不多，与地球的总蓄水量相比，它不过是大雾里的一粒小水滴，可是农民遇到干旱的时候，他才不管这个。希尔德给了他一个可以怪罪的对象，而遇到灾难时这是最有力不过的慰藉了。他绝不肯为了几个干巴巴的数字就放弃的。"

桑科夫说："我弄不明白的就是这里了。也许是因为我不知道地球上的事是怎么运作的，可是我觉得那里头似乎不单单是遭了旱的农民。据我从新闻摘要里了解到的情况看，希尔德那帮人似乎是少数派。一些农民，再加上几个怂恿他们的怪人，地球又为什么要顺着他们来呢？"

"因为，总长，总有忧心忡忡的人存在。钢铁行业放眼望去，看到太空飞行的时代会越来越倚仗轻型有色合金。各大矿工工会也在担忧外星球的竞争。每次某个地球人搞不到建造预制建筑的铝，他都坚信问题在于所有的铝都要被运往火星。我认识一个考古学教授，他成了反挥霍主义者，因为政府拒绝拨款给他进行考古发掘。他深信政府的钱都拿去研究火箭和太空医药了，并为此愤愤不平。"

桑科夫道："听起来地球人跟我们火星上的人倒是差不太多。可全球联合大会又怎么说？他们又为什么要顺着希尔德？"

迪格比酸溜溜地笑笑："政治嘛，要解释起它来是会叫人不快的。希尔德提交的那份议案，要求成立一个委员会来调查太空飞行的浪费问题，这样的官僚主义的做法根本毫无用处，叫人忍无可忍，全球联合大会有大概四分之三甚至更多的议员是不赞成的。可话说回来，只不过是调查浪费行为，哪个立法者又能公然出声反对呢？谁要是反对它，就会显得自己心里有鬼，有什么需要藏着掖着。就好像这人是从浪费行为里谋利了的。希尔德可是一点儿也不害怕这样子去控诉别人，而且不论事情是真是假，总之在下一届选举时都会成为选民考虑的一大因素。所以议案就通过了。

"然后又遇到了任命哪些人做委员会成员的问题。反对希尔德的人避之不及，因为当了委员就难免经常要做些叫人为难的决定，要是不下场则不大会被希尔德当成靶子。结果呢，整个委员会里只有我是公开反对希尔德的，而这很可能害得我竞选连任失败。"

桑科夫道："真要这样我会很遗憾，议员。现在看来，火星的朋友并不像我们以为的那么多，我们可不愿意再失去一个。不过说真的，如果希尔德最终获胜，他到底想要怎样？"

"依我看，"迪格比说，"事情明摆着嘛。他想成为下一任的全球总协。"

"你觉得他能成功？"

"如果不出点儿什么事阻止他，他会的。"

"那么之后呢？届时他会放弃他的节水运动吗？"

"我说不好。我不知道他有没有制订当上总协之后的计划，我可以告诉你我的猜测：我猜如果放弃节水运动，他的支持率就无法维持，事情已经失控了。"

桑科夫挠挠脖子侧面："好吧，如果是这样的话，我想听听你的建议。我们火星上的大家伙儿能做点儿什么？你了解地球，你了解局势，我们不了解。告诉我们该怎么办。"

迪格比站起身，走到窗前向外眺望：建筑物低矮的穹顶；中间那满地石头、完全荒无人烟的红色平原；紫色的天空和干瘪的太阳。

他并未转身，只是问："你们这些人真的喜欢在火星生活吗？"

桑科夫微微一笑:"我们中的大多数人其实并不知道火星之外的其他世界是什么样的,议员。据我猜想,地球对他们来说会是一个又怪异又不舒服的地方。"

"可是火星人也会渐渐习惯的吧?在这样一个地方生活过以后,地球是不难适应的。你们的人难道不会学着享受在露天呼吸空气的特权?你曾经在地球生活过,你记得那是什么感觉?"

"大概记得一点儿。不过也不容易解释。地球一直都在。它适合人,人也适合它。地球本来什么样,人都通通接受。火星不一样。它有些原始,也不适合人。人必须用它去创造。他们必须建造一个世界,而不是接受他们发现的一切。如今火星还不算什么,但我们正在建造,而等我们完成以后,我们就会得到完全符合我们喜好的世界。知道你自己在建造一个世界,这是一种很棒的感觉。经历过这样的生活以后,地球会显得不够激动人心了。"

议员道:"你所描述的未来必定还要几百代人才会实现呢,普通火星人难道也这样富于哲思,竟甘愿为此忍受如此艰苦至极的生活?"

"不,没那么简单。"桑科夫将右脚的脚踝架在左膝上,说话时用手将它环住,"我说过,火星人跟地球人很像,也就是说他们也是某种人类,而人类是不怎么理会哲学的。可无论如何,不管你有没有专门思考它,生活在一个不断成长的世界里都自有其魅力。

"我刚来火星时父亲会给我写信。当时他是个会计,然后就这么继续当着会计。他去世时的地球跟他出生时的地球并没有太大差别。他没见过什么改变。每一天都跟别的日子相似,而生活就只是消磨时光,直至死亡。

"在火星上就不一样。每天都有些新东西——城市更大了,换气系统再次大幅改进,从极地接来的水管也像模像样了。目前我们正计划设立我们自己的新闻影像协会。我们准备管它叫火星新闻局。你周围的一切都在蓬勃生长,如果你不曾经历过这种生活,你永远不会理解那感觉有多么美妙。

"不,议员。火星艰苦又严酷,地球要舒适多了,但我觉得如果你把我们的小伙子带去地球,他们是不会快乐的。他们中的大多数人多半都想不明白自己为什么不快乐,但他们会感到迷失。迷失,而且觉得自己一无是处。我觉得他们中的很多人永远都不会适应。"

迪格比从窗前回转身,他前额光滑的粉色皮肤皱起来:"如果是这样,总长,那我替你们感到遗憾,替你们所有人。"

"为什么?"

"因为我不认为你们火星上的人能有任何办法。月亮和金星的人也一样。不会立刻就发生,或者一两年之内都不会发生,甚至五年内也不会。但很快你们就不得不返回地球,除非——"

桑科夫雪白的眉毛低低地弯向眼睛:"除非什么?"

"除非你们能找到地球之外的水源。"

桑科夫摇摇头:"似乎不大可能,不是吗?"

"不大可能。"

"而除此之外,依你看就没希望了?"

"毫无希望。"

迪格比说完这话就离开了。桑科夫茫然地睁着眼睛看了好一会儿,然后他在本地通信线路上按下几个按键。

片刻之后,特德·朗的面孔出现。

桑科夫说:"你说对了,孩子。他们帮不了我们。就连那些同情我们的人也看不到出路。你是怎么知道的?"

"总长,"朗说,"我阅读了涉及'困难时期'的所有历史,尤其是20世纪。读完以后,政治上再也不会有什么东西真的叫我吃惊了。"

"啊,也许吧。反正呢,孩子,迪格比议员替我们感到遗憾,可以说是相当遗憾,可别的就没了。他说最终我们只能离开火星——或者从别处搞到水。只不过他认定我们不可能在别处搞到水。"

"你知道我们可以,总长,你知道的,对吧?"

"我知道我们或许可以,孩子。要冒巨大的风险。"

"只要我找到足够多的志愿者,风险是我们自己的事。"

"事情进展如何?"

"不坏。现在已经有些小伙子站在我这边了,比如马里奥·里奥斯,我说服他了,而你知道他是最棒的。"

"问题就在这里——志愿者会是我们手头最出色的那些人。我真不愿意给你许可。"

"如果我们能回来,一切都将值得。"

"如果!这可是很要命的字眼,孩子。"

"而我们想做的事情也是性命攸关的。"

"好吧,反正我也跟你承诺过了,如果无法从地球获得帮助,我会安排让火卫一的水洞提供你们所需的全部用水。祝你们好运。"

6

土星上方五十万英里,马里奥·里奥斯在真空的摇篮里睡得香甜。他缓缓醒来,有一阵工夫,他独自待在自己的太空服里数星星,又画出线条把一颗颗星串起来。

刚出发时,几个星期的时间转瞬而逝,感觉就好像再次外出拾荒,只不过总有一种感觉啃噬着他们的心:每过一分钟都意味着离全人类又远了数千英里。航行由此变得加倍难熬。

穿越小行星带期间,他们瞄得很高,以便越过黄道面。这么一来就消耗了大量的水,而且多半并无必要。从投射在影像板上方的二维投影看,成千上万的小小世界像害虫一样密密麻麻的,可其实它们散落在构成其联合轨道的一千万亿立方英里之内,彼此间隔极其遥远,非得遭遇最荒谬可笑的巧合才会撞上。

不过大家还是选择从小行星带上方越过,有人计算了他们被巨大到足以造成伤害的碎片撞击的概率。得出的数值非常低,低得难以置信,于是就有人想到了"太空飘浮"的点子,这几乎是不可避免的。

日子那么多,又那么长,太空里空荡荡,操作台前一次只需要一个人。冒出这种想法再自然不过了。

最先是某个胆子特别大的人冒险出去了十五分钟左右。接着又有一个人尝试了半小时。最后,不等他们完全把诸多小行星抛在身后,每艘飞船都定期拿线缆把不当班的那个船员悬在太空里了。

简单是够简单的。线缆原是为旅程结束时的操作准备的,两头都用磁力固定,一头从一开始就连在太空服上。然后你爬出气闸,把另一头固定在飞船船体上。你暂停片刻,靠靴子里的电磁铁紧贴着飞船的金属外壳。接着你把电磁铁消磁,肌肉用最轻微的力道使一点点劲儿。

你缓缓脱离飞船上升,非常非常缓慢,而体积更大的飞船则以更加缓慢的速度向下移动较短的相等距离。点缀着点点星光的黑暗太空如有实质,你失重飘浮其中,简直不可思议。你戴着防护手套,一只手一直与线缆保持接触,等飞船跟你拉开足够的距离,你的手就微微握紧。用力过猛的话你就会开始靠近飞船,飞船也会再度靠近你。因为你的动作与飞船的动作是对等的,所以飞船就仿佛在你下方一动不动,就好像是被画在超乎想象的背景上,而悬在你和飞船间的一圈圈线缆也没有任何理由要绷紧拉直。

你的眼睛只能看到半艘飞船——被微弱的太阳光点亮的那一半。不过这时的太阳仍然无法直视,得靠宇航服的偏光护目镜提供重重保护。飞船的另一半则是落在黑色上的黑色,隐去了身形。

太空包围过来,感觉就像睡眠。你的太空服暖暖和和,它自动更新内部的空气,又配了装在特殊容器里的饮食,只需头部最微小的动作就能吸进嘴里,它还会妥善处理废弃物。而最重要的则是失重带来的宜人的欣快感，它超过了其他一切。

你这辈子都不曾如此安适。日子不再显得过于漫长，它们根本不够长，也不够多。

他们从与木星当时位置成大约30度角的地方跃过了木星轨道。有好几个月木星都是空中最亮的天体，只除了仿佛发光的白豌豆一般的太阳。在木星最亮时，有些拾荒人坚称能看出它是个小小的球形，一侧被夜的阴影压扁，不再对称。

之后几个月里它渐渐淡出，另一个光点逐渐增大，最后变得比木星更加明亮。那是土星，最初是一个小小的光点，然后变成了椭圆形光斑。

（有人问："为什么是椭圆形？"过了一会儿，另外一个人说："当然是因为土星环。"显然的确如此。）

最后每个人都抓住一切机会进行太空飘浮，不断地望着土星。

（"嘿，浑球儿，你赶紧回来，该死的。该你值班了。""该谁值班来着？照我的表我还有十五分钟。""你把表拨慢了。再说我昨天给了你二十分钟。""就算是你祖母来了，你也不肯给她哪怕两分钟的。""回飞船，该死的，就算你不进来我反正也要出去了。""好吧，我来了。老天爷，就那么可怜巴巴的一分钟也要吵个没完。"不过吵架是绝对不会认真的，飘在太空里的时候不会。感觉太好了。）

土星越来越大，直至与太阳比肩，最后超过了太阳。他们设定的航线与土星环成钝角，只见土星环从行星周围扫过，磅礴大气，只有很小一部分被遮蔽。随着他们逐渐接近，土星环的跨度也越发宽了，但同时又在变窄，因为接近的角度在不断减小。

较大的几颗卫星显现在周围的天空中，仿佛安静的萤火虫。

马里奥·里奥斯庆幸自己醒着，才能再次看到这一切。

土星占据着半边天空，表面布满橙色线条，夜的阴影从右边向里延伸，直至将近四分之一的位置，明暗交界处模模糊糊的。在明亮的那部分有两个小圆点,是其中两个卫星投下的影子。在他左后方是白钻石一般的太阳(他可以扭过头去看,扭头时身体其余部分要略微往右挪一点点,借此保持角动量)。

他最爱看的还是土星环。在左边,它们从土星背后现身,三条紧凑明亮的橙色光带。在右边,它们的起始处藏在夜的阴影底下,不过最终却出现在更近的位置,看起来也更宽。越往近处它们就越发变宽,仿佛喇叭形状的光斑,并且还越来越模糊;他的目光一路追随它们,直到最后它们仿佛溢满整个天空并消失在其中。

拾荒舰队刚刚跨入最靠外的土星环的外侧边缘,从这个位置看过去,土星环纷纷碎裂,露出了真身:原来它们并非表面上看起来的那种紧凑、坚实的光带,而是挤在一起的数量惊人的固体碎片。

在他下方,或者更确切地说是在他的双脚指向的方向,约莫二十英里外就有一片土星环碎片。它看起来仿佛一大块不规则的斑点,有四分之三位于光照下,夜的阴影像匕首一般将它切开,破坏了空间的对称。其他碎片距离更远,好似星尘般闪烁;若目光追随它们往远处看,就会看见它们越来越暗,越来越厚,最终再一次变成了圆环。

碎片一动不动,但这仅仅是因为舰队绕土星运行的轨道与土星环外缘的轨道同步罢了。

里奥斯回忆起,前一天刚去过距离最近的那块碎片,跟二十多个同伴一起将它塑造成他们希望的形态。明天他还会再来一次。

不过今天——今天他只需在太空飘浮。

"马里奥?"耳机里冒出的声音带着探询的口气。

有刹那工夫里奥斯满心厌烦。该死,他可没心情跟人做伴。

"说。"他说。

"我就是觉得好像看到你的船了。你怎么样?"

"挺好。是你吗,特德?"

"是我。"朗说。

"那块碎片出什么岔子了?"

"没有。我是出来飘浮的。"

"你?"

"有时候我也会被它吸引,偶尔。真美,不是吗?"

"是不错。"里奥斯赞同。

"你知道,我读过地球的书——"

"你的意思是说地面佬的书?"里奥斯打个哈欠,面对此情此景,他说"地面佬"时也很难聚起与之匹配的怨恨。

"——反正有时候我会读到描写人们躺在草地上的情形,"朗接着说道,"你知道,那种绿色的东西,类似又薄又长的纸条,他们那底下满地都是的。他们就躺在草地上望着蓝天白云。你看过相关的影片吗?"

"当然。对我毫无吸引力。看着就冷。"

"只不过我估计并不会冷。毕竟地球距离太阳相当近,而且他们说他们的大气层够厚,足以留住热量。我得承认,我自己是绝不愿意只穿寻常衣服在露天环境中被人逮到。不过我猜他们喜欢这么干。"

"地面佬都是疯子!"

"他们还谈到树,棕色的大树干,还有风,就是空气的移动,你明白。"

"你想说的是气流吧。那玩意儿我也一样不稀罕。"

"这无关紧要。关键是他们把它形容得很美,几乎是激情洋溢。我常琢磨,许多次了——那究竟是什么感觉?我这辈子能感受一次吗?或者那是只有地球人才可能感受到的东西?我时常感到自己似乎错过了某些至关重要的东西。但现在我知道那是什么感觉了。就是这个。在美不胜收的宇宙中央,体会到全然的平静。"

里奥斯说:"他们不会喜欢这样的。那些地面佬,我指的是。他们太习惯他们那个破破烂烂的小世界,肯定不会欣赏飘在太空低头看土星的乐趣。"他略微翻转身体,开始围绕自己身体的重心前后摇晃,动作舒缓。

朗说:"是的,我猜也是。他们是自己星球的奴隶。即便来到火星,能自由生活的也只是他们的孩子。有一天我们会造出星际飞船,硕大的庞然大物,能载上好几千人,并在几十年里自给自足,维持船内的生态平衡,甚而持续好几个世纪。但在发明新的星际旅行方式之前,人必须在船上度过一生,所以最终能殖民宇宙的将是火星人,而非困在行星表面的地球人。这是不可避免的。一定会如此。这是火星的方式。"

然而里奥斯没再应声。他又迷迷糊糊睡过去了,他的身体轻柔地摇摆,晃动,就在土星之上五十万英里处。

7

硬币都有两面,而背面就是轮班去土星环碎片干活儿。太空飘浮期间的失重、宁静与私密一扫而光,变成了既无平静亦无私密可言的劳作。换到工作状态后,就连持续存在的失重感也从天堂变成了炼狱。

试试操作普通的非手持式投热机你就明白了。它六英尺高,六英尺宽,几乎是实心的金属块,但你仍然可以把它拿起来,因为它的重量才不过几分之一盎司。它的惯性却没有丝毫变化,也就是说你必须以极其缓慢的速度将它移动到位,否则它就会持续移动,还要连你一起带过去。然后你就只能调高太空服的仿重力场,重重地落下来。

克拉尔斯基就把重力场调得太高,下落太猛。投热机以一个危险的角度跟着他一道落下,压碎了他的脚踝。他成了这次远征的第一名伤员。

里奥斯一直在骂骂咧咧,流利得很,几乎毫不停歇。他老有种冲动想拿手背抹去额头上集聚的汗水。有几次他没忍住，于是金属就撞上了有机硅，响亮的撞击声在太空服里回荡，对擦汗却毫无帮助。太空服里的吸湿器已经马力全开，同时还要把水回收，进行离子交换处理，最后将精准调配过含盐量的水储存进适宜的容器。

里奥斯吼道："见鬼，迪克，等我发话再动手，嗯？"

斯温森的声音回荡在他耳中："那你要我在这儿干坐到什么时候？"

里奥斯答："到我发话。"

他增强仿重力，将投热机稍微抬起。然后他释放仿重力，确保即便完全撒手，投热机也能留在原地好几分钟。他把挡道的线缆踢开（线缆一路延伸到近处的那条"地平线"背后，动力源在他看不见的地方），然后碰了碰开关。

构成环碎片的物质在投热机的触碰下冒泡，消失。他已经在碎片内部挖出一个巨大的窟窿，现在窟窿边缘的一段熔化了，周边也由粗糙变得平滑。

里奥斯喊道："现在试试。"

斯温森在飞船里，飞船几乎就悬浮在里奥斯头顶上。

斯温森喊话："确定安全？"

"我都说了，可以继续。"

飞船前侧的一个排放口喷出一丝微弱的蒸汽。飞船朝着环碎片飘落。又一丝蒸汽喷出，纠正了飞船往侧面飘移的倾向。飞船笔直往下走。

第三次喷射来自后侧的排放口，令飞船降低至羽毛飘浮般的速率。

里奥斯全神贯注地盯在一旁："再来。你能行的。你能行的。"

飞船尾部进入洞口，几乎将洞口塞满，它的腹壁越来越靠近洞口边缘。随着碾磨似的震颤，飞船的动作终止。

这回轮到斯温森骂骂咧咧。他说："尺寸不合适。"

里奥斯气急败坏，他把投热机往地面方向一扔，自己随之弹进太空。投热机落地时在周围掀起一大片晶体尘埃,等里奥斯靠仿重力落下后也是这般。

他说:"你进来时是歪着的,你个蠢头蠢脑的地面佬。"

"我进的时候是正的,你个吃土的农民。"

飞船上,对着后方的侧喷射器发出了比之前更强烈的轰鸣,里奥斯赶忙跳开。

飞船擦着洞壁从坑道里挣脱出来,然后往太空射出去半英里,这时前侧的喷射器才好不容易将它停住。

斯温森咬牙道:"再这么搞一回我们准要撕开半打外层板。拜托你把它弄对,好吗?"

"我会弄对的。不劳你操心。你进来的时候别出错就行。"

里奥斯往上跳;他任自己爬升了三百码,好看清窟窿的全貌。飞船擦刮的印记清晰可见。它们集中在坑道半中间的一小块区域。他会搞定的。

那块区域在投热机的冲击下开始向外熔化。

半小时后,飞船服服帖帖地偎依到窟窿里,斯温森穿上太空服走出飞船,来到里奥斯身边。

斯温森道:"愿意的话你可以进去脱了太空服歇歇,结冰我来看着。"

"没关系,"里奥斯说,"我情愿坐在这儿看木星。"

他坐到坑道口旁。在他坐下的地方,坑道口与飞船之间有一条六英尺的空隙。而在环形坑道口的不同部位,空隙的宽度也各不一样:在某些地方是两英尺,在另一些地方甚至只有窄窄的几英寸。靠手工打磨是不可能指望比这更好了。接下来他们会做最后的调整:慢慢把冰融化,再让冰重新冻结,填满坑道口与飞船之间窟窿。

土星在太空中的移动肉眼可见,它巨大的身躯正一点点挪到地平线以下。

里奥斯说:"还剩多少艘飞船没就位?"

斯温森道:"上回我听说是十一艘。现在我们也进来了,也就是说只剩十艘了。就位的飞船里有七艘已经结冰固定,另有两三艘已经拆解。"

里奥斯道:"进展挺顺利。"

"要做的还多着呢。别忘了另外那头的主喷射器,还有线缆和电线。有时候我怀疑我们到底能不能成功。出来的一路上我倒不怎么担心,可是刚刚我坐在控制台前,我对自己说:'这事成不了。我们会干坐着活活饿死,头顶除了土星什么也没有。'这念头让我觉得——"

他并未解释那念头让他产生了什么情绪。他只是坐在原地。

里奥斯说:"见鬼,你想太多了。"

"对你当然不一样,"斯温森说,"我老想起彼得和多拉。"

"有什么好想的?她答应了让你出来的,不是吗?总长跟她谈了话,什么爱国主义,什么你会成为英雄,等你回来你们一辈子吃穿不愁,然后她就答应你来了。你又不是像亚当斯那样偷偷溜出来的。"

"亚当斯不一样。他那老婆,一生下来就该一枪崩了她。有些女人真能叫男人生不如死,不是吗?她不愿意他来——但是如果他死了,她能拿到补偿金,那她多半宁可他别回去。"

"那你又在烦什么?多拉是要你回去的,不是吗?"

斯温森叹口气:"我从来没有好好待她。"

"你挣的钱都给了她,不是吗?换我可绝对不干,不管是多好的女人。得到多少价值就给多少钱,多一分钱也没有。"

"跟钱没关系。到这外头来以后我就琢磨起这事。女人是喜欢有人陪的。孩子也需要父亲。我跑到这么远的地方来干吗?"

"来挣够钱好回家。"

"啊啊,你不懂。"

8

特德·朗四处游荡。他越过土星环碎片山脊般隆起的表面，心绪却仿佛脚下的地面一般冰冷。原先在火星上的时候，整个计划似乎完全符合逻辑，但那是火星。他以完美而合理的步骤在头脑中仔细计算好了一切。至今他仍然记得计算的具体细节。

要移动一吨重的飞船并不需要一吨水。这里不是质量与质量对等，而是质量乘以速度与质量乘以速度对等。换言之，你可以用每秒一英里的速度喷射一吨水，或者用每秒二十英里的速度喷射一百磅水，这都没有关系。你得到的最终速度是一样的。

也就是说喷射器的喷嘴必须做得更窄，水蒸气的温度也要更高。但这时缺点就出现了。喷嘴越窄，因摩擦和涡流损失的能量就越多；水蒸气越烫，喷嘴就必须具备更强的耐火性能，它的使用寿命也就随之缩短。往这个方向努力时，人们很快就走到了极限。

然后呢，由于在窄喷嘴的条件下，一定重量的水能够移动远远大于其自身重量的物体，因此体积越大就越有利可图。储水的空间越大，实际的航行舱的体积也可以造得更大，哪怕是从双方体积的比例看也一样。于是大家开始建造更重、更大的班机。但是反过来，箱壳越大，支撑装置也要随之增大，焊接会更加困难，工程上的要求也更为严苛。在他们这个时代，往这个方向的发展也已经到了极限。

然后他就着手探究被他看作基本缺陷的那个问题——那个不可动摇的底层信念：燃料必须置于飞船内部；金属必须建造来包裹住一百万吨的水。

为什么？水不一定非得是水。它可以是冰，而冰的形状任人塑造。冰可以被融出洞来。航行舱和喷射器可以装配在冰里。线缆可以借着电磁场的强大力量将航行舱与喷射器紧紧固定在一起。

朗感受到脚下大地的颤抖。他来到碎片的头部。一打飞船正喷射水蒸气，在刻入环碎片内部的鞘里进进出出，而环碎片就在这持续不断的冲击下战栗。

他们不必去采冰。大块大块成形的冰就存在于土星环里。这就是土星环的全部——近乎纯粹的冰块，环绕在土星周围。这是光谱学得出的结论，而他们抵达后发现事实也的确如此。他现在就站在这么一块冰上，长度超过两英里，厚度接近一英里。将近五亿吨水，全都凝结成一大块，而他就站在它的表面上。

可此刻他不得不直面活生生的现实。他从未告诉大家伙儿他原本指望花多少时间就能把环碎片改造成飞船，但私底下他想象的是两天。现在已经一周了，而他不敢预估还需要多少时间才能完工。他甚至失去了信心，不再确信任务为人力所及。他们真能靠悬挂吊在两英里长的冰块里的导线精准控制喷嘴来操纵环碎片脱离土星拉拽它的引力吗？

饮用水不多了，不过他们随时可以拿冰蒸馏。然而食品的储备状况也同样不容乐观。

他停下脚步，抬头极目远望。那东西好像变大了些，不是吗？他该测量它的距离。可事实上他没精力将它加入手头已有的麻烦里。他的思绪滑回到更紧迫的问题上。

至少士气十分高昂。大家似乎十分享受远离土星。在许多事情上他们都是人类的先驱，在他们之前从未有人深入太空到如此遥远的地方，从未有人越过小行星带，从未有人用肉眼看到木星仿佛闪亮的鹅卵石挂在空中，也从未有人亲眼看见土星——就这么直视土星。

这样一种情感，他原本以为那五十个长年在太空抓箱壳的拾荒人是不会有工夫体会的，毕竟他们都是讲求实际、百炼成钢的硬汉。结果恰恰相反。他们为此骄傲。

他继续走，两个人和一艘半埋在冰里的飞船从移动的地平线上滑上来。

他很干脆地喊了一声:"嗨,那边的!"

里奥斯回答道:"是你吗,特德?"

"当然是我。迪克跟你在一起吗?"

"当然。来吧,来坐坐。我们正准备把船冰冻固定,巴不得有借口可以拖延一会儿。"

"我可没有,"斯温森立刻反驳,"我们什么时候动身,特德?"

"事情干完马上就走。这算不上什么回答,嗯?"

斯温森垂头丧气:"我猜也没有别的回答了。"

朗抬起头,死死盯着空中那块不规则的光斑。

里奥斯顺着他的目光看过去:"怎么了?"

朗有一会儿工夫没反应声。除光斑之外的天空黑漆漆的,无数环碎片仿佛黑色背景上的橙色尘埃。土星有四分之三以上都沉到了地平线底下,土星环也跟着沉了下去。半英里之外,一艘飞船越过了这颗微型行星冰冻的边缘;它跃入空中,被土星的光染成橙色,然后又落回去了。

大地微微颤动。

里奥斯问:"你在担心大影子有什么不对劲吗?"

大影子是他们给它起的名字。它是距离他们最近的环碎片,考虑到他们身处土星环的外缘,碎片散落在太空里相对不是很密集,所以它算是相当近了。距离他们大约二十英里,一座锯齿状的大山,形状清晰可见。

朗问:"你看着觉得怎么样?"

里奥斯耸耸肩:"还行吧,我猜。我没看出有什么不对。"

"你没觉得它好像变大了?"

"为什么会变大?"

"嗯,又为什么不会?"朗固执己见。

里奥斯和斯温森望着它，若有所思。

斯温森说："看着确实大了些。"

"是你把这个想法塞进了我们脑子里，仅此而已，"里奥斯争论道，"如果它变大了，那它应该会离我们更近。"

"有什么不可能的？"

"这些东西的轨道是稳定的。"

"我们来的时候确实是稳定的，"朗说，"嘿，你们感觉到了没有？"

大地再次颤动。

朗说："我们轰击这东西已经一周了。起先是二十五艘飞船降落在它表面，就这一下已经改变了它的动量。当然并不太多。然后我们一直在各个部位融化它，我们的船也在它内部轰进轰出——而且全都集中在一头。这一周的时间里，我们很可能已经把它的轨道改变了一星半点儿。这两个环碎片，我们的这一个和大影子，说不定要会合了。"

"地方这么大，它完全有足够的空间和我们错开。"里奥斯沉吟道，"再说了，我们连它是不是真的变大了都拿不准，所以它的速度能有多快？相对我们的速度，我指的是。"

"它移动起来不必很快。它的动量跟我们的一样大，所以不管它撞上来的力道多轻微，我们都会被彻底推出轨道，说不定正好被推向我们绝不愿意去的土星。其实呢，冰的抗拉强度是很低的，所以两颗微型行星都可能碎成一大片沙砾。"

斯温森站起身："见鬼，如果我能判断出一千英里之外的箱壳是怎么运动的，我也能判断出二十英里外的一座山在干什么。"他转身走向飞船。

朗没有阻止他。

里奥斯道："这家伙一惊一乍的。"

临近的那颗微型行星上升到天顶，它从他们头顶经过，然后开始下沉。二十分钟后，正对之前土星消失位置的地平线突然被橙色的亮光点燃：偌大的土星再次开始爬升。

里奥斯朝无线电里喊话："嘿，迪克，你死在里头了吗？"

"我在核实。"沉闷的答话声传来。

朗问："它在动吗？"

"对。"

"朝着我们？"

片刻的停顿后，斯温森用病弱无力的声音说："千真万确，特德。轨道会在三天后交叉。"

里奥斯嚷道："你疯了！"

斯温森说："我核实了四次。"

朗茫然地思考着：现在我们该怎么办？

9

有几个人侍弄线缆时遇到了麻烦。线缆必须精确铺设，其几何形状必须非常接近完美，否则电磁场无法达到最大强度。若是换了在太空或者哪怕天上都不会有这种问题：一旦通电，线缆就会自动排列对齐。

在这儿却不一样。他们得在微型行星表面挖出一道沟槽，再将线缆放置其中。放置线缆时必须与事先计算的方向高度一致，最多只能相差寥寥几个角分[1]，否则就会有一个力矩[2]施加到整个微型行星上，进而造成能量上的损失，而他们是没有多余的能量可浪费的。到那时就只得重新挖沟槽，再挪动线缆，把它们冻入新位置。

---

1 计算平面角角度的单位。
2 也叫转矩。表示力对物体作用时产生转动效果的物理量。其值等于力和力臂的乘积。

工作重复而乏味,人们满心倦意,勉力坚持。

然后他们收到命令:"全体进行喷射器作业!"

拾荒人实在称不上是那种乐于遵守纪律的人。大家一面嘟嘟囔囔地发牢骚,低吼,一面动手拆下仍然完好无损地留在飞船上的那些喷射器。喷射器被搬到微型行星尾部,费了好大力气终于安装到指定的位置上,导线也沿地面拉好。

之后又过了将近二十四小时才有人抬头看天。那人说:"哎呀,妈呀!"紧接着还有些不大适宜刊印的话。

他旁边的人抬头一看:"真见了鬼了!"

他俩注意到之后,大家就都发现了。这成了宇宙中最叫人震惊的事实。

"快瞧大影子!"

大影子在空中展开,仿佛伤口遭了感染。大家望着它,发现它已经比先前大了一倍,并奇怪自己怎么没早察觉。

工作几乎完全停顿,大家把特德·朗团团包围。

他说:"我们不能离开。我们没有足够的燃料返回火星,也没有设备可以捕获另一颗微型行星,所以我们必须留下。大影子之所以渐渐朝我们逼近,是因为我们轰击的时候把自己弄得偏离了轨道。我们必须继续轰击好改变这点。现在不能再轰击前端了,否则会危及我们正在建造的飞船,所以让我们试试另一个方向。"

大家干劲十足地回去工作,继续安装喷射器。大影子每隔半小时就会从地平线上再度升起,比先前更大、更吓人,由此也带给他们新的激励。

朗无法保证这招能奏效。首先他不确定喷射器会不会回应远端的控制;然后还有燃料的问题:有一个储水室直接朝微型行星的冰体打开,储水室内建投热机,把用于推进的液体化为蒸汽再直接送入驱动单元,他也不确定这样得来的水量是否够用。就算这些都没问题,微型行星还会承受巨大的破坏性应力,而他们并没有在它表面裹上电磁线缆鞘,所以也没法保证微型行星的主体不会碎裂。

"就绪!"朗的接收器里传来信号。

朗喊道:"就绪!"然后压下开关。

他周围的震动越来越强烈。观察窗里的星空开始抖动。

从后视镜里能看到远处有一片闪亮的泡沫,那是快速移动的冰晶。

有人嚷道:"吹起来了!"

它继续吹。朗不敢停。接下来的六个钟头它往太空哗哗吹气,冒泡,冒蒸汽。微型行星的主体转化成蒸汽,又被抛掷出去。

大影子越来越近,最后大家什么也不做了,只顾盯着那座空中的大山,看它超越土星的壮观景象。每道沟槽和峡谷都看得清清楚楚,全是它脸上的伤疤。最后它终于穿过了他们所在的微型行星的轨道,不过是从后者当时的位置背后超过半英里处横穿而过的。

蒸汽喷射器停止运转。

朗坐在座位里弯下腰,抬手遮住眼睛。他已经有两天没吃东西。不过现在他可以放心吃饭了。附近再没有别的微型行星能打扰他们,哪怕它从这一刻就开始朝他们靠近。

回到大冰块表面,斯温森说:"我望着那该死的石头朝咱们飞下来,那期间我一直对我自己说:'不可能发生这种事。我们不能让它发生。'"

"见鬼,"里奥斯说,"咱们谁不紧张?你瞧见吉姆·戴维斯没有?脸都绿了。我自己也有点儿心惊肉跳呢。"

"我说的不是那个。不仅仅是——死,你知道。我当时想——我知道有点儿傻,但我忍不住——我当时想的是多拉警告过我,说我要把自己害死的,这下她可逮着机会要唠叨个没完了。都那种时候了,我这样的态度难道不是有点儿糟糕吗?"

"听着,"里奥斯说,"你自己想结婚的,然后你就结了婚。你自己的麻烦找我干吗？"

10

　　舰队被焊接成单一的单元，现在踏上了从土星返回火星的漫漫旅程。每一天它都飞速掠过了去程期间需要九天才能跨越的距离。

　　特德·朗要求全体船员都紧急待命。二十五艘飞船全部嵌入了从土星环里摘出的微型行星，它们都无法独立移动或操作，各船的能量源统一喷射推进，彼此间的协调很是棘手。出发的头一天就发生了剧烈震动，吓得他们魂不守舍。

　　还好，靠了尾部的持续推动，速度飞快提升，这一问题也烟消云散。第二天晚些时候他们就突破了每小时十万英里的关口，之后又朝着每小时百万英里及以上稳步推进。

　　朗的飞船构成了冰冻舰队的针尖，也只有它拥有五个方向上的太空视野。在眼下这种情形底下，这一位置是很不舒服的。朗发现自己老是死死盯着太空，总在想象星星会慢慢往后滑动，嗖嗖地从他们身旁掠过，毕竟这艘组合飞船的行进速度是那么惊人。

　　不过这当然只是他的想象。星星仍然仿佛钉死在黑色的背景上，耐心地待在原地；距离太远了，凡人所能达到的速度它们根本不屑一顾。

　　启程后没几天，大家就怨声载道。不仅仅因为他们被剥夺了太空飘浮，还因为他们时刻生活在猛烈加速的效力底下，必须承受远大于飞船平日仿重力场的压力。朗自己也对此厌烦透顶，不愿意时时刻刻被压在液压缓冲垫上。

　　大家开始每四小时关闭喷射器一小时，朗为此焦躁不安。

　　当初火星在飞船的观察窗里渐渐缩小，到现在刚好一年多一点儿，其间这艘飞船一直是一个独立的实体。自那时起情况有没有什么变化？火星的殖民地依然存在吗？

朗越来越惊慌，他每天都集合二十五艘飞船的能源朝火星发送无线电脉冲信号。没有回应。他也并不指望能得到回应。此刻火星与土星正好分列太阳两侧，要想让信号抵达火星，他得先上升到黄道之上，将太阳远远抛在连接他与火星的那条线背后，否则没法避开太阳对信号的干扰。

他们来到小行星带外缘上方的高点，并在这里达到了最大速度。飞船一侧的喷射器先喷出几小股能量，然后另一侧如法炮制，巨型飞行器将自己首尾对调。尾部的复合喷射器再次发出强有力的咆哮，不过现在它的效果变成了减速。

他们从太阳上方一亿英里处越过太阳，沿弧线向下准备与火星的轨道相交。

距离火星还有一周的路程，他们第一次收到了火星回复的信号；信号被太空撕裂，变得支离破碎、无法理解，但的确来自火星。地球和金星的角度偏开够远，不会有错。

朗放松下来。无论如何，至少火星上仍有人类在。

距离火星还有两天路程，信号很强，十分清晰，桑科夫出现在另一头。

桑科夫说："你好啊，孩子。这边现在是凌晨3点。看来大家是一点儿不肯体谅我老头子的。直接把我从床上拽起来了呢。"

"抱歉，长官。"

"不必。他们不过是听命行事。我实在不敢问，孩子。有人受伤吗？也许死了？"

"没有身亡的，长官。一个也没有。"

"那——那水呢？还有剩吗？"

朗努力装出满不在乎的模样："够用的。"

"要是这样,那就尽快回家。当然别冒无谓的风险。"

"也就是说有麻烦?"

"还行吧。你们什么时候降落?"

"再过两天。你能再坚持这么久吗?"

"我会顶住的。"

四十个小时后,火星变大成了一颗橙红色的圆球,填满了他们的舷窗。他们进入最后的行星降落螺旋里。

"慢慢来,"朗对自己说,"慢慢来。"目前的条件下,如果他们速度过快,哪怕是火星的稀薄大气也可能造成可怕的伤害。

他们是从黄道上方很远之外进来的,所以飞船画出了从北到南的螺旋。一块白色的极地冰盖从他们下方一闪而逝,然后是夏季半球那块小得多的冰盖,接下来又是较大的那块、较小的那块,两块冰盖中间间隔的时间越来越长。火星离他们越来越近,地表的特征开始显现。

朗喊道:"准备着陆!"

11

桑科夫尽量装出平静的样子,难度不小,因为小伙子们真是擦着极限的边儿回来的。不过最终的结果也够圆满了。

直到几天前他都无法确切知道他们有没有活下来。他们完全可能变成了冰冻的尸体,飘浮在火星与土星之间那无迹可寻的广袤空间中,曾经活过,最后化作新的微型行星。事实上这种可能性似乎更大些——几乎像是无可避免。

消息传来时委员会已经跟他讨价还价好几个星期了。他们坚持要他在文件上签字,虽说只不过是为了面子上好看。有了他的签字,看起来就会像是双方自愿达成的共识。不过桑科夫心里明白,如果他固执己见,拒绝合作,他们最终还是会单方面采取行动,管他面子上好不好看。现在看来希尔德当选已经十拿九稳,所以他们愿意冒险,不怕激起民众对火星的同情。

所以协商时他一直在拖延,总是表现出有可能屈服的样子,引诱对方继续商谈。

然后他收到了朗的消息,于是就迅速敲定了协议。

文件已经摆好在他面前,他还做了最后的声明,好让到场的记者有话可写。

他说:"从地球进口的水的总量是每年两千万吨。我们正在发展我们自己的管道系统,所以这个数量还会进一步下降。如果我签字同意禁运,我们的工业会瘫痪,进一步扩张的可能性将完全中止。我觉得地球肯定不希望这样,不是吗?"

他们与他对视,眼里只有强硬的光芒。迪格比议员已经被撤换,如今他们全体一致反对他。

委员会主席很不耐烦地指出:"所有这些你都早就说过了。"

"我知道,但现在我基本已经准备要签字了,而我希望厘清思路。地球是不是已经下定决心要终结我们在这里的活动?"

"当然不是。地球关心的是保护地球无可替代的水资源,仅此而已。"

"你们在地球上有一百五十亿亿吨的水。"

委员会主席道:"我们没有富余的水分给你们。"桑科夫叹气。

这正是他希望最终定下的调子。地球拥有一百五十亿亿吨水,却没有一点儿富余的水可以分给别人。

现在,一天半后,委员会和记者都来到太空港的穹顶下等待。透过有弧度的厚玻璃,他们能看到火星太空港光秃秃、空荡荡的地面。

委员会主席恼道:"我们还要再等多久?另外也请你行行好告诉

我们,我们到底在等什么?"

桑科夫道:"我们这儿有几个小伙子去了太空,越过了小行星带。"

委员会主席摘下眼镜,拿雪白的手帕擦了擦:"而他们这就要回来了?"

"对。"

主席耸耸肩,朝着记者挑一挑眉。

在相邻的那间较小的屋子里,一堆妇女和儿童挤在另一扇窗前。桑科夫退后一步瞟了那些人一眼。他巴不得能过去跟他们在一起,分享他们的兴奋和紧张。他们和他一样已经等了一年多,也和他一样,曾经一次又一次地想着,出去的男人必定已经死了。

桑科夫抬手一指:"看见没有?"

"嘿!"一名记者喊道,"是飞船!"

相邻的房间里传来乱糟糟的嚷嚷声。

其实那不像是飞船,更像一个被浮云遮蔽的亮点。云变大了,渐渐显露出形态。它是天穹上成对的两条线,滚滚烟雾从底部向外喷出,又向上飘散。它继续下落,更近了,它上部的亮点渐渐显出形状:大致是圆柱形。

它外形粗糙,满是棱角,被阳光照到的地方却反射出明亮的高光。

圆柱体笨重而缓慢地朝地面落下,这是航天飞行器特有的方式。它靠轰鸣的喷射器悬停在地表上方,安安稳稳地坐在数吨物质往下喷射的反冲力上,仿佛疲惫的人一屁股坐进舒适的椅子里。

与此同时,穹顶下的所有人都安静下来。这间屋里的女人和孩童,另一间屋里的政客和记者,所有人都僵在原地,脖子拼命往上伸得老长。

圆柱体的着陆装置伸出来,长度远远超过两个尾部喷射器。它们触碰到地面,陷进砾石的沼泽中。之后飞船就静止不动了,喷射器也停止运转。

然而穹顶下的寂静仍在延续。它持续了很长时间。

有人从那巨型飞行器侧面往下爬。只见他们一寸一寸朝地面挪动，那是足足两英里的跋涉。他们鞋上有冰爪，手里拿着冰镐。衬着炫目的表面，他们看上去活像渺小的虫子。

一个记者哑着嗓子问："那是什么？"

"那个嘛，"桑科夫镇定自若道，"其实就是一团物质，之前一直作为土星环的一部分在土星周围疾驰。我们的小伙子给它装上了航行舱和喷射器，把它运回了家。倒是巧了，土星环的碎片结果是由冰构成的。"

他说话时周围一直像死一般寂静。"那东西看起来像是飞船，其实只是冻硬的水形成的一座大冰山。如果是立在地球上，它会化成一摊水，可能还会因自身的重量分崩离析。火星比地球冷，重力也更小，所以没有这种危险。

"当然了，一旦这事组织好了，到时候我们就可以在小行星上、在土星和木星的卫星上建立水站。我们可以收割大块大块的土星环，再由各站点接力往下传。这类事情我们的拾荒人是顶拿手的。

"我们会拥有取之不尽的水。你们看见的这一块，它的体积大概刚好略低于一立方英里——或者说约等于地球在今后两百年里送来给我们的水。小伙子们从土星返回的路上用了不少。他们告诉我航行总共花了五周，用掉了大约一亿吨水。可是老天爷啊，对那座冰山这不过是九牛一毛呢。这些你们都记下来了吗，伙计们？"

他转身面对记者。毫无疑问，他们字字句句都记下来了。

他说："那么再把这个也记下来。地球担心自己的水储备。它只有一百五十亿亿吨的水。一吨多余的水也不可能分给我们。你们写下来，我们火星上的人也替地球担心，我们不希望地球上的人遭遇任何不幸。写下来，我们会往地球送水；我们愿意以一百万吨为单位出售水给地球，价格保证公道；十年以后我们预计能以立方英里为单位出售水。写下来,地球不必再担心了,因为火星可以卖水给它,它需要多少,想要多少都有。"

委员会主席已经听不见桑科夫的话。他正体验着未来迎面疾驰而来的感觉。他隐约看到记者们一边飞快记录,一边咧嘴欢笑。

咧嘴欢笑。

他能听到这笑容在地球上变成哈哈大笑,因为火星如此干净利落地扭转了局面,杀得反挥霍派措手不及。这场惨败的消息会传开,他能听到每个大洲都响起雷鸣般的笑声。他还能看到一道深渊,像太空一样深邃幽暗,约翰·希尔德和地球上所有反对太空飞行的人,他们的政治前途都落入了这道深渊里,再无翻身的希望——当然他自己也包括在内。

在相邻的那间屋里,多拉·斯温森乐得尖叫起来,而长高了两英寸的彼得蹦蹦跳跳,嘴里嚷着:"爸爸!爸爸!"

理查德·斯温森刚刚才从降落装置尽头下了地,透过头盔上清澈的有机硅,他的面孔清晰可见。他大步朝穹顶走去。

"你见过有谁这样开心的吗?"特德·朗问,"说不定婚姻这档子事倒也有它的道理。"

"啊,你只不过是在太空待得太久了。"里奥斯说。

猴子的手指[1]

"行。行。行。行。行。行。行。行。行。行。行。行。行。行。行。行。"玛米·塔林以十六种不同的语调和音高说出这个字,细长的脖子里,喉结抽搐似的上上下下。他是科幻小说作家。

"不行。"莱缪尔·霍斯金斯透过钢质框架的眼镜瞪起眼睛,好一副铁石心肠。他是科幻小说编辑。

"也就是说你不肯接受一项科学的测试。你不肯听我的。我的提议在投票中落败了,嗯?"玛米踮起脚又落下,把这一过程重复了好几次,同时使劲喘粗气。在被他抓扯过的地方,他深色的头发打了结,变成一簇簇凌乱的杂草。

霍斯金斯说:"一票击败十六票。"

"听着,"玛米道,"凭什么你就永远都对?凭什么我就永远都错?"

"玛米,面对事实吧。我们俩被人评价的方式就不一样。如果杂志销量下降,我就是失败者,人家立马要炒我鱿鱼。太空出版社的总裁一句话也不会多问,相信我,他只看数字。可是销量没有下降,它还上升了。这就意味着我是称职的编辑。至于你——编辑们接受你,你就是人才;他们拒绝你,你就是废物。眼下嘛,眼下你算是废物。"

"世上还有别的编辑,你知道,又不只你一个。"玛米抬起双

---

[1] Copyright © 1952 by Better Publications, Inc.

手,手指张开,"会数数吧?市场上的科幻小说杂志社就有这么多,它们都很乐意接受塔林的故事,事先都不必看上一眼的。"

霍斯金斯道:"祝你健康。"

"听我说,"玛米开始甜言蜜语,"你想让我改动两处,对吧?你想要一个太空战斗的场景介绍,好吧,我给你写了。就在那儿。"他朝放在霍斯金斯鼻子底下的手稿挥挥手,霍斯金斯把脸挪远些,就跟嗅到了臭味儿似的。

"但你还想让我往发生在飞船船体的场景里切进一幕飞船内部的闪回,"玛米继续说道,"这就恕难从命了。要是照你说的改,结尾不就毁了吗?现在这个结尾本来是又悲怆又有深度又饱含情感的。"

霍斯金斯编辑把身体靠在椅背上,转而向自己的秘书求助;后者从始至终都在默默打字。这类场景她早已司空见惯。

霍斯金斯道:"你可听见了,凯恩小姐?他说什么悲怆、深度、情感呢。这类东西作者又懂什么了?听着,如果你加入闪回,你就增加了悬念,就收紧了故事,你就使得故事更加合情合理了。"

"怎么可能让它更合情合理?"玛米悲愤不过嚷嚷起来,"太空船里有一群人,他们很可能就快被炸死了,这时候我却让他们聊政治和社会学,你的意思是这么一来故事更加合情合理?上帝啊。"

"除此之外你也没别的法子。要是你把你的政治和社会学放到高潮过后再来讨论,读者便要再好好考虑一下你了。"

"但我想告诉你的就是这个,你想错了,而且我能证明。我们何必再费嘴皮子?我已经安排好了一项科学试验——"

"什么科学试验?"霍斯金斯再次求助秘书,"你怎么看,凯恩小姐?他还以为他是他故事里的某个角色呢。"

"巧了,我正好认识一位科学家。"

"谁?"

"阿恩特·托格森博士,哥伦比亚大学的精神动力学教授。"

"从没听说过。"

"那我想真是非同小可呢,"玛米鄙夷道,"就因为你从没听说过。你连爱因斯坦也没听说过,直到你的作者在故事里提到他。"

"真幽默。哈哈。这个托格森能干吗?"

"他设计出一个系统,可以用科学的方法确定一篇文章的价值。那是非常了不起的成就。是——是——"

"而且是保密的?"

"当然是保密的。他又不是科幻小说里的教授。科幻小说里头的人,想出了什么理论立马就要跟报纸宣布,现实生活里可没人这么干。在发表成果之前,有时候科学家要花好多年进行实验。发表是很严肃的事情。"

"那又怎么让你知道了?我只是问问。"

"巧了,托格森教授正好是我的书迷。他正好喜欢我的故事。他正好以为我是当今业内最棒的幻想类作家。"

"并且他还向你展示了他的成果?"

"没错。我早料定你对这篇故事要固执己见的,所以就请他替我们做一次试验。他说他愿意,只要我们答应不外传。他说这试验会很有趣。他说——"

"这事到底为什么要这么神神秘秘的?"

"嗯——"玛米迟疑片刻,"听着,要是我跟你说他有一只猴子,随手就能用打字机敲出《哈姆雷特》……"

霍斯金斯用十足警惕的眼神瞪着玛米。"你这是搞的什么东西,恶作剧吗?"他转向凯恩小姐,"那种写了十年科幻小说的作家,非得单独关在笼子里不可,否则根本不安全。"

凯恩小姐维持着稳定的打字速度。

玛米说:"你听见了,一只普通的猴子,模样比一般的编辑还好笑些。我约了今天下午。你到底要不要跟我一起去？"

"当然不去。你以为我会扔下堆了这么高的稿子"——他抬手冲自己的喉咙比画一个切割的动作——"就为了你那愚蠢的玩笑？你以为我会去给你的闹剧捧场？"

"假使这里头有任何玩笑的成分，霍斯金斯，我就请你吃饭，去哪家餐馆随你挑。凯恩小姐就是证人。"

霍斯金斯把身体往椅背上一靠："你请我吃饭？你，马默杜克·塔林，全纽约尽人皆知的赊账虫，你会去结账？"

玛米畏缩了一下，并非因为对方提到了他对餐馆账单视而不见的灵活态度，而是因为听到人家把他名字里那些可怕的音节完整地念了出来。他说："我再说一遍，我请客，时间随你，吃什么也随你。牛排、蘑菇、珍珠鸡鸡胸肉、火星鳄鱼，随你挑。"

霍斯金斯站起来，从文件柜顶上一把抓下帽子。

"你打1928年就藏在左脚假鞋跟里的那些钱，那些老式的大面额钞票，"他说，"为了能亲眼看你掏出几张来，我愿意一路走去波士顿……"

托格森博士深感荣幸。他与霍斯金斯热情握手，并说："霍斯金斯先生，自打来到这个国家起，我就一直读《太空大冒险》。真是优秀的杂志。我还特别中意塔林先生的作品。"

玛米道："听见了？"

"听见了。玛米说你有一只有才华的猴子，教授。"

"对，"托格森说，"不过当然了，这事必须保密。我还没准备好发表，过早公开可能毁掉我的职业生涯。"

"以编辑的荣誉保证，教授，我一定守口如瓶。"

"好，好。坐吧，先生们，坐。"他在两人跟前来回踱步，"玛米，关于我的工作，你跟霍斯金斯先生提过哪些部分？"

"什么都没说，教授。"

"啊。好吧，霍斯金斯先生，你是科幻小说杂志的编辑，我自然不必问你是否了解控制论。"

霍斯金斯飘忽的目光里饱含着浓缩的才智，一路渗出了眼镜的钢框。他说："啊，是的。计算机……麻省理工……诺伯特·维纳……"他又嘟囔了几个字眼。

"对。对。"托格森加快步伐，"那么你肯定知道，已经根据控制论的原理造出了下象棋的计算机。象棋的规则和游戏的目标都内建于计算机的电路里。给出任意一盘棋局，机器就能由此计算出所有可能的下法以及每种下法的结果，并选出最有可能赢得这盘棋的棋步。甚至还能命令它把对手的脾性也纳入考量。"

"啊，是的。"霍斯金斯手抚下巴做渊博状。

托格森道："现在想象一个类似的情形：我们可以将一篇文学作品的片段交给一台计算机，然后计算机就能从自己的整个词汇库中挑选词语续写片段，以便达成最高的文学价值。自然地，得先教会计算机知道打字机上各个按键的意义。而且不用说，这样一台计算机肯定极其复杂，大大超过下象棋的计算机。"

霍斯金斯坐不住了："猴子，教授。玛米提到有只猴子。"

"啊，我要说的正是它呢，"托格森道，"自然的，现存的计算机复杂程度都不够。但人类的大脑——啊，人类的大脑本身就是一台用于计算的机器。当然了，我是没法使用人类大脑的。很不幸，法律不允许。但哪怕是猴子的大脑，只要运用得当，也比人类有史以来造出的任何机器都更能干。稍等！我这就去带小罗洛来。"

他离开了房间。霍斯金斯等了片刻，然后谨慎地看看玛米。他说："啧，真有你的！"

玛米问："怎么了？"

"怎么了？那人是骗子。告诉我，玛米，你从哪儿雇了这么个冒牌货？"

玛米出离愤怒："冒牌货？这是哥伦比亚大学的费耶韦瑟楼里，货真价实的教授办公室。哥伦比亚大学你总认得出来吧，我希望。116街那尊刻了'母校'两个字的雕像刚刚你也看到了。我还跟你指了艾森豪威尔的办公室。"

"当然，可是——"

"而这里是托格森教授的办公室。看这儿的灰。"他朝一本课本吹口气，扬起滚滚灰尘，"光看这灰就知道它货真价实。再看看书名：《人类行为的控制论》，阿恩特·罗尔夫·托格森著。"

"是没错，玛米，是没错。的确有托格森这么个人，这里也是他的办公室。你是怎么知道真正的托格森去度假了，又是怎么搞到他的办公室来用的，这我就不清楚了。但这么个小丑，还有他的猴子和计算机，你难道指望我相信这些都是真家伙？哈！"

"你性格如此多疑，我只能猜想你的童年一定非常悲惨，非常缺爱。"

"只不过是常年跟作家打交道的后遗症，玛米。我连餐厅都选好了，可得要花你几张漂漂亮亮的钞票呢。"

玛米哼了一声："就连你一直以来付给我的最丑的钞票也不必花。安静，他回来了。"

教授回来了，紧紧搂着他脖子的则是一只十分忧郁的卷尾猴。

"这一位，"托格森说，"就是小罗洛。打个招呼吧，罗洛。"

猴子扯扯它的额发。

"它恐怕是累了。喏，我这儿就有一份它的手稿。"

他放下猴子，任猴子拉着自己的手指不放，同时从夹克口袋里掏出两张纸递给霍斯金斯。

霍斯金斯读道："生存还是毁灭，这是一个值得考虑的问题。默然忍受命运的暴虐的毒箭，或是拿起武器反抗苦难的大军，在奋斗中把它们扫清，这两种行为，哪一种更勇敢？死了；睡着了；什么都完了：要是在这一种睡眠之中，我们——"[1]

他抬起眼睛："是小罗洛打的稿子？"

"不完全是。这是它打的稿子的副本。"

"哦，副本。好吧，小罗洛对莎士比亚可不够熟。原文应该是'拿起武器反抗苦难之海'。"

托格森点点头："你说得很对，霍斯金斯先生。莎士比亚写的确实是'海'。但是你瞧，这是一个混杂隐喻。你不会用武器去反抗大海，你只会用武器去反抗大军或是军队[2]。罗洛选了音素更少的'大军'打上去。这是莎士比亚罕有的一个错处。"

霍斯金斯道："咱们来看看它打字。"

"当然。"教授缓缓推出一台放在小桌上的打字机，有一根电线从打字机里拖下来。他解释道："需要使用电子打字机，否则体力消耗太大。另外还得把小罗洛连到这个转换器上。"

他说干就干。小东西头骨的皮毛里支棱出两根电极，露在外面的有八分之一英寸，他就以此为导线连接转换器。

"罗洛呢，"他说，"接受过一次极精细的脑部手术，一套电线接进了它大脑的各个区域。我们可以令它的自主动作短路，由此把它的大脑仅仅当成计算机来使用。恐怕其中涉及的细节是——"

"咱们来看看它打字。"霍斯金斯道。

"你想看什么？"

霍斯金斯飞快地琢磨片刻："它会背切斯特顿的《勒班陀》吗？"

"它什么都背不出来。它写作纯粹是靠计算。喏，你只需要念一

---

[1] 此处参考朱生豪先生译本（中华书局，2016年5月），根据故事需要略有修改。
[2] 原文是"You fight a host or army with arms."，后面讲罗洛在单音节词 host 和双音节词 army 中选择了前者。

小段,它就能评估其氛围,并计算出后续的字句。"

霍斯金斯点点头,他昂首挺胸,声如惊雷:"白色喷泉落入阳光下的宫廷,拜占庭的苏丹笑看水流。众人畏缩惊惧,他的面孔上笑声如泉涌;它触动森林的黑暗,他胡须的黑暗,它卷起血红的新月,他嘴唇的新月;地上最核心的海洋被他的舰船所震颤——"

"已经够了。"托格森道。

他们等着,其间屋里一片寂静。猴子望着打字机,神色肃穆。

托格森说:"当然了,整个过程要花不少时间。小罗洛必须考虑到这首诗的浪漫主义风格,略带古风的韵味,抑扬顿挫的节奏,等等。"

一根黑色的小手指伸出来,触碰一个按键。是t。

"它不区分大小写,"科学家说,"也不打标点符号,空格也不是太可靠。所以它打完以后我经常会把它的作品重新整理一遍。"

小罗洛碰了h,然后是e和y。之后间隔了好一会儿,它敲下空格键。

"它们。"霍斯金斯说。

字一个接一个往外蹦:"它们挑衅意大利海岬上白色的共和国它们掀起亚得里亚海淹没海上之雄狮;痛苦与失落中教宗振臂高呼召唤基督教世界的君王执剑护卫十字架。"

"上帝啊!"霍斯金斯道。

托格森问:"那么说这首诗接下来确实是这样的?"

"看在老天爷的分儿上!"霍斯金斯说。

"要真是一样的,那么切斯特顿必定前后一致,把诗完成得很好。"

"天哪!"霍斯金斯道。

"你瞧,"玛米替霍斯金斯按摩肩膀,"你瞧,你瞧,你瞧,你瞧。"他又补了几声。

"见了鬼了。"霍斯金斯说。

"现在咱们来看看，"玛米在自己脑袋上一通乱揉，头发像凤头鹦鹉的胸脯一样一簇簇竖起来，"现在咱们来干正事。换我的故事上场。"

"嗯，可是——"

"小罗洛是不会被难倒的，"托格森向他保证，"我经常选些比较出色的科幻小说，节选一部分读给小罗洛听，包括玛米的几篇。有些故事被小罗洛改得更好了，简直叫人吃惊呢。"

"倒不是为这个，"霍斯金斯道，"我们雇的那些低劣文人，随便哪只猴子写科幻小说也比他们强。可塔林的那篇故事有一万三千字。要猴子把它打出来可不得打一辈子吗？"

"完全不必，霍斯金斯先生，完全不必。我可以把故事读给它听，然后，等到了关键时刻，我们再让它接手。"

霍斯金斯双手抱胸：derrière"那就来吧。我准备好了。"

"我呢，"玛米说，"我简直迫不及待。"说着他也双手交叉环抱胸前。

小罗洛坐着不动，毛茸茸的一小团，浑身僵硬，可怜巴巴的；而托格森教授柔和的嗓音则随着情节高低起伏：先是太空飞船之战，接着是被俘的地球人重新夺回飞船的挣扎。

其中一个角色走出飞船，来到飞船的船体上，托格森教授追随着这一系列令人眼花缭乱的事件，有些如痴如醉。他读道："……斯塔尔尼僵立在恒星间永恒的静默中。膝盖的疼痛拉扯着他的意识，他要等怪物听见撞击声，才好——"

玛米拼命一拽托格森教授的袖子。托格森抬起头，断开小罗洛的连接。

"就是这个，"玛米说，"你瞧，教授，差不多就是在这个地方，霍斯金斯把他黏糊糊的小指头伸进来捣乱了。我继续写了飞船外的事件，直到斯塔尔尼获胜，飞船重新回到地球人手里，然后我才开始解说。霍斯金斯想让我打断飞船外的事件，返回飞船内，把行动暂停两千字的工夫，之后再回到飞船外。你可曾听说过这样的瞎话？"

霍斯金斯说："我们还是让猴子来决定吧。"

托格森教授放开小罗洛，一根干瘪的黑手指犹犹豫豫地伸向打字机。霍斯金斯和玛米同时俯身往前探，两人的头轻轻相撞，凑在一起，正好悬在沉思的小罗洛身体上方。打字机打出了"t"。

"T。"玛米点头鼓励。

"T。"霍斯金斯随声附和。

打字机打出一个"a"，接着加快了步调："采取行动斯塔尔尼在无助的惊惧中等待着气闸开启等待着穿太空服的怪物源源不断地涌现——"

玛米欣喜若狂："一字不差。"

"他倒确实有你那种黏黏糊糊的风格。"

"读者喜欢。"

"他们当然喜欢，因为他们的平均智力年龄——"霍斯金斯没把话说完。

"接着说啊，"玛米道，"说啊。说啊。说他们的智力跟十二岁小孩一样，我会在全国的每本书迷杂志上引用你这话。"

"先生们，"玛米道，"先生们。你们要打扰到小罗洛了。"

两人转向打字机，小罗洛仍在稳定地输出："——群星沿着巨大的轨道转动然而斯塔尔尼的感官习惯了地球的一切他们坚持认为旋转的飞船是静止不动的。"

打字机的字车嘤地返回，开始新一行。玛米屏住呼吸。如果要做修改，肯定就是这儿了，不会是别处——

小小的手指往外移动，打出一个"*"。

霍斯金斯大吼一声："星号！"

玛米嘀咕道："星号。"

托格森说:"星号?"

又有九个星号接踵而至,排成一行。

"就是这么着了,伙计。"霍斯金斯道。他飞快地对傻瞪眼的托格森解释起来:"玛米有个习惯,每次他想表明接下来场景将急剧转换,他就用一行星号表示。而场景的急剧转换正是我想要的。"

打字机另起一行:"在飞船内——"

"关掉它,教授。"玛米说。

霍斯金斯搓搓手:"我什么时候能拿到修改稿,玛米?"

玛米冷冷说道:"什么修改稿?"

"你说过的,猴子的版本。"

"我是说过。我带你来就是为了让你看看。小罗洛是台机器,一台冰冷、直截了当、讲求逻辑的机器。"

"所以呢?"

"关键在于,优秀的作者不是机器。他不是用头脑写作,而是用他的心去写作。他的心。"玛米猛捶自己的胸口。

霍斯金斯呻吟起来:"你到底想对我说什么,玛米?你要是给我来老掉牙的那一套,说什么'作家的心和灵魂',那我别无选择,现在马上就得呕吐。咱们还是照老规矩办事——你的准则是,为了钱我什么都肯写。"

玛米道:"你先听我说几句。小罗洛纠正了莎士比亚,这是你自己指出来的。小罗洛想让莎士比亚说'苦难的大军',而从它作为机器的角度看,这是完全正确的。在那种情形下,'苦难之海'确实是混杂隐喻。但难道你以为这事莎士比亚也不知道吗?只不过莎士比亚恰好也知道什么时候需要打破规则,仅此而已。小罗洛是一台无法打破规则的机器,但优秀的作家是能够打破规则的,也必须如此。'苦难之海'给人留下的印象更深刻,它有一种翻涌和强大的感觉。让混杂隐喻见鬼去。

"喏，你叫我切换场景的时候，你是在遵循维持悬念这一机械的规则，所以小罗洛当然跟你意见一致。但我知道我必须打破规则，非得如此不可，因为我所构想的结尾要有一种强烈的情感冲击力。否则我写出的就是一篇机械的作品，连计算机也写得出来。"

霍斯金斯说："可是——"

"来啊，"玛米道，"就投票给机械好了。说你这个编辑至多只到小罗洛的水准。"

霍斯金斯喉咙里发出颤音："好吧，玛米，我接受你的故事，就照原先的写法。不，现在别给我，寄给我。你不介意的话，我得去找家酒吧。"

他用力把帽子往脑袋上一压，转身准备离开。托格森对着他的背影喊道："小罗洛的事可别告诉任何人，拜托了。"

临别的回复混着大力关门的声音飘回来："你当我疯了不成？"

玛米确认霍斯金斯真的已经离开，然后欣喜若狂地猛搓双手。

"脑子，这就是决定因素，"他伸出一根手指朝着太阳穴按下去，一直按到没法再往下为止，"这一篇卖得叫我高兴。卖这一篇，教授，价值抵得过我从前卖出去的所有稿子，从前所有稿子加在一起。"他欢天喜地地躺倒在离他最近的椅子里。

托格森把小罗洛抱到自己肩膀上。他温和地说："可是，马默杜克，万一小罗洛打出了你的那个版本你又怎么办呢？"

玛米脸上闪过一丝怨气。"嗯，真见鬼，"他说，"我本来以为会是那样的呀。"

歌　钟[1]

　　路易斯·佩顿与地球警察交锋过十几次，他才智过人，又惯会使诈，因此每一次都大获全胜。警察一直想对他使用心理探针，结果次次被他挫败。佩顿从未公开谈论过战胜警察的各般手段，当然了，只有傻子才会公开说起这类事情。不过每逢他有些飘飘然的时候，他也会半真半假地琢磨：说不定可以留一份遗嘱，只在他死后才能打开；读过遗嘱大家就明白，他的连胜绝非出于运气，而是实力使然。

　　在这样一份遗嘱里他会说："若你创造一种虚假的模式去掩盖罪行，这模式必然会携带创造者的痕迹。因此，比较好的做法是在事件中找到业已存在的模式，再遵照它调整你的行动。"

　　佩顿就是依据这一原则策划了对阿尔伯特·康韦尔的谋杀。

　　康韦尔是个小打小闹的贩子，专门倒卖贼赃。他第一次接近佩顿是在格林内尔饭店，佩顿惯常在这里独占一张桌子用餐。康韦尔的蓝色西装似乎有种特殊的光泽，满是皱纹的脸上带着特别的笑容，褪色的八字胡也别样地翘起。

　　"佩顿先生，"他向将要谋杀自己的人打招呼，丝毫不曾疑心到自己未来的命运，"见到你真是叫人高兴。我差点儿就放弃了，先生，只差一点点。"

　　佩顿正在格林内尔吃甜点看报纸，这种时候他从不欢迎不速之

1　Copyright © 1954 by Fantasy House, Inc.

客。他说:"如果你想找我谈买卖,康韦尔,你知道哪儿能找到我。"佩顿年过四十,头发已经不再乌黑发亮,但他后背挺直,举止轻捷,眼神深邃,而且他经过长年练习,说话的腔调也越发锐利。

"并非为此,佩顿先生,"康韦尔道,"并非为此。我知道一处宝藏,先生,藏的是……那什么,你懂的,先生。"他右手的食指轻轻一动,仿佛钟舌敲击无形的物体,同时把左手暂时环在耳朵上。

佩顿把报纸翻过一页,报纸刚从远程分配器里吐出来,还略有些湿润。他把报纸折平整:"歌钟?"

"噢,噤声,佩顿先生。"康韦尔心急火燎地压低声音。

佩顿说:"跟我来。"

他们穿过公园。这又是一条佩顿公理:要做到大致保密,什么也比不上去户外小声讨论。

康韦尔悄声道:"歌钟的宝藏,积累起来的歌钟宝藏。未经打磨,然而实在美丽啊,佩顿先生。"

"你亲眼见过了?"

"没有,先生,但我跟亲眼见过的人谈过。他拿出的证据足够说服我相信他。数量可不少,足够你我二人从此退休,过上富足的生活。绝对的富足,先生。"

"你提到的另外那个人,他是谁?"

一种狡猾的神情像冒烟的火炬一样点亮了康韦尔的脸,然而那光芒掩去的东西比它照亮的东西还多,并给他的面孔增添了一种叫人厌恶的油腻感。"此人是月球上的探矿资助人,他有个法子可以在环形山侧面找到歌钟。具体是什么法子我不知道,他从没跟我讲过。但他收集了几打歌钟藏在月亮上,然后来了地球安排出手的事宜。"

"他已经死了,我猜?"

"是的。非常可怕的事故,佩顿先生。从高处坠落。真叫人伤心。当然了,他在月亮上的活动相当不合法。对于未经授权就开采歌钟，月球自治领是从不姑息的。或许他终究是受了老天的惩罚吧……反正呢，我手里有他的地图。"

佩顿脸上露出平静的淡漠表情，他说："你们之间的勾当我没兴趣知道细节。我想知道的是你为什么来找我。"

康韦尔说："嗯，是这样，佩顿先生，东西是够分的，而且咱俩都可以出一份力。我这方面呢，我知道宝藏的位置在哪儿，我还能搞到太空飞船。你呢……"

"怎么？"

"你懂得驾驶太空飞船，再说你还认识一些极好的联络人，歌钟出手不成问题。这么分工非常公平，佩顿先生。喏，难道你不这么想？"

佩顿开始琢磨自己人生的模式——业已存在的模式——事情似乎正合适。

他说："我们8月10日出发去月球。"

康韦尔停下脚步："佩顿先生！现在才4月啊。"

佩顿维持着稳定的步调，康韦尔只好加快步子撵上去："你听见我说话了吗，佩顿先生？"

佩顿道："8月10日。等到了合适的时候我会联络你，告诉你把飞船带到哪儿。在那之前别再尝试跟我见面。再见，康韦尔。"

康韦尔说："五五开？"

"正是，"佩顿道，"再见。"

佩顿抛下对方继续往前走，并再一次思索自己人生的模式。二十七岁那年他在落基山买下一大片地。过去的某个所有者在此地修了一栋房子，预备拿它当避难所，躲避两个世纪之前的核战争威胁。最终核战并未发生，但房子保留下来了，仿佛一座纪念碑，纪念人类在受到惊吓时想要自给自足的冲动。

房子用钢筋水泥建造，位置极尽偏远，地球上再也找不出比它更孤绝的地点；建造地点远高出海平面，同时周遭还有更加高峻的山峰，几乎把它团团护住。此处有独立自足的电力设备，有山里的多处小溪充当水源，硕大的冰柜挂上十扇牛肉也绰绰有余；地窖装备得活像军事要塞，武器库足以抵御饥饿、惊慌的游民围攻——只不过想象中成群结队的游民一直不曾出现。它的空调设备可以把空气一遍又一遍反复清洁，直到除了放射性物质（人类多么脆弱啊！）以外的一切都被清除。

佩顿常年单身，买下房子以后，他每年的8月都在这栋保命屋里度过。他拆除了通信器、电视机和报纸远程分配器。他在自己的领地周围建起力场围栏，并在围栏与一条小径（这条小径蜿蜒穿过山间）相交的位置留下一台短距离信号发射装置——信号会发往住宅。

每年的这一个月他可以彻底独处。谁也看不见他，谁也别想联络他。他对人类只感到一种冰冷的蔑视，他每年跟他们打交道十一个月，然后就来享受绝对的孤独，这是唯一受他珍视的假期。

他对8月如此重视，竟至于僵化不知变通，这件事就连警察都晓得——想到此处佩顿微微一笑。有一回，他因为不愿放弃自己的8月，甚至甘冒被心理探针探测的风险弃保潜逃了。

佩顿思考起另一条可能纳入遗嘱中的箴言：正大光明地拿不出不在场证明最有利于制造无辜的表象。

于是这一年的7月30日也和每年的7月30日一样，路易斯·佩顿在纽约登上上午9:15出发的无重力同温层喷气机，并于下午12:30抵达丹佛。他在丹佛用过午饭，接着搭乘下午1:45的半重力巴士前往驼峰冈。山姆·莱布曼开一辆古旧的地面车——全重力！——来驼峰冈接他，沿着小径把他载到他房产的边界处。山姆·莱布曼郑重其事地收下他每回都能拿到的十美元小费，并抬手触了下帽子，和过去十五年里每个7月30日毫无差别。

到了7月31日，路易斯·佩顿就驾驶自己的无重力飞行器返回驼峰冈，这也跟每年 7 月 31 日一样。他通过驼峰冈的杂货店下了订单，订购接下来的一个月他需要的各种物资。订单毫不出奇，几乎就是过去此类订单的翻版。

杂货店的经理麦金太尔郑重其事地查看清单，随即将它发送给丹佛市山岳区的中央库房。一个小时之内，单子上的所有物件就通过物质传送束一股脑儿送进了杂货店里。麦金太尔跟佩顿一起把物资搬进飞行器，佩顿照例留下十美元小费，然后回到自己的房子里。

到了 8 月 1 日凌晨 00：01，环绕佩顿房产的力场开到最大功率，佩顿与世隔绝了。

从此刻开始，模式发生变化。他特意给自己留了八天。这八天里，他慢条斯理、一丝不苟地销毁了足够的物资，以表明整个 8 月他都住在此地。他利用除尘室来做这件事，那本来是这处房子配备的垃圾处理装置。型号很先进，能把各种物质打散成看不见、摸不着的分子尘埃，包括金属和硅酸盐在内。这一过程产生的多余能量，由流经他房产的一条小溪带走。整整一个星期，溪水的温度比平时高出了五摄氏度。

8 月 9 日，他的飞行器将他带到怀俄明州的某个地点，阿尔伯特·康韦尔和一艘宇宙飞船在这里等他。当然了，宇宙飞船是一处弱点，因为有飞船就有人参与：卖飞船的人、运飞船过来的人、帮忙做飞行准备的人。不过呢，所有这些人至多也只会指向康韦尔，而康韦尔嘛——佩顿想到此处，冰冷的嘴唇上浮现一丝笑意——将走入一条死胡同。十成十的死胡同。

8 月 10 日，飞船离开地球表面，佩顿坐在驾驶台前，康韦尔——以及他的地图——充当乘客。飞船的无重力场十分优秀，马力全开后，飞船的重量减少到不足一盎司。微反应堆提供能量，效率十足，而且悄无声息。于是飞船穿越了大气层，变成一个小斑点，很快就消失了，半点儿火星、半点儿声音都没有。

不太可能会有人恰好目睹飞船升空；而在如今这种脆弱而安逸的和平年代，也不太可能有往昔那种雷达监测。事实上也确实没有。

在太空中度过两天，接下来是月球上的两周。打从一开始佩顿就预留了两周时间，几乎完全出于本能。非制图员绘制的自制地图能有多精准，他对此不抱任何幻想。这类地图对画图者本人可能很有用，毕竟他有自己的记忆从旁协助；而对于陌生人来说，它们跟密码暗号也没什么差别。

直到起飞后康韦尔才头一次给佩顿看了地图。他谄媚地笑笑："毕竟我只有这一张王牌啊，先生。"

"你对照月球的区域地图核实过没有？"

"就算我想，我对如何核实也毫无头绪，佩顿先生。我是仰仗你了。"

佩顿还给他地图时，冷冷地盯了他一眼。地图上有一处是确定无疑的：第谷环形山，也就是埋在地下的月城所在的位置。

至少在一点上，天文学站在他们这边。此刻第谷环形山位于月亮上白昼的一侧，也就是说巡逻飞船出来巡行的可能性比较小，他们自己的踪迹也比较不容易被人发现。

佩顿做了一个风险很高的高速无重力降落动作，将飞船停泊到一座环形山内部的阴影里，这是寒冷、黑暗的安全地带。太阳已经越过天顶，所以影子不会再继续缩短了。

康韦尔拉长了脸："天哪，天哪，佩顿先生。咱们总不能在月球上的白天跑出去勘探呀。"

"月球的白天不会持续到永远，"佩顿没好气道，"还剩大概一百小时的日照。我们可以利用这段时间让自己适应环境，同时弄明白地图。"

答案很快浮现，只不过不止一个。佩顿反复研究了月球的地图，做了许多精细的测算,试图找到这张自制涂鸦上显示的环形山形态。这是关键,能带他们通往——通往什么?

最后佩顿说:"我们要找的环形山可能是这三者中间的任何一个:GC-3、GC-5或者MT-10。"

"咱们怎么弄,佩顿先生?"康韦尔心急火燎地问。

"全部试一遍,"佩顿说,"从最近的开始。"

晨昏线过去了,他们进入夜影中。之后他们在月球表面度过的时间就逐渐增加,他们习惯了永恒的寂静与黑暗,习惯了恒星刺目的光点,习惯了天边漏出的那一道光——那是从环形山边缘探出脑袋的地球在往下窥探。月球表面干燥的尘土从不移动,从不改变,只有他俩在上面留下了平平无奇的空心脚印。最先注意到脚印的是佩顿,当时他们刚刚爬出环形山,全身沐浴在大半个地球的光芒中。那一天是他们抵达月球的第八天。

月亮上很冷,所以他们每次在飞船外停留的时间都有个限度。但每一天他们都想方设法延长了时限。等到抵达后的第十一天,他们排除了GC-5,它不是藏有歌钟的地点。

到了第十五天,就连佩顿那冰冷的心绪也被绝望烤热了。非得是GC-3不可。MT-10太远,要想抵达它的位置再探索它,时间是不够了,他们不可能在8月31日之前返回地球。

不过也就是在第十五天,绝望被一劳永逸地消除了,因为他们发现了歌钟。

它们的外形并不美,只不过是一团团不规则的灰色岩石,有一双拳头那么大,内部充满真空,在月亮的重力之下轻如羽毛。总共有24个,等经过恰当的抛光,每一个都至少能卖到十万美元。

他们每只手拿两个歌钟,小心翼翼地将它们带回飞船,放进细刨花里固定,然后再回去拿剩下的歌钟。他们在月球表面往返三次,要是换了在地球上,必定会累得筋疲力尽;但在月球微不足道的重力下，这点儿距离根本不成问题。

康韦尔把最后一个歌钟递上去给佩顿，后者细心地把它放进外侧的气闸内。

"可别让它们挡在道上，佩顿先生，"康韦尔的声音通过无线电传进佩顿耳朵里，显得很刺耳，"我这就上来了。"

他屈膝下蹲，准备对抗月球微小的重力来一个慢速跳高。这时他往上看，结果惊慌失措地呆住了。透过头盔上亮石雕成的面板，康韦尔的面孔一览无余，它最后冻结成一个因恐惧而扭曲的怪相。"不，佩顿先生。别——"

佩顿握着爆破枪的拳头收紧。开火。闪光极耀眼，令人难以忍受，于是康韦尔就变成了一具支离破碎的尸体，四肢摊开倒在了太空服的残骸与点点滴滴逐渐冻结的血液中间。

佩顿停在原地，盯着死人阴沉沉地看了看，不过只一秒钟。然后他就把最后几个歌钟转移进为它们准备的容器里，并脱下了太空服。他先启动了无重力场，接着又启动微反应堆，然后便启程返回地球。现在他大概比两周前富了一两百万美元。

8月29日，佩顿驾驶的飞船船尾朝下静悄悄地下降，最后在怀俄明州着陆，正是8月10日飞船起飞的地点。这处地方是佩顿精心挑选的，他的努力也没有白费。此地被乡间曲折嶙峋的岩石包围，岩石的褶皱提供了绝佳的保护，他的飞行器仍在原地。

他再次转移歌钟，将它们连同容器一起放进褶皱最深的隐蔽处，再拿泥土松松散散地盖住。他又返回飞船去设定控制按钮，并做最后的调整。他再次爬出飞船外，两分钟后自动驾驶系统接管了飞船。

飞船无声无息地飞奔，不断向上，再向上；它略微偏向西边，因为地球在它下方旋转。佩顿抬手搭在狭长的眼睛上方遮挡阳光，眼睛盯着飞船；在他视野的尽头，出现一个微小的亮点，接着又有一点儿烟云衬着蓝天显露出来。

佩顿的嘴唇一扬，露出微笑。他的判断很准确。镉制的安全杆被他往回掰弯失去作用，于是微反应堆一跃超过了系统能够承受的安全水平，飞船随之消失在核爆的热度中。

二十分钟后，他回到自己的房产。他感到疲惫，在地球的重力下肌肉也酸痛不已。他睡得很香。

十二个小时后，天刚蒙蒙亮，警察来了。

开门的男人双手交叉放在自己的啤酒肚上，笑眯眯地点了两三次头以示问候。进门的男人是地球调查局的 H. 西顿·达文波特，他四下看看，神情有些局促。

他进入的这间屋子面积很大，屋里只点了一盏明亮的阅读灯，照亮一套扶手椅加书桌的组合家具，因此整体上光线偏暗。几面墙被一排又一排胶片书覆盖。房间一角挂着银河系星图，房间的另一角有一张台子，银河系望远镜在台子上闪着柔和的光。

"你就是温德尔·厄斯博士？"听达文波特的口气，他似乎感到难以置信。达文波特身材粗壮矮小，一头黑发，鼻子又瘦又挺，一侧脸颊上有一块星形伤疤——他曾经被神经鞭从近距离抽中，留下了永远的印记。

"是我，"厄斯博士用尖细的男高音说，"而你是达文波特探长。"

探长向对方出示证件，并说："我需要外星学家，大学推荐了你。"

"你半小时前在电话里是这么说的。"厄斯欣然回道。他五官厚实，长着一只短粗的朝天鼻，眼睛有些外凸，戴的眼镜镜片很厚。

"我就直说了，厄斯博士。我猜你是去过月球的……"

厄斯博士刚从一堆杂乱的胶片书背后拿出一瓶红色的液体和两个杯子，上面只稍微沾了点儿灰，闻言他突然不客气道："我从未去过月球，探长。我永远也不打算去！太空旅行根本就是犯傻。我可不信这东西。"然后他和缓了口气道："坐下，先生，坐下。喝一杯。"

达文波特探长听从对方吩咐，并说："但你可是——"

"外星学家。对。我对别的世界感兴趣，但并不意味着我得亲自去啊。老天爷，我也不一定要搭时光机回到过去才有资格成为历史学家不是？"他坐下来，灿烂的笑容再次印上他的圆脸。他说："现在跟我说说你有什么事。"

"我来见你，"探长皱眉道，"是为了向你咨询一桩谋杀案。"

"谋杀？我跟谋杀能扯上什么关系？"

"这桩谋杀，厄斯博士，发生在月球。"

"真是惊人。"

"不单是惊人，博士，还史无前例。月球自治领创建至今已经五十年，这期间发生过飞船爆炸，发生过太空服漏气；有人在月亮的向阳面被烤死，有人在背阴面被冻死，在两个面都有人窒息而死；甚至有人从高处跌落摔死——考虑到月亮的重力，这是很不容易达成的。但在这么长的时间里，从来没有一个人因为另一个人故意的暴力行为被杀死在月球——直到现在。"

厄斯博士问："用的手段是？"

"爆破枪。因为一系列幸运的情况，当局在事发一个钟头之内就赶到了现场。一艘巡逻飞船观察到月球表面出现了一道闪光。背阴面的闪光在很远之外都能看见，这你是清楚的。飞行员通知了月城，然后准备降落。在他绕回闪光位置的过程中，他发誓说自己借着地球的光刚好看到点儿东西，像是有一艘飞船起飞。一降落，他便发现一具被爆破枪击中的尸体，还有脚印。"

"那道闪光，"厄斯博士道，"据你推测是爆破枪在射击？"

"那是确定无疑的。尸体是新死不久的。身体内部有些部分还没有冰冻。脚印属于两个人。现场进行了仔细测量，发现地表上的凹陷可以分成两组，直径略有不同，表明它们来自不同码数的太空靴。基本上所有脚印都指向环形山GC-3和GC-5，那是一对——"

"月球环形山的标准命名码我是熟悉的。"厄斯博士和气地说。

"嗯。反正呢，GC-3的脚印指向环形山壁上的一条裂缝，裂缝里发现了硬化的浮岩碎屑。X射线衍射图显示——"

"歌钟，"外星学家激动万分地插话进来，"可别跟我说你这桩谋杀案涉及歌钟！"

"是又怎样？"达文波特莫名其妙。

"我有一个。一个大学科考队发现的，他们把它送给了我，以报答我——来吧，探长，我一定要给你看看。"

厄斯博士跳起来，一溜烟跑到房间另一头，边跑边招手让对方跟上。达文波特抬脚跟上去，心里有些恼火。

他们进入第二个房间，比第一间还要大；光线更暗，堆积的杂物也多了不少。达文波特吃惊地瞪大眼睛，房间里堆满了各式各样的东西，乱七八糟的，毫无秩序可言。

他认出有一小块东西是来自火星的"蓝釉"，某些天性浪漫的人把它们当成是久已灭绝的火星人的手工艺品；另外还有一小块陨石、一个早期飞船的模型、一个密封的空瓶子，瓶子上潦草地标注着"金星大气"几个字。

厄斯博士欢喜道："我把整个房子变成了博物馆。这也是身为单身汉的好处。当然了，我还没太把东西整理明白。总有一天，等我有一周左右的空闲时间……"

他茫然地四下张望片刻，然后想起自己的目的。他推开一张图表，画的是海洋无脊椎动物的进化图示，它们是巴纳德行星上最高级的生命形态。他说："就在这儿。恐怕它是有缺陷的。"

歌钟上细心地焊接着一根细长的金属丝，就靠它挂在空中。它的缺陷显而易见。在它一半的位置上有一条收紧的线条，使得它仿佛两个小球紧紧挤压在一起，只不过形态并不完美。尽管如此，它还是被满怀爱意地打磨出了幽暗的光泽；它呈现出柔和的灰色，天鹅绒一般光滑，还有许多麻子似的小浅坑。有很多实验室想人工合成歌钟，最后都是白费工夫，因为这些麻点根本无法复制。

厄斯博士道："我试了很久才找到凑手的钟杵。有缺陷的歌钟脾气总有些阴晴不定。不过最终发现骨头合用。我这儿就有一根。"他举起一样东西，模样仿佛又短又粗的勺子，由某种灰白色物质构成。"是我用牛股骨制作的。听着。"

他胖乎乎的手指以惊人的细腻动作摆弄歌钟，凭触感寻找最佳位置。他调整它，用细致的动作将它稳定住；然后他放手让歌钟自由摆动，又用骨勺较粗的一头对着歌钟轻柔地敲下。

仿佛百万张竖琴在一英里外同时奏响。乐声变大，消逝又返回。它并非来自某个特定的方向。它在你的脑海中响起，无比甜美，同时无比感伤，无比震颤人心。

声音流连着消逝了，两个男人沉默了整整一分钟。

厄斯博士说："不坏，呃？"说着他把手一扬，让挂在金属丝上的歌钟摆动起来。

达文波特身体一动，简直坐立难安："当心！别打坏了。"好的歌钟极其脆弱，这是众所周知的。

厄斯博士道："地质学家说歌钟只不过是被压力硬化的浮岩，浮岩包裹着真空，真空里有小石子，可以自由移动撞击出声。这就是他们的说法。可要是仅此而已，为什么我们没办法复制一个出来？再说了，一个完美无瑕的歌钟声音更美，会让这一个显得好像小孩子的口琴呢。"

"正是，"达文波特道，"而且地球上拥有完美歌钟的人还不到一打，外头有成百的个人和机构愿意出钱买，根本不问来历，价钱随你开。为了一批歌钟存货，想必是有人愿意进行谋杀的。"

外星学家转向达文波特，又用短粗的手指将眼镜推回到貌不惊人的鼻子上："我没有忘记你的谋杀案。请继续。"

"案子只消一句话就能说完。我知道杀人犯的身份。"

两人已经回到藏书室的椅子里,闻言厄斯博士将双手交握,放在丰盈的小腹上:"当真?如此一来,你自然不会有问题了,探长。"

"知道和证明不是一码事,厄斯博士。很不幸,他没有不在场证明。"

"你的意思是说,很不幸,他有不在场证明,对吧?"

"我的意思就是我说的那样。如果他有不在场证明,我总可以想办法破除它,因为它肯定是假的。如果有证人宣称曾在谋杀发生时在地球上见过他,他们的说辞肯定能找出漏洞。如果他有记录下来的证据,我们也可以揭穿它是伪造的,或者是某种鬼把戏。不幸的是以上证明他通通没有。"

"他有什么?"

达文波特探长详细描述了佩顿位于科罗拉多州的庄园。他总结道:"每年8月他都在那里度过,彻彻底底与世隔绝。这一点就连地球调查局也只能承认。陪审团只能假设今年8月他同样是在自己的庄园,除非我们能拿出确凿证据,证明他当时就在月球。"

"你凭什么认定他确实在月球呢?或者他是无辜的。"

"不!"达文波特几乎暴跳如雷,"过去十五年我一直拼命搜集足够的证据定他的罪,从来没成功过。但如今佩顿犯的罪我一闻就明白。我跟你说,处理走私的歌钟这种事,不单要胆大包天,还得跟合适的人有业务往来才行,这样的人整个地球也找不出第二个,只可能是佩顿。我们知道他是太空飞行的行家,我们还知道他跟被谋杀的人有过联络,虽然最近几个月确实没再接触过。很不幸,这一切都不能当成证据。"

厄斯博士说:"既然心理探针已经合法化,就用探针不是很简单吗?"

达文波特现出怒容,脸颊上的疤痕变得乌青:"你读过孔斯基-

日吾川法吗，厄斯博士？"

"没有。"

"我估计没人读过。据政府说，心理的隐私是个人的基本权利。行吧，但接下来又怎样呢？如果一个人被心理探针探测，并证明他并未犯下被探测的那一桩罪，那他就有权索取赔偿，他能说服法庭给他多少钱就能得多少。最近有件案子，银行一个出纳员被错误地怀疑偷窃，心理探针证明他无辜，他得了两万五千美元——有一些间接证据，本来以为是指向偷窃，最后发现其实是指向偷情。于是此人声称自己不但丢了饭碗，还被情人的丈夫威胁，为自己的人身安全担惊受怕，最后还因为有记者得知了探针在法庭上揭示的结果，导致他受到大家的嘲讽和辱骂。法庭认可了他的说法。"

"我能理解此人的想法。"

"我们都能理解。问题就在这儿。还有一件事别忘了：无论因为何种原因对某人使用了心理探针，此后就不能因为任何理由再次对其进行探测。法律是这么说的，任何人都不应在一生中两次被置于精神上的危险境地。"

"很不方便啊。"

"正是。自从两年前心理探针合法化，就有骗子和无赖想借抢包之类的事情被心理探测，以便今后再行骗时可以高枕无忧，这类人数量之多，真是数都数不过来。所以你瞧，除非有靠得住的证据证明佩顿有罪，否则局里不会批准对他使用心理探针。或许不一定要法律意义上的证据，但这证据要足够充分，能说服我的老板。而最糟糕的呢，厄斯博士，就在于如果我们没有心理探针的结果就上庭，那我们必输无疑。像谋杀这样要紧的案子，如果没有使用心理探针，就说明控方对自己的立场缺乏信心，这道理就连最愚蠢的陪审员也明白的。"

"那么你想要从我这里得到什么呢？"

"证据，证明8月他曾在月球上。必须得快，我不能单凭嫌疑再关他太久了。而且如果谋杀的消息传开，全球新闻界是要炸锅的，活像小行星撞上了木星大气层。一桩魅力无穷的罪行，你明白——月球上的第一桩谋杀。"

"谋杀发生的具体时间是？"厄斯突然转入盘问，毫不拖泥带水。

"8月27日。"

"拘捕又是什么时间？"

"昨天，8月30日。"

"那么如果佩顿是凶手，他是有时间返回地球的。"

"时间刚好够用。刚刚好。"达文波特抿紧嘴唇，"假如我能再早一天——假如我去的时候房子里没人——"

"那么据你推测，受害者和凶手两个人，他们总共在月球上停留了多长时间？"

"根据地上的脚印判断，得有好些天。最少一周。"

"他们使用的飞船找到了吗？"

"没有，而且多半永远找不到。大约十小时前，丹佛大学发来报告，说发现背景辐射升高，始于前天下午6点，持续了几个小时。这种事是很容易做到的，厄斯博士，设置飞船的控制按钮，造成微反应堆短路，如此一来，就能让没有船员的飞船飞到距离地面五十英里处爆炸。"

"如果我是佩顿，"厄斯博士思忖道，"我会在船上杀人，再让尸体和飞船一起炸毁。"

"你不了解佩顿，"达文波特阴沉沉地说道，"他享受对法律的胜利。他珍视这种胜利。他把尸体留在月亮上，为的就是挑衅我们。"

"明白了。"厄斯博士画着圈拍打自己的肚皮。他说："好吧，有一个可能。"

"你能证明他曾去过月球？"

"我可以告诉你我的意见。"

"现在？"

"越快越好。当然了，前提是我得有机会与佩顿先生面谈。"

"可以安排。我有一架无重力喷射飞机待命。二十分钟我们就能抵达华盛顿。"

然而胖嘟嘟的外星学家脸色大变，至深的惊慌从他脸上闪过。他站起身，在拥挤的房间里一溜小跑，从地球调查局探员身边跑到了屋子里最昏暗的角落。

"不！"

"有什么问题吗，厄斯博士？"

"我拒绝使用无重力喷射飞机。我不信任这东西。"

达文波特瞪着厄斯博士大惑不解。他结巴道："你比较青睐单轨列车？"

厄斯博士厉声喝道："我对一切形式的交通工具一概心存疑虑。我不信任它们，步行除外。步行我不介意。"他突然满脸热切："你难道不能把佩顿先生带到我的城市，到某个步行可以抵达的地方？市政大厅，也许？我经常走路去市政大厅的。"

达文波特无助地环顾四周。屋子里关于光年的书籍堆积如山，透过敞开的房门看进门后的那个房间，能看到来自天际之外的许多个世界的纪念品。然后他又看看厄斯博士，此人一想到无重力喷射飞机就把脸都吓白了。他耸耸肩。

"我带佩顿过来。直到把他带进这间屋里。满意吗？"

厄斯博士吐一口气，发出深深的叹息："很好。"

"希望你能兑现，厄斯博士。"

"我会竭尽所能，达文波特先生。"

路易斯·佩顿打量着周遭的环境，满脸都是厌恶之色；他又看了看那个点头跟自己打招呼的胖子,脸上便露出轻蔑的表情。他瞟了一眼人家请他坐的座位,先用手拂了拂才肯坐下。达文波特挨着他坐了,爆破枪的枪套明明白白地露在大家眼皮底下。

胖子落座时笑眯眯的,还轻轻拍打自己的肚皮,就好像刚刚美餐了一顿,并有意昭告天下。

他说:"晚上好,佩顿先生。我是温德尔·厄斯博士,外星学家。"

佩顿又看了他一眼:"你找我想干吗?"

"我想知道你是否曾在8月的任何时间去过月球?"

"没有。"

"然而从8月1日到8月30日,没有任何人在地球上见过你。"

"8月我照常过我的日子。那一个月里我是从来不见人的。让他跟你讲。"他朝达文波特的方向把头一点。

厄斯博士轻笑几声:"假如这件事能检测出来该多好啊。真希望有某种物理的方法能让我们区分月球与地球。真希望,比方说,我们可以分析你头发里的灰尘并说,'啊哈,月球的岩石'。可惜做不到。月球的岩石跟地球的岩石差不太多,就算有区别也沾不到你的头发上,除非你不穿太空服踏上月球表面。恐怕你是不太可能这么干的。"

佩顿依然无动于衷。

厄斯博士亲切地笑笑,又抬起一只手扶稳眼镜——眼镜架在他朝天鼻的圆形鼻头上,实在险象环生。他接着往下说道:"人在太空中或者月亮上旅行的时候,呼吸的是地球的空气,吃的是地球的食物。无论他身处飞船中还是太空服内,他都贴身携带着地球的环境。我们要找的那个人,他在太空中旅行了两天以抵达月球,之后在月球上停留了至少一周,从月球返回又花了两天。这段时间里他一直贴身携带着地球的环境,所以难度很大啊。"

"要是你想降低难度,"佩顿道,"我建议你放了我,去找真正的杀人凶手。"

"也许会走到那一步的,"厄斯博士道,"你曾经见过类似的东西吗?"他朝自己椅子旁的地上伸去一只胖手,拿起来一个灰色的球体,球体表面反射出柔和的高光。

佩顿微微一笑:"看来像是歌钟。"

"的确是歌钟。歌钟就是引发谋杀的原因。这一个你觉得如何?"

"我觉得它有严重缺陷。"

"啊,不过还是请你仔细查看一番吧。"厄斯博士动作飞快,扬手就把歌钟抛给了六英尺之外的佩顿。

达文波特大叫一声,从椅子上半立起来。佩顿费了些劲儿才抬起双臂,不过他速度极快,所以成功接住了歌钟。

佩顿道:"你这该死的蠢货。不能这么扔来扔去。"

"你看重歌钟,是吗?"

"看重到不愿意打碎它。这总不犯法,至少。"佩顿轻柔地抚摩歌钟,又将它放在耳朵旁缓慢摇晃。那些微小的浮岩颗粒,也就是所谓的月岩,它们在真空里发出撞击声。

接下来他用焊在歌钟上的那截金属丝拎起歌钟,拇指的指甲在歌钟表面画出弧线,显得十分内行。歌钟被拨响了!那音调十分圆润,很像长笛;轻微的颤音持续了一段时间,最后袅袅消散,令人仿佛看到夏日的黄昏。

有片刻工夫,三个人都迷失在这声音里。

然后厄斯博士道:"抛回来给我,佩顿先生。往这儿扔!"说着他伸出一只手,以一个强硬的姿势。

路易斯·佩顿不假思索地把歌钟抛出。歌钟朝博士等在空中的手画出短弧线,又在还剩三分之二路程时掉头向下,最后摔碎在地板上,发出一声叫人心碎的叹息。

达文波特和佩顿盯着灰色的碎片,两人都瞠目结舌,几乎无心去听厄斯博士接下来那番镇定自若的发言:"等找到犯人藏匿的天然歌钟，我要求从中选一个完美无瑕的给我，而且要经过恰当的打磨，以此作为报酬，替代我摔碎的这一个。"

"报酬？为什么要付你报酬？"达文波特气恼地质问道。

"事情不是已经一目了然了吗？我刚刚那番小小的演说尽管很正确，但地球环境中还有一个小部分，任何太空旅行者都带不走它，那就是地球的表面重力。佩顿先生抛掷一个他显然万分重视的物体，却如此严重地误判了距离，这只可能意味着他的肌肉尚未重新适应地球的重力。达文波特先生，我认为你的犯人在最近几天曾经离开地球，这是我的专业意见。他要么曾在太空中，要么去了某个远远小于地球的行星相关天体——比方说月球。"

达文波特得意扬扬地站起身。"把你的意见用书面形式交给我，"他一手摸着爆破枪说，"有了它，够我拿到使用心理探针的许可了。"

路易斯·佩顿一时天旋地转，毫无反抗之力。他麻木的脑子里只有一个想法：现在他再要留什么遗嘱，就不得不囊括最终的失败了。

读客科幻文库

会说话的石头[1]

小行星带很大，其中人类占据的面积很小。拉里·韦尔纳茨基被派驻五号站一年，现在到了第七个月，他自我怀疑的频率也在逐渐增加：在距离地球七千万英里的地方过着几乎算是单独禁闭的日子，拿的薪水到底够不够补偿他？他是个纤瘦的年轻人，看外貌既不像航天工程师，也不像小行星带人。蓝眼睛，黄油色头发，身上有股挥之不去的纯真气质，底下却掩藏着敏捷的头脑，还有因为与世隔绝而加剧的旺盛好奇心。

当他踏上"罗伯特Q号"太空飞船时，纯真的气质和旺盛的好奇心都帮了他大忙。

"罗伯特Q号"降落到五号站外部平台后，韦尔纳茨基就迫不及待上了船。他散发出热切的喜悦情绪，他要是条狗，此刻想必还要猛摇尾巴，乐得乱吠一通。

"罗伯特Q号"的船长对他龇牙咧嘴的笑脸报以严厉阴郁的沉默，对方那张五官厚实的脸显得十分沉闷，但韦尔纳茨基压根儿不在乎。在韦尔纳茨基眼里，这艘飞船是他渴望已久的伙伴，对此他欢迎至极。五号站是一颗挖空的小行星，里面堆了好多吨冰冻的浓缩食物，另外还有几百万加仑[2]的冰，对方想要多少都欢迎。韦尔纳茨基

---

[1] Copyright © 1955 by Fantasy House, Inc.
[2] 英美计量体积或容积的单位。1英加仑 ≈ 4.546升；1美加仑 ≈ 3.785升。

本人也时刻准备帮忙,无论对方需要什么电动工具,无论有哪个超原子马达需要替换任意零件,通通没问题。

韦尔纳茨基开始填写常规表格,男孩子气的脸上满是笑容。他飞快地写字,准备稍后再输入计算机提交。他写下飞船的名字、序列号、引擎编号、场发生器编号,诸如此类;然后还有登船港("小行星,那该死的一大堆,不记得最后一个是哪个"),韦尔纳茨基就简单写了个"带"字,这是"小行星带"常用的简称;目的港("地球");停靠原因("超原子驱动器运转不畅")。

韦尔纳茨基一边翻看飞船的文件一边问:"你有几个船员,船长?"

船长道:"两个。你这就去查看超原子驱动器如何?我们有批货需要送达。"船长满脸深色胡子楂儿,脸色发青,举手投足像是一辈子在小行星带采矿,历尽了沧桑的矿工。不过他说话的用词倒是受过教育的样子,几乎可算文雅。

"当然。"韦尔纳茨基拖起诊断工具箱,跟着船长一前一后走进引擎室。他检查了电路、真空程度、力场密度,态度从容,效率很高。

他忍不住琢磨起船长这人。他自己虽然不喜欢周遭的环境,却也大概晓得有些人跟自己不一样,他们偏偏就迷恋辽阔的空旷空间和太空赋予的自由。不过据他猜想,船长这么一个人,他之所以成为小行星采矿人,肯定不只是因为喜欢独处。

他问:"你们专攻某种特殊类型的矿产吗?"

船长皱眉道:"铬和锰。"

"是吗?我要是你,我就把詹纳歧管给换了。"

"惹出问题的就是它?"

"不,不是它。不过它也有些磨损了。一百万英里之内就有再次故障的风险。既然飞船已经开进来了——"

"行,换吧。但是赶紧把运转不畅的地方找出来,好吧?"

"正全力以赴呢，船长。"

船长最后那句话十分严厉，就连韦尔纳茨基也窘迫起来。他安静地工作一阵，然后站直身子："你有一片被伽马射线雾化的半反光片。每次正电子束循环到它所在的位置，驱动器就要闪一下，失灵一秒钟。得换掉。"

"要花多长时间？"

"几小时。也许十二小时。"

"是吗？我已经落后于预定计划了。"

"没法子。"韦尔纳茨基仍然高高兴兴的，"我能做的只有这么多。先得用氦气把系统冲刷三个小时，然后我才能进去。进去以后我又得校准新的反光片，这也要花时间。如果只需要大致校准倒是花不了几分钟，但只是大致。不等抵达火星轨道，你的飞船就要出毛病。"

船长满面怒容："就照你说的，马上动手。"

韦尔纳茨基小心翼翼地把氦气罐弄上了飞船。飞船的仿重力发生器已经关闭，气罐几乎没有重量，但它仍然保有全部的物质和惯性。也就是说，必须小心摆弄才能让它正确转弯。再加上韦尔纳茨基本人也没有重量，操作起来就越发困难。

他的注意力完全集中在圆柱形的罐子上，所以在狭窄的飞船舱室间转错了一个弯；他发现自己顷刻来到了一个光线昏暗的奇怪房间。

他只来得及惊呼一声，立马就扑上来两个男人，他们一把把气罐推出，又在他出门后关上了门。

他什么也没说，只默默地将气罐接通马达的进气阀，听氦气冲刷飞船内部发出轻柔的沙沙声。气体吸收了辐射，然后被缓缓冲进接纳一切的空旷太空。

后来好奇心战胜了审慎，他说："船长，你船上有一只硅兔呢。大家伙。"

船长缓缓转身面对韦尔纳茨基,他说话时声音里剔除了所有情绪:"是吗?"

"我看见了。让我再好好瞧一眼怎么样?"

"为什么?"

韦尔纳茨基恳求道:"哎,我说,船长,我在这块石头上已经待了大半年。小行星带能搞到的读物我全都读遍了,也就是说我读过跟硅兔有关的各种说法,可我连一只小的都没见过。行行好吧。"

"我相信你手头有工作要完成。"

"接下来几个小时都只是氦气冲刷,冲刷结束前什么也干不成。不管怎么样,船长,你怎么带着一只硅兔到处跑?"

"宠物。有些人喜欢狗。我喜欢硅兔。"

"你教会它说话没有?"

船长脸皮充血:"你问这个做什么?"

"有些硅兔说过话的。还有些甚至能读心呢。"

"你是什么人?研究这些鬼东西的专家?"

"我读了很多跟它们有关的东西,我跟你说过的。得了,船长,咱们就看一看嘛。"

韦尔纳茨基注意到船长面对着自己,两名船员一左一右把自己夹在中间,但他努力表现出一无所觉的样子。这三个人每一个都比他块头大,每一个都比他重,每一个——他确信必然如此——都带了武器。

韦尔纳茨基说:"怎么样,有什么不妥?我又没打算偷它,就只想看看。"

在那一刻,或许是尚未完成的维修工作保住了他小命,不过也可能还有一个原因更加重要:他那种欢天喜地的样子,那种几乎显得有点儿蠢笨的天真神情,对他实在大有裨益。

船长说:"嗯,那来吧。"

韦尔纳茨基跟上对方，他敏捷的头脑全力工作，他的脉搏毫无疑问加快了。

韦尔纳茨基盯着面前那个灰色的生物，目光里带着相当多的惊叹，还略带了一点点厌恶。他确实从未亲眼见过硅兔，但他看过三维照片，也读过相关的描述。然而眼前的真家伙身上有某种东西，无论语言还是照片都无法形容。

它的皮肤是油一般光滑的灰色，动作十分缓慢——也正该慢，因为这生物在石头里钻来钻去，本身也有一半以上是石头。那层皮肤底下不见有肌肉伸缩扭转，它靠石板运动：一层层石头薄片贴着彼此滑动，像抹了油似的顺滑。

它大体呈卵形，上圆下扁，长了两组附肢。长在身体下方的是"腿"，呈放射状分布，总共六条，末端由尖锐的燧石形成利刃，并有金属沉积物加固。利刃能切开岩石，把岩石切割成方便食用的分量。

这生物身上只有一处开口通往它身体内部，开口位于它扁平的底面，得把它翻过来才能看见。切碎的石头由此进入它体内。在这里，石灰石与水合硅酸盐发生反应，形成硅酮，这就是构成硅兔身体组织的材料。多余的硅石变成白色的卵石状坚硬排泄物，再次通过开口排出。

人类最初是在小行星的岩石结构里看到这些光滑的卵石，看见它们散落在许多小坑里，当时的外星学家简直摸不着头脑，直到有人发现了硅兔。于是人们大为惊叹，因为这些生物竟能让硅酮——一种带有碳氢化合物侧链的硅氧聚合物——发挥地球生命靠蛋白质完成的许多功能。

硅兔剩余的附肢长在它背部的最高点，形状仿佛两个挖空的倒放圆锥，挖空的部分朝着相反的方向；硅兔背上有两根平行的凹槽，正好装得下这两条附肢，沿着背部垂下，不过它们也能稍微抬起来一小段距离。硅兔在岩石里挖洞期间,这两只"耳朵"会收起来,以便提高效率。等硅兔在挖空的岩洞里休息时,"耳朵"就可以抬起来,以便更灵敏地接收外界信息。它们跟兔子的耳朵略有相似,于是"硅兔"这个名字就在所难免了。比较严肃的外星学家习惯使用拉丁文学名,称其为"siliconeus asteroidea",即小行星带硅生物,他们认为"耳朵"或许跟这动物拥有的原始心灵感应能力有关。少数人有不同意见。

眼前这只硅兔正在一块布满油污的石头上缓缓流动。房间的一个角落里散落着另外一些类似的石头,韦尔纳茨基知道,那便是硅兔的食品储备了。或者至少是供它形成身体组织的储备。能量则是另外一码事,光靠岩石是不够的,他读到过。

韦尔纳茨基惊叹道:"好一头庞然大物,宽度超过一英尺呢。"

船长哼了一声,不置可否。

韦尔纳茨基问:"你从哪儿搞到的?"

"一个岩石上。"

"嗯,听着,其他人找到的硅兔,顶天也就差不多两英寸。这东西你可以卖给地球的博物馆或者大学,没准能卖好几千美元。"

船长耸肩:"喏,你看过它了。现在咱们回超原子驱动器那儿去。"

他紧紧抓住韦尔纳茨基的胳膊肘,转身准备离开;然而一个声音打断了他的动作,一个缓慢而含糊的声音,空洞,仿佛沙砾。

声音是通过仔细调节岩石间的摩擦产生的,韦尔纳茨基瞪眼望着说话的那位,心情近乎惊恐。

是硅兔,它突然变成了一块会说话的石头。它说:"那人想知道这东西是否能说话。"

韦尔纳茨基悄声道:"以太空之爱的名义,它真的说话了!"

"好了,"船长不耐烦道,"现在你见过它也听过它说话了。咱们这就走吧。"

"它还能读心。"韦尔纳茨基道。

硅兔说:"火星自转一周耗时二十四小时三十七分钟半。木星的密度是一点二二[1]。天王星发现的时间是1781年。冥王星是距离最大的行星[2]。太阳是最重的,质量是二零零零零零零……"

船长把韦尔纳茨基拉走了。韦尔纳茨基跟跄着倒退,听那一串渐渐消失的、含含糊糊的"零"听得入了迷。

他问:"船长,那么些东西它上哪儿学来的?"

"有一本很旧的天文学书,我们读给它听的。非常旧了。"

"发明太空旅行之前的书,"一名船员唾弃道,"连胶片书都不是。普通印刷品。"

"闭嘴。"船长道。

韦尔纳茨基检查排出的氦气,看它含有多少伽马辐射,最后便到可以结束冲刷,到入内干活儿的时候了。这活儿很辛苦,韦尔纳茨基只有一次中断工作,歇口气喝了杯咖啡。

他眉开眼笑,显得天真极了:"知道我怎么想的吗,船长?那东西一辈子都活在石头里,活在某颗小行星内部。说不定好几百年呢。鬼东西块头那么大,多半也比寻常的硅兔聪明多了。然后你捡到它,它发现宇宙原来不是一块石头。它发现了一万亿件它从没想象过的事,所以它才对天文学感兴趣。一个全新的世界,还有它从书里、从人类脑子里学到的各种新点子。你不认为是这样吗?"

他实在太想逼船长露出马脚,太想搞到点儿具体的东西以证实自己的推断,为此他冒险说出了自己推想出的一半事实。当然是不太重要的那一半。

---

1 原文如此。实际上木星的密度为1.326g/cm³。
2 2006年,国际天文联合会将冥王星划为矮行星,自行星之列中除名。

然而船长倚着墙，双臂环抱胸前，他只是说："你什么时候能干完？"

这就是对方最后的发言，而韦尔纳茨基也只能偃旗息鼓。马达终于调整到韦尔纳茨基满意的状态，船长用现金支付了合理的费用，接过他给的收据，然后就在飞船喷出的超能量中离开了。

韦尔纳茨基目送飞船离去，心里的兴奋劲儿简直难以忍受。他快速赶到自己的亚以太发送器跟前。

"我的想法肯定是对的，"他自言自语地嘀咕着，"肯定是对的。"

巡逻员米尔特·霍金斯接到了他的呼叫，当时霍金斯正在小行星72号巡逻站上，那是他的驻站地点，是属于他个人的私密空间。呼叫接通时他正在修理脸上有两天没刮的胡子楂，同时小酌冰啤酒，用电影播放器看电影。他红润的宽脸上总是一副忧郁的表情，就好像韦尔纳茨基的眼睛里总有勉强为之的欢快，二者其实都是因为孤独。

霍金斯巡逻员望着那双眼睛，发现自己心里其实挺高兴。有人做伴总是好的，哪怕此人不过是韦尔纳茨基。他热情地跟对方打招呼，然后便心满意足地倾听对方说话的声音，却没太把那番话的内容放在心上。

过了一会儿，他愉快的心情突然消散，两只耳朵同时上线恢复工作。他说："等等。等……等。你在说些什么东西？"

"你刚才一直没听吗，你这蠢警察？我可是跟你掏心掏肺了。"

"嗯，掏给我的时候先分成小块，好吧？你说到一只硅兔是怎么回事？"

"那家伙飞船上有一只。他管它叫宠物，喂它吃沾了油的岩石。"

"所以呢？我发誓，来小行星带的采矿人，就连一片奶酪也愿意拿来当宠物的，只要他能让奶酪跟他说话。"

"那可不是随便什么硅兔。不是那些一英寸的小不点儿。它的宽

279

度有一英尺还多。你还不明白?太空啊,这人就住在小行星带,你总得想到他对小行星该有点儿了解不是?"

"得了。要不你跟我说说。"

"你瞧,沾油的岩石能形成身体组织,但那么大一只硅兔,它需要的能量从哪儿来?"

"我可没法告诉你。"

"直接来自——眼下你身边还有别人没有?"

"眼下没有。我倒巴不得有呢。"

"马上你就不会这么想了。硅兔是靠直接吸收伽马射线获取能量的。"

"谁说的?"

"一个叫温德尔·厄斯的家伙。大牌外星学家。还不止呢,他还说硅兔的耳朵就是为了干这个的。"韦尔纳茨基将两根食指贴到太阳穴上晃一晃,"根本不是什么心灵感应。它们能探测到伽马射线,精度远远超出人类的设备。"

"好吧。然后呢?"霍金斯问。不过他已经琢磨起来。

"然后是这个。据厄斯说,任何一个小行星上的伽马射线辐射都不足以供养长度超过一两英寸的硅兔。辐射量不够,而咱们这一只却有一英尺来长,差不多十五英寸呢。"

"嗯——"

"所以它肯定是来自一个满是辐射的小行星,有大量的铀,到处都是伽马射线。这颗小行星辐射量巨大,摸上去是暖的;同时又不在常规的轨道路径上,所以迄今没人碰到过。想想看,某个机灵鬼凑巧降落在这颗小行星上,他留意到岩石是暖的,于是开始琢磨。'罗伯特Q号'的这个船长,他可不是什么无知的蠢材,只晓得在小行星之间蹦跶。那家伙精明着呢。"

"接着说。"

"假设他轰掉大块的岩石来做化验，结果发现了一只巨型硅兔。这时候他必定明白，自己撞上了人类历史上最令人难以置信的好运气。而且他也不需要化验了，这只硅兔就能领他去富产的矿脉。"

"它为什么要领他去？"

"因为它想了解宇宙。因为也许它在石头底下待了一千年，结果现在它发现了恒星。它会读心，也能学会说话。它可以跟人谈笔买卖。听我说，船长肯定求之不得。铀矿的开采是国家垄断的，没有执照的矿工甚至不允许携带辐射计数器。对船长来说这种安排堪称完美。"

霍金斯道："也许真像你说的。"

"根本不存在什么也许。你真该看看当时的情景，我打量那只硅兔的时候他们全部围在我周围，要是我说了一个不该说的字眼，他们立马就要扑上来。我才看了两分钟就被他们拖走了，你真该看看他们那副模样。"

霍金斯抬手拂过自己没刮胡子的下巴，心里默默计算刮胡子需要多长时间。他说："你能把那小子留在站点多久？"

"留下他？！太空啊，他已经走了！"

"什么？！那你唠叨这么一大篇废话干吗？你干吗放他跑掉？"

"三个人，"韦尔纳茨基耐心地说，"每一个都比我块头大，每一个都带了武器，而且我敢打赌，每一个都随时准备杀人。你指望我能干吗？"

"好吧，但我们现在怎么办？"

"出去把他们弄回来。不难的。我给他们修了半反光片，是用我的法子修的。一万英里之内他们的动力就会完全关闭，而且我还在詹纳歧管里装了一个追踪器。"

霍金斯朝韦尔纳茨基咧着嘴的笑脸瞪圆了眼睛："可真有你的！"

"还有，这事别再告诉任何人。就只有你、我和警用巡逻舰。到时候他们没有能源,我们却有一两门炮。他们要告诉我们那颗产铀的小行星在哪儿,我们找到它,然后再联络巡逻总部。我们会奉上三个,你好好数数,三个铀矿走私犯,一只全地球都从没见过的巨型硅兔,还有一块,我再说一遍,一整块肥得流油的铀矿,也是地球从没见过的大家伙。于是你成了中尉,而我晋升到某个常驻地球的岗位。对不对?"

霍金斯已经迷昏了头。"对,"他吼道,"我马上就到。"

他们几乎撞到了对方的飞船上,这时候才留意到船身反射的微弱太阳光,用肉眼发现了它。

霍金斯道:"你没给他们留够飞船照明的能源?你不会把他们的应急发电机扔掉了吧,啊?"

韦尔纳茨基耸耸肩:"肯定是在省电,指望能有人接收到他们的信号。我敢打赌,眼下他们正集中所有能源发起亚以太通话呢。"

"要真像你说的,"霍金斯干巴巴地说,"我这儿反正是没收到。"

"没收到?"

"什么都没有。"

警用巡逻舰盘旋着靠近。他们的猎物切断了供电,正以每小时一万英里的稳定速度在太空中飘移。

巡逻舰将自己的速度与它匹配,然后朝着飞船飘过去。

霍金斯脸上闪过恶心想吐的表情:"噢,不!"

"怎么?"

"飞船被击中了。流星。天晓得,小行星带的流星是够多的。"

韦尔纳茨基脸上和声音里的活力被一股脑儿冲刷干净:"击中?飞船损毁了吗?"

"船身上有个洞,跟谷仓的门一样大。抱歉,韦尔纳茨基,但这事怕是不太妙。"

韦尔纳茨基闭上眼睛，用力咽口唾沫。他明白霍金斯的意思。韦尔纳茨基故意在维修飞船时动了手脚，这种做法可以被判定为重刑罪，而因重刑罪致人死亡就是谋杀。

他说："我说，霍金斯，我为什么那么干你是知道的。"

"我知道你告诉我的那些话，如果有必要，我愿意出庭做证。但如果这艘飞船没有走私……"

他没把话说完。没有必要。

他们穿上太空服，防护周全后进入被撞坏的飞船。

"罗伯特Q号"里里外外一片狼藉。因为没有能源，他们连最微弱的护罩都没能升起来，也就没法阻挡击中他们的流星；他们甚至不可能及时发现流星，或者就算发现了也不可能及时闪避。流星击塌了船体，仿佛船体是弱不禁风的铝箔。它撞碎了驾驶舱，排空了船上的空气，杀死了船上的三个人类。

其中一个船员被撞击的冲力掼到墙上，变成了一堆冻肉。船长和另一名船员以僵硬的姿态躺着，皮肤上满是冻结的血块——有血块的地方就是空气在血液里沸腾翻涌，冲破了血管的位置。

韦尔纳茨基第一次看见太空中的这种死法，心里直犯恶心；不过他拼命压制，免得在太空服里吐个一塌糊涂，他压制住了。

他说："咱们来测试一下他们运载的矿石，肯定有辐射。"肯定有辐射，他告诉自己。肯定的。

通往货舱的门在撞击的力量下扭曲变了形，门与门框之间有一道半英寸宽的缝隙。

霍金斯戴着太空手套的手里拿了一台辐射计数器，他抬手将它的云母窗凑到缝隙上。

计数器咔嗒猛响，活像是一百万只喜鹊。

韦尔纳茨基无比欣慰地松了一口气："我就说嘛。"

如此一来，他对飞船动的手脚就只是一个公民在忠诚地履行自己的职责,心思巧妙,理应赞许;而导致三人死亡的流星撞击也只不过是令人遗憾的意外事故罢了。

他们用了两颗爆炸螺栓才把扭曲的门弄下来,好几吨矿石迎上了电筒的光。

霍金斯捡了两块大小适中的,轻轻扔进太空服的口袋里。"作为证物,"他说,"也用来化验。"

韦尔纳茨基警告道:"别让它们靠着你的皮肤太久。"

"直到回飞船为止,那之前太空服会保护我。这又不是纯铀,你知道。"

"相当接近了,我敢打赌。"他那神气活现的劲儿已经通通回来了。

霍金斯四下打量:"嗯,这下就难说了。我们说不定阻断了一条走私链,或者是其中的一部分。可接下来怎么办?"

"那颗产铀的小行星——嗯,噢!"

"对。它在哪儿?知道的人都死了。"

"太空啊!"韦尔纳茨基再次灰心丧气。要是找不到小行星,他们手头就只有三具尸体和几吨铀矿。挺不错,但不算出彩。一次嘉奖是跑不掉的,没错,但他追求的不是嘉奖。他想晋升到一个常驻地球的岗位,所以非得拿出像样的成绩不可。

他大吼一声:"看在太空之爱的分儿上,硅兔!它在真空也能活。它本来就一直生活在真空里,而且它知道那颗小行星在哪儿。"

"对啊!"霍金斯立刻热情高涨,"那东西在哪儿?"

"船尾,"韦尔纳茨基嚷道,"这边走。"

硅兔被他们的电筒一照,闪闪发亮。它在动,它还活着。

韦尔纳茨基兴奋极了,心脏疯狂跳动:"我们得把它搬走,霍金斯。"

"为什么?"

"看在太空之爱的分儿上,声音没法在真空里传播。我们得把它弄进巡逻舰里去。"

"好吧。好吧。"

"我们也不可能给它穿配备了无线电发射器的太空服,你知道。"

"我说了'好吧'。"

他们搬运硅兔时动作很轻,小心翼翼,套在金属手套里的手指触碰着那生物油腻腻的表面,几乎带着爱意。

从"罗伯特Q号"离开时,霍金斯把它抱在怀里。

现在它躺在巡逻舰的控制室里。两个人类已经取下头盔,霍金斯正在脱掉太空服,韦尔纳茨基却等不及了。

他说:"你能读出我们的想法?"

他屏息以待好一会儿,石头平面的摩擦终于被调制成词句。此时此刻,韦尔纳茨基简直想象不出世上哪儿还有比这更悦耳的声音。

硅兔说:"是的。"然后它说:"到处空荡荡,什么也没有。"

"什么?"霍金斯问。

韦尔纳茨基示意他噤声:"刚才穿越太空的旅程,我猜。肯定让它觉得很震撼。"

他再次对硅兔说话,每一个字都是大声吼出来的,仿佛这样能让他的思维更清晰:"跟你一起的那些人收集铀,特殊的矿石,辐射,能量。"

"他们想要食物。"沙砾般的微弱声音说。

当然了!铀对于硅兔而言是食物,是一种能量源。韦尔纳茨基道:"你告诉了他们哪里能找到它?"

"是的。"

霍金斯道:"我简直听不见这东西。"

"它出了什么岔子。"韦尔纳茨基忧心忡忡。他又吼道:"你还好吗？"

"不好。空气一下子没了。里面有东西不对。"

韦尔纳茨基喃喃道："刚才突然减压，肯定把它损坏了。噢，天哪——听着，你知道我想要什么。你的家在哪儿？有食物的地方？"

两个人静静等待回答。

硅兔的耳朵很慢、很慢地抬起来，它们在颤抖，然后又落下去了。"那儿，"它说，"那边。"

"哪儿？"韦尔纳茨基尖叫起来。

"那儿。"

霍金斯说："它在做动作。它在用某种方式指给我们看。"

"当然，只不过我们不懂那是什么方式。"

"啧，你指望它怎样？给出坐标吗？"

韦尔纳茨基立刻说："为什么不行？"他再次转向蜷缩在地板上的硅兔。此刻它已经不再动弹，外表也暗淡无光，看起来像是不祥之兆。

韦尔纳茨基说："船长知道你进食的地方在哪儿。他有些相关的数字，不是吗？"他祈祷硅兔能明白他的意思，祈祷它能读出他的想法，而不仅仅是听他的言语。

"是的。"硅兔以石头的摩擦发出叹息。

"三组数字。"韦尔纳茨基说。非得有三组不可。太空中的三个坐标，并附带日期，给出的是那颗小行星绕太阳运行途中的三个位置。有了这三组数据，就能完整地计算出小行星的轨道，并确定其在任意时间点所处的位置。就连行星摄动也能知道个大概。

"是的。"硅兔的声音更低了。

"是什么？那些数字是什么？写下来，霍金斯，拿纸来。"

然而硅兔说："不知道。数字不重要。进食地在那里。"

霍金斯说："这事一目了然。它用不着坐标，所以也没留意。"

硅兔说:"很快不再——"漫长的停顿,然后断断续续,仿佛在测试一个不熟悉的新字眼,"活着。很快——"更加漫长的停顿,"死去。死后呢?"

"等等,"韦尔纳茨基恳求道,"告诉我,船长把这些数字写在某个地方没有?"

硅兔好半天没回答,足有一分钟,然后它说话了,此时两个人类都俯身低头,脑袋几乎在垂死的"石头"上方相碰。它说:"死后呢?"

韦尔纳茨基喊道:"一个答案,就一个。船长肯定把数字写下来了。在哪儿?在哪儿?"

硅兔低语:"在那小行星上。"

之后它就再也没有说过话。

它是一块死透的石头,死得透透的,仿佛生下它的岩石,仿佛飞船的船身,仿佛死去的人类。

跪在地上的韦尔纳茨基和霍金斯站起来,无助地面面相觑。

"说不通,"霍金斯道,"他为什么要把坐标写在那颗小行星上?这不等于是把钥匙锁进用这把钥匙开锁的柜子里嘛。"

韦尔纳茨基摇摇头:"天降铀矿。世上最大的意外发现,而我们不知道它在哪儿。"

H. 西顿·达文波特环顾四周,心里感到一种怪异的愉悦。他脸上满是皱纹,又长了一只笔挺的高鼻子,即便在休息时也总显得有些硬朗。右脸颊上的伤疤、黑色的头发、叫人看了一惊的眉毛、深色的皮肤,所有这些结合起来,让人一看就觉得此人必定是地球调查局一位刚正不阿的清廉探员,事实也正是如此。

然而此时此刻,他打量着这间大屋子,嘴角仿佛是被微笑牵着往上扬。屋里光线暗淡,使得一排排胶片书仿佛没有尽头,另外还有许多不知来自哪里的不知什么东西散落各处，充满神秘气息。房间毫无秩序可言，还散发出与世界隔离——几乎是与世界绝缘的味道。于是这房间也就跟它的主人一样，显得一点儿也不真实。

屋主此刻正坐在那套扶手椅加办公桌的组合家具里，沐浴着房间内唯一的明亮灯光。他拿着官方的报告一页页慢慢翻看，除此之外手上没有旁的动作，只偶尔调整一下厚实的框架眼镜——眼镜架在他那圆滚滚的、毫不起眼的鼻子上，随时有彻底滑落的危险。他阅读的时候，肚子就静静地起起伏伏。

他是温德尔·厄斯博士，如果专家们的判断靠得住的话，那么他就是地球上最杰出的外星学家。任何发生在地球之外的事，大家都来请教他。不过厄斯博士住在大学校园里，成年之后从未去过离家步行一小时以上的地方。

他抬起头，郑重其事地看向达文波特探长。他说："这个年轻人韦尔纳茨基非常聪明啊。"

"因为他单凭船上有硅兔就推断出了那一切？的确如此。"达文波特道。

"不，不。做出推断是很简单的。事实上应该说是不可避免的。换成一根面条也一样能看出来。我指的是——"他的目光里多了一丝批评的意味，"这个年轻人读过我针对小行星带硅生物的伽马射线敏感性所做的试验。"

"啊，对。"达文波特道。当然了，厄斯博士是研究硅兔的专家，所以达文波特才来向他咨询。达文波特只有一个问题，一个简单的问题，然而厄斯博士却噘起他厚实的嘴唇，摇晃他笨重的脑袋，要求查阅这件案子涉及的所有文件。

通常这种要求是不可能满足的，但厄斯博士最近才帮了地球调查局一个大忙。在月球歌钟那起案子里，博士利用月亮的引力击破了犯人那奇特的"没有不在现场证明"，于是探长屈服了。

厄斯博士阅读完毕，他把文件放到书桌上，又嘟囔着从绷紧的皮带里扯出衬衣下摆，用它擦了擦眼镜。他对着灯光检查这番清洁的效果，然后眼镜摇摇欲坠地架回到鼻梁上。他的两只手在大肚子上交握，短粗的手指彼此相扣。

"再说一遍你的问题，探长？"

达文波特耐心十足："看报告里描述的那种体积和类型的硅兔，据你所知，长出那种硅兔的世界是不是真的必然富含铀——"

"放射性物质，"厄斯博士打断他，"也可能是钍，不过多半是铀。"

"所以你的答案是肯定的？"

"是的。"

"那个世界会有多大？"

"直径一英里，也许。"外星学家思忖道，"或许甚至更大些。"

"那是多少吨铀？或者更准确一点儿，多少吨放射性物质？"

"数以万亿计。最低限度。"

"你愿意把所有这些写下来，作为你的意见签字认可吗？"

"当然。"

"那好，厄斯博士。"达文波特站起身，一只手去拿帽子，另一只手伸向报告文件，"我们需要的就这么多。"

然而厄斯博士伸出手，手重重地落在报告上："等等。你们准备用什么办法找到那颗小行星？"

"靠搜索。我们给手头可用的每一艘飞船分配一定的空间，然后——就搜索。"

"那得花多少费用、多少时间、多少人力！而且你们永远也找不到。"

"找到的概率是千分之一。我们也许能找到。"

"找到的概率只有百万分之一。你们找不到。"

"总不能试也不试就放弃那么多铀。根据你的专业意见给到的奖赏是足够高的。"

"但有一个更好的办法可以找到那颗小行星。我能找到它。"

达文波特盯住外星学家,眼神突然锐利起来。厄斯博士看着蠢笨,内里却刚好相反,这是达文波特亲身领教过的。因此他说话时声音里多了一丝丝微弱的希望。他说:"你能用什么办法找到它?"

"首先,"厄斯博士说,"我的价钱。"

"价钱?"

"或者说酬劳,随你愿意。等政府抵达那颗小行星,小行星上或许会有另一只大体积的硅兔。硅兔是很珍贵的。所有的生命形态里,只有它们以固态硅酮作为身体组织,以液态硅酮作为循环的体液。究竟那些小行星是否曾经属于某个行星天体,答案或许就在它们身上。还有好些别的问题……你明白吗?"

"你的意思是说,你想要一只大硅兔送到你手上?"

"活的,健健康康的,而且免费。是的。"

达文波特点点头:"我敢说政府会答应的。现在说说,你的主意是什么?"

厄斯博士说:"硅兔的那句话。"他语气很平静,就好像一切都解释清楚了。

达文波特困惑道:"什么话?"

"报告里的那一句。就在它死之前,韦尔纳茨基跟它打听船长把坐标写在哪里,而它说:'在那小行星上。'"

达文波特脸上闪过失望至极的表情:"伟大的太空啊,博士,这我们也知道,我们已经从每一个角度考虑过了。每一个可能的角度。那句话没有任何意义。"

"完全没有意义吗,探长?"

"没有什么重要的意义。你再读读报告吧。硅兔甚至没听韦尔纳茨基说话。它感觉到生命在消逝,它在思索这个问题。它问了两次:

'死后呢？'然后韦尔纳茨基不断追问，而它说：'在那小行星上。'多半它根本没有听到韦尔纳茨基的问题。它在回答它自己的问题。它认为死后它会返回自己的小行星，返回它的家，在那里它会再次得到安全。仅此而已。"

厄斯博士摇头："你的说法过于诗意了，你知道。太多想象。来吧，这是一个有趣的问题，我们来瞧瞧你能不能靠你自己揭开谜底。假设硅兔的话确实是在回答韦尔纳茨基的问题。"

"就算是又有什么用？"达文波特不耐烦道，"哪颗小行星？是那颗有铀的小行星吗？我们找不到它，所以我们找不到它的坐标。是另外一颗曾经被'罗伯特Q号'当作大本营的小行星吗？我们还是找不到。"

"对于一目了然的事情，你可真能视而不见啊，探长。为什么你不问问自己，'在那小行星上'这句话，它对硅兔是什么意思？不是对于你或者对于我，而是对于硅兔的含义。"

达文波特直皱眉："抱歉，博士。"

"我说得很明白了。'小行星'这个词对硅兔是什么意思？"

"硅兔是通过人家读给它听的天文学材料了解太空的。我估计书里解释过小行星是什么。"

"完全正确，"厄斯博士得意地嚷嚷，还把一根手指放在他那塌鼻子的一侧，"那么书上的定义会是什么呢？小行星是一种小型天体，比行星小，绕太阳运行，其轨道通常位于火星与木星的轨道中间。你可同意？"

"我想是吧。"

"那么'罗伯特Q号'又是什么？"

"你指那艘飞船？"

"是你管它叫'飞船'，"厄斯博士道，"'那艘飞船'。但那本天文学书很老了，它并未提到太空中的飞船。其中一个船员说过类似的话,他说它是太空航行之前的东西。那么'罗伯特Q号'是什么呢?它难道不是一个小天体,比行星小?而硅兔在船上期间,它难道不是在绕太阳运行,而且其轨道通常位于火星与木星的轨道中间?"

"你的意思是说,硅兔认为飞船只不过是另一颗小行星,当它说'在那小行星上'的时候,它指的是'在飞船上'?"

"完全正确。我不是说了吗,我会让你靠你自己揭开谜底的。"

探长依旧阴沉着脸,没有任何喜悦或解脱的表情驱散他脸上的阴霾:"这不是解决方案,博士。"

然而厄斯博士慢腾腾地朝他眨巴眼睛,他那张圆脸上的神情依旧和蔼,甚至因为单纯的愉快而显得更和蔼、更孩子气了:"当然是了。"

"根本不是。厄斯博士,我们确实没有像你一样推理出答案,硅兔的那句话我们以为毫无价值。可尽管如此,难道你认为我们不会搜查'罗伯特Q号'?每一个零件、每一块板子我们都拆下来了,就差没把焊接点也拆开看看。"

"结果一无所获?"

"一无所获。"

"或许你们找错了地方。"

"每一处地方我们都找了。"他站起身,作势要走,"你明白吗,博士?在我们搜完了飞船以后,那些坐标是没有可能存在于飞船上的任何地方的。"

"坐下,探长,"厄斯博士泰然自若,"你还是没有正确解读硅兔的话。你瞧,硅兔学英语是靠搜集零散听到的英语单词。它不会讲地道的习语。从它说过的一些话里就能看出来,报告里都引用了。比方说,它说的是'距离最大的行星'而不是'最远的行星',明白?"

"所以呢?"

"一个说外语的人,如果他不会讲地道的习语,那他要么把自己母语里的习语逐字翻译过去，要么就干脆照着外语词汇字面上的意思去使用它们。硅兔没有属于自己的口头语言，所以它只能采取第二种方法。那么就让我们来看字面上的意思。它说'在那小行星上'，探长。'在上面'。它指的不是写在一张纸上，它指的就是飞船，就是在飞船船体上。"

"厄斯博士，"达文波特伤感道，"调查局搜查一样东西的时候，那可不是开玩笑的。飞船船体上也没有任何神秘的铭文。"

厄斯博士面露失望之色："哎呀，探长。我还老指望你能看出答案呢。真的，我给了你那么多提示。"

达文波特缓慢而坚定地吸了一口气。这口气吸得不容易，但他的声音再次变得镇静而平稳了："能否跟我说说你的想法，博士？"

厄斯博士一手拍拍自己鼓囊囊的肚皮，又重新把眼镜架好："你想不到吗，探长？飞船上有一处地方，可以很安全地藏住秘密的数字。是哪里呢？虽说就在众目睽睽之下，但十分保险，根本不怕被发现；虽说被一百双眼睛盯着看，却仍然安全无虞？当然了，除非有一位精明的思想家前来探寻它们的下落。"

"是哪儿？你直说！"

"哎呀，当然是在那些本来就恰好有数字的地方。完全正常的数字。合法的数字。理所应当有的数字。"

"你说的到底是什么东西？"

"飞船的序列号，直接蚀刻在船体上的。在船体上，请你注意。引擎编码、场发生器编码，还有几个别的。全都蚀刻在组成飞船的某个部件上。正如硅兔所说，在飞船上。在飞船上。"

达文波特浓眉一扬，他突然开窍了："说不定真像你说的——要是那样，我希望我们能替你找到一只硅兔，比'罗伯特Q号'的硅兔还要大一倍。不单能说话，还能吹口哨，让它给你吹：'向上，小行星，万岁！'"他急忙拿过卷宗飞快翻找，从中挑出一份地球调查

293

局的官方表格。"当然,找到的识别号我们全都记录在案了。"他把表格摊开,"如果其中有三个看起来像坐标……"

"对方想必会加以伪装,"厄斯博士发表见解,"多半会加进一些字母和数字,好让它们显得更像合法的序列号。"

他拿过一本便签本,又另拿一本推给探长。接下来的几分钟,两个人默默抄写序列号,尝试画去明显不相干的数字。

最后达文波特叹口气,叹息里混合了满意和挫败。"我给卡住了,"他承认,"我觉得你说得对,引擎和计算器上的数字明显是经过伪装的坐标和日期。它们跟正常的序列号完全不同,也很容易挑出假造的数字。这就有两个了,可我愿意赌咒发誓,剩下的全是合法的序列号。你有什么发现,博士?"

厄斯博士点点头:"我同意。现在我们手里有了两个坐标,而且我们也知道第三个坐标刻在哪里。"

"我们知道,呃?那又是——"探长截断自己的话,发出一声尖锐的惊呼,"当然了!还有刻在船身上的编号,报告上没有——因为它刚好就在被流星砸穿的那块船体上——恐怕你的硅兔是没戏了,博士。"然后他那张轮廓分明、满是皱纹的面孔突然容光焕发:"我可真蠢。编号是没了,但我们可以跟星际注册局查询嘛,眨眼的工夫就有结果。"

"恐怕我必须对你的陈述提出异议,"厄斯博士道,"至少是对第二部分。注册局只能拿出飞船最初的合法标号,而不是经过船长伪造的坐标。"

"刚刚好就在船体的那块位置,"达文波特嘟囔起来,"就因为这意外的一击,那颗小行星说不定永远也找不到了。没有第三组坐标,前两组又能派上什么用场?"

"这个嘛,"厄斯博士讲话照例十分精准,"想来对某个二维的存在能派上大用场。不过我们这个维度的生物嘛,"他拍拍自己的肚皮,"确实需要第三组坐标——幸运的是,我这儿正好就有。"

"在地球调查局的卷宗里?可我们刚刚检查过编号清单——"

"我们检查了你的清单,探长,但档案里还有那个年轻人韦尔纳茨基最初的报告。报告上列出了'罗伯特Q号'的飞船编号,它自然是那个经过仔细伪装、飞船当时航行所用的编号——毕竟没必要让维修技师察觉到存在不一致,激起他的好奇心。"

达文波特拿过便签本和韦尔纳茨基的清单。片刻的计算,他咧嘴一笑。

厄斯博士满意地嘘了一口气,他费了些劲儿从椅子里撑起身体,快步走到门边:"见到你永远都很高兴,达文波特探长。请一定再来。而且别忘了,铀可以归政府,但我要那个重要的东西:一只巨型硅兔,活生生的,状态良好。"

他在微笑。

"而且最好还会吹口哨。"达文波特说。

他走出门去,自己先吹起了口哨。

个个都是探险家[1]

赫尔曼·崇斯经常生出预感，时灵时不灵——大概五五开。不过想想看，这可是从一切可能性汇聚而成的大宇宙里捞出唯一的正确答案，这么一想，五五开就显得相当不错了。

你大概以为崇斯会对此感到满意，但其实并不总是如此。因为压力太大了。大家会聚在一起尝试解决问题，结果摸不着头绪，于是他们就对他说："你怎么看，崇斯？把你的预感老伙计开动起来。"

而如果他的主意没奏效，人家就会明明白白地让他知道，责任完全在他。

他的工作是行星实地勘察，这无异于雪上加霜。

"依你看那颗行星值得仔细探一探吗？"他们会这么说，"你是什么想法，崇斯？"

所以这回被派到两人搭档的工作，他着实松了一口气（两人搭档意味着下次去的地方优先级很低，所以没什么压力）；除此之外还有一个好消息：他的搭档是艾伦·史密斯。

史密斯其人跟他的名字一样讲求实际[2]。出发的第一天他就对崇斯说："你那档子事其实是这样的，你脑子里的记忆档案处于特快待命状态。面对问题的时候，你能记起许多我们其他人可能想不起来的小

---

[1] Copyright © 1956 by Columbia Publications, Inc.
[2] Smith（史密斯）意为"铁匠"。

细节,然后借此做决定。管它叫预感让它显得很神秘,其实没什么神秘的。"

说这话时,史密斯极顺溜地把头发往后捋了捋;他那一头浅色的头发,像无檐便帽一样垂下来。

崇斯的头发则凌乱不羁,脸上还长了一个不太正的塌鼻子。他柔声道(这是他惯常的态度):"我觉得也许是心灵感应。"

"什么?!"

"胡说八道!"史密斯高声讥讽(这是他惯常的态度),"科学家追踪研究心灵操控力已经有一千年,结果一无所获。根本不存在这种东西:不存在预知,不存在意念移物,不存在透视能力,也不存在心灵感应。"

"这我承认,但你想想下面这种情形,假设有一群人,我从其中每一个人那里得到一幅代表他们想法的画面——尽管我或许并不明了正在发生什么事——我却能整合信息并得出一个答案。我会比这群人里的任何一个个体都知道更多情况,于是我就能比其他人做出更好的判断——有时候。"

"关于这一点,你有任何证据没有?"

崇斯用温和的棕色眼睛望着对方:"只有一点儿预感而已。"

两人相处融洽。崇斯欢迎对方讲求实际的稀罕态度,史密斯则容忍崇斯的瞎猜瞎想。他们经常意见相左,但从不争吵。

一直到飞船抵达目标,压力渐渐增加,情况也依然不曾恶化。他们的目标是一个球状星团,迄今没有感受过人类核反应堆的驱动力。

史密斯说:"也不知道地球老家拿这么些数据都有什么用。有时候觉得像是白费工夫。"

崇斯道:"地球才刚刚开始往外扩张。再过个一百万年左右,谁也说不准人类会在银河系里前进多远。我们现在尽可能搜集各个世界的数据,总有一天它们全都会派上用场的。"

"你说话活像是星际勘察小队的招募手册。你觉得那边会有什么有趣的东西吗？"他指了指观察窗，星团已经不再遥远，如今它像打翻的滑石粉一样出现在观察窗的正中央。

"也许。我有种预感——"崇斯停下话头，他咽口唾沫，眼睛眨巴一两下，然后不好意思地笑笑。

史密斯哼了一声："我们就锁定最近的恒星群，然后随机穿越其中密度最大的位置。赌一赔十，我认为得出的麦克明比值肯定低于0.2。"

"你输定了。"崇斯嘀咕道。全新的世界即将在脚下展开，他照例感到快速升起的兴奋感，每次都是如此。这感觉极富感染力，每年都会吸引好几百年轻人。他曾经也是这样一个小年轻，他们涌入星际勘察小队，急于探索新世界，这些世界未来可能会被他们的子孙后代纳为己有。一大群年轻人，个个都是探险家……

两人锁定恒星群，通过首次近距离超空间跃迁进入星团中，接着就开始扫描各恒星的行星系。计算机尽职尽责，信息档案稳步累积，一切按部就班，令人满意——直到第23号行星系统，他们刚刚完成跃迁，飞船的超原子马达就出了故障。

崇斯嘀咕道："有意思。分析器说不出问题出在哪儿。"

的确如他所言。指针狂乱地摇摆，一次都没有比较长久地静止在某个位置，也就是说没有得出任何诊断结果，所以也就没法维修。

"从没见过这种事，"史密斯怒道，"我们只能关闭所有设备，然后手动诊断。"

"那就不如舒舒服服地干，"崇斯已经来到望远镜跟前，"好在普通的空间驱动器运转正常，这个行星系里就有两颗像样的行星可供降落。"

"哦？怎么个像样法？又是哪两颗？"

"四号行星系里的第一颗和第二颗：都是水氧行星。第一颗比地球暖一点儿，大一点儿；第二颗稍微冷一点儿，小一点儿。还行吧？"

"生命？"

"都有。至少植物是有的。"

史密斯哼哼两声。这事没什么可奇怪的，存在水氧的世界大部分都有植物。而且植物跟动物不一样，用望远镜就能看见——或者更准确地说，用分光镜就能看见。迄今为止，人们在一切植物形态里都只找到四种光合色素，每一种都能通过其反射光线的性质探测出来。

崇斯说："而且两个星球上的植物都是叶绿素型呢。跟地球一模一样，简直就像回家了。"

史密斯问："哪一个比较近？"

"2号，而且我们已经在路上了。我有种感觉，那星球肯定很不错。"

"但愿你不介意，我准备靠仪器来判断是否不错。"史密斯道。

然而这回崇斯的预感似乎灵验了。那星球十分温顺，表面有复杂的海洋网络，确保气温在小范围内波动。山脉低矮圆润，根据植被的分布情况判断，土壤肥力应该很足，而且面积很广。

实际降落时是崇斯负责操作。

史密斯好不耐烦："你挑挑拣拣地做什么？到处都一样。"

"我在找寸草不生的空地，"崇斯道，"没必要烧光一英亩[1]活生生的植物。"

"烧了又怎样？"

"不烧又怎样？"说话间崇斯已经找到了空旷地带。

他们降落了，这时候他们才稍微意识到自己无意间撞见了什么。

史密斯道："太空在上，见了鬼了。"

崇斯也惊得目瞪口呆。动物生命比植物要罕见得多，而哪怕一星

---

1 英美制面积单位，1英亩 ≈ 4046.865万平方米。

半点儿的智慧生命的迹象也要罕见许多倍；然而在这里，在距离降落地点不到半英里的地方，许多低矮的小茅屋聚集在一起，显然是原始智慧生命的产物。

史密斯呆呆地说："当心。"

崇斯道："依我看没什么危害。"他怀着坚定的信心踏上行星表面，史密斯跟上他。

崇斯好容易才克制住满心的兴奋："太棒了。之前可从没有过类似的报告，顶多也就只是山洞或者编织过的树枝。"

"希望它们无害吧。"

"肯定无害，这里太安静了，不会有别的可能。闻闻这空气。"

降落期间他们曾看到大片的平地，全都染成了舒缓的浅粉色；浅粉色洒在叶绿素的绿色之上，往各个方向一路延伸至地平线，只在一处地方有一列低矮的小山丘打破了这平顺的线条。从近处看，成片的浅粉色分散成单个的花朵，姿态娇弱，气味芬芳。只有紧临茅屋的地方种了些仿佛谷粒的东西，露出琥珀色来。

茅屋里出来好些生物，它们略有些迟疑，但还是很信任似的靠近了飞船。它们有四条腿，身体以一定角度倾斜，站立时肩膀离地三英尺。它们的脑袋牢牢固定在肩膀上，往外鼓起的眼睛（崇斯数出六只眼）在头上围成一圈，每只眼睛都能独立运动，看了直叫人感到不安（崇斯暗想，这就能弥补头部无法活动的不足了）。

每一头动物都有一条末端分叉的尾巴，分叉后形成两根结实的纤丝，全都高高竖起。纤丝总在快速颤动，显出模糊、朦胧的样子。

"来吧，"崇斯说，"它们不会伤害我们的。我敢保证。"

那些动物围到人类周围，谨慎地与人类隔开一段距离。它们的尾巴发出一种抑扬顿挫的嗡嗡声。

"或许它们用它来交流，"崇斯说，"而且依我看它们肯定是素食动物。"他指指其中一间茅屋，一个体格较小的种族成员弯曲后腿坐在屋前。它用自己的尾巴摘下那种琥珀色的谷物,又把一根穗子放进嘴巴里过了一遍,活像人类咂下串在牙签上的酒浸樱桃。

"人类也吃生菜,"史密斯说,"并不能证明什么。"

更多长尾巴的动物出现,它们在人类周围徘徊片刻,接着就消失在大片的粉色和绿色中。

"它们吃素,"崇斯坚定地说,"看看它们是怎么栽种主要作物的。"

崇斯所谓的主要作物是这样的。贴近地面处有一个冠状结构,由柔软的绿色穗子组成。从绿冠中央长出一根毛茸茸的茎,每隔两英寸就有带叶脉的芽,新芽肉乎乎的充满了生命力,简直好像在跳动。茎继续往上,最后在尖端开出浅粉色的花朵。抛开颜色不谈,这种植物身上就数这些花最像地球的植物。

植物排出行列,像几何图案一样精确。每株植物周围都松过土,还撒了一种他们不认识的粉状物,想必是肥料。狭窄的通道在田地里纵横交错,刚够一个动物从中通过;每条通道旁都有小水沟,显然是为了灌溉。

此刻动物们大都散开在田间,个个都在埋头苦干。只有寥寥几个成员留在两个人类附近。

崇斯点点头:"它们是很好的农民。"

"是不错。"史密斯同意。他快步走向离他最近的浅粉色花朵,并朝其中一朵伸出手去。当他的手离花朵还有六英寸远时,他突然听到有尾巴颤动着发出哀号似的尖叫,并感到一条尾巴实实在在地碰到了他的胳膊,他因此停了下来。那触感很轻,同时十分坚定,它把史密斯与植物隔开。

史密斯退回去:"太空在上——"

他伸手去摸爆破枪,这时崇斯说:"没必要激动,放轻松。"

现在有半打那种生物聚到两个人身边,它们谦恭而温和地奉上一束束谷物;其中一些用尾巴,另一些用吻部把谷物轻轻往前推

301

过来。

崇斯说:"它们是够友好的。摘花可能有违它们的习俗,很可能在跟植物有关的事情上必须遵循严格的规则。拥有农业的文化多半都有丰产仪式,天晓得涉及什么。统管栽种的规则想必很严格,否则也不会有这么些像精确测量过的行列了……太空啊,等老家的人听到这些,看他们不坐得笔直呢。"

尾巴的嗡嗡声再次升高了音调,靠近他们的生物往后退。这个种族的另一个成员出现了。它来自位于茅屋群中央的那间茅屋,比其他茅屋都大。

崇斯喃喃道:"首领,我猜是。"

新来的那一个缓慢地前进,尾巴高高立起,两根纤丝各卷着一个黑色的小东西。它来到距离人类五英尺处,然后把尾巴向前拱起。

"它想把那东西给我们,"史密斯大吃一惊,"而且崇斯,看在上帝的分儿上,快看哪!"

崇斯正看着呢,看得两眼放光。他卡着嗓子道:"是伽莫夫超空间校准镜。一万美元的设备啊。"

史密斯在飞船里待了一个钟头,现在出来了。他站在飞船的活动坡道上就手舞足蹈嚷嚷起来:"运转正常。完美无瑕。我们发财了。"

崇斯喊回去:"我一直在看它们的茅屋,找不到再多的了。"

"虽然只有两个,也别瞧不上眼。老天爷,这玩意儿轻而易举就能换成钱,简直跟一把钞票一样呢。"

然而崇斯气鼓鼓地叉着腰,仍然四下张望。刚才他查看茅屋时,有三个长尾巴的生物始终跟着他——它们耐心十足,从不干涉他,但永远把他跟那些种成几何形状的浅粉色小花隔开。现在它们的许多只眼睛齐刷刷地望着他。

史密斯说:"而且还是最新型号呢。瞧这儿。"他指指凸起的小字：X-20型，伽莫夫制造，华沙，欧洲区。

崇斯只瞟了一眼就不耐烦道："我感兴趣的是再多弄些。我知道肯定还有更多的伽莫夫校准镜，就在这里的某个地方，我想要。"他脸颊通红，呼吸沉重。

正是日落时分，温度落到了舒适点以下。史密斯率先打了两个喷嚏，接着是崇斯。

史密斯吸着鼻涕说："咱们要染上肺炎的。"

"我一定要让它们明白。"崇斯执拗道。他匆匆忙忙地吃了一罐猪肉香肠，又大口咽下一罐咖啡，现在卷土重来。

他高举校准镜。"还要，"他说，"还要。"边说边挥舞双臂画圈。他指指一个校准镜，然后指指另一个，接着又指指在假想中排开在他身前的其他校准镜："还要。"

这时候，太阳完全坠入地平线以下，田地各处响起一大片嗡嗡声。视野内的每一个生物都低下头，举起分叉的尾巴；它们的尾巴在暮色中急速震颤，乃至眼睛再也看不见了，只留下尖锐的响声。

"见鬼了。"史密斯心里不安，嘀咕起来，"嘿，瞧那些花！"他又打了个喷嚏。

浅粉色的花朵肉眼可见地萎缩了。

崇斯抬高嗓门儿盖过嗡嗡声："可能是对日落的反应。你知道，花在夜晚闭合。它们发出的噪声可能是对这件事的一种宗教仪式。"

一条尾巴轻轻拍打崇斯的手腕，立刻吸引了他的注意。尾巴属于离他最近的生物，现在它指向天空，对准了低悬在西边地平线上的明亮物体。接着尾巴向下弯曲指指校准镜，然后再次指向那颗星。

崇斯兴奋道："当然了——更靠内的那颗行星，另外那颗宜居的行星。校准镜肯定是从那儿来的。"这个念头提醒了他，他蓦地一惊，尖叫起来："嘿，史密斯，超原子马达还没修呢。"

史密斯显出震惊的样子，就好像他也忘了这件事；然后他咕哝道:"本来想告诉你的——马达没事了。"

"你修好了?"

"一根手指头也没碰过。但检查校准镜时我用了超原子马达,它们运转正常了。当时我没在意,故障这档子事我给忘了。反正它们正常了。"

"那咱们走吧。"崇斯立刻说。他压根儿没想过要睡觉。

六小时的旅程,两个人都没合眼。他们留在控制台前,简直跟嗑了药一样神采奕奕。他们再一次选了一块寸草不生的空地降落。

天气炎热,是亚热带午后那种热气。一条宽阔混浊的大河在一旁静静流淌。他们这一侧的河岸是硬实的泥土,上面布满大洞。

两人踏上行星表面,史密斯哑着嗓子嚷道:"崇斯,看那个!"

崇斯挣脱对方紧抓自己的手。他说:"一样的植物!见了鬼了。"

不会有错:浅粉色的花、能看见叶脉的嫩芽、底下穗子组成的冠状结构。这里也同样有几何形状的间距,也同样是精心种植,施过肥,有渠水灌溉。

史密斯说:"我们是不是不小心绕回去了——"

"嗯,看太阳,它的直径比先前大一倍。再看那儿。"

从河边离他们最近的几个地洞里冒出来好些东西,光滑的棕褐色,身段柔软,蛇一样没手没脚。它们直径一英尺,长十英尺。两端都是钝的,也都毫无特征。它们身体上部的中间有鼓起的包,这时候所有的鼓包好像收到信号一般,全都在他们眼皮子底下长成了肥硕的椭圆,并一分为二形成了没有嘴唇的嘴巴。这些嘴巴开开合合,发出的声音活像一整座森林的干树枝在一起拍打。

之后就跟在靠外的那颗行星上的生物一样,它们满足了好奇心,平复了恐惧,大部分生物就溜达到精心耕种的田地里去了。

史密斯打个喷嚏。气息喷到他外套的袖子上,激起好一片粉尘。

他惊奇地瞪大眼睛,然后上下拍打身体。"见鬼,我满身的灰。"灰飘起来,仿佛浅粉色的雾。"你也一样。"他添上一句,又把崇斯也拍了一遍。

两个人都大打喷嚏。

崇斯道:"在另外那个行星沾上的,我猜是。"

"我们没准要犯过敏呢。"

"不可能。"崇斯举起一个校准镜,朝那些蛇一样的生物大喊,"你们有这东西吗?"

起先他没有得到回应,周围只有水花溅起的声音,因为有些蛇样的东西滑进水下,又带着一团团银色的水生植物钻出来——后者被它们塞进了藏在身体底部的嘴巴里。

但接下来出现了一个比其同胞更长的蛇形生物,它沿着地面一拱一拱地靠近了人类,身体的一个钝端抬离地面约莫两英寸,还盲目地左右摇晃,仿佛在探寻什么。它身体中央的鼓包起先缓慢胀大,接着砰的一声裂开,吓了两人一跳。裂开的两半里各放了一个校准镜,跟先前的两个一模一样。

崇斯心醉神迷:"老天爷啊,太棒了,不是吗?"

他急忙上前,伸手去拿校准镜。包裹校准镜的鼓包变薄,伸长,变得几乎像是触手。它们朝他递过来。

崇斯哈哈大笑。确实是伽莫夫校准镜,跟头两个一般无二,分毫不差。崇斯满心爱怜地抚摸它们。

史密斯在嚷嚷:"你听不见我说话吗?崇斯,该死的,听我说。"

崇斯道:"什么?"他模模糊糊地意识到,史密斯似乎已经朝自己嚷了一分多钟。

"看那些花,崇斯。"

花正在合起来,就跟上一个行星的一样;而蛇形生物则在一排排植物中间抬起了身体。它们把身体的一端留在地上保持平衡,同时以一种断断续续的古怪节奏摇摆起来。在一片粉红色之上只能看到它们抬起的钝端。

史密斯说:"别说什么花是因为入夜了所以合上的。现在是大白天。"

崇斯耸耸肩:"另一个星球,另一种植物。来吧!我们在这儿才搞到两台校准镜,肯定还有。"

"崇斯,咱们回家去。"史密斯的两条腿牢牢站定,化作两根顽固的柱子,他抓着崇斯衣领的手也收紧了。

崇斯涨红了脸,回过头朝他大发雷霆:"你干吗?"

"我在做准备,如果你不肯马上跟我回去,回飞船上,我就打晕你。"

崇斯举棋不定了片刻,然后某种狂热的情绪消退,某种倦怠感取而代之。他说:"好吧。"

他们启程离开星团,走到半路上史密斯问:"你怎么样?"

崇斯从铺位上坐起来,胡乱揉揉自己的头发:"正常吧,我猜。神志恢复了。我睡了多久?"

"十二个小时。"

"你呢?"

"打了几个小盹儿。"史密斯用刻意而浮夸的动作转向仪器设备,做了几个小小的调整。他不大自在似的说:"你知道在那些行星上是怎么回事吗?"

崇斯慢吞吞地问:"你知道?"

"我觉得我知道。"

"哦?能说给我听听吗?"

史密斯道:"两个星球上的植物都是同一种。这你同意?"

"我当然同意。"

"不知怎么,反正它是从一个行星移植到另一个行星的。它在两个行星上都生长得很好,但是偶尔——为了保持活力,我估计——也需要异体受精,让两个株系混合。这种事在地球上是挺常见的。"

"为了保持活力而异体受精?是挺常见的。"

"但被安排来完成混合的是我们。我们降落在其中一个行星上,身上沾满花粉。记得那些闭合的花吗?肯定就是因为它们刚刚释放了花粉,我们打喷嚏也是这个原因。然后我们降落到另一个行星,把衣服上的花粉拍下来。一个新的杂交株系由此诞生。我们只不过是一对长了两条腿的蜜蜂,崇斯,为那些花尽心尽力。"

崇斯迟疑着笑笑:"说起来,角色不怎么光彩。"

"见鬼,跟那没关系。难道你看不出其中的危险?难道你看不出我们为什么必须赶紧回家?"

"为什么?"

"好吧,要在不同的星球间异体受精,首先你就得有什么东西或者什么人来完成受精。这一次是我们,但在我们之前从来没有人类进入过这个星团,所以之前的受精肯定是由非人类完成的,说不定就是最初移植这些花的非人类。也就是说,在这个星团里的某个地方存在一个智慧种族,智力够高,足够发展出太空旅行。这件事地球必须知道。"

崇斯缓缓摇头。

史密斯皱眉道:"你在我的推理中间找到漏洞了?"

崇斯把脑袋放到两掌之间,模样好不可怜:"咱们这么说吧,所有的重点你几乎全部错过了。"

史密斯气愤地质问:"我错过什么了?"

"你的异体受精理论,单它本身是成立的,但有几个问题你没有考虑到。我们靠近那个恒星系时,超原子马达出了故障,自动控制系统既没法诊断,也没法纠正。我们降落之后也没想法子调整。事实上,我们压根儿把它们给忘了。你稍后操作的时候,它们又完好如初了,可你根本不以为意,甚至过了好几个钟头才跟我提起。

"再想想另外一件事:在这两个行星上,我们选中的降落地点都正好在一群动物生命附近,多方便啊。只是凑巧吗?而且我们对那些生物的善意那么有信心,我们也根本没费心检查大气中是否含有微量的毒素,直接就把自己暴露在外了。

"而最让我困扰的是,为了那些伽莫夫校准镜,我简直跟得了失心疯一样。为什么?它们很值钱,没错,但也没有那么值钱——而我这人通常是不会为几个快钱就忘乎所以的。"

他说话期间史密斯勉强克制自己,一直没有开口。现在他说:"你说的这些,我看不出任何一条能说明什么问题。"

"别装了,史密斯,你没那么蠢。难道你没觉得,我们明显是受了来自外部的精神控制?"

史密斯嘴唇扭曲,最后的表情半像奚落半像疑惑:"你又来心灵操控那一套了?"

"对,事实就是事实。我早跟你说过的,我的预感或许就是一种原始的心灵感应。"

"这也是事实吗?几天之前你还没这么想。"

"我现在这么想了。你瞧,我的接收能力比你强,所以我受的影响也比你厉害。现在事情过去了,我对它的理解也比你深,因为我接收的更多。明白了?"

"不明白。"史密斯厉声道。

"那你再继续听我说。你自己说的,那些伽莫夫校准镜是用来贿赂我们完成授粉的花蜜。这是你亲口说的。"

"好吧。"

"那么接下来,校准镜是打哪儿来的?它们是地球的产品,我们甚至读到了型号和生产商的名字,一个字母都不差。可是呢,如果之前从未有人类踏足这个星团,校准镜又是打哪儿来的?这事我俩当时都不在意,甚至到了现在你好像也仍然不在意。"

"嗯——"

"我们回飞船以后你是怎么处置校准镜的,史密斯?你从我手里把它们拿走了,这我是记得的。"

"我把它们放进保险箱里了。"史密斯辩解道。

"那之后你还碰过它们吗?"

"没有。"

"我碰过吗?"

"据我所知没有。"

"我跟你保证,我没碰过。那咱们干吗不打开保险箱瞧瞧?"

史密斯慢腾腾地走到保险箱跟前。开锁的钥匙是他的指纹,门开了,史密斯看也没看就伸手进去。他的表情变了。他尖叫一声,第一次抬眼看了里面的东西,然后手忙脚乱地把它们抓出来。

他手里是四块颜色各异的石头,每一块都大致呈长方形。

"它们利用我们自己的情感来驱策我们,"崇斯声音轻柔,仿佛要让自己的话逐字渗进对方顽固的脑袋,"它们让我们以为超原子马达出了故障,这样我们就会降落到其中一个行星上——我猜具体降落到哪一个是没有太大关系的。等我们在其中一个行星降落以后,它们让我们以为自己手里拿着精密仪器,这样我们就会赶去另一个行星。"

"'它们'是谁?"史密斯呻吟道,"长尾巴的还是蛇一样的?或者两个都是?"

"都不是,"崇斯说,"是那些植物。"

"植物?那些花?"

"毫无疑问。我们看见两种不同的动物在照料同一类植物,我们自己也是动物,就先入为主地认定动物是主人。但我们凭什么这样认定?受到照料的可是植物啊。"

"崇斯,我们在地球上也栽种植物。"

"但我们吃那些植物。"崇斯说。

"而那些生物说不定也吃那些植物。"

"我知道它们不吃,你相信我,"崇斯说,"我们真是给耍得团团转。你还记得吧,我多么用心地选了一块寸草不生的空地降落。"

"我可没感觉到跟你一样的冲动。"

"当时操作飞船的不是你,它们没管你。然后还有一件事,你记得吧,虽说我们身上沾满了花粉,却压根儿没留意——直到我们平安降落到第二颗行星。然后我们才把花粉拍掉,送货上门。"

"我从没听过这样的天方夜谭,根本不可能。"

"怎么就不可能了?我们想到植物时总以为它们没有智力,因为植物没有神经系统;但这些植物说不定就有。还记得茎上那些肉乎乎的嫩芽吗?另外还因为植物没法自由移动,但假如它们发展出心灵操控力,能利用可以自由移动的动物,那它们也不是非要自己移动不可。它们受到照料、施肥、灌溉、授粉等通通都完成了。动物一心一意地照顾它们,并为此感到高兴,因为植物让它们感到高兴。"

"我为你难过,"史密斯用呆板的声音说,"如果回地球以后你还想讲这么一个故事给人听,那我为你难过。"

"我对此不抱幻想,"崇斯喃喃道,"可是——我非得试着警告地球不可,不然还能怎么样?它们对动物的影响力你是亲眼瞧见的。"

"根据你的说法,它们把动物变成了奴隶。"

"比奴隶还糟。那些长尾巴的生物和那些蛇一样的生物,其中之一肯定曾经发展出很先进的文明,到了能太空旅行的地步,也可能二者都曾发展到那个程度,否则那种植物不会同时出现在两个行星上。然而一旦植物——大概是某个突变的植株——发展出心灵操控能力,前者的文明就终结了。发展到原子能阶段的动物是很危险的,所以植物让它们忘记了这一切,把它们打回到现在这种模样。见鬼,史密斯，那些植物是全宇宙最危险的东西。地球必须知道它们的情况，因为说不定会有别的地球人闯进那个星团。"

史密斯哈哈大笑："你知道，你简直大错特错。如果那些植物真的把我们控制住了，它们又为什么放我们离开，任我们回去警告地球？"

崇斯一时语塞："我不知道。"

史密斯恢复了好心情。他说："我也不怕告诉你，刚刚有一阵，你可真把我给唬住了。"

崇斯粗暴地揉搓自己的脑袋。究竟为什么放他们走了？说起来，他又为什么感到这种可怕的紧迫感？为什么觉得非得马上警告地球不可？虽说地球人或许再过一千年都不会接触到它。

他拼命地想啊想，终于有什么东西闪现。他手忙脚乱地想要抓住它，然而它溜走了。有片刻工夫，他绝望地感到那个念头仿佛是被推走的，但就连这感觉也很快消失了。

他只知道飞船必须开足马力，他们必须抓紧时间。

那么，在无数年之后，适宜的条件再度出现。母株在两个行星上留下的株系，其原孢子相遇并混合了，它们一起落进了新动物的衣服、头发和飞船里。杂交孢子几乎立刻形成；只有杂交的孢子才具备全部的潜能，有能力适应新的行星。

现在孢子在飞船上静静等待。临行之前，母株在船上生物的心头印下了冲动，现在它正在起作用：飞船正全速航行，带它们前往一个成熟的新世界，那里有自由移动的动物会负责满足它们的需求。

孢子拥有植物的耐心（那耐心能征服一切，任何动物都望尘莫及），它们耐心地等待抵达新世界的时刻——每一粒孢子，虽然那么小，却个个都是探险家。

让我们同在一起[1]

某种形式的和平已经持续了一个世纪,大家也忘了除此之外日子还能是什么样。要是他们发现某种形式的战争终于降临世界,他们简直不知道该做何反应呢。

当然,当机器人局局长伊莱亚斯·林恩最终得知消息的时候,他不确定该有什么反应。遵循过去一个世纪的去中心化趋势,机器人局的总部建在了夏延市。现在林恩半信半疑地盯着那位年轻的安全局官员,就是此人从华盛顿带来了消息。

伊莱亚斯·林恩块头很大,长相平凡得几乎有些别样的魅力。他有一双浅蓝色的眼睛,微微向外鼓起。被这双眼睛盯着,大多数人都不会觉得太自在,然而安全局的官员却安之若素。

林恩断定自己的第一反应应该是难以置信。见鬼,这事确实难以置信!他反正就是不相信!

他缓缓靠回椅子里,然后问:"消息确凿吗?"

安全局官员刚才介绍自己叫拉尔夫·G. 布雷肯里奇,并出示了与此相符的证件。他有种年轻人的柔和感,嘴唇丰满,脸颊微胖,很容易脸红,眼神天真无邪。他的穿着在夏延不大相宜,却很适合处处有空调的华盛顿——虽然说了要去中心化,但安全局仍然集中在那里。

布雷肯里奇红着脸说:"确凿无疑。"

---

[1] Copyright © 1956 by Royal Publications, Inc.

"你们的人对他们是很了解的，我猜。"林恩的语气里有一丝控制不住的讽刺意味。他没太留意自己在指代敌人时稍微强调了代词，相当于印刷时用了首字母大写。这是他这代人和之前一代人的文化习惯。大家不再说"东方"或者"红色力量"，不再说"苏联人"或者"俄罗斯人"，那样实在太混乱了，因为他们中的一部分人并非来自东方，也并非红色力量或苏联人，尤其不是俄罗斯人。干脆只说我们和他们要简单得多，也准确得多。

常有旅行者报告说他们也是这么干的，只不过要反过来。在那边，他们是"我们"（用的自然是相应的语言），而我们是"他们"。

这类事情几乎没人再去琢磨了。一切都很舒适，很随意，甚至不存在仇恨。最初大家称之为"冷战"，现在则只是一场游戏，一场几乎可算善意的游戏，拥有不言自明的规则和某种正直得体的感觉。

林恩冷不丁发问："他们又有什么理由要搅乱当前的局面？"

他起身凝视墙上的世界地图。地图分成两个区域，边缘都涂了淡淡的颜色。地图左边的一块不规则区域用温和的绿色镶边；地图右边另有一块区域，面积稍小，但也同样不规则，它的边缘是浅浅的粉红色。我们和他们。

过去的一个世纪里，地图一直没什么大变动。最后一次重大的领土换手大约在八十年前。

他说："他们不会这么干的。"

"他们正在这么干，"布雷肯里奇道，"而你最好赶紧习惯这件事。自然了，长官，想到他们竟然在机器人方面如此大幅领先，这念头是叫人不快的，我明白。"

对方的眼睛还是那么纯洁无邪，话里隐藏的刀锋却扎得很深。林恩被刺中，忍不住微微一颤。

当然了，这就能解释为什么机器人局的局长这么晚才得到消息，而且还是从安全局官员嘴里听说的。他在政府眼里已无地位可言；要是机器人学果真在这场斗争中败北,林恩是不指望在政治上得到宽恕的。

林恩满心疲惫:"就算事情真如你所说,他们也没有领先我们很多。我们也能制造人形机器人。"

"我们造过吗,长官?"

"对。我们确实造过几个型号用作试验。"

"他们十年前就这么干了。从那时到现在,他们有了十年的进步。"

林恩心绪烦乱。他怀疑自己之所以对整件事难以置信,会不会是因为自尊心受挫,因为担心自己的饭碗和声誉不保。他想到这种可能性,心里不由觉得难堪,可他还是被迫进行防御。

他说:"听着,年轻人,我们和他们之间的僵持从来不是在每一个细节上都旗鼓相当,这你是知道的。一直都是他们在某一个方面领先,而我们则在另外一个方面领先。如果说他们如今在机器人学方面领先了,那是因为他们比我们投入了更大比例的人力物力在机器人学上,而这也意味着另外某个分支在我们这里获得了比他们那边更多的关注。也就是说我们或许在力场研究或超原子学方面领先了他们。"

林恩嘴上说僵持的双方并不完全旗鼓相当,心里却着实为此不安。实情的确如他所言,然而这也正是整个世界最大的威胁。世界正好需要尽可能完美的僵持。小小的不平衡始终存在,但假如其中之一朝某个方向过度倾斜——

几乎在"冷战"之初双方就各自发展出了热核武器,战争于是变得不可想象。竞争从军事领域转向经济和心理领域,直到今天也一直如此。

然而双方也都一直有强大的动力要打破僵持,要针对对方的每一次击刺做出格挡,以及研究一招对方无法及时格挡的击刺——某种会让战争再度变成可能的东西。而这并非因为其中一方极其渴望战争，而是因为双方都担心对方会抢先有了关键性的发现。

过去的一百年里双方势均力敌，和平也借此维系了一百年。其间双方都持续进行密集的科研，得到许多副产品：力场、太阳能、昆虫控制、机器人；双方也都开始理解所谓的精神力学——人们用这个名字称呼研究思想的生物化学和生物物理学；双方还都在月球和火星上建起前哨站。人类正以全速大踏步前进。

甚至双方都感到有必要尽可能体面和人道地对待自己人，免得残酷的独裁把自己人变成对方的盟友。

这样的僵持现在就要被打破，战争就要爆发？不可能。

林恩说："我想咨询我的一个手下，听听他的意见。"

"这人可靠吗？"

林恩一脸反感："老天爷，机器人局的人，哪一个没被你们的人查个底朝天？是的，我替他担保。要是连汉弗莱·卡尔·拉斯洛这样的人都没法信任，那我们根本也没有资本面对你描述的他们发起的那种攻击，别的再做什么都是白搭。"

布雷肯里奇道："我听说过拉斯洛。"

"很好。他合格吗？"

"是的。"

"那我这就叫他过来，让我们听听他的想法，机器人是不是真有可能入侵美国。"

"并不全对，"布雷肯里奇柔声道，"你仍然没有完全接受现实。我们要听的是他对机器人已经入侵美国这一事实有什么看法。"

拉斯洛的祖父是匈牙利人，突破了当时所谓的"铁幕"来到美国。由于这个原因，拉斯洛觉得人家怎么也不至于怀疑自己，所以心很宽。他身材粗壮，秃顶，脸又短又扁，永远都是一副好斗的表情；听他口音却明显是哈佛人，他说话几乎有些过于轻声慢语。

林恩意识到自己在行政岗位上坐了许多年，对现代机器人学的各个发展阶段早就算不上专家了；而拉斯洛却活脱脱是相关知识的百宝箱，很能叫人安心。他来到办公室以后，不必开口，林恩已经觉得好多了。

林恩问："你怎么看？"

拉斯洛蹙着眉，扭曲出一脸凶相："你说他们已经领先那么多了，简直难以置信。等于说他们已经制造出了近距离也无法分辨的机器人，也就意味着他们在机器人精神力学领域遥遥领先。"

"你自己身在其中，"布雷肯里奇冷冷道，"抛开你的职业骄傲，他们领先我们究竟有什么不可能的？"

拉斯洛耸耸肩："我向你保证，我对他们的机器人相关文献非常熟悉。我大致知道他们发展到了什么水平。"

"你真正的意思是，你大致知道他们发展到他们希望你认为的那个水平，"布雷肯里奇纠正他，"你曾去对面访问过吗？"

拉斯洛没好气地说道："没有。"

"你也没有吗，林恩博士？"

林恩道："是的，我也没有。"

布雷肯里奇问："过去的二十五年里，有任何机器人学家访问过对面吗？"他提问时显得信心十足，表明他知道答案。

接下来的几秒钟，两人陷入思考，气氛有些凝重。拉斯洛的宽脸上闪过一丝不自在。他说："事实上，他们已经很久没有举办机器人学研讨会了。"

"整整二十五年，"布雷肯里奇说，"这难道不是很能说明问题？"

"也许吧，"拉斯洛勉强道，"不过还有一件事叫我困扰。我们的机器人学研讨会他们也没派人来过。反正我不记得有过。"

布雷肯里奇问："可有邀请他们？"

林恩一直忧心忡忡地瞪着眼，这时候赶紧插话："当然有。"

布雷肯里奇问:"我们还举办了其他类型的科研会议,他们也都拒绝参加吗?"

"不知道。"拉斯洛说。他开始在房间里来回踱步:"我没听过类似的事情。你呢,头儿?"

"没有。"林恩说。

布雷肯里奇道:"简直就好像他们不愿陷入必须礼尚往来的境地,不是吗?或者就好像他们担心他们中间会有人说漏了嘴?"

事情看起来正是如此,林恩感到一种无可奈何的确信不知不觉地向自己袭来:安全局的故事恐怕是真的。

否则为什么双方在机器人学领域毫无接触?多年以来,研究人员如涓涓细流一直在双向流动,这种彼此受益的交流遵循严格的对等原则,其历史可以追溯到艾森豪威尔和赫鲁晓夫时期。这背后有许多良好的动机:因为科学超越国界的性质受到人们真诚的拥戴,因为友善的情感在人类的个体身上很难完全抹去,因为大家都渴望接触新鲜有趣的想法,因为谁都希望自己略显陈旧的观念被别人当成新鲜有趣的东西。

就连政府也巴不得这一情况持续下去。因为人们总免不了幻想,要是能尽可能多地了解对方、尽可能少地暴露自己,自己这方就能借着交换获利。

但在机器人学领域却没有如此。在这里没有。

让人信服的就是这样一件微不足道的小事。不仅如此,这件事他们一直都知道。林恩心里冒出一个凄凉的念头:是我们亲手选择了自以为是、故步自封的道路。

因为对方在机器人学领域没有公开做什么,你自然就忍不住得意扬扬地放松下来;既然确信自己比对方高明,自然没必要紧张。为什么就没人想到呢,也许他们是在隐藏一手好牌、一张王牌,在静待适宜的时机?这种可能性是存在的,甚至可能性还很大呢。

拉斯洛心慌意乱:"我们现在该怎么做?"很显然,他也遵循同样的思路,同样被说服了。

"怎么做?"林恩鹦鹉学舌道。一旦被说服,他心里就充满了这一事实带来的恐怖,很难再想别的。有十个人形机器人分散在美国境内,每一个都携带着一枚TC[1]炸弹其中的一片。

TC!人类曾竞相制造更加可怕的炸弹,而这场竞争就终结于TC。TC!完全转化!太阳再也不能被用作"超级炸弹"[2]的别称,因为比起完全转化,太阳不过是一支细小的蜡烛。

十个人形机器人,分开看每一个都完全无害,但只需聚到一起,超过临界质量——

林恩沉重地站起来。他眼下鼓着两个深色的眼袋,平时便使他那张难看的脸看起来让人觉得大事不妙,此刻更是前所未有地突出。"必须找出分辨人形机器人的方法和手段,尽快找到它们,这件事要靠我们了。"

拉斯洛喃喃道:"多快?"

"不晚于它们聚拢之前五分钟,"林恩吼道,"而我不知道它们什么时候聚拢。"

布雷肯里奇点点头:"很高兴你现在与我们意见一致了,长官。我的职责是带你回华盛顿参加一次会议,你知道。"

林恩一挑眉:"好。"

他暗暗怀疑,要是他再拖着不肯听信对方的话,他会不会立刻就被撤换——会不会换机器人局的另一个官员去华盛顿开会。突然间他巴不得事情是那样发生的才好呢。

在场的有总统第一助理、科学部长、安全部长,再加上林恩本人

---

[1] TC全称为"Total Conversion",意为"完全转化"。
[2] 太阳发光发亮靠的是核聚变,每秒产生的能量相当于一颗巨型氢弹。

和布雷肯里奇。他们五个人来到华盛顿附近的一处地下堡垒,围坐在地下室的一张圆桌旁。

总统助理杰弗里斯叫人一见就心生敬畏,他容貌英俊——那种白发苍苍、稍带一点儿双下巴的英俊法;为人稳重,深思熟虑,而且在政治上不爱显山露水,正好是总统助理该有的样子。

他的发言单刀直入:"据我看,我们面对的问题有三个。第一,机器人准备何时聚拢?第二,它们准备在什么地方聚拢?第三,我们如何赶在它们聚拢前阻止它们?"

听了这话,科学部长安伯利抽筋似的猛点头。被任命为科学部长前,他曾是西北大学工程学院的院长。此人身材瘦削,五官棱角突出,而且显然心情紧张。他的食指在桌面上缓缓画着圈。

"关于它们何时聚拢,"他说,"我认为可以确定短时间内不会发生。"

林恩厉声问:"你这么说有什么依据?"

"它们进入美国已经有至少一个月。安全局是这么说的。"

林恩下意识扭头去看布雷肯里奇,结果安全部长麦卡拉斯特半路拦截了他的目光。麦卡拉斯特说:"消息是可靠的。布雷肯里奇看着年轻,不过你可别被他的模样给骗了,林恩博士。他对我们的价值有一部分就源于此。其实他已经三十四岁,在本部门也有十年。之前他在莫斯科待了将近一年,要不是他,我们根本无从知晓这可怕的危险。现在亏了他,我们已经掌握了大部分细节。"

林恩道:"缺少最关键的细节。"

安全部长麦卡拉斯特冷冰冰地笑笑。他长着厚实的下巴,还有一双紧挨在一起的眼睛,这两样公众都非常熟悉;但除此之外他几乎浑身是谜。他说:"我们都是凡人,林恩博士,能力有限。布雷肯里奇探员已经做了很多了。"

总统助理杰弗里斯插话道:"那就这么说吧,我们手头还有一定的时间。假如有必要立刻采取行动,爆炸肯定在现在之前就已经发生了。看来它们很可能在等待某个特定的时间。或许如果我们弄明白地点,时间也会不言自明。

"如果它们想用TC炸毁某个目标,那必定希望尽可能削弱我们,所以似乎应该是某个主要城市。不管怎么说也只有主要的大都会才有必要使用TC。我认为有四个可能的目标:行政中心华盛顿、金融中心纽约,以及两个首要的工业中心底特律和匹兹堡。"

安全部长麦卡拉斯特道:"我投纽约一票。行政和工业都已经极大地去中心化,摧毁它们中的任何一个都无法阻止我们即刻的报复。"

"那为什么选纽约?"科学部长安伯利语气很冲,或许他原本没打算如此尖锐,"金融也一样去中心化了。"

"事关士气。说不定他们意在摧毁我方进行抵抗的意志,依靠第一击造成巨大的恐惧,诱使我们投降。要对人类生命造成最大限度的杀伤,纽约的中心城区自然是——"

林恩喃喃道:"也太冷血了。"

"我知道,"安全部长麦卡拉斯特道,"但要是他们认为可以毕其功于一役,这种事他们是做得出来的。换了我们——"

总统助理杰弗里斯把白头发往回捋:"就让我们假定会发生最坏的情形。让我们假定纽约将在冬季遇袭,最好是刚刚发生过严重的暴风雪;届时通信最不畅通,若此时城市边缘的公共设施和食品供应出现问题,影响也最严重。那么现在说说,我们如何阻止他们?"

科学部长安伯利只能说:"在两亿两千万人里寻找十个人,实在是大海捞针;而且海还特别大,针还特别小。"

杰弗里斯摇摇头:"你说错了。在两亿两千万人里寻找十个人形机器人。"

"没区别,"科学部长安伯利道,"我们并不确定能从外形上将人形机器人与人类区分开。多半不能。"他看向林恩。他们全都看向他。

林恩语气沉重:"在大白天也会被当成人类的机器人,我们夏延这边反正没能造出来。"

"但他们能,"安全部长麦卡拉斯特道,"而且不仅是身体外观。这一点我们确信无疑。他们大幅发展了精神力程序,现在已经可以抽取大脑的微电子模式,并将其聚焦在机器人的正电子通路上。"

林恩目瞪口呆:"言下之意,他们能复制人类,连性格和记忆也包括在内?"

"是的。"

"复制某一个特定的人?"

"是这样的。"

"这也是基于布雷肯里奇探员发现的情报?"

"是的。证据可靠,不容置疑。"

林恩垂头思索片刻。然后他说:"那么美国领土上有十个人已经不是人,而是人形机器人。但他们必定曾有机会接触到那些人的原版。不能是东方人,东方人一眼就能看出来,所以只能是东欧人。这些人又是怎样被送进国境的呢?如今整条世界边界线的雷达网绷得像鼓面一样紧,他们怎么可能背着我们偷偷把人或人形机器人送进来?"

安全部长麦卡拉斯特道:"这是可以做到的。边界两侧历来有一些合法的人员渗透。商人、驾驶员,甚至游客。自然双方都在监控这些人,但仍然有可能绑架其中十个人,把他们变成人形机器人的样本,然后再用机器人顶替那些人送回来。我们从没料到会有这样一种冒名顶替,所以很容易就忽略掉了。如果那些人原本就是美国人,进入美国是不会遇到麻烦的。就这么简单。"

"而且就连他们的至亲好友也看不出区别?"

"我们必须假定如此。相信我,我们一直在等报告,看有没有人仿佛突然失忆或者性情大变。我们已经排查了好几千人。"

科学部长安伯利盯着自己的指尖:"我认为常规的手段不会见

效。这场攻势必须来自机器人局,而我信赖它的局长。"

大家再次转向林恩,目光锐利,满怀期待。

林恩心中升起苦涩之意。看来这次会议的结论就是这个了,这也是人家一开始就盘算好的。刚才说的那一切之前早已经说过,他确信无疑。对那个问题既没有解决方案也没有任何有意义的建议。这次会议只是一个手段,为了留下记录,因为那些人深深地恐惧失败,他们希望失败的责任确定无疑、毫不含糊地落在另一个人身上。

可话说回来,这也算公正。我们的确是在机器人方面落后了对方,而林恩也不只是林恩,他是机器人局的林恩,责任只能落在他身上。

他说:"我将竭尽全力。"

林恩彻夜未眠,第二天早上再次求见总统助理杰弗里斯时,身心都十分憔悴。两人会谈时布雷肯里奇也在场。尽管林恩更愿意跟杰弗里斯单独见面,但他也承认这样安排是合理的。很显然,依靠成功的情报工作,布雷肯里奇在政府中获得了巨大的影响力。好吧,有何不可?

林恩说:"长官,我在考虑一种可能性:我们在跟着敌人的调子跑,做的是无用功。"

"此话怎讲?"

"我敢说,虽然公众有时对世界两大力量的僵持局面很不耐烦,虽然立法者有时也逼不得已出来高谈阔论一番,但至少政府是认可僵持的益处的。他们也必定认识到这一点。区区十个人形机器人和一枚TC炸弹,他们怎么会以如此琐碎的方式来打破僵持呢?"

"一千五百万人丧命,这可不是什么琐碎的小事。"

"从世界力量格局的角度看它就是小事。它不会导致我们士气过于低落,只能投降;也不会过度削弱我们,令我们相信我们不可能获胜。结果只可能是全球再度陷入你死我活的战争,而这是双方在漫长的时间里一直成功避免的。所以他们借此能成就什么呢？只不过是迫使我们在少了一座城市的情况下战斗。那是不够令他们获胜的。"

"你想暗示什么？"杰弗里斯冷冷地问，"你想说他们并没有安插十个人形机器人在我国境内？并不存在一枚 TC 炸弹等着聚拢？"

"我愿意同意说这些东西确实在这里，但也许不仅仅是为了在仲冬时节制造一场大混乱。"

"那是为了什么？"

"机器人聚拢会造成物理上的毁灭，或许这对我们的伤害并不是最大的。单单它们身在国内这件事就会对士气和智力活动造成破坏，不是吗？我很尊敬布雷肯里奇探员的工作，但万一他们的本意就是想让我们发现人形机器人的事呢？万一他们原本就没计划让人形机器人聚拢，只是打算让它们分散在各地，以便使我们为此忧虑呢？"

"为什么？"

"告诉我一件事。针对人形机器人我们已经采取了哪些手段？我猜测安全部正在筛查公民的档案，包括所有曾经去过边界线另一侧的公民，以及曾靠近边界线、可能被绑架的公民。我还知道他们正在跟踪可疑的精神病病例，因为麦卡拉斯特昨天提过一句。此外还有什么？"

杰弗里斯道："我们正在大城市的紧要位置安装小型 X 光设备。比如在大型体育场——"

"例如足球或者空中马球的比赛，因为十个人形机器人完全可能混进十万名观众里？"

"完全正确。"

"以及音乐厅和教堂？"

"总得挑个地方开始。我们没办法把所有地方一次做完。"

"尤其还必须避免引发恐慌，"林恩说，"的确如此，不是吗？在某个无法预测的时刻，某个无法预测的城市及其居民将瞬间灰飞烟灭,这件事是不能让公众发现的。"

"我想这点很明显。你到底想说什么?"

林恩极力说服对方:"也就是说,我国的国力会越来越分散,很大一部分会完全投入这个恼人的问题,照安伯利的说法,那是要在很大的大海里捞一根很小的针。我们会疯了一样做无用功,与此同时他们会拉开科研上的领先优势,以至于最后我们发现自己再也追赶不上;以至于我们只能投降,连捻个响指聊充反击的机会都不再有了。

"再想想看,会有越来越多的人参与到我们反制人形机器人的行动中,越来越多的人会猜出实情,于是消息也会越来越多地泄露出去。然后怎么办?随之而来的恐慌会造成巨大损失,可能远远超过任何一枚 TC 炸弹。"

总统助理烦躁道:"看在老天的分儿上,我说,那你建议我们怎么做?"

"什么也不做,"林恩说,"逼他们亮底牌。我们过去怎么过日子现在就怎么过日子,赌他们不敢为了一枚炸弹的先机就打破僵持。"

"不可能!"杰弗里斯道,"绝对不可能。我必须在很大程度上对我们所有人的福祉负责,而什么也不做是唯一一件我绝对不可能做的事。在 X 光机的问题上我同意你的看法,也许在体育场安装 X 光机只是表面文章,不会奏效,但还是必须做,免得事后人们回想起来得出一个引发怨恨的结论——我们暗自推测一番后决定不作为,并仅仅因为这个就把我们的国家随手扔掉。事实上,我们也将启动我们的反制奇招。"

"怎么反制?"

总统助理杰弗里斯看向布雷肯里奇。此前年轻的安全局官员一直镇定自若地沉默不语,现在他说:"谈论僵持可能在将来如何被打破是没用的,僵持现在就已经被打破了。那些人形机器人爆炸与否并不重要。或许真如你所说,它们只是诱饵,用来转移我们的注意力。

但基本的事实没有变：我们的机器人学落后了对方四分之一个世纪，而这很可能致命。要是战争果真打响，对方还有哪些机器人技术会打我们一个措手不及？解决方案只有一个：我们必须马上把全部力量投入机器人研究的速成计划里，现在马上开始，第一个课题就是找到那些人形机器人。愿意的话，你可以把这项计划叫作'机器人学的实战演练'，或者也可以叫它'挽救一千五百万男女老少'计划。"

林恩无奈地摇摇头："不能这样。这样正中他们下怀。他们要的就是把我们诱进一条死胡同，这期间他们就可以在其他任何方向上自由前进。"

杰弗里斯不耐烦道："那只是你的猜测。布雷肯里奇已经通过各种渠道传达了他的建议，政府也已经批准。我们的第一步就是要组织一次各门科学的全体大会。"

"各门科学？"

布雷肯里奇说："我们已经列了一张表，包括了自然科学领域每一个分支的重要科学家。他们全都要去夏延。会议日程只有一项内容：如何发展机器人学。这底下最主要的分议题则是：如何研发一种足够精密的大脑皮层电磁场接收装置，以区分原生质的人类大脑和机器人的正电子脑。"

杰弗里斯道："我们本来希望你会愿意主持这次会议。"

"谁也没征求过我的意见。"

"显然时间很紧迫，长官。你同意主持会议吗？"

林恩露出一丝转瞬即逝的笑意。又是谁担责任的问题。责任必须明确落在机器人局的林恩身上。他有预感，真正主持大局的将是布雷肯里奇。可他又能怎么办呢？

他说："我同意。"

布雷肯里奇同林恩一道返回夏延，当晚林恩就把接下来的活动描述给拉斯洛听了，后者闷闷不乐，显然心存疑虑。

拉斯洛说："头儿，你不在期间我已经开始将五种人形机器人结构的试验模型投入测试程序。我们的人一天工作十二小时，每天三班人轮替交接。要是非得办这会，到时候一大群人涌进来，还要处处搞起官样文章，我们什么事也别想干了。工作准得停滞不前。"

布雷肯里奇说："那只是暂时的。你们的收获将大于损失。"

拉斯洛怒目圆睁："来一帮搞天体物理和地球化学的，对机器人研究能有什么帮助？"

"其他领域的专家能提供新鲜的观点，也许会有助益。"

"你确定？我们怎么知道脑电波是不是真有什么方法能探测得到，或者就算能探测到，又能不能区分人类和人形机器人的波形？说起来，这项目到底是谁设立的？"

"是我。"布雷肯里奇说。

"你？你是搞机器人研究的？"

年轻的安全局探员镇定自若："我研究过机器人。"

"那不一样。"

"我曾接触过涉及俄罗斯机器人学的书面材料——用俄文写的。最高机密的材料，远远领先你们这里的一切。"

林恩灰心丧气："在这一点上他确实拿住我们了，拉斯洛。"

"正是基于这些材料，"布雷肯里奇继续道，"我才建议了如今这条调研思路。把特定人类大脑的电磁模式复制到特定的正电子脑里，毫无差异的完美复制应该是不可能实现的，这一点我们基本可以肯定。首先，小到能植入人类头骨的正电子脑，其最复杂的也要比人类大脑简单好几百倍。因此它不可能完美获取全部的含义，这一点肯定有办法为我们所用。"

尽管不情愿，拉斯洛还是不禁给镇住了，而林恩则露出冷笑。布雷肯里奇确实叫人反感，几百个非机器人学专家入侵他们的领地也叫人讨厌，但问题本身却很吸引人。至少他还能借这一点来安慰自己。

那念头出现时静悄悄的。

林恩发现自己的行政头衔有名无实，最后他无事可干，只能独自在办公室里枯坐。或许这一点是有帮助的：让他有时间思考，想象半个世界的科学家汇集到夏延的情景。

准备工作的各个细节都由布雷肯里奇负责打理，他做事冷静，效率很高。他以自信的口吻说："让我们同在一起，然后打得他们一败涂地。"

让我们同在一起。

那念头出现时安静极了，当时如果有人在观察林恩，或许会看见他慢腾腾地眨了两下眼睛——但再多就肯定没有了。

他做了必须做的事，一种恍惚的疏离感帮助他保持镇定，虽说他觉得自己按理说应该疯了才对。

他到布雷肯里奇临时落脚的住处找到对方。房间里没别人，布雷肯里奇皱眉道："出了什么问题吗，长官？"

林恩心力交瘁："一切都好，我想。我已经宣布实行戒严。"

"什么？！"

"作为部门的首席长官，只要我认为情况紧急有必要戒严，我就可以这样做。之后我在我的部门就可以专断独裁。算是去中心化的一个妙处。"

"你马上撤销命令，"布雷肯里奇往前迈了一步，"等华盛顿那边听说这件事，你就完了。"

"我反正也已经完了。难道你以为我不知道吗？人家已经设定要我扮演美国历史上最大的反派角色：那个放任他们打破僵持的人。我是不可能再损失什么了——说不定倒还能得到很多。"

他发出略显疯狂的笑声："机器人局会成为多好的目标啊，不是吗，布雷肯里奇？一枚能在一微秒内摧毁三百平方英里的 TC 炸弹，却只用来炸死几千人。只不过其中有五百人会是我们最出色的科学家。届时我们会处在一个很特殊的境地：要么在被轰掉了大脑以后继续作战，要么投降。我猜我们会投降的。"

"但是我跟你说，林恩，根本不可能会这样。你明白吗？人形机器人怎么可能突破我们的安保措施？它们怎么可能聚拢？"

"但它们正在聚拢！是我们帮它们的。是我们命令它们的。我们的科学家经常去对面访问，布雷肯里奇。我们的科学家定期访问他们。你还专门提醒我们注意，机器人局没人外出访问是多么奇怪。好吧，那些科学家里有十个人至今仍然滞留在对面，另有十个人形机器人冒名顶替，眼下正朝夏延汇集。"

"可笑的瞎猜。"

"我倒觉得很有道理，布雷肯里奇。但首先我们必须知道人形机器人已经进入美国，然后召开这次会议，否则计划是不会奏效的。真是巧了，是你带回了人形机器人的消息，是你建议召开这次会议，是你建议会议日程，是你主持安排一切事宜，也是你确切知道哪些科学家受到了邀请。你确保那十个该在的都被包括在内了吧？"

"林恩博士！"布雷肯里奇义愤填膺地嚷嚷，还作势要朝博士冲过去。

林恩说："别动。我这儿可有把爆破枪。咱们就等着科学家挨个抵达。先让他们挨个过一遍 X 光，还要挨个监测他们有没有核辐射。在接受检查之前，没有任何两个人会聚到一起，而假如五百人全部过关，我就把爆破枪交给你，我自己也任你处置。只不过我觉得我们会找到十个人形机器人的。坐下，布雷肯里奇。"

两人都坐下来。

林恩道："我们等着。等我累了，拉斯洛会来接替我。我们等着。"

布宜诺斯艾利斯高等科学研究所的马努埃洛·希米内兹博士爆炸了。他搭乘的平流层喷气机当时位于亚马孙河谷上空三英里处。只是一次简单的化学爆炸,但足以摧毁飞机。

麻省理工的赫尔曼·利博维茨博士是在搭乘单轨列车期间死于爆炸的,这场爆炸造成二十人死亡,另有一百人受伤。

蒙特利尔核能研究所的奥古斯特·马兰博士和另外七个人也死了,以类似的方式死在旅途的各个阶段。

拉斯洛一头撞进屋里,他脸色惨白,结结巴巴地说出了初步的消息。当时林恩还拿着爆破枪跟布雷肯里奇大眼瞪小眼,前后才刚刚两个钟头。

拉斯洛说:"我还以为你疯了傻了,头儿,结果你是对的。它们确实是人形机器人。绝对没错。"他转身朝布雷肯里奇瞪眼,目光里充满仇恨:"只不过它们收到了警告。他警告了它们,现在不会再剩下完好无缺的机器人了。连一个可供研究的机器人都没剩下。"

"上帝啊!"林恩惊叫一声,他手忙脚乱地举起爆破枪朝布雷肯里奇开了火。安全局探员的脖子消失,躯干倒地;他的脑袋落下来,咚的一声砸在地板上,歪歪扭扭地滚到一边去了。

林恩呻吟起来:"我想岔了。我还当他就是个叛徒。仅此而已。"

拉斯洛站在原地纹丝不动,他张着嘴巴,眼下实在说不出话来。

林恩狂乱地说道:"没错,就是他警告它们的。但是他坐在那张椅子里,怎么可能警告它们呢?除非他有内建的无线电传输设备。你还不明白吗?布雷肯里奇去过莫斯科。真正的布雷肯里奇至今还在莫斯科。上帝啊,它们总共有十一个。"

拉斯洛好容易哑着嗓子憋出一句:"他怎么没爆炸?"

"他在坚守岗位,我猜,确保其他几个全都接收到了他的信息,也全都安全销毁了。天哪,天哪,听了你带来的消息我才意识到真相是怎么回事，我赶紧就开枪了。天晓得我到底比他快了几秒钟，好险没让他引爆。"

拉斯洛哆嗦道："至少我们有一个研究对象了。"一种黏糊糊的液体从无头身体脖子的断裂处淌出来。他弯下腰，伸手摸了摸。

不是血，是高级机油。

鹅肝酱[1]

我的真名不能告诉你们,就算我愿意说也不能说;而眼下这种情形,我本来也不愿意。

写作这件事我不太在行,所以我请艾萨克·阿西莫夫代笔。之所以选他有几个理由。首先,他是生物化学家,所以他理解我讲的内容,至少理解其中一部分。其次,他懂写作,至少他出版过数量可观的小说——当然了,这倒不一定能跟懂写作画等号。

我并不是第一个有幸见到"大鹅"的人。这一荣誉属于得克萨斯州一个种棉花的农民,伊恩·安格斯·麦格雷戈。在大鹅变成政府财产之前,他是大鹅的所有人。

截至1955年夏天,他已经寄了整整一沓信到农业部,要求农业部提供关于鹅蛋孵化的信息。农业部把稍微能沾上边的小册子全寄给他了,可结果却适得其反。他的来信越来越慷慨激昂,信里还越来越多地拉扯上他的"朋友",本州的国会议员。

我沾上这件事是因为我受雇于农业部。1955年7月,我到得克萨斯州的圣安东尼奥参加一次集会,老板就让我顺道去趟麦格雷戈家,看能不能帮上他的忙。我们毕竟是人民的公仆,再说了,麦格雷戈的那位国会议员"朋友"也终于给我们写了一封信。

1955年7月17日,我见到了大鹅。

---

[1] Copyright © 1956 by Street & Smith Publications, Inc.

我先见的是麦格雷戈。他五十多岁，高个子，满面风霜，好像对一切都存着疑心。我把农业部之前给他的信息全部梳理一遍，然后礼貌地询问我是不是能看一眼他养的那群鹅。

他说："不是一群鹅，先生，是一只鹅。"

我说："那我能看看那只鹅吗？"

"最好别看。"

"嗯，那么我也无能为力了。如果只是一只鹅，那准是鹅有什么问题。干吗为区区一只鹅费心呢？吃掉算了。"

我站起来，伸手去拿帽子。

他说："等等！"于是我就站在原地，看他抿紧了嘴唇，蹙紧了眉头，一言不发地在那里发愣。"跟我来。"

我跟着他走出房门，来到屋子附近的鹅圈。鹅圈用带刺的铁丝网围着，有一道上了锁的门，里面养了一只鹅——那只"大鹅"。

"那就是'大鹅'。"他说。听他说话的口气，我能听出他对"大鹅"二字的强调。

我盯着鹅看。它跟普通的鹅似乎没两样，肥嘟嘟的，脾气暴躁，自以为是。

麦格雷戈说："这是它下的蛋。我把它放在孵化器里，一直没动静。"他从外套的大口袋里掏出鹅蛋。他拿着鹅蛋的姿势有点儿怪，有种怪异的紧张感。

我直皱眉。这蛋不大对劲。它比正常的鹅蛋更小，更圆。

麦格雷戈说："拿去。"

我伸手去拿鹅蛋。或者说我试图拿起鹅蛋。我使出了拿起这样一枚鹅蛋应该需要的力气，可它没动。我只能又加了劲才把它拿起来。

现在我明白麦格雷戈拿蛋的姿势怪在哪儿了——它有约莫两磅重。

鹅蛋躺在我手里，往下压迫我的手掌，我瞪眼看着它。麦格雷戈咧开嘴，露出讨人嫌的微笑。他说："扔地上。"

我看着他没动，于是他从我手里拿走鹅蛋，自己把蛋扔到地上。

它撞上地面发出钝响。蛋没摔碎，没有蛋白蛋黄飞溅。它只是躺在地上，底部瘪了。

我把它捡起来。在鹅蛋撞上地面的部位，白色的蛋壳裂开了。几块碎片已经剥落，某种暗淡的黄光从里面透出来。

我的手在发抖。我竭尽全力才让手指听话，好歹又剥掉一些碎片；我目不转睛地盯着那黄色。

不必去实验室做分析。我心里已经有了答案。

我面前的是传说中的那只大鹅！

那只下金蛋的鹅！于是我遭遇了第一道难关：说服麦格雷戈让我带走那颗金蛋。我简直要歇斯底里起来。

我说："我给你写张收据。我保证你会收到款子。只要不过分我什么都愿意做。"

他执拗道："我不愿意让政府插一脚。"

但我比他加倍固执。最后我签了收据给他，他亦步亦趋地跟着我走出门外来到我的车前，直到我开车离开他还站在路中央，目光一路追着我。

在农业部，我所在的部门由路易斯·P. 布龙斯坦掌管。我跟他关系不错，我觉得他会听我解释，不至于马上送我去看医生。不过我还是做好了万全的准备。我带上了鹅蛋，等说到棘手的部分，我就干脆把蛋往我俩中间的办公桌上一放。

我说："一种黄色金属，当然也可能是黄铜，但并不是，因为它对浓硝酸呈惰性。"

布龙斯坦说："某种骗局。肯定的。"

"用真金做局？别忘了，我刚看见这枚蛋的时候，货真价实的完整的蛋壳把它裹得严严实实，一丝缝也没有。蛋壳的成分也很容易检测，是碳酸钙。"

"大鹅计划"就此启动。那是在1955年7月20日。

打从一开始我就是牵头负责的调查员，后来我也一直担任名义上的负责人，尽管事情很快就超出了我的能力范围。

我们从手头的那枚鹅蛋开始。它的平均半径是35毫米（长轴72毫米，短轴68毫米）。金壳的厚度是2.45毫米。后来我们又研究了其他鹅蛋，发现这一数值偏高了不少。研究得出的金壳平均厚度是2.1毫米。

内部确实是蛋。看着是蛋，闻着也是蛋。

我们对式样进行分析，发现有机成分挺正常。蛋白含9.7%的白蛋白，蛋黄里有卵黄磷蛋白、胆固醇、磷脂和类胡萝卜素，正常该有的一样不少。当时我们手头的样品不够，没法测试痕量[1]成分，但后来可用的鹅蛋多了，我们就测了，检测出维生素、辅酶、核苷酸、巯基等，全都不见异常。

倒也有一个很重要的严重异常，就是鹅蛋在加热时的表现。加热时，一小块蛋黄立刻就"煮老了"。我们把其中一部分喂给老鼠吃，老鼠安然无恙。

我也尝了一点点。量太少，连味道都吃不出来，我却犯了恶心。我敢说那纯粹是心理因素引发的身体反应。

这些测试全部由鲍里斯·W. 芬利监督完成，他来自天普大学生物化学系，一直为农业部担当顾问。

针对蛋黄快速变硬这一现象，他说："鹅蛋在加热时如此容易被改变性质，表明一开始就存在部分的变性，考虑到蛋壳的基本性质，显而易见的罪魁祸首应该就是重金属污染。"

于是我们拿一部分蛋黄做了无机元素分析，结果发现它含有大量氯金酸根离子——这是一种单电荷离子，包含一个金原子和四个

---

[1] 化学上指极小的量，少得只有一点儿痕迹。

氯原子，其离子符号是 $AuCl_4^-$（Au 代表金元素，因为拉丁语里的金子是"aurum"）。我刚才说含有大量氯金酸根离子，意思是说其含量达到 3.2‰，或者说 0.32%。这一含量已经高到足以形成不溶于水的"金蛋白"配位化合物，而它是很容易凝固的。

芬利说："这枚鹅蛋显然无法孵化。同类型的所有鹅蛋都一样。它已经重金属中毒了。金或许比铅更有魅力，但对于蛋白质而言，二者都同样有毒。"

我闷闷不乐地赞同道："至少它也没有腐败变质的危险了。"

"很对。这碗'汤'氯里含金的，哪只虫子也看不上，不会在这里头安家。"

我们拿到金蛋壳最终的光谱分析结果，几乎是纯金。能检测到的杂质只有铁这一样，它占了总量的 0.23%。另外蛋黄的铁含量也是正常值的两倍。不过呢，当时铁的问题被我们忽略了。

"大鹅计划"启动一周后，一支考察队被派往得克萨斯。去了五个生物化学家——你们瞧，当时的重点还是放在生物化学上——此外还有三卡车设备和整整一个中队的军人。我当然也一起去了。

我们抵达目的地，立刻隔离了麦格雷戈的农场。

要知道，这实在算我们走运——我们打从一开始就采取了安保措施。起初我们是因为错误的理由做了这件事，但结果是好的。

农业部希望"大鹅计划"悄悄进行，刚开始的原因很简单：大家还是担心整件事其实是一场精心策划的骗局，要真是如此，我们可不愿意冒险惹来负面报道。而假如它不是骗局，我们也不想惹来一大堆记者追踪，对于下金蛋的鹅这种故事，追踪是免不了的。

我们很晚才理解这件事真正的影响，那时"大鹅计划"早已启动，我们来到麦格雷戈的农场也已经很久了。

这么些人员设备在周围安家落户，麦格雷戈自然不会乐意。他也不乐意听我们告诉他大鹅是政府的财产，不乐意他的鹅蛋被我们没收。

他不乐意，但还是同意了——我不知道你们会不会管这叫"同意"，因为协商期间有一挺机枪正在此人谷仓前的空地上组装，还有十个人端着刺刀，在他讨价还价的时候从旁边大步走过。

当然他是得了补偿的。不就是钱吗？政府有的是。

大鹅也对好几件事不乐意——比如被人抽它的血。我们不敢麻醉它，怕一不小心改变了它的新陈代谢，所以每次抽血都要两个人按住它。有人试过按住一只愤怒的鹅吗？

我们派了人二十四小时看守大鹅，还放话威胁，说要是任何人让大鹅受了任何伤害，等着他的就是简易军事法庭，即刻判决。如果某个大兵读到这篇文章，他或许会突然灵光一闪，想明白事情的来龙去脉。不过他多半知道轻重，所以会闭紧嘴巴。至少如果他明白怎样做对自己有利，他是会闭嘴的。

我们拿大鹅的血做了我们能想到的所有测试。

它含有 0.002% 的氯金酸根离子。其中肝静脉血样中的含量高于其他部位，几乎达到 0.004%。

芬利哼哼两声，道："肝脏。"

我们拍了 X 光片。在 X 光底片上，肝脏是一片雾蒙蒙的浅灰色，颜色比相邻的内脏要浅，因为它含有较多的金，阻挡了较多的 X 光射线。底片上的血管又比肝脏本身要来得浅，而卵巢则是纯白色。没有任何 X 光穿透卵巢。

这是说得通的，在早期的一份报告里，芬利尽可能直白地做了说明。这里我转述报告里的部分内容，如下：

"氯金酸根离子由肝脏分泌进入血液。卵巢捕获该离子，在此将其还原为金属金，并作为外壳沉积在发育中的蛋周围。另有浓度相对较高的氯金酸根离子未经还原，渗透到了发育中的蛋内部。

"基本可以肯定，这一过程对大鹅是有益的，大鹅借它去除金原子，因为若允许金原子在体内累积，最终大鹅必然会中毒。借助蛋壳排出金属，这在动物界或许很少见，甚至可能是独一无二的，但毋庸置疑，它使大鹅得以存活。

"然而很不幸，卵巢这一部位中毒很深，以至于大鹅很少下蛋，很可能所下的蛋刚够去除累积的金，而且这些蛋肯定是无法孵化的。"

书面的材料里他就只说了这些，但对我们其他人他又说："现在就还剩下一个特别叫人难堪的问题。"

我知道那个问题是什么，大家都知道。

金子是从哪儿来的？

很长一段时间我们都找不到答案，只有一些否定性的证据。大鹅的饲料里没有检测出金子，附近也没有可能被它吞进肚子里的含金小石子。这一地区的泥土中没有任何金子的痕迹；我们搜索了房子和周围的场地，同样一无所获。没有金币，也没有金首饰、金盘子、金表和金子做的任何东西。整个农场甚至没人镶过金牙。

麦格雷戈夫人的婚戒倒是金子做的，但她这辈子也只有这一枚金戒指，就戴在她手指上。

所以金子是从哪儿来的？

答案在1955年8月16日初露端倪。

普渡大学的艾伯特·内维斯在往大鹅喉咙里塞胃管，好检查大鹅消化道里的内容——这是我们为了搜索外源性黄金而做的例行检查，也是又一个大鹅极力反对的项目。

金子倒还真找到了，但只有微量，完全有理由假定它们是随同消化分泌物的，因此是内源性的，也就是说来自大鹅身体内部。

不过除此之外我们另有发现，或者说我们发现缺了一些东西。

那天我正好在芬利的办公室——办公室所在的那栋楼建在鹅圈旁，几乎是一夜之间就搭起来的——内维斯走进来。

他说："大鹅的胆色素含量很少，在十二指肠里几乎找不到。"

芬利皱眉道："肝脏里的金浓度太高，肝功能多半严重紊乱了。

很可能根本就没有分泌胆汁。"

"胆汁肯定是分泌的，"内维斯道，"我们测出了胆汁酸，含量正常。至少接近正常。就只是找不到胆色素。我做了粪检，结果也证实了。没有胆色素。"

这里容我解释一件事。胆汁酸是肝脏分泌进胆汁的类固醇，它们跟随胆汁流入小肠的上端（十二指肠）。这些胆汁酸是一种类似洗涤剂的分子，帮我们乳化食物中的脂肪——或者大鹅食物中的脂肪——并将其以小泡泡的形式分散在水样的小肠内容物里。要是你愿意，也可以把这种分散的过程称作均化，总之这么一来脂肪就容易消化了。

大鹅体内缺少的物质是胆色素，跟胆汁酸完全是两码事。胆色素是肝脏用血红蛋白，也就是血液里运载氧气的红色蛋白质制造的。衰老红细胞中的血红蛋白在肝脏中分解，血红素被剥离。血红素是一种近似正方形的分子——名字是卟啉——中央有一个铁原子。肝脏取出铁原子，储存起来留待将来使用，然后将剩下的近方形分子分解。被分解的卟啉就是胆色素。胆色素分泌进胆汁里，颜色是褐色或者绿色——这取决于将来发生的化学变化。

胆色素对身体无用，它们是作为废料进入胆汁的。它们流经肠道，最后随粪便排出体外。事实上粪便的颜色就由胆色素决定。

芬利的眼睛开始放光。

内维斯说："看来肝脏里的卟啉分解代谢似乎没有遵循恰当的线路。在你看来不是这样吗？"

当然是。而且在我看来也是。

那之后大家兴奋极了。除开直接涉及金的那些情况，这是我们在大鹅身上发现的第一个代谢异常！

我们做了一次肝脏活检（意思是我们在大鹅身上做了穿刺，一个细小的圆柱形直达肝脏）。疼归疼，但不会伤害大鹅的健康。我们还取了更多血样。

这次我们从血液中分离出血红蛋白,并从肝脏样本中分离出少量的细胞色素(细胞色素是一种氧化酶,同样含有血红素)。我们取出血红素置于酸性溶液中,一部分血红素沉淀成一种亮橙色物质。等到了1955年8月22日,我们手头有了5微克这种化合物。

橙色化合物与血红素相似,但并非血红素。血红素里的铁可以有两种形式,要么是带两个正电荷的亚铁离子(Fe^{++}),要么是带三个正电荷的三价铁离子(Fe^{+++}),若是后者,化合物就是高铁血红素。(顺带说一句,铁的化学式Fe来自拉丁文中的"铁"——"ferrum"。)

我们从血红素中分离出的那种橙色化合物,它的确具备血红素分子的卟啉部分,然而位于分子中央的金属却是金,确切地说,是带三个正电荷的金离子(Au^{+++})。我们将这种化合物命名为"金红素",也就是"带金元素的血红素"的简称。

金红素是有史以来发现的头一个自然产生的含金有机化合物。通常来说它是够资格在生物化学界占据头版头条的,但如今它却什么也算不上——它仅仅存在这件事就开辟出了更宏大的视域,相形之下,金红素本身难免黯然失色。

看来肝脏没有将血红素分解成胆色素,反而是将它转化成了金红素;肝脏用金取代了铁。金红素与氯金酸根离子达成平衡,它进入血液并被带到卵巢,在卵巢里金被挑出来,分子的卟啉部分则由某种尚不清楚的机制处理掉。

我们做了进一步分析,发现大鹅血液里29%的金都是以氯金酸根离子的形式存在于血浆内。剩下的71%则以"金红蛋白"的形式存在于红细胞中。我们尝试喂大鹅吃了微量带放射性的金,这么一来就能从血浆和血细胞里检测出放射性,由此看出卵巢处理金红蛋白的效率如何。据我们设想,跟处理血浆中溶解的氯金酸根离子相比,处理金红蛋白的速度应当要慢上很多。

然而试验失败了,因为我们没有探测到任何放射性。我们把失败归结于经验不足，因为我们中间没有一个是搞同位素研究的。这实在很不幸，因为这次的失败其实说明了一个重要问题，只不过我们全都没能察觉，于是浪费了好几周时间。

就携带氧气来说，金红蛋白当然毫无用处，但它只占红细胞中血红蛋白总量的 0.1%，因此并不会干扰大鹅的呼吸。

这么一来，我们还是没有解决金子从哪儿来这个问题。最终是内维斯提出了关键的推测。

"也许呢，"他说这话是在1955年8月25日傍晚的团体会议上，"大鹅并不是用金取代铁。也许它是把铁变成金。"

我是在那年夏天才第一次见到内维斯，但之前我读过他发表的论文，对他有所了解——他的专业领域是胆汁化学和肝功能。我一直觉得他这人脑子清楚，治学严谨，几乎是严谨过头。他竟能说出这样一番可笑之极的话来，我是怎么也料想不到的。

这正好说明参加"大鹅计划"的各位多么绝望，意志多么消沉。

绝望是因为找不到金子的来处，根本找不到。大鹅以每天38.9克的速率排泄黄金，这已经持续了好几个月，这金子总得有个来处。而如果找不到来处——如果实实在在就是找不到——那金子就得是用某种东西造出来的。

意志的消沉引得我们去考虑这后一种可能，而导致消沉的原因很简单：我们面前是"下金蛋的鹅"，是毋庸置疑的"传说中的那只鹅"。有了这一点，还有什么不可能呢？我们全都活在童话世界里，而我们的反应就是彻底丧失了现实感。

芬利认真考虑了这种可能性。"血红蛋白进入肝脏，"他说，"然后就出来了一点儿金红蛋白。鹅蛋的金壳里唯一的杂质就是铁。蛋黄里含量高的只有两样东西，其一当然是金，然后还有些铁。简直骇人听闻，荒谬至极，但还真能讲得通。伙计们，我们得找人帮忙。"

我们找来帮手，由此开启了第三阶段的研究。第一阶段只有我自己。第二阶段是生化特遣队。第三阶段是最伟大、最重要的阶段：大队核物理学家涌入。

1955年9月5日，加利福尼亚大学的约翰·L.比林斯抵达。他随身带了一批设备，之后的几周又有更多设备陆续运来。更多临时建筑拔地而起。我看得出来，一年之内我们就能围绕大鹅弄出一整套科研机构。

5日当天傍晚，比林斯来参加我们的讨论会。

芬利向他介绍了最新情况，然后说："铁变金这个想法涉及很多难以解决的问题。首先，大鹅体内铁的总量只可能有大约半克，然而它每天制造的金子却有将近四十克。"

比林斯的声音清晰而尖锐。他说："还有一个问题比这更麻烦。铁在敛集率曲线上处于最低点附近，金的位置则高得多。要想把一克铁转化成一克金，需要的能量差不多就是一克铀235裂变产生的能量。"

芬利耸耸肩："这个问题我留给你。"

比林斯说："让我想想。"

他可不是光想，他做了很多事，其中之一就是从鹅身上分离出新鲜的血红素样本进行灰化，再把得到的氧化铁送去布鲁克黑文的国家实验室做同位素分析。并没有特别的理由要专门做这件事，只不过当时我们做了大量的个别研究，而开花结果的正好是这一项。

数据拿到手的时候，比林斯差点儿呛死。他说："没有Fe^{56}。"

芬利马上问："其他同位素呢？"

"全都在，相互间的比率也合适，可就是没有检测到Fe^{56}。"

我得再解释一下：自然条件下的铁是由四种不同的同位素构成的。这些同位素是铁的不同原子，彼此之间的区别在于原子量。原子量为56的铁原子，或者说Fe^{56}，占所有铁原子的91.6%。其余三种铁原子的原子量分别是54、57和58。

大鹅血红素中的铁仅仅由Fe^{54}、Fe^{57}和Fe^{58}构成，个中的含义显而易见。Fe^{56}消失了，其他同位素却没有，这意味着发生了核反应。

核反应是可以消耗一种同位素而留下其他同位素不动的。普通的化学反应则必然近乎一视同仁地对待所有同位素，任何一种化学反应都是如此。

芬利说："但是从能量角度看这不可能啊。"

他说这话时想的是比林斯当初的言论，语气里带了些温和的讽刺。我们是生物化学家，我们很明白人体里发生着许多需要消耗能量的反应，而提供能量的方式就是把需要能量的反应与制造能量的反应配对。

不过呢，化学反应释放或吸收的能量不算多，大概几千卡每摩尔[1]，而核反应释放或吸收的能量则是几百万卡每摩尔。所以如果要为某个需要能量的核反应提供能量，就必须有另一个产生能量的核反应。

我们有两天没见到比林斯。

他终于回来了，为的是说："瞧这儿。就反应涉及的每个核子而言，产生能量的核反应制造多少能量，需要能量的核反应就必须消耗多少能量。如果产生的能量稍微少了哪怕一丁点儿，整个反应都不会发生。如果产生的能量多了哪怕一丁点儿，那么由于反应涉及的核子数量是天文数字，多余的能量会在刹那间把大鹅蒸发掉。"

"所以呢？"芬利问。

"所以可能的反应种类非常有限。我只找到一个合理的系统。如果氧-18转化成铁-56，产生的能量就足以把铁-56推进到金-197。就好像从过山车的一侧往下冲，再从另一侧爬升上去。这想法咱们得检测一番。"

"怎么检测？"

"首先，我觉得我们可以检查大鹅体内氧的同位素构成。"

氧由三种稳定的同位素组成，几乎全部是 O^{16}。每250个氧原子

---

[1] 卡，全称"卡路里"，热量单位。摩尔，国际单位制中物质的量的单位。

中才有一个 O^{18}。

又一份血样。血中所含的水在真空中蒸馏出来，让其中一部分通过质谱仪。这其中查出了 O^{18}，但每 1300 个氧原子中只有一个，比我们预计应该找到的 O^{18} 少了整整 80%。

比林斯说："这就是佐证。氧 -18 被消耗掉了。大鹅一直在通过食物和水摄入氧 -18，但它还是被消耗掉了很多，金 -197 被制造出来。铁 -56 是中间产物，由于消耗铁 -56 的反应速度比制造它的要快，它就没有机会达到显著的浓度，在同位素分析时也就找不到它。"

我们并不满意，所以再次尝试。我们在水里额外添加氧 -18，把这样的水喂给大鹅一个星期。金子的产量几乎马上增加了。到试验结束时，大鹅产出的金子达到每天 45.8 克，而它体内水分中的 O^{18} 含量却不比之前高。

比林斯说："现在确凿无疑了。"

他掰断了铅笔站起身："大鹅是一座活生生的核反应堆。"

大鹅显然是变种。

变异让人联想到很多东西，其中之一就是辐射，而辐射又让人想到 1952 年和 1953 年的核试验，试验地点距离麦格雷戈的农场也就几百英里。（如果这时候你想到的是得克萨斯从没进行过核试验，那也只代表两件事：一是我对你有所保留，二是有些事你并不知情。）

我们彻底分析了背景辐射，又把土壤极尽严格周密地筛了个遍，寻找放射性物质。我怀疑在原子时代的整个历史上都没有这样过。

我们研究了过去的记录，无论它们有多"绝密"。到这时候，大鹅计划已经获得了史无前例的最高优先级。

我们连天气记录也查了一遍，以便追踪核试验期间风的状况。

最后发现两个要点：

一、农场的背景辐射略高于正常值。这里我要立即补充一句，绝对不到有害健康的程度。不过有迹象表明，在大鹅出生期间，农场至少两次被放射性坠尘飘浮的边缘扫到。我需再次即刻补充一句：对健康没什么害处。

二、我们测试了农场所有的鹅，乃至所有的活物，连人类也包括在内，其中只有大鹅没有任何的放射性。这个问题实际便是：万事万物都呈现出微量的放射性——所谓背景辐射就是这个意思，可大鹅却完全没有。

1955年12月6日，芬利递交了一份报告。我转述如下：

"大鹅是一个极其不同寻常的变种，它生于高放射性环境，此环境促成了整体的变异，同时也使这一变异成为有益的变异。

"大鹅拥有能够催化各种核反应的酶系统。此酶系统是由一种酶构成，还是多种酶，目前尚不清楚。所涉及的酶的性质我们也一无所知。目前也还无法提出任何理论以解释酶如何能催化核反应，因为核反应涉及特殊的相互作用，其效力比通常由酶催化的普通化学反应要高出五个数量级。

"总体的核变化是从氧-18到金-197。氧-18在环境中含量丰富，大量存在于水和所有有机食物中。金-197则通过卵巢排出体外。一个已知的中间产物是铁-56，鉴于这一过程中形成了金红蛋白，我们怀疑涉及的一种或多种酶或许是以血红素为辅基。

"关于这一总体的核变化对大鹅的价值，我们进行了大量的思考。氧-18对大鹅无害，金-197则难以摆脱，它具有潜在的毒性，同时也是造成大鹅不育的一个原因。因此，形成金-197有可能是一种手段，借以避免更大的危险。这一危险——"

不过我这么说吧，朋友，如果只是在报告里读到这番话，一切都显得很平静，几乎像是在沉思默想。可事实上呢，当比林斯听说了我们自己做的放射性金试验——就是我之前讲到的那一次，我们在大鹅体内没有检测到放射性，于是就以为结果毫无意义，把它抛开不管了——当比林斯听说这件事时,他差点儿当场中风,我从没见过有人离中风那么近结果还安然无恙的。

他反复问了我们许多次:放射性没了,你们怎么可能觉得这件事无关紧要?

"你们就好像初出茅庐的记者,"他说,"人家派你们去报道上层社会的婚礼,结果你们回来说没故事可写,因为新郎没现身。"

"你们喂大鹅吃了带放射性的金,结果放射性没了。不仅如此,你们也没能在大鹅身上检测到任何自然的放射性。没有碳 -14。没有钾 -40。于是你们就说试验失败了。"

我们开始喂大鹅吃放射性同位素。起初很谨慎,但 1956 年 1 月还没结束,我们已经放开了手脚。

大鹅始终没有放射性。

"结论就是,"比林斯说,"大鹅的这个由酶催化的核进程,它能把所有不稳定的同位素转化成稳定的同位素。"

我说:"挺有用。"

"有用?简直妙不可言。这是对抗原子时代的完美防御。听着,从氧 -18 转化成金 -197,这期间每个氧原子应该释放八点几个正电子。这就意味着一旦每一个正电子都与一个电子结合,立马就会释放八点几束伽马射线。可我们也一样检测不到伽马射线。大鹅肯定能无害地吸收伽马射线。"

我们用伽马射线照射大鹅。射线强度不断升高,大鹅略有些发烧,我们吓慌了神,赶紧停手。不过那只是普通发烧,不是辐射病。一天过后退烧了,大鹅跟过去一样精神抖擞。

比林斯质问道:"你们看不出我们手头这是什么吗?"

"科学的奇迹。"芬利说。

"伙计,难道你看不出它的实际用途?如果我们能弄清个中的机制,并在试管里复制出来,我们就有了处理放射性灰尘的完美方法。

阻止我们全面迈入原子经济的最大阻力是什么？头疼就头疼在如何处理这一过程中产生的放射性同位素。把它们倒进装了酶制剂的大缸里筛一遍，这就成了。

"找出这个机制，先生们，你们就再也不必为放射性坠尘发愁。我们会找到对抗辐射病的方法。

"稍微改变这个机制，我们就能让大鹅排出我们需要的任何元素。铀235的蛋壳你们觉得如何？

"机制！机制！"

我们坐在那儿，所有人都在，我们盯着大鹅看。

要是鹅蛋能孵化该多好。要是我们能弄到一个部落的核反应鹅该多好。

"这事过去肯定发生过，"芬利说，"传说里提到下金蛋的鹅，总该有个由头。"

比林斯问："你愿意等？"

如果我们有一群这样的鹅，我们就可以拿几只来解剖。我们可以研究卵巢，可以准备组织切片和组织匀浆。

这一招或许没用。毕竟我们在各种条件下尝试了许多次，但肝脏活检的组织并没有跟氧-18起反应。

但我们或者可以拿一整个完好的肝脏进行灌注。我们或者可以研究完好的胚胎，等着其中一个胚胎发展出那个机制。

可是我们手头只有一只大鹅，所以这些通通办不到。

我们不敢杀掉下金蛋的鹅。秘密就藏在那只肥鹅的肝脏里。

肥鹅的肝脏！鹅肝酱！对我们可不是什么美味！

内维斯沉吟道："我们需要一个点子。某种激进的改弦更张。某个关键性的想法。"

比林斯垂头丧气："光说是喊不来它的。"

我勉强开了个并不好笑的玩笑："可以在报纸上打广告嘛。"结果这话倒让我想到一个点子。

"科幻小说！"我说。

"什么？"芬利问。

"听着，科幻杂志有时会刊登假充科学的整蛊文章。读者觉得很有意思。他们感兴趣。"我跟他们讲了阿西莫夫写的关于西奥提莫林[1]的那些文章，我以前读过的。

气氛冷冰冰的，大家都一脸不敢苟同。

"我们甚至不会违反安全条例，"我说，"因为这事说出来谁也不会当真。"我告诉他们克利夫·卡特米尔的事。卡特米尔在1944年写了一篇故事描述原子弹，比真正的原子弹出来早了一整年，结果联邦调查局也按捺住了脾气。

"而且科幻读者总有好多点子。可别小瞧他们。哪怕他们以为文章是捉弄人的，他们还是会把自己的想法寄给编辑。既然我们自己想不出来，已经走进死胡同里了，我们又还能有什么损失呢？"

他们仍然没有信服。

于是我说："而且你们知道……大鹅可不会长生不死。"

不知怎么的，这话见效了。

我们先得说服华盛顿那边，然后我联系上科幻杂志的编辑约翰·坎贝尔，他又联系了阿西莫夫。

现在文章写出来了。我读了，也赞成，并且我敦促各位不要相信。一个字也别信。

只不过——

有什么想法吗？

---

[1] 西奥提莫林（Thiotimoline）是阿西莫夫于1947年提出的一种虚构的化合物，它具有超时空属性，在接触水之前就开始溶解。阿西莫夫专门为它写了一系列恶搞的科学论文，一本正经地论证了这一化合物的化学特性与用途，并刊登在科幻杂志《惊奇》上。——译者注

奴工校对员[1]

美国机器人与机械人公司是本案的被告,公司施展影响力,迫使案子走了无陪审团的非公开庭审程序。

东北大学也没有多花力气阻止对方。事涉机器人的不当行为,虽然这一不当行为极其罕见,但公众对任何涉及机器人的事情都有可能反应过激,大学的理事们对此心知肚明。同时理事们也心如明镜,明白反机器人的暴动完全有可能在事先毫无征兆的情况下演变成反科学的暴动。

哈洛·沙恩大法官在本案中代表政府,政府也巴不得静悄悄地收拾好这乱摊子。美国机器人公司和学术界都不是好惹的主儿。

沙恩大法官说:"先生们,既然媒体、公众和陪审团都不在场,就让我们尽量抛开繁文缛节,直奔事实吧。"

他说话时脸上露出僵硬的微笑,或许是觉得自己提这要求多半是白费工夫。说完他就拉一拉法官袍,好坐得舒服些。他脸色红润,透着一团和气,圆圆的下巴线条柔和,鼻子宽大,浅色的双眼彼此分得挺开。总的说来,这张脸不太具备司法的威严,法官自己也心里有数。

头一个站上证人席宣誓的是巴纳巴斯·H. 古德菲乐,东北大学的物理学教授。他照惯例念了誓言,脸上的表情完全抵消了他名字里

---

1 Copyright © 1957 by Galaxy Publishing Corporation.

的"乐"字[1]。

控方律师先问了开场照例要提的几个问题，然后就把双手插进口袋深处说："教授，关于机器人EZ-27可能受雇一事，此事你是何时第一次知道的？当时又是何种情形？"

古德菲乐教授瘦削的小脸上换了一副忐忑不安的表情，并不比之前的表情和善多少。他说："我认识美国机器人公司的研发主任艾弗瑞德·兰宁博士，我们有过工作上的接触，私下里也有些交情。因此当他向我提出一个相当古怪的建议时，我倾向于以比较宽容的态度听他陈述，那是在去年3月3日——"

"2033年？"

"正确。"

"抱歉打断了你。请继续。"

教授冷冰冰地点点头，蹙着眉毛梳理脑中的事实，然后就开始讲述。

古德菲乐教授看着机器人，心里略觉不安。在地球表面运送机器人从一地前往另一地，必须遵循相关的各种规定，机器人便是遵循这些规定被装在板条箱里运进了地下库房。

他知道它要来，因此也不能说是毫无心理准备。3月3日兰宁博士打来第一通电话，自那时起他就感到自己在对方的劝说下节节败退，于是此刻的结果无可避免，他跟机器人面对面了。

它站在一臂之外，看起来大得异乎寻常。

艾弗瑞德·兰宁也定睛看了机器人一眼，仿佛想确认它没有在运输过程中受损。然后他把他咄咄逼人的眉毛和满头浓密的白发转向

---

[1] 原文中，教授的名字是 Barnabas H. Goodfellow，"good fellow"指"友好随和、令人感到快乐的人"。

教授的方向。

"这是机器人 EZ-27，它是所属型号中第一个可供公众使用的机器人。"他转向机器人，"这是古德菲乐教授，小易[1]。"

小易的声音里不带丝毫感情，但它开口之前毫无征兆，倒把教授惊得后退："下午好，教授。"

小易高七英尺，体型的比例与人类大致相同——这一直是美国机器人公司的主要卖点。有了这一条，再加上公司拥有正电子脑的基本专利，他们就在机器人领域形成了实际的垄断，而在一般的计算机领域他们也已经接近垄断了。

把小易取出板条箱的两个男人已经离开，现在教授的目光从兰宁转向机器人，然后又转回兰宁身上。"它肯定无害吧，我确信。"他听起来倒不像很确定的样子。

"比我无害，"兰宁说，"我可能被激怒，然后揍你。小易则不可能。机器人学三大法则你是知道的，我猜。"

"对，当然。"古德菲乐道。

"它们内建于大脑的正电子模式中，机器人必须遵循。第一条法则是机器人存在的首要准则——保护所有人类的生命与福祉。"他闭上嘴，揉了揉脸颊，然后又补充说，"可能的话，我们希望说服整个地球相信这点。"

"只不过它看上去实在叫人望而生畏。"

"这我承认。但无论它看上去如何，你都会发现它的确有用。"

"我不确定它能有什么用，之前谈的时候你也没怎么提过。但无论如何，我答应要看看这东西，现在我也看了。"

"我们今天不只要看，教授。你带书来了吗？"

"带了。"

---

[1] 原文为 Easy。

"能让我看看吗?"

古德菲乐教授把手往下伸,从脚边的公文包里抽出一本书;这期间他的眼睛一直没有真正离开矗立在面前的那块人形金属。

兰宁伸手接过书,瞅瞅书脊:"《溶液中电解质的物理化学》。很好,先生。这本书是你随意选择的。你正好选中这一本,并非出自我的建议。对吧?"

"是的。"

兰宁把书递给机器人EZ-27。

教授吓得一跳:"别!这本书很珍贵的!"

兰宁扬起眉毛,它们看上去活像毛茸茸的椰子糖霜。他说:"我向你保证,小易无意把书撕成两半来展示它的力量。它跟你我一样,懂得对待书籍要轻手轻脚。开始吧,小易。"

"谢谢你,先生。"小易说,它微微转动庞大的金属身躯,朝着教授添上一句,"如果你允许的话,古德菲乐教授。"

教授瞪大眼睛,然后说:"好——好,当然。"

金属手指缓慢而稳定地操作,小易翻开书页,先往左边的那一页看一眼,再往右边的那一页看一眼;翻页,左看一眼,右看一眼;再翻页……如此循环往复,一分钟又一分钟。

它浑身散发出力量感,相形之下,他们所在的这间水泥墙面的大屋子也显得低矮了许多,站在一旁看它的两个人类更是像被缩小了,远不及真人大小。

古德菲乐喃喃道:"光线不太好。"

"够用了。"

教授的语气突然尖锐起来:"可它这是在做什么?"

"耐心,先生。"

最后一页也终于翻过去了。兰宁问:"如何,小易?"

机器人说:"这本书十分正确,我能指出有误的地方很少。在第

27页的第22行,'positive'一词被拼成了p-o-i-s-t-i-v-e。第32页第6行的逗号是多余的,相反,在第54页第13行则应该增添一个逗号。在第337页编号XIV-2的方程里,加号应该改成减号,否则与前文的方程不一致——"

"等等!等等!"教授嚷起来,"他这是做什么?"

"这是做什么?"兰宁学他说话,并且突然暴躁起来,"怎么,伙计?他已经做完了!他把书校对完了。"

"校对?"

"没错。就在翻书所需的短短时间内,他抓出了拼写、语法和标点上的每一处错误。他留意到词序的问题,检测出前后不一致的地方。而且他将保有这些信息,分毫不差,无限期保存。"

教授张大嘴巴。他快步远离兰宁和小易,又快步走回来。他把双臂环抱胸前,盯住对方。最后他问:"你的意思是说,这是一个校对机器人?"

兰宁点头:"还有其他许多功能。"

"可你为什么要给我看?"

"好让你帮我说服大学获取它的使用权。"

"用来校对?"

"还有其他许多功能。"兰宁耐心重复先前的答案。

教授苍白干瘪的脸皱成一团,露出没好气的、难以置信的表情:"但这也太可笑了!"

"为什么?"

"大学再怎么也拿不出这么些钱,买不起这半吨重——它最少有半吨,肯定的——这半吨重的校对员。"

"它做的不只是校对。它会根据大纲准备报告、填表、充当准确的记忆存储、改试卷——"

"都是微不足道的小事!"

兰宁说:"根本不是,我马上就能向你说明。不过我觉得我们可以去你办公室讨论,这样比较舒服些,如果你不反对的话。"

"不,当然没问题。"教授机械地应下了,迈出半步,仿佛要转身,但他突然嚷道,"可机器人呢——我们不可能把机器人也带去。真的,博士,你得把它再次装回板条箱里。"

"这个不急。小易可以先留在这儿。"

"没人照管?"

"有何不可?它知道自己必须留在这儿。古德菲乐教授,你得明白,机器人是远比人类可靠的。"

"可要是造成了损害,我得负责——"

"不会有任何损害。我担保。看,现在是下班时间。我猜照你的日程,明早之前都不会有人来。卡车和我手下的两个人就在门外。发生任何事都有美国机器人公司全权负责。不会有事的,就当是一次展示好了,展示机器人多么可靠。"

教授顺从了,他跟在对方身后走出库房。两人上了五层楼来到他的办公室,不过在办公室里他似乎也并不完全自在。

他拿出一张白色手帕轻触额头,擦去前额上那一排汗珠。

"你心里很清楚,兰宁博士,法律禁止在地球表面使用机器人。"他指出。

"相关的法律,古德菲乐教授,并不那么简单。机器人不可在公共道路和大型公共建筑内使用;不可在私人领地和私人房屋内使用,除非符合特定的限制条件,而通常这些条件最终也会起到禁止的效果。然而大学是私有的大机构,经常获得优待。假如机器人仅在一个特定的房间使用,而且仅用于学术用途,假如我也遵守其他相关限制条件,再假如需要进入房间的男男女女都予以充分合作,那么我们完全有可能维持在法律许可的限度内。"

"可这般大费周章,就只为了校对?"

"机器人的用途是无限的,教授。迄今为止,机器人劳动力只被用来替代人类进行单调乏味的体力劳动。可难道就不存在单调乏味的脑力苦差事吗?一位教授,本来有能力进行最有益的创造性思维,结果却被迫浪费两周时间痛苦地检查校样的拼写;而如果换上我向你提供的这台机器,三十分钟内就能完工,这岂是微不足道的小事?"

"可是价格——"

"无须为价格烦恼。你们不能买下EZ-27。美国机器人公司的产品是不卖的。但大学可以租赁EZ-27,每年只需一千美元——比微波摄谱仪的一个连续记录附件便宜得多。"

古德菲乐似乎惊呆了。兰宁乘胜追击:"我只求你把这件事跟这里做主的无论什么团体提出来。如果他们想要更多信息,我也很愿意跟他们谈。"

"嗯,"古德菲乐迟疑道,"我可以在下周的评议会会议上提一提。不过有没有用我可没法保证。"

"那是自然。"兰宁说。

辩方律师又矮又胖,举手投足还颇爱装腔作势,于是更加凸显了他的双下巴。证人一交给辩方质询,他就盯着古德菲乐教授说:"你当时答应得很爽快,不是吗?"

教授飞快道:"我想我是急于摆脱兰宁博士吧。为此我是随便什么都肯答应的。"

"打算等他一走就把这事抛在脑后?"

"这个嘛……"

"尽管如此,你的确向大学评议会的执行委员会正式提出了这件事。"

"是的,我提了。"

"也就是说,你同意兰宁博士的建议是真心诚意的。你并不只是顺着他的意思开开玩笑。其实你热烈地赞成，不是吗？"

"我只是遵循了一般的程序。"

"事实上，你当时对机器人的态度并不像你现在宣称的这般有所顾虑。你知道机器人学三大法则，而且在你与兰宁博士会谈时就已经知道了。"

"嗯，是的。"

"而且你很愿意留下机器人自己待在地下室，不受限制，无人照管。"

"兰宁博士向我保证说——"

"假如你对机器人存了哪怕一丝一毫的疑心，假如你怀疑它可能构成哪怕一丝一毫的危险，你也绝对不可能接受他的保证，难道不是吗？"

教授僵着脸说："我十分信任——"

辩方律师突然说道："没有问题了。"

古德菲乐教授退席，看来很有些心烦意乱。与此同时沙恩大法官身体前倾道："我本人并非机器人专家，所以很愿意知道'机器人学三大法则'具体是怎么一回事。兰宁博士愿意为本庭引述吗？"

兰宁博士似乎吓了一跳。他本来一直在跟邻座的灰发女人争论着什么，两人几乎头碰着头；现在他站起身，那女人也抬起了头——脸上毫无表情。

兰宁博士说："很愿意，法官大人。"他停顿片刻，摆出一副准备开始演说的架势，接着努力用清楚的吐字说道："第一法则：机器人不得伤害人类，或因不作为而使人类受到伤害。第二法则：除非违背第一法则，机器人必须服从人类的命令。第三法则：在不违背第一法则及第二法则的情况下，机器人必须保护自己。"

"原来如此，"法官飞快做着笔记，"这些法则是内建于每一个机器人的，不是吗？"

"每一个机器人。这一点任何机器人学家都会予以证实。"

"具体到EZ-27,也是有的?"

"是的,法官大人。"

"很可能会要求你在宣誓后重复以上声明。"

"我很愿意,法官大人。"

他重新坐下。

坐在兰宁旁边的灰发女人是苏珊·凯文博士,美国机器人公司的首席机器人心理学家。她看着自己名义上的上司,眼里殊无好感——不过话说回来,她对随便哪个人类都没有好感。她问:"艾弗瑞德,古德菲乐的证词准确吗?"

"基本上准确,"兰宁低声道,"他对机器人并不像自己说的那么紧张,听过价格以后也急于跟我谈买卖。不过除此之外他似乎并未严重扭曲事实。"

凯文博士若有所思:"一千美元太少,或许聪明的做法是把价格定高些。"

"我们当时急着安置小易。"

"我知道。或许是太急切了。他们会努力让我们显得别有用心。"

兰宁露出气恼的神情:"我们确实别有用心。我在大学评议会上亲口承认的。"

"他们可以让大家觉得我们在自己承认的心思之外还另有心思。"

坐在凯文博士另一侧的是斯科特·罗伯森,他是美国机器人公司创始人的儿子,至今仍持有公司的大部分股票。现在他俯身过来,暴躁地低声问道:"你为什么不能让小易开口,好叫我们知道我们目前是何种处境?"

"你知道他是不能谈论那件事的,罗伯森先生。"

"想办法要他说。你是机器人心理学家,凯文博士。想办法要他说。"

"如果我是心理学家，罗伯森先生，"苏珊·凯文冷若冰霜，"就让我来做决定。我不允许我的机器人被迫做出任何有损其健康的事。"

罗伯森皱起眉头，他本来也许会回嘴，但沙恩大法官用一种礼貌的方式敲了敲法槌，于是他们不情不愿地安静下来。

法兰西斯·J. 哈特站上了证人席。他是英文系的系主任，还兼研究生院的院长。他体态丰腴，一身剪裁保守的深色服装，打扮得一丝不苟，脑袋上还保住了几缕头发，横跨粉红色的头顶。他在证人席的椅子上紧靠椅背坐好，双手整整齐齐地叠放在大腿上，时不时抿紧嘴唇微微一笑。

他说："我首次接触机器人 EZ-27 一事是在大学评议会执行委员会的会议上，会议期间古德菲乐教授提出了此事。在那之后，我们于去年4月10日召集特别会议，就此事进行讨论，由我担任会议主席。"

"执委会的会议是否做了会议记录？我指的是那次特别会议。"

"嗯，没有。那次会议相当不同寻常。"院长笑了笑，"我们觉得应当保密。"

"会上发生了什么？"

哈特院长担任会议主席，但他在这个位置上似乎并不完全自在，与会的其他成员也显得心绪不宁。只有兰宁博士看起来怡然自得。兰宁博士身材高大枯瘦，头顶盖着蓬乱浓密的白发，叫哈特联想起安德鲁·杰克逊总统的一幅肖像。

机器人的工作样本散放在会议桌中央。物理化学系的米诺特教授手里拿着一张图表，是机器人绘制的一张图表的复制品。化学家噘着嘴唇，显然十分赞赏。

哈特清清喉咙："现在看来，那个机器人无疑能够胜任某些常规任务。比如这些工作，我在进会议室之前刚刚检查过，可挑剔的地方极少。"

他拿起一页很长的打印纸，长度是普通书页的三倍。那是一页校样，专门给作者在排版前校对用的。样张两侧各有很宽的空白，校对的标记集中在此，字迹工整，非常容易辨认。偶尔会有一个印刷的词被画掉，取代它的新词写在空白处，新词的每一个字母都十分精细规整，根本就跟印刷的字体没两样。有些更正用了蓝色，表示错误出自作者之手；少数用了红色，表明是印刷错误。

"事实上，"兰宁说道，"可挑剔的地方少之又少。要我说是根本没有任何可挑剔的地方，哈特博士。我敢说所有的更正都完美无缺，当然这个完美是相对于原稿而言。如果校对所凭借的原稿存在错误——我指原稿在事实方面有误，而不是英文方面的错误——那么机器人是没有能力予以纠正的。"

"这一点我们接受。不过呢，机器人有时还更正了词序，但我认为英文的文法并没有那么死板，所以我们也没法确定，是否每个情况下机器人的更改都是正确的选择。"

"小易的正电子脑，"兰宁微笑时露出大颗牙齿，"是依据该领域全部的标准著作塑造的。机器人的选择可有一处确定无疑是错误的？我敢肯定你找不出来。"

米诺特教授仍然拿着那张图表，现在他的目光从图表移开，抬起头："就我而言，兰宁博士，问题在于我们究竟为什么需要一个机器人，毕竟这会牵扯出公关上的各种困难。自动化科学已经如此昌明，想必你们公司完全可以设计一台校对机，一台普通的计算机，是公众熟知也接纳的类型。"

"我敢说我们可以做到，"兰宁寸步不让，"但这样一台机器需要先把校样翻译成特殊符号，或者至少转录到磁带上；所做的纠正也会以符号的形式出现。于是你们还是得雇人干活儿，把词语翻译成符号，再把符号翻译成词语。再说这样一台计算机也不可能进行其他工作。比如你手里拿的图表，它就办不到。"

米诺特哼哼两声。

兰宁接着说道："正电子脑的标志性特征就是它的灵活性。它可以完成多种工作。它是照着人来设计的，因此也能使用所有的工具与机器，毕竟工具和机器都是设计来给人用的。它能对你说话，你也能对它说话。事实上你还可以在某种程度上跟它理论。要是把不带正电子脑的普通计算机跟哪怕很简单的机器人相比较，那么普通计算机就只是一个笨重的加法机。"

古德菲乐抬头说："如果我们都跟机器人说话，跟它理论，我们把它搞糊涂的概率有多大？据我猜想，它应该没有能力吸收无限量的数据吧。"

"不，它没有这个能力。但正常使用下，它应该能持续五年。需要清理时它自己会知道，届时公司会免费清理。"

"由公司来做？"

"对。公司保有在正常工作日程之外对机器人进行检修的权利。我们之所以只租不卖、保留对正电子脑的控制权，这也是一个原因。在执行常规的功能期间，任何机器人都可以被任何人类指挥。在常规的功能之外，机器人需要专家来处理，这一项我们可以提供。举个例子，你们中的任何人都可以命令 EZ 型号的机器人忘掉这件事或那件事，借此在一定程度上清理它。但你们的遣词造句很可能导致它忘掉太多或者太少，这是几乎可以肯定的。这一类的篡改我们能检测出来，因为我们内建了保障措施。不过呢，在机器人正常工作期间并无清理它的必要，也没必要做其他的无用功，所以不会有这方面的问题。"

哈特院长摸摸脑袋，仿佛想确保精心"培育"的几缕头发分布均匀。他说："你急于让我们接受这台机器，然而对于美国机器人公司，你的提议肯定是亏本买卖吧。每年一千美元，价格低得可笑。你们是否指望通过此次的交易打开大门，今后再以更合理的价格把其他类似的机器租赁给其他大学？"

兰宁道："不消说，这一期待是很合理的。"

"但即便如此，你们能租借出去的机器肯定也有限。我怀疑你们能否靠这一提议盈利。"

兰宁将手肘放到桌面上，他身体前倾，满脸认真："先生们，我就直说吧。除开少数特例，机器人是不能在地球上使用的，而这是由于公众对机器人抱有偏见。美国机器人公司呢，单凭我们在外星球和太空航行的市场就已经非常成功，更不必提我们的计算机子公司了。但我们关注的不仅仅是利润。我们坚信，在地球上使用机器人最终将令所有人过上更好的生活，尽管在初期可能导致一定的经济混乱。

"工会自然反对我们，但大型大学的合作想必可以期待吧。这个机器人，小易，它会替你们承担学术上各种单调烦琐的苦差事——它会为你们担当，如果你们允许我这么说的话，担当奴工校对员的角色。其他大学和研究机构会效仿你们。如果一切顺利，也许其他类型的其他机器人会被安置到各个位置上，公众对它们的反对意见也会逐步破除。"

米诺特嘟囔道："今天是东北大学，明天是全世界。"

兰宁火冒三丈，他悄声对苏珊·凯文道："我根本没那么雄辩，他们也没那么不情不愿。一年才一千美金，为了得到小易[1]，他们踊跃得很呢。米诺特教授跟我说，他手里那张图表美不胜收，他前所未见，校样和其他任何地方也找不出一点儿错处。哈特也爽快地承认了。"

凯文博士脸上严厉的竖纹并未软化："你当时应该要一个他们付

---

1 原文为"to get Easy"，既是想"得到小易"，也是想"变得轻松"。

不起的高价，艾弗瑞德，然后再让他们跟你砍价。"

"也许吧。"对方咕哝道。

控方还在继续质询哈特教授："兰宁博士离开后，你们就是否接受EZ-27一事进行了投票表决？"

"对，我们投了票。"

"结果如何？"

"赞成接受，多数票通过。"

"据你看，是什么因素影响了投票结果？"

辩方立即反对。

控方换了个说法："你个人在投下你那一票时，是什么因素影响了你？你确实是投了赞成票的，我记得。"

"我投了赞成票，是的。我之所以投出赞成票，很大程度上是被兰宁博士的情怀打动了。他认为机器人科学能帮助人类解决人类面对的各种问题，而作为世界学术界的领导人物，我们有责任促成此事。"

"换句话说，兰宁博士说服了你。"

"这是他的工作。他的表现非常出色。"

"我问完了。证人交给辩方。"

辩方律师大步走向证人席，又上下打量了哈特教授好一阵。他说："实际上，你们全都巴不得赶紧把EZ-27雇到手，不是吗？"

"我们认为假如它能完成那些工作，它或许可以派上用场。"

"假如它能完成那些工作？据我理解，在你刚刚描述的那次会议的当天，你分外仔细地检查了EZ-27的原始工作样本。"

"是的，我检查了。因为那台机器的工作主要是处理英文的语言，而那正是我的专业领域，选我来进行检查似乎是符合逻辑的。"

"很好。会议时放在桌上展示的那些东西，有哪一样不够令人满意吗？这里我有当时的全部材料作为证物。你能指出哪怕一项你不满意的东西吗？"

"这个嘛——"

"我的问题非常简单。是否存在哪怕一项是你不满意的?你检查过了。有吗?"

英文教授皱起眉头:"没有。"

"我手头还有一些样本,都是机器人EZ-27在受雇东北大学的十四个月里完成的工作。能否请你检查一遍,然后告诉我里面是否存在错处,哪怕只是一个细节?"

哈特怒道:"等他真犯错的时候,那可是妙极了。"

"回答我的问题,"辩方声如雷鸣,"同时也只回答我向你提出的问题!材料中存在任何错处吗?"

哈特院长小心翼翼地把每份样本都看了看:"嗯,没有。"

"除开我们在此处理的这一事项外,据你所知EZ-27出过任何差错吗?"

"除开本次庭审涉及的事项,没有。"

辩方清清嗓子,仿佛表示本段落就此结束。他说:"现在来看看决定是否雇用机器人EZ-27的那次投票。你说多数票赞成。具体的票数是多少?"

"我记得是十三票对一票。"

"十三票对一票!这可不只是多数而已了,你不觉得吗?"

"不,先生!"这下子可唤醒了哈特院长全部的学究气,"在英语这一语言中,'多数'(majority)一词意味着'超过半数'。十四票中的十三票就是多数,仅此而已。"

"可它几乎就是全票了。"

"那也仍然是多数!"

辩方改变说法:"那么唯一一个投反对票的是谁?"

哈特院长露出极不自在的神情:"西蒙·宁海莫教授。"

辩方假装惊奇:"宁海莫教授?社会学系的系主任?"

"是的，先生。"

"也就是原告？"

"是的，先生。"

辩方律师噘起嘴："换句话说，对我的当事人，美国机器人与机械人股份有限公司提起诉讼，要求其支付七十五万美元赔偿的人，他是从一开始就反对使用机器人的——尽管大学评议会执委会的其他成员全都赞同。"

"他投票反对动议，这是他的权利。"

"你描述会议时没有提到宁海莫教授的任何言论。他当时发过言吗？"

"我认为他说了一些话。"

"你认为？"

"好吧，他是说了话。"

"反对使用机器人？"

"对。"

"言辞激烈吗？"

哈特院长顿了顿："他很激动。"

辩方律师摆出推心置腹的架势："哈特院长，你认识宁海莫教授多长时间了？"

"大约十二年。"

"还算相熟？"

"我想是的，对。"

"那么据你对他的了解，他是不是那种或许一直对机器人心怀怨恨的人呢？且变本加厉，因为当初他的反对票被——"

控方义愤填膺地大声抗议，淹没了问题的后半段。辩方律师挥手示意证人可以下去了，沙恩大法官宣布休庭午餐。

罗伯森把三明治捏得一团糟。公司损失七十五万美元不至于倒闭，但也没什么好处。然而罗伯森知道问题不止于此：在公关方面，公司将遭遇代价高昂的长期挫折。

他气呼呼地说："老讲小易是怎么进入大学的干什么？他们指望借此获得什么好处？"

辩方律师平静地说道："诉讼就好比象棋比赛，罗伯森先生。通常说来，谁能推算出更多步数谁就是赢家，而坐在控方律师席的那位朋友可不是新手。他们能证明发生了损害，这是没问题的。他们会把主要精力用来预判我们的辩护策略。他们肯定认准了我们会尝试证明小易不可能犯下那桩事——因为机器人学三大法则。"

"好吧，"罗伯森道，"那确实是我们的辩护策略。完全无懈可击。"

"仅对机器人工程师而言是这样，对法官就不一定了。他们在做好铺垫，准备证明EZ-27不是普通机器人。它是它这个型号里第一个供公众使用的。它是一个试验型号，需要实地测试，而像样的测试场地唯有大学能够提供。这一说法听起来是合理的，毕竟兰宁博士花了很多心力把小易送进大学，而美国机器人公司出租小易的价格也极其低廉。然后控方就会辩称实地测试证明小易是失败的产品。现在你明白了吧，双方你来我往就是为了这个。"

"可EZ-27这个型号完美无缺啊，"罗伯森争辩道，"它是我们生产的第二十七个。"

"这论点实在糟透了，"辩方律师沉着脸，"之前的二十六个有什么问题？显然是有一些的。所以为什么第二十七个就不该有问题？"

"头二十六个什么问题也没有，只不过它们不够复杂，没法完成任务。这一类型的正电子脑我们是第一次造，这种事开始的时候本来就要碰运气的。但机器人学三大法则对它们都有效！随便哪个机器人，就算再不完美，也一样受'三大法则'约束。"

"罗伯森先生，这一点兰宁博士跟我解释过，我也愿意信他。但法官就不一定了。我们仰仗他的裁决，而他这人虽然诚实又聪明，却对机器人学一无所知，因此有可能被引入歧途。举个例子，假如你或者兰宁博士，或者凯文博士上了证人席，然后像你刚才那样说正电子脑的建造是'碰运气'，控方律师准会在交叉询问[1]环节把你们撕成碎片，届时什么灵丹妙药也救不回我们的案子。所以这种话是要避免的。"

罗伯森低声怒吼："要是小易肯开口就好了。"

辩方律师耸耸肩："法律规定机器人没有能力担当证人，所以它开口也无济于事。"

"至少我们能了解一些事实。我们能知道它为什么做出这么一件事。"

苏珊·凯文开火了，她脸颊上显出一抹暗红，声音里也有了一丝温度："我们很明白小易为什么做出这么一件事。是人家命令它做的！我已经跟律师解释过了，现在我再跟你解释一遍。"

"谁下的命令？"罗伯森真心实意地惊讶起来。（大家什么都不告诉我，他心里愤愤不平。上帝啊，这些搞研发的还以为他们才是美国机器人公司的主人呢！）

"原告。"凯文博士说。

"看在老天的分儿上，为什么？"

"原因我还不知道。也许仅仅是为了起诉我们，从中捞到一点儿好处。"她说这话时眼里闪着蓝色的冷光。

"那小易为什么不直说呢？"

"不是很明显吗？它收到命令，要对此事保持沉默。"

"哪里明显了？"罗伯森挑衅似的质问对方。

---

[1] 法学术语，指在证人提供了"直接"证词后，允许对方律师对在法庭上做证或通过证词做证的证人进行讯问、盘问和质疑的过程。

"好吧，在我看来很明显。机器人心理学是我的专长。小易不肯直接回答跟此事有关的问题，但稍微沾边的问题它是会回答的。越是接近核心问题，它回答时就越犹豫。我们对此进行测量，同时测量空白区域和激发的反电势的强度，由此我们就能知道它的麻烦源于有人向他下达了禁言的命令，而命令的强度是基于机器人学第一法则。诊断过程是完全科学的，非常精准。换句话说，有人告诉它如果它开口，有一个人类就会受到伤害。我估计会受到伤害的就是原告，那个令人不齿的宁海莫教授。在机器人眼里他肯定是看着像人的。"

"嗯，那好吧，"罗伯森说，"难道你就不能解释给它听，说如果它保持沉默，美国机器人公司就会受到伤害？"

"美国机器人公司不是人类，普通法把有限责任公司视同一个人，但机器人学第一法则并不如此。再说了，要解除这类特殊的禁令是有风险的。由设置禁令的人来解除它危险最小，因为机器人在这方面的动机以那个人为中心。其他任何方式——"她摇摇头，态度变得几近慷慨激昂，"我绝不允许那个机器人受损！"

兰宁插话进来，一副要带大家回归理智的架势："据我看，我们只需要证明任何机器人都不可能做出小易被指控做下的事。我们能办到的。"

"完全正确，"律师心里恼火，"你们能办到。关于小易的状况和心理状态的本质特征，有能力做证的证人全都是美国机器人公司的雇员。法官绝对不可能相信他们的证词能不偏不倚。"

"他怎么可以否认专家的证词？"

"只需要拒绝被说服就行，这是他作为法官的权利。否则他就必须相信宁海莫教授这样一个人故意设计毁了自己的声誉，哪怕能由此得到一笔不小的赔偿。两相权衡，他不会相信你们的工程师给出的技术细节。法官毕竟也是人。一边是一个人做了匪夷所思的事，一边是一个机器人做了匪夷所思的事，如果要他选，他是很可能选择相信人的。"

"人会做出匪夷所思的事，"兰宁说，"因为人类的心灵极其复杂，我们无法完全了解；也因为就某个特定的人而言，我们不知道在他心里什么是不可能的、什么不是。但机器人不一样，我们确实知道什么对于机器人是真正不可能的。"

辩方律师疲惫道："好吧，咱们就来看看是不是能说服法官相信这一点。"

"要是你只能说到这份儿上，"罗伯森低声嚷道，"我看不出你怎么能说服法官。"

"咱们看吧。知道事情涉及哪些困难，小心留意它们，这是好事，不过我们也别太灰心。我自己也试着在棋局里往前多看了几步。"他极庄重地朝机器人心理学家的方向点点头，"多亏我们这位女士好心帮忙。"

兰宁轮流目视二人："这是在捣什么鬼？"

然而此时法警把头探进屋里，略有些上气不接下气地宣布很快就要继续开庭。

他们坐下来，审视那个引起所有麻烦的男人。

西蒙·宁海莫有一头蓬松的沙色头发，面孔从鹰钩鼻往尖下巴逐渐缩小。有时在说到关键词之前他会犹豫片刻，仿佛在追寻一种令人难以忍受的精确性。当他说"太阳从……呃……东边升起"，听者绝对相信他这话不是随便说说的：他必定已经充分考虑过太阳也许有时候会从西边升起这种可能性。

控方问："你当初是否反对大学雇用机器人 EZ-27？"

"是的，先生。"

"是什么原因？"

"我不认为我们已经充分理解了美国机器人公司的……呃……动机。他们急于把机器人推销给我们，我对此起了疑心。"

"你是否认为它有能力完成据称它被设计用来完成的工作？"

"我明确知道它没有这个能力。"

"能请你说明自己的理由吗？"

西蒙·宁海莫的著作题名为《太空飞行中涉及的社会紧张关系及其解决方案》，这本书已经写了八年。宁海莫总是追求精确，不独在说话时有这个习惯。然而社会学这类学科，不精确几乎是其固有属性，所以他简直喘不上气来。

即便拿到校样他也丝毫没觉得书已经完成了。恰恰相反，盯着长条的校样，他只觉得手痒痒，恨不能把印刷出的一行行字撕碎，换个样子重新排列组合。

吉姆·贝克是社会学的讲师，很快就要荣升助理教授。第一批校样从印刷厂送来三天后，贝克来找宁海莫，发现后者盯着那一叠纸出神。送来的校样一共三份：一份给宁海莫校对，一份由贝克独立校对，还有一份标记为"原稿"，要等宁海莫和贝克先行商议，解决了可能的冲突和分歧，然后再把最终的更正标注上去。两人在过去三年里合作写了好几篇论文，用的都是这套方针，效果很好。

贝克手里拿着自己的校样。他年纪轻轻，声音柔和，让人听了心生好感。他热切地说："我已经完成了第一章，发现好几处排印出错的地方。"

宁海莫心不在焉地说："第一章总免不了的。"

"你想现在就来对一遍吗？"

宁海莫回转眼睛，严肃的目光聚焦在贝克身上："校样我还一点儿没动手，吉姆。依我看我就不费这个劲儿了。"

贝克困惑道："不费这个劲儿？"

宁海莫抿起嘴唇："我打听了那机器的……呃……工作量。毕竟它最初就是作为校对员被……呃……推销进来的。他们定了一张时间表。"

"那机器？你是说小易？"

"我相信他们确实这么叫它，多可笑的名字。"

"可是，宁海莫博士，我还以为你不愿意沾上它！"

"这么干的似乎只有我一个人。或许我也应该好好……呃……利用一番。"

"噢。好吧，那么看来我校对第一章的工夫是白费了。"年轻人懊恼道。

"没有白费。我们可以对照你的结果去检查机器的结果。"

"随你愿意，只不过——"

"怎么？"

"我看小易的工作我们是找不出错处的。据说它好像从来没犯过错。"

宁海莫干巴巴地说："想必是吧。"

四天后，贝克又把第一章带回办公室，这回是宁海莫的那一份校样，新鲜出炉，来自专为小易和它使用的设备建造的附楼。

贝克喜不自禁："宁海莫博士，它不但找出了我找到的所有错处，还发现了一打我遗漏的错处！整件事只花了它十二分钟！"

宁海莫拿过那沓纸检查一遍，只见纸张的空白处整整齐齐地印着各种标记和符号。他说："它做这件事就不如你我那么全面。换了我们就会插入铃木关于低重力对神经系统影响的研究成果。"

"你是指他发表在《社会学评论》上的那篇文章？"

"当然。"

"嗯，也不能指望小易做它力所不能及的事啊。它总不能替我们阅读文献。"

"我意识到这一点了。事实上我已经准备好了要插入的内容。我会去见那机器，确保它知道如何……呃……处理插入的文本。"

"它肯定知道。"

"我更愿意亲自确认。"

要见小易得先预约,最后宁海莫只能在夜里得到区区十五分钟。结果十五分钟也够了。机器人EZ-27立刻理解了如何插入内容。

宁海莫第一次与机器人近距离接触,他发现自己满心不自在。他几乎是下意识地向对方提问,仿佛对方是人类一样:"你对你的工作感到满意吗?"

"非常满意,宁海莫教授。"小易的态度很庄重,充作眼睛的光电元件照常闪着深红色的光。

"你知道我?"

"你带来额外的材料让我加进校样中,由此可见你是作者。而每一页校样顶端自然都印了作者的名字。"

"原来如此。那么说你能够……呃……推理。告诉我——"这个问题他实在忍不住,"目前为止你对这本书是什么看法?"

小易说:"校对它我感到很愉快。"

"愉快?这个词实在古怪,毕竟你是一个没有情感的……呃……机械装置。我听说你是没有情感的。"

"你书里的文字与我的电路相契合,"小易解释道,"你的文字激发的反电势很少,乃至完全没有。我的大脑路径将这一机械事实翻译成'愉快'之类的词语。其情感语境纯属巧合。"

"原来如此。这本书为什么叫你觉得愉快?"

"它讨论的是人类,教授,而不是无机物或者数学符号。你的书尝试理解人类,并帮助提升人类的幸福。"

"而这也是你努力要做的,所以我的书与你的电路契合。是这样吗?"

"是这样,教授。"

十五分钟时间到了。宁海莫离开后去了大学图书馆,图书馆正要闭馆。他拖着不让人家关门，直到他找到一本机器人学的基础著作。他把书带回了家。

之后宁海莫只是偶尔插入一些晚近的材料，此外就只管把校样送给小易，再由小易送给出版社，他自己很少干涉——再后来更是完全不插手了。

贝克有点儿不安："它简直让我觉得自己全无用处。"

"它应该让你觉得有了时间可以开启一个新项目。"宁海莫说话时头也不抬，他正在最新一期的《社会科学文摘》上做笔记。

"就是不习惯。我老是担心校样。这是犯傻，我知道。"

"确实是。"

"前几天，我在小易把校样送走之前跑过去抽了两页出来——"

"什么？！"宁海莫怒气冲冲地抬起眼睛，他手一松，《文摘》自动合上，"你在机器工作期间去打扰它了？"

"就一分钟。一切都好。哦，它改了一个词。你在提到一件事时说这是'罪恶的'，它改成了'鲁莽的'。它认为后者比前者更符合上下文的意思。"

宁海莫变得若有所思："你怎么看？"

"这个嘛，我同意它的看法。我由着它这么改了。"

宁海莫坐在转椅上转过身，正面面对年轻的同事："听着，我希望你下次别再这么干了。既然我要用那机器，我就希望能从中……呃……尽量获益。它最大的好处就是不需要监督，要是你去监督它，结果就是我既用了它，同时又失去了你的……呃……服务，那我就什么好处也没得到。你看是不是这样？"

"是的，宁海莫博士。"贝克闷闷不乐道。

5月8日，《社会紧张关系》的样书送到了宁海莫教授的办公室。他简单浏览了一遍，翻了翻，偶尔停下来读上一段，然后就把样书放到了一边。

根据他后来的解释，他把整件事给忘记了。过去的八年里他一直在写这本书，可最近几个月小易替他挑起担子，他的注意力就被别的兴趣占据了。他甚至没想到要照惯例捐赠新书给大学图书馆。就连贝克也没有收到新书。自从上次会面受了责备，贝克就全心投入工作，一直避免跟系主任碰面。

这一阶段结束于 6 月 16 日。宁海莫接到一通电话，他看见视屏上的图像，惊讶地瞪大了眼睛。

"斯派德尔！你来我这儿了？"

"不，先生。我在克利夫兰。"斯派德尔情绪激动，连声音都在发抖。

"那你打电话来是为什么？"

"因为我刚刚看完了你的新作！宁海莫，你疯了不成？你是得了失心疯吗？"

宁海莫浑身僵硬。他胆战心惊地问道："有什么……呃……不对吗？"

"不对？我请你看看第 562 页。你这样阐释我的成果到底是什么意思？在你引述的论文里，我什么时候说过不存在犯罪人格？我什么时候说过执法机构才是真正的罪犯？听好，我来引用你的话——"

"等等！等等！"宁海莫喊起来，他正在找对方说的那一页，"让我看看，让我看看……上帝啊！"

"如何？"

"斯派德尔，我不知道怎么会弄成这样。我从来没写过这些话。"

"可印出来的就是这个！而且这一处扭曲还不算最糟糕的。你看看第 690 页，等伊帕季耶夫看到你把他的成果搞成什么鬼样子，你想象一下他会怎么收拾你！听着，宁海莫，你的书里满篇都是这种东西。我真不知道你是怎么想的——但你只能把书从市场上撤下来，没别的办法。而且你最好做好心理准备，协会的下一次会议上你得好好跟大家道歉！"

"斯派德尔，听我说——"

然而斯派德尔恶狠狠地切断了通信，用力之大，使得残影在屏幕上闪了足足十五秒钟。

宁海莫这才把书从头到尾看了一遍，还用红墨水标记出好些段落。

再次面对小易时，他把脾气控制得相当不错，只有嘴唇是惨白的。他把书递给小易说："能否请你读一读第562、631、664和690页标记出的段落？"

小易只瞟了四眼就读完了："好了，宁海莫教授。"

"跟我的原始校样不一样。"

"是的，先生。不一样。"

"是你把它改成了现在的样子？"

"是的，先生。"

"为什么？"

"先生，在你的版本里，上述段落读起来对人类中的某些团体造成了极大的侮辱。我觉得明智的做法是改变措辞，以免伤害他们。"

"你怎么敢这么做？"

"第一法则，教授，它不允许我由于任何不作为而放任人类遭到伤害。考虑到你在社会学界的声誉，考虑到你的著作在学者中传播的广泛程度，你谈到的一部分人类必然会遭受相当的伤害，这是毋庸置疑的。"

"可你有没有意识到如今我要遭受的伤害？"

"两害相权，须取其轻。"

宁海莫教授气得发抖，他踉跄着离开了。在他看来事情很清楚，美国机器人公司欠他一个解释。

辩方席的诸位有些激动，并在控方强势亮明观点的时候，情绪越来越高涨。

"那么EZ-27告知你说它的行为是基于机器人学第一法则？"

"正是如此，先生。"

"它还表示，它事实上别无选择？"

"是的，先生。"

"据此可以推断，美国机器人公司设计了一个机器人，它必然会改写书本以使其符合它自己关于对错的观念，然而他们却把它伪装成简单的校对机器推销给你们。依你看是这样吗？"

辩方立刻坚决反对，律师指出控方要求证人决断的问题是证人没有能力决断的。法官用惯常的措辞告诫了控方，然而毫无疑问，这段对话已经给人留下了深刻印象——尤其是在辩方律师心里。

辩方律师以法律上的一个技术细节为由，请求在开始交叉询问前短暂休庭，这使他得到了五分钟。

他俯身对苏珊·凯文说："凯文博士，有没有可能宁海莫教授确实说了实话，小易确实是被第一法则驱使做了这件事？"

凯文抿紧嘴唇，然后说："不。绝不可能。宁海莫的最后那部分证言是故意做的伪证。对一本高深的社会学著作所呈现的抽象问题进行判断，小易从设计上讲就没有这个能力。它永远无法断定某些人类群体会被这样一本书里的某一句话伤害。它的头脑不是为此建造的，就这么简单。"

"不过据我猜测，这一点是没法向外行人证明的。"辩方律师悲观道。

"办不到，"凯文承认，"证明会十分复杂。我们的出路还是之前那一条。我们必须证明宁海莫撒谎，无论他说什么，我们都不必为此改变进攻计划。"

"好吧，凯文博士，"辩方律师道，"在这件事上我只能接受你的说法。我们照原计划进行。"

法庭里，法官的法槌抬起又落下，宁海莫博士再次站上证人席。他微微一笑，仿佛认定自己的立场坚不可摧，还因为即将反击对方徒劳的进攻感到愉快。

辩方律师打起全副精神。他走近证人席，柔声开始提问："宁海莫博士，你的意思是说，在6月16日斯派德尔博士打电话给你之前，你对手稿里这些所谓的改动完全不知情？"

"正是如此，先生。"

"机器人EZ-27完成校对后，你一次也没看过校样？"

"起初是看过的，但我觉得这似乎是无用功。我信赖美国机器人公司的说辞。那些荒唐的……呃……更改仅限于书稿的最后四分之一，据我推测那是在机器人对社会学有了足够的了解以后——"

"你的推测就不必了！"辩方道，"据我所知，你的同事贝克博士至少曾有一次见过后期的校样。你还记得就此做过证吗？"

"是的，先生。如我所说，他告诉我他看过其中一页，而就连那一页上机器人也改了一个词。"

辩方律师再次插话进来："先生，你在超过一年的时间里对机器人抱着毫不容情的敌意，你一开始就投票反对它，也拒绝拿它派任何用场，最后却突然决定将你的书，你的大作，交到它手里，你不觉得奇怪吗？"

"我不觉得有什么奇怪。我只不过是做了一个决定：机器已经来了，我不如也用上。"

"而你对EZ-27如此信心十足——突如其来的信心十足——以至于你竟懒得检查校样？"

"我已经跟你说过，我被美国机器人公司的宣传……呃……说服了。"

"如此彻底的说服，乃至当你的同事贝克博士试图检查机器人的工作时，你把他狠狠训斥了一番？"

"我没有训斥他。我只不过不愿意他……呃……浪费时间。至少在当时我以为是浪费时间,起初我没有看出它更改那一个词所代表的——"

辩护律师含讥带讽道:"我毫不怀疑你收到指示要提起这件事,好把那一词的变化记录在案——"他旋即转换方向,免得对方律师提出抗议:"关键在于你对贝克先生非常生气。"

"不,先生。我没有生气。"

"收到书以后你不曾送他一本。"

"不过是健忘罢了。我也没有赠书给图书馆。"宁海莫谨慎地笑笑,"教授这种人是出了名的心不在焉。"

辩方道:"机器人EZ-27在一年多里完美完成了所有工作,结果在你的书上却出了问题,你不觉得奇怪吗?也就是说,在这本由你写作的书上,而你正好又是最毫不容情地敌视机器人的?"

"它需要处理的书里头,只有我的书是关于人类的大部头。就在那时候,机器人学三大法则生效了。"

"宁海莫博士,"辩方律师说,"你企图摆出机器人专家的姿态,已经好几次了。似乎你突然对机器人学发生了兴趣,还从图书馆借了好些相关书籍。你的证词里是这么说的,不是吗?"

"就一本书,先生。在我看来,这是出于……呃……自然而然的好奇心。"

"而这本书使得你能够解释机器人为何——照你宣称的说法——扭曲你的书?"

"是的,先生。"

"非常实用。不过你确定吗?你对机器人学发生兴趣,难道不是为了使你能够为了你自己的目的操纵机器人?"

宁海莫涨红了脸:"当然不是,先生!"

辩方律师抬高嗓门儿:"说起来,你确信你宣称被改动的段落不是你一开始就写成那样的吗?"

社会学家几乎站起来:"这简直……呃……呃……可笑!我手头有校样——"

见他口齿不利索,控方律师站起身,极顺溜地插话进来:"法官大人,若蒙您许可,我希望提交两套校样作为呈堂证供,一套是宁海莫博士交给机器人EZ-27的,另一套是机器人EZ-27寄给出版商的。如果我杰出的同僚希望如此,我可以现在就提交,并愿意同意暂时休庭,以便可以对两套校样进行比对。"

辩方律师好不耐烦地挥挥手:"没有必要。我可敬的对手可以在他选定的任何时间呈上校样。我确信它们会表明原告宣称存在的差异都是存在的。不过我想从证人这里知道的是,他手头是否也有贝克博士的校样。"

"贝克博士的校样?"宁海莫直皱眉。他还没彻底控制住情绪。

"是的,教授!我说的是贝克博士的校样。你做证说贝克博士也拿到了一份属于他自己的校样。要是你突然患了选择性失忆,我可以让书记员读一遍你的证词。或者这只不过是因为教授这种人,像你刚才所说,是出了名的心不在焉?"

宁海莫道:"我记得贝克博士的校样。把工作交给那台校对机器以后,那份校样就没必要留着了——"

"所以你给烧了?"

"没有。我把它们放进了废纸篓里。"

"烧了、扔了——有什么区别呢?关键在于你把它们毁尸灭迹了。"

宁海莫气势很弱,他开口说:"这里边没任何不对的地方——"

"没任何不对?"辩方声如惊雷,"是没什么不对,只不过现在我们无法检查校样的某些关键页,看看你是不是从贝克博士的校样里抽取了没有校对过的无害校样,用来替代你刻意改得一塌糊涂以迫使机器人——"

控方火冒三丈,高声抗议。沙恩大法官身体前倾,圆脸上摆出愤怒的表情;他竭尽全力让脸上的表情与他体会到的情绪强度相当。

法官说:"你刚刚那番陈述实在不同寻常,律师,你有任何证据吗?"

辩方轻声说:"没有直接证据,法官大人。但我希望指出,如果我们从恰当的角度看待这一系列事件——原告突然转变其反机器人主义立场,对机器人学突然发生兴趣,他拒绝检查校样也不准其他人检查,他精心制造的疏忽导致没有任何人在书出版后立即看到书,这一切都清楚表明——"

"律师,"法官打断他,不耐烦道,"法庭不是进行玄妙推理的地方。我们审判的不是原告,你也不是在起诉他。我禁止这一进攻思路,而且我还必须指出,你之所以如此,无疑是因为你别无他法,只好孤注一掷,而这只会削弱你的辩护。如果你还有合理的问题,律师,你可以继续交叉询问。但我警告你,在我的法庭上不要再重复类似的表演。"

"我没有进一步的问题了,法官大人。"

辩方律师回到本方桌前,这时罗伯森压低嗓门儿气愤地质问道:"看在上帝的分儿上,刚刚那一出有什么好处?现在法官是铁了心反对你了。"

律师平静地回答道:"但宁海莫也胆战心惊,惶惶不安了。这是在为明天的那步棋做准备。到时候包他瓜熟蒂落。"

苏珊·凯文点点头,神色凛然。

相形之下,控方余下的论证显得相当温和。贝克博士被传到庭上,并证实了宁海莫的大部分证词。斯派德尔和伊帕季耶夫两位博士也被传唤,对于宁海莫书中引用的某些段落,二人详细描述了自己如何震惊、如何难过,情真意切,极为动人。两人还分别给出专业意见，说宁海莫博士的专业声誉遭受了严重损害。

校样作为证物呈给法庭，同时呈上的还有几本样书。

当天辩方没有再做交叉询问。控方举证完毕，法官宣布休庭，第二天上午重新开庭。

第二天的诉讼程序开始，辩方很快提出第一个动议。辩方律师要求允许机器人EZ-27到场旁观诉讼。

控方立即反对。沙恩大法官把两位律师叫到法官席前。

控方律师义愤填膺："这显然是违法的。机器人禁止出现在供公众使用的任何大型建筑内。"

"这间法庭，"辩方律师指出，"不对任何人开放，只有与本案直接相关的人才能进来。"

"一台已知有过不稳定行为的大机器，单单出现在法庭上就将扰乱我的委托人和我的证人！它会把诉讼变成一场闹剧。"

法官似乎偏向于同意控方的说法。他转向辩方，态度有些不近人情。他问："你提出这一请求的理由是什么？"

辩方律师道："我们的主张是，鉴于机器人EZ-27的建造性质，它没有可能做出控方描述的那些行为。我们需要做一些演示。"

控方律师道："法官大人，我看不出这样做有什么意义。本案的被告是美国机器人公司，演示人也是美国机器人公司的雇员，那么其作为证据的价值就非常小了。"

"法官大人，"辩方律师道，"任何证据是否有效都取决于您的判断，不由控方律师决定。至少据我理解应该如此。"

特权受了侵犯的沙恩大法官道："你的理解完全正确。但无论如何，机器人来到法庭上，这确实会引出一些重要的法律问题。"

"当然，法官大人，任何问题都不得凌驾于司法正义的要求之上。如果机器人不能到场，我们就无法做出我们唯一的辩护。"

法官想了想:"怎么把机器人运过来也是一个问题。"

"美国机器人公司经常需要面对这一问题。我们有一辆卡车停在法庭外,建造规格完全符合机器人运输的相关条例。机器人EZ-27就在卡车的货箱里,有两个人看守。卡车门是锁好的,其余一切必要的预防措施也全部就位。"

"你似乎很有信心,"沙恩大法官的火气又起来了,"认定了在这一点上我会做出对你有利的裁决。"

"一点儿也没有,法官大人。如果裁决对我不利,我们只要让卡车掉头回去就好。对您的裁决我从未妄加揣测。"

法官点点头:"同意辩方的请求。"

货箱是用一台硕大的手推车送进来的,并由负责运送的两人打开。法庭上下一片死寂。

苏珊·凯文等着一块块蜂窝状的厚隔板全部放下,然后伸出一只手:"来吧,小易。"

机器人看向她的方向,伸出一条硕大的金属胳膊。它足足比她高出两英尺,却温驯地跟着她,活像是被母亲抓牢的小孩子。有人紧张之余咻咻笑起来,结果被凯文博士狠狠瞪了一眼,笑声戛然而止。

法警搬来一张大椅子,小易小心翼翼地坐下;椅子嘎吱响,不过好歹挺住了。

辩方律师道:"等到有必要的时候,法官大人,我们会证明这个机器人就是EZ-27,就是在我们讨论的那段时间里受雇于东北大学的那个机器人。"

"很好,"法官大人道,"确实有必要。反正我个人是不知道你们有什么办法能把机器人区分开。"

"那么现在,"辩方律师道,"我想传我的第一位证人上庭。有请西蒙·宁海莫教授。"

书记员迟疑着看向法官。沙恩大法官难掩惊讶,他问:"你要传原告做你的证人?"

"是的,法官大人。"

"希望你明白,他要是成了你的证人,你就不能再享有你在交叉询问对方证人时的那种自由度。"

辩方律师平静地说:"我做这一切的目的仅仅是找出真相。只需要问几个礼貌的问题,仅此而已。"

"好吧,"法官仍然心存疑虑,"反正做辩护的是你。传证人。"

宁海莫上了证人席,并被告知他之前做证时的宣誓仍然有效。他看起来比前一天更紧张,几乎是忐忑不安。

然而辩方律师极和善地望着他。

"那么,宁海莫教授,你起诉我的委托人,要求获得七十五万美元赔偿。"

"是这个……呃……数额。是的。"

"那是很大一笔钱。"

"我承受了很大伤害。"

"肯定没有这么多吧。本案涉及的材料只不过是一本书里的几段话。这些段落或许不大恰当,可话说回来,出版的书里时不时都会有些莫名其妙的错误。"

宁海莫鼻孔张大:"先生,这本书本来应该是我职业生涯的巅峰!结果它却让我显得像是一个无能的学者,仿佛我曲解了我可敬的朋友和同事的观点,仿佛我相信可笑而……呃……陈腐的见解。我的声誉已经支离破碎,再也无法挽回!无论这次审判的结果如何,我再也无法在……呃……学者聚集的场合挺胸抬头。我肯定没法再继续我的职业生涯,而它一直是我的整个生命。我生命的整个目标已经被……呃……掐断,被摧毁了。"

辩方律师没有试图打断他的这番演说,反而心不在焉地盯着自己的手指甲,随他滔滔不绝。

然后辩方律师拿出一副息事宁人的口气:"可是呢,宁海莫教授,你现在这个年纪,余生你还指望能挣多少钱呢?肯定不可能超过——我们就大方一点儿——十五万美元吧。可你却请求法庭判给你五倍于此的金额。"

宁海莫情绪越发激昂:"我被毁了,毁的还不只是我的生活。不知有多少代社会学家会对我指指点点,说我是……呃……傻子或者疯子。我真正的成就将会被埋葬,被忽视。我被毁了,而且这毁灭并不因我死去告终,而是会无休止地持续下去,因为永远都会有人拒绝承认是一个机器人插入了那些——"

就在这时,机器人EZ-27站了起来。苏珊·凯文没有采取任何行动阻止他。她坐着纹丝不动,睁大眼睛直视前方。辩方律师轻叹一口气。

小易悦耳的声音清清楚楚地传遍法庭:"我希望向所有人解释,我的确在校样里插入了某些段落,它们看起来与最初的文本直接相悖——"

七英尺高的机器人起身对法庭发言,这一幕实在太过惊人,就连控方律师也惊呆了,忘记出声要求法官阻止这一显然极不合常规的做法。

等他回过神来却已经太迟了,因为证人席上的宁海莫站起身,脸部抽搐。

他失控地怒吼:"该死的,不是吩咐你不许提起——"

他用力刹住车,仿佛呼吸困难;小易也沉默下来。

控方律师站起来,要求法官宣布审判无效。

沙恩大法官拼命敲着法槌:"肃静!肃静!显然现在完全有理由宣布审判无效,只不过了正义,我希望宁海莫教授补完刚才的陈述。我清楚听到他对机器人说,机器人得了吩咐不许提起某件事。宁海莫教授,在你的证词里从未提到你曾经吩咐过机器人对任何事保持沉默！"

宁海莫瞪眼看着法官，默然无语。

沙恩大法官问："你有没有吩咐机器人EZ-27对某件事保持沉默？如果有，是什么事？"

"法官大人——"宁海莫哑着嗓子开口，却说不下去了。

法官的声音变得尖厉："你是否确实曾经命令机器人在校样中插入提到的段落，然后又命令机器人对你的作为保持沉默？"

控方律师极力反对，可宁海莫喊起来："噢，有什么用呢？是的！是的！"说着他就跑下了证人席。他在门口被法警拦下来，颓然倒在后排的座位上，头埋进两只手里。

沙恩大法官道："在我看来很明显，带机器人EZ-27到庭上是辩方的花招。我本来应该判辩方律师藐视法庭，只不过这花招起到了作用，阻止了严重的错判。现在事情很清楚了，毫无疑问，原告犯下了在我看来完全无法解释的欺诈罪；完全无法解释，因为他似乎在这一过程中有意地毁掉了自己的职业生涯——"

不用说，最后判了被告方胜诉。

苏珊·凯文博士来到大学里宁海莫的单身宿舍，并向对方通报自己来了。开车送她来的年轻工程师主动提出陪她上楼，可她轻蔑地看他一眼。

"你以为他会袭击我？在这底下等着。"

宁海莫根本没心情袭击任何人。他想赶在败诉的判决传开之前离开，眼下正争分夺秒地打包行李。

他看着凯文，脸上露出一种怪异的挑衅神气："你是来警告我你们准备提起反诉？如果是，你们什么也拿不到。我没钱，没工作，没未来。我连诉讼费都付不出来。"

"如果你想要同情，"凯文冷声道，"别往这儿来找。眼下的局面是你自己一手造成的。不过我们不准备反诉，无论是你还是大学。我们甚至会尽量帮忙，免得你因为做伪证入狱。我们并不怀恨在心。"

"噢，我做了伪证却没被拘留，原来是因为你们？我正觉得奇怪呢。可话说回来，"他语带苦涩，"你们又何必怀恨在心？你们想要的都已经得到了。"

"其中一部分，是的，"凯文说，"大学会继续雇用小易，费用会比过去高出许多。此外我们还给审判做了些地下的宣传，将来有可能再把一些 EZ 型号送去其他一些机构，而且可以确保这次的麻烦不会重演。"

"那你为什么还来见我？"

"因为我还没有得到我想要的一切。我想知道你为什么这样憎恨机器人。就算你胜诉，你的声誉也毁了。或许你能拿到赔偿，但钱没法弥补你的声誉。难道满足了你对机器人的憎恨，就能弥补你失去的一切吗？"

"莫非你对人类的心理也感兴趣，凯文博士？"宁海莫语气尖酸，极尽嘲讽。

"只要他们的反应关系到机器人的福祉，那我就有兴趣。为了这个，我还学了一点儿人类心理学。"

"你学得够多了，我就上了你的当！"

"那倒不难，"凯文并不自鸣得意，"难的是在这么做的同时避免伤害小易。"

"真不愧是你，关心机器胜过关心人类。"他看着她，眼里满是凶狠的不屑。

她完全不为所动："这不过是表象，宁海莫教授。事实上，一个人要想关心 21 世纪的人类，那只有通过关心机器人才能做到。你不是机器人学家，所以你不明白。"

"关于机器人学我已经读得够多了，足够我知道我不想成为机器人学家！"

"抱歉，你读过一本关于机器人学的著作，它什么也没教会你。你学到只要操作得当，你可以命令机器人做很多事，乃至伪造一本书。你学到你不能命令他完全忘记某件事，因为这样一来很可能被人发现，但你以为单单命令他闭嘴会更加安全。你想错了。"

"你从他的沉默里猜出了真相？"

"不是猜。你是外行人，你懂得太少，不够完全遮掩你的踪迹。我唯一的麻烦在于如何向法官证明这件事。而你呢，由于你对你声称鄙视的机器人学一无所知，所以很好心地帮了我们的忙。"

"这番讨论有什么目的吗？"宁海莫感到疲惫。

"对我是有的，"苏珊·凯文说，"因为我希望你明白，你对机器人的判断彻底错了。你告诉小易，如果他告诉别人是你自己歪曲了你的书，你就会丢掉工作，你就是靠这个让他沉默的。这么一来小易内部就激发了倾向于沉默的电势，它足够强，足以抵制我们打破它的努力。如果我们硬要突破，就会损伤小易的大脑。

"可到了证人席上，你亲手激发了更高的反电势。你说因为大家会认定是你而非机器人写下了书里引发争议的段落，你的损失会远远超过失去工作。你会失去你的声誉、你的地位、他人的尊敬、你活下去的理由。你会失去死后他人对你的记忆。由此你就激发了更高的新电势——于是小易开口了。"

"上帝啊。"宁海莫扭开了头。

凯文不为所动。她说："你明白他为什么开口吗？不是为了控诉你，而是为了维护你！我们可以用数学的方式证明他原本准备替你的罪行承担全部罪责，准备否认你跟此事有任何关联。这是第一法则要求的。他准备撒谎——要损伤自己——并给一家公司带来金钱上的损失。对他来说，拯救你比这一切都更重要。如果你真的理解机器人和机器人学，你就会任他说话。但是如我所料，你不理解，我确信你不可能理解,我也向辩方律师保证了你不可能理解。你恨机器人,所以你确信小易会像人类一样行事,确信为了自保小易会不惜牺牲你。于是你惊慌失措朝它发难——并毁了你自己。"

宁海莫情真意切地说道:"我希望有一天你的机器人会背叛你,杀死你!"

"别傻了,"凯文道,"现在我要你解释给我听,你做这一切是为什么。"

宁海莫咧着嘴,扯出一副毫无欢愉之意的扭曲笑脸:"为了报答你替我免除做伪证的指控,我应该剖析我的心理,好满足你知识分子的求知欲,是不是?"

"你愿意的话也可以这么讲,"凯文漠然道,"总之解释给我听。"

"好让你未来能更高效地还击反机器人的企图?借助于更深入的理解?"

"我接受你的说法。"

"你知道吗?"宁海莫道,"我愿意告诉你——只为看你无功而返。你没法理解人类的动机。你只能理解你那些天杀的机器,因为你自己就是一台披着人皮的机器。"

他重重喘气,说话间也不再迟疑,不再寻求精确。就好像精确对他已经不再有用了。

他说:"过去的二百五十年,机器一直在取代人,摧毁手工艺者。陶器从模具和压模机里吐出来。艺术品被千篇一律的劣质产品取代,用机器冲压,全都是一个模子里出来的。你管这叫进步,那也随你高兴!艺术家被限制在抽象领域,局限于观念的世界。他只能在心里设计——剩下的都由机器完成。

"你以为陶艺家会满足于在大脑里创造?你以为光有想法就够了?你以为黏土本身的触感就没有价值?眼看着一件东西在心和手的

共同作用下不断成长，你以为没有价值？你以为这个成长的过程就不是一种反馈，以为人不会借此修正和改进想法？"

凯文博士道："你不是陶艺家。"

"我是进行创作的艺术家！我设计并创作文章和书。这里不单是想出单词，把它们按正确的顺序排列。要是仅仅如此，这件事就没有乐趣，没有回报。

"书应该在作者的手中成型。你得亲眼看到章节成长、发展。你得工作再工作，看着改变发生，甚至超越最初的设想。你把校样拿在手里，看句子印出来是什么样子，然后再次塑造它们。在这场游戏的每一个阶段，一个人和他的作品之间都存在着一百种联系——这种联系本身就是乐趣，它回报这个人为了创作付出的努力，胜过其他任何东西。而你的机器人要夺走这一切。"

"打字机不也一样？还有印刷机。你是建议我们回到用手在书上绘图装饰的时代？"

"打字机和印刷机也夺走了一些，但你的机器人会全部剥夺干净。你的机器人接管了校样。很快它或者其他机器人就会接管初稿的写作、引文的查找、段落的检查和交叉核对，或许甚至会接管结论的推导。这么一来，学者还剩下什么？只有一件事——他只剩空洞的决定，决定接下来给机器人下达什么命令！我希望拯救学术界未来的一代代人，使他们不至于落入这最终的地狱。对于我，这件事的意义超过我自己的名声，所以我动手了，我决定用尽一切手段摧毁美国机器人公司。"

"你是非失败不可的。"苏珊·凯文道。

"我非尝试不可。"西蒙·宁海莫说。

凯文转身离开。她竭力避免对那个被击溃的男人感到深深的同情。

不过没有完全成功。

列　尼[1]

美国机器人与机械人公司有一个麻烦。这麻烦就是人。

高级数学家彼得·玻格特正往装配车间走，路上遇到了研发主任艾弗瑞德·兰宁。后者目光越过栏杆，盯着底下的计算机房，咄咄逼人的白眉毛挤作一团。

在露台下方的那一层楼里，有一支稀疏散漫的队伍正在缓步前行。队伍里男女老少都有，大家好奇地东张西望，他们的向导则背诵出一篇关于机器人计算机学的套话，态度很庄重。

"你们眼前的这台计算机，"向导说，"是世上此类计算机里最大的。它包含五百三十万个冷子管，能同时处理超过十万个变量。有了它，美国机器人公司就能对新型号机器人的正电子脑进行精确的设计。

"相关的要求通过指令带输入计算机，指令带先由这个键盘的动作打孔——类似一台极其复杂的打字机或整行铸造排字机，只不过它处理的不是字母而是概念。语句被分解成对应的符号逻辑，再转化成打孔的模式。

"这台计算机不到一小时就能设计一个正电子脑，把设计图提交给我们的科学家；设计出的图纸里，建造机器人所需的正电子通路一应俱全……"

1　Copyright © 1957 by Royal Publications, Inc.

列 尼

艾弗瑞德·兰宁终于抬起眼睛,注意到身旁的人。"啊,彼得。"他说。

玻格特抬起双手抚过满头黑发,虽说头发本就极为平整油亮。他说:"看你的表情,艾弗瑞德,你对这事好像不以为然。"

兰宁哼哼两声。派人担当向导,开放美国机器人公司给公众参观,这主意才刚问世没多久。按他们的设想,它应该发挥双重作用。他们的理论是这样的:一方面,它让大家有机会近距离看到机器人,大家对机器人越来越熟悉了,就能克服人类对机械物体那种近乎本能的恐惧心理;另一方面呢,他们还指望至少能偶尔激发一部分人对机器人学的兴趣,令其把机器人研究当成毕生的事业。

"你知道我是什么想法,"最后兰宁说道,"每周一次,他们一来工作就要被打断。想想看我们损失了多少工时,回报太少了。"

"那么说求职的人还是没有增加?"

"噢,也多了一点点,但都是在非关键类别。你很清楚,我们需要的是研发人员。问题在于地球上禁止使用机器人,所以研究机器人学总有点儿不讨人喜欢。"

"那该死的弗兰肯斯坦情结[1]。"玻格特故意模仿兰宁时常挂在嘴边的其中一个口头禅。

兰宁并未留意对方温和的嘲弄。"我早该习惯了,可我永远不会习惯。都什么时代了,你总以为地球上的每个人都该明白了,三大法则是完美的安全保障,机器人一点儿也不危险。可就拿眼前这帮人来说吧——"他低头怒视下方,"看看他们,瞧他们穿过机器人装配车间的样子。他们大多数都是来找刺激的,就跟坐过山车没两样。然

---

[1] "弗兰肯斯坦情结"是阿西莫夫为表达人类对机器人的恐惧而创造的一个术语。其源于英国小说家玛丽·雪莱于1818年所写的一部小说《弗兰肯斯坦》,小说讲述了年轻科学家弗兰肯斯坦制造出一个类人怪物,最后却被怪物所害的故事。"弗兰肯斯坦"因此有"毁灭其创造者的事物"之意。

后等他们走进 MEC 型号所在的房间——见鬼，彼得，MEC 型机器人在这尘世间根本不会做任何事，就只是上前两步说'很高兴见到你，先生'，然后握手，两步退回原位——可他们还是直往后躲，当妈的还赶紧把孩子抓回来。我们怎么能指望这些蠢货能过来开动脑筋工作？"

玻格特无言以对。两人站在一起，再次往下看。只见那一列参观者正鱼贯走出计算机房，进入正电子脑组装区。接着他俩就离开了，也就没看到那位十六岁的莫蒂默·W. 雅各布森——咱们实事求是地说，那孩子本来是一点儿也没打算搞破坏的。

事实上，根本就不好说是莫蒂默的错。每周有一天是开放日，公司员工人人都知道。参观路线上的一切设备都应该小心处置，要么停用，要么锁起来，因为咱们讲道理，总不能指望人类能抵挡住诱惑，不去摆弄旋钮、按键、把手和按钮啊。再说了，向导也应该小心留意，随时观察有没有人意志不够坚定。

然而在那一刻，向导已经走进了下一个房间，而莫蒂默跟在队伍的尾巴上。他经过了往计算机里输入指令的键盘。他是个好孩子；他根本不可能料到当时计算机正在输入一种新机器人的设计计划，否则他肯定会避开键盘的。他也根本不可能知道有一名技术人员竟然忘了停用键盘——这一行为简直可算是过失犯罪。

于是莫蒂默就随意敲了几下键盘，跟演奏乐器一样。

他并没发现在房间的另一块区域，一截打孔带从机器里延伸出来——毫不起眼，悄无声息。

后来技师返回，但他没能发现指令被窜改的迹象。他注意到键盘处于激活状态，并为此略觉不安，却没想到应当检查一番。几分钟之后，就连这一点儿微不足道的不安也消失了，他继续往计算机里输入数据。

至于莫蒂默，无论当时还是后来，他一直不知道自己干了什么好事。

新开发的LNE型机器人是专为在小行星带采硼设计的。硼氢化物的价格逐年攀升，因为宇宙飞船要生产动力，归根结底是靠质子微反应堆，而硼氢化物是质子微反应堆的引子。它们在地球的储量本就不多，如今更大有供不应求之势。

也就是说，在身体方面，LNE型机器人需要敏感的眼睛，以便识别硼矿石光谱分析中那些突出的线条；另外还需要合用的手臂，以便将原矿处理成最终的成品。不过这次也跟过去一样，主要的问题始终在于思考能力。

第一个LNE型正电子脑已经生产完成。这是原型，它将加入美国机器人公司收集的其他所有正电子脑原型中。等完成最终测试，公司就会生产更多LNE型正电子脑机器人，把它们租给采矿公司（永远都只租不卖）。

现在LNE型机器人的原型机完成了。它身材高大笔挺，全身锃亮。若光看外表，它跟好些专业用途不大突出的型号都挺相似。

《机器人学手册》中有专门的内容指导人类对机器人进行测试。负责LNE型的技师根据《手册》的提示说："你好吗？"

照书里的说法，机器人应当回答："我很好，并已准备好开始履行我的职能。我相信你也一切都好。"或者稍加改动，总之是类似的什么答案。

最初的交流没有别的目的，仅仅是为了表明机器人能听见，能理解常规问题，能做出常规回答，并且回答时的态度符合人类对机器人的期待。从这里起步，接下来就可以推进到较为复杂的问题，借以分别测试三大法则，并测试各法则与各型号所拥有的专业知识的相互作用情况。

所以技师说:"你好吗?"结果他立刻就被LNE原型的声音质地吓了一跳。那音色与他过去听过的机器人声音完全不同(而他是听过很多机器人说话的)。LNE吐出的音节仿佛是奏响了低音风琴。

那声音太叫人吃惊了,以至于过了好一会儿技师才回过神来,想起那天籁吐出的音节是什么。

它们是:"嗒,嗒,嗒,咕。"

机器人依然站得笔直,但它偷偷抬起右手,把一根手指头塞进了自己嘴里。

技师吓得目瞪口呆,赶紧飞快地逃了。他锁上房门,从另一个房间紧急呼叫苏珊·凯文博士。

苏珊·凯文博士是美国机器人公司(实际上也是全人类)唯一的机器人心理学家。她对LNE原型进行测试,刚做了几项测试就以非常强横的态度要来了两样东西:计算机绘制的正电子脑通路图的副本,以及指挥生成这些脑路径的打孔指令。她研究一番,然后又叫来玻格特。

她铁灰色的头发一丝不苟地往脑后拉紧,冷冰冰的脸上有深深的竖纹,嘴唇薄而苍白,其上深长的水平线条将竖纹断开来。她转向玻格特,气势逼人。

"这到底是什么,彼得?"

玻格特仔细研究她指出的段落,神情越来越怔忡。他说:"老天爷,苏珊,没道理啊。"

"那还用说?根本没道理。它是怎么混进指令里去的?"

负责的技师被找来,那人真心诚意地赌咒发誓,说这不是自己干的,而且他也想不出合理的解释。计算机曾经运行过故障探测,但并没有发现任何问题。

"正电子脑,"苏珊·凯文沉吟道,"已经无可挽救。许多更高级的功能都被这些无意义的指令抵消掉了,最终的结果跟人类的婴儿十分相似。"

玻格特露出惊讶的表情,于是苏珊·凯文马上摆出一副冷若冰霜的态度——每次有人对她的话稍微表示怀疑,无论明示还是暗示,她总是如此。她说:"我们竭尽全力让机器人在智力上接近人类。从智力的角度讲,去除我们所谓的成人功能,剩下的自然就如同人类婴儿了。你为什么这么惊讶,彼得?"

一旁的LNE原型似乎对周遭发生的一切都无知无觉。这时候它突然往下一滑换成坐姿,并开始认真细致地查看自己的脚。

玻格特瞪眼望着它:"咱们得把这家伙拆掉,真是可惜了。这活儿是挺漂亮的。"

"拆掉它?"机器人心理学家语气很激烈。

"那还用说吗,苏珊?这东西有什么用?老天爷,世上要是有什么东西是完全没有一丁点儿用处的,那就是做不了任何工作的机器人。你总不会假装有什么工作是这东西能做的吧,啊?"

"不,当然不。"

"那好,所以呢?"

苏珊·凯文固执道:"我还想再做些测试。"

玻格特看着她,一时有些不耐烦,然后他耸了耸肩膀。在美国机器人公司的所有人里,唯有苏珊·凯文与众不同,跟她争执是一点儿用处也没有的。她所爱的只有机器人,而且她长年跟机器人打交道,看起来简直不像人了。谁也别想说服她改变决定,就好像不可能说服已经触发的微反应堆不要运行。

"有什么用?"他悄声自语,然后又赶紧高声补充道,"等你完成测试,你会通知我们吧?"

"会的,"她说,"走吧,列尼。"

(于是LNE就变成了列尼,玻格特暗想,难免的。)

苏珊·凯文伸出一只手，但机器人只是盯着她的手看。机器人心理学家温柔地伸手过去握住机器人的手。列尼极顺滑地站起身来（至少它的机械动作协调能力挺好）。机器人比女人高出两英尺，他们一道走出房间，走过长廊，许多双好奇的眼睛一路追随他们。

苏珊·凯文的实验室里有一面墙，就是隔开实验室和她私人办公室的那一面，墙上贴了一幅高倍放大的正电子脑通路复制图。过去的大半个月里，苏珊·凯文投入了全副精力去研究它。

此刻她就正在端详它，目光一路追随着平滑的正电子通路拐来拐去。在她身后，列尼坐在地板上，不断把双腿分开又并拢，还自顾自地哼唱出无意义的音节。那声音美极了，尽管毫无意义，人听了也一样会着迷。

苏珊·凯文转身面对机器人："列尼——列尼——"

她耐心地重复，直到列尼终于抬起眼睛，发出表示询问的声音。机器人心理学家允许一丝愉悦闪现在自己脸上。她获取机器人注意力的时间间隔正在逐渐缩短。

她说："抬起你的手，列尼。抬——手。抬——手。"

她边说边抬起自己的手，一遍又一遍。

列尼用眼睛追随她的动作。上、下、上、下。然后它用自己的手尝试了一次，结果失败了，同时发出银铃般的声音："呃——嗯。"

"好极了，列尼，"苏珊·凯文严肃地说，"再试一次。抬——手。"

她很温柔地伸过手去，抓着机器人的手抬起又放下："抬——手。抬——手。"

她的办公室里传来呼唤声，打断了她的工作："苏珊？"

凯文抿紧嘴唇停下来："什么事，艾弗瑞德？"

研发主任走进实验室，看看墙上的图又看看机器人："还在弄这个?"

"是的,我在工作。"

"那个,你知道的,苏珊……"他拿出一支雪茄,定睛看了一眼,然后作势要咬掉雪茄头。这么一来他就对上了女人写满不赞成的严厉表情,于是他把雪茄放回去,重整旗鼓:"那个,你知道的,苏珊,LNE 型已经开始量产了。"

"我听说了。有什么相关的工作你希望我完成吗?"

"嗯——没有。只不过,既然它已经量产,而且效果很好,那么再花时间与这一个搞砸的样本打交道也没用了。难道不该把它报废吗?"

"简而言之,艾弗瑞德,你是不满我这样浪费我那如此宝贵的时间。你可以松口气了。我的时间没有浪费。我正在研究这个机器人。"

"可这工作毫无意义。"

"有没有意义由我判断,艾弗瑞德。"她的声音很平静,这是不祥之兆。于是兰宁转换了话题,他觉得这样比较明智。

"你能告诉我它有什么意义吗?比方说,你现在跟它做的是什么?"

"我在尝试让它听到指令后抬起手。我在尝试让它模仿那个词的声音。"

列尼仿佛接到了信号,它一边说"呃——嗯",一边颤巍巍地举起了手。

兰宁摇摇头:"它的声音真是天籁。怎么会这样?"

苏珊·凯文道:"我也不大清楚。它的发声器是普通型号。我确信它可以正常说话,可它就不正常说话。它这样说话是正电子通路里的什么东西造成的,目前我还没能确定。"

"好吧,看在上帝的分儿上,赶紧确定。这种说话能力将来说不定是用得上的。"

"噢,原来我对列尼的研究是可能有用的?"

兰宁耸了耸肩,心里尴尬:"嗯,那个,这只是一个次要的点。"

"那么我很遗憾你看不到那些主要的点,"苏珊·凯文态度粗暴,"它们可比你想的要重要多了,但你看不出来也不是我的错。现在可以请你离开吗,艾弗瑞德?好让我继续工作。"

在玻格特的办公室里,兰宁终于抽上了雪茄。他酸溜溜地说:"那女人一天天地脾气越来越怪了。"

玻格特完全明白他是什么意思。在美国机器人与机械人公司只有一个"那女人"。他说:"她还在捣鼓那假机器人——她那个列尼?"

"在想办法让它说话呢,千真万确。"

玻格特耸耸肩:"正好揭示出公司的问题。我是指找到更多合格的研究人员。如果我们还有别的机器人心理学家,我们就可以让苏珊退休。对了,据我猜想,定在明天召开的董事会就是为了解决人才招揽的问题。"

兰宁点点头,眼睛盯着自己的雪茄,仿佛嫌它滋味不好:"是的。不过重点在于质量而非数量。我们提高了薪水,所以现在申请的人倒是源源不断——主要是对钱感兴趣。难的是找到更多主要对机器人学感兴趣的人——多几个像苏珊·凯文的。"

"见鬼,别。可别像她。"

"好吧,性格不像她。但你得承认,彼得,她对机器人是一心一意的。她这辈子就没别的兴趣。"

"我知道。正是因为这个她才实在叫人受不了。"

兰宁点头。他经常觉得解雇苏珊·凯文会对他自己的灵魂大有裨益,次数多到他都数不清。同时他也数不清苏珊·凯文在各种情形下为公司节省了多少个百万美元。他们实在缺不得这女人,而且今后也会一直如此,直到她死的那天——或者直到他们能解决缺人的问题,找到跟她一样出类拔萃又爱好机器人学的男男女女。

他说:"依我看,我们可减少开放参观那档子事。"

彼得耸耸肩:"你说是就是吧。可眼下呢,说真的,我们该拿苏珊怎么办?她完全有可能把自己无限期地困在列尼的问题上。每回遇到她觉得有趣的问题她都这样,你是知道的。"

"我们能怎么办?"兰宁道,"要是我们太急迫,硬要把她拉开,她反而会出于女性的逆反心理继续干下去。说到底,我们没办法逼她做任何事。"

黑发的数学家微微一笑:"我是永远不会拿'女性'两个字来形容她的任何部分的。"

"唉,得了,"兰宁怏怏不乐,"反正这事对谁也没什么害处。"

别的不说,在这一点上他是想错了。

在一切大型工业企业,警报信号从来都叫人神经紧张。这类信号在美国机器人公司的历史上也拉响过十几次——因为火灾、洪水、骚乱和暴动。

但在这么长的时间里,有一件事从来没有发生过:特指"机器人失控"的警报信号一次也不曾拉响。谁也没想到这辈子竟还会听到它的声音。当初安装它完全是因为政府坚持如此。(兰宁极少想到它,偶尔想到了就会低声嘀咕:"该死的弗兰肯斯坦情结。")

现在那尖厉的警报终于响起,声音以十秒为间隔不断起伏。警报拉响之初,上至董事长,下至新来的门警助理,几乎没有一个员工意识到那奇怪的声音的含义。最初的片刻过去,大批武装警卫和医护人员涌向发出危险信号的区域,美国机器人公司陷入瘫痪。

计算机技术员查尔斯·兰多被送去医务楼层。他断了一只胳膊,除此之外没有别的伤害。身体上没有别的伤害。

"但是精神伤害呢?"兰宁咆哮道,"简直没法估量。"

苏珊·凯文面对着他,浑身散发出杀气腾腾的平静:"你不许对列尼做任何事。任何事。你可明白？"

"你明不明白，苏珊？那东西伤了一个人类。它违反了第一法则。难道你不知道第一法则是什么？"

"你不许对列尼做任何事。"

"看在上帝的分儿上，苏珊，难道还要我来告诉你第一法则吗？机器人不得伤害人类，亦不得不作为放任人类遭受伤害。一切型号的一切机器人都严格遵守第一法则，这是我们的整个立足点。如果公众听说这件事，而他们是一定会听说的，听说存在一个例外，哪怕只一个，我们就有可能被迫关门大吉。要想生存下去，我们必须马上宣布涉事的机器人已经销毁，并把事发的情形解释清楚，还要指望能说服公众相信类似的事情永远不会再发生，这是我们唯一的机会。"

"我想要弄清究竟发生了什么事，"苏珊·凯文道，"我当时不在场，我需要知道那个叫兰多的小子未经我允许溜进我的实验室做什么。"

"无论具体发生了什么，重点是很明显的，"兰宁说，"你的机器人打了兰多，而那该死的傻子就按响了'机器人失控'按钮，把事情闹大了。但无论如何，你的机器人打了他，还造成手臂骨折这样严重的伤害。事实就是你的列尼太扭曲了，以至于缺失第一法则，因此必须销毁。"

"它并不缺失第一法则。我研究过它的脑通路，我知道它不缺这个。"

"那它怎么可能打人呢？"绝望之下兰宁开始冷嘲热讽，"问问列尼。这么长时间，你肯定已经教会它说话了。"

苏珊·凯文脸颊上泛起难堪的粉色。她说："我更倾向于采访受害者。而且艾弗瑞德，在我离开期间我要求严密封锁我的办公室，让列尼待在里头。我要求任何人都不得靠近它。如果我不在期间他受到任何伤害，在任何情形下这家公司都再也别想见到我。"

"如果它违背了第一法则,你会同意销毁它吗?"

"同意,"苏珊·凯文道,"因为我知道它没有。"

查尔斯·兰多躺在病床上,胳膊打了石膏固定。他主要的痛苦仍然是来自事发时的震惊——当时他以为有一个机器人向自己逼近,其正电子心灵里怀着谋杀的意图。除他以外,从来没有哪个人类有这样的理由恐惧来自机器人的直接伤害。他的这次经历实在是独一无二的。

现在苏珊·凯文和艾弗瑞德·兰宁站到他床边。彼得·玻格特也跟他们在一起,他是半路加入的。医生和护士都被赶出门外去了。

苏珊·凯文道:"好——当时是怎么回事?"

兰多给吓住了。他喃喃道:"那东西打中了我的胳膊。它冲我来了。"

凯文说:"把故事往前推。你未经授权,跑去我的实验室做什么?"

年轻的计算机技师咽了口唾沫,明显能看到喉结在细长的脖子里上下移动。他长着高高的颧骨,脸色苍白得不正常。他说:"我们都知道你那个机器人。据说你正在教它像乐器一样说话。大家打赌它到底会不会说话。有些人说……呃……说就连门柱子你也能教会它说话。"

"我猜想,"苏珊·凯文面若寒冰,"这话的本意是想恭维我吧。你在这里头又是一个什么角色?"

"我得进去验证一番——看它到底会不会说话,你知道。我们偷到一把你那里的钥匙,我等你走了就溜进去。我们抽签决定由谁去。我输了。"

"然后呢?"

"我尝试让它说话,然后它打了我。"

"什么意思,你尝试让它说话?你是怎么尝试的?"

"我……我问它问题,但它什么也不肯说,而我必须为此事做出公正的判决,所以我就稍微……朝它吼了一下,然后……"

"然后?"

漫长的停顿。苏珊·凯文毫不动摇地盯紧兰多,后者终于说:"我试图吓得它说点儿什么。"他又辩解似的添上一句:"我必须为此事做出公正的判决。"

"你是怎么吓唬它的?"

"我假装朝它挥拳头。"

"而它把你的胳膊拂开了?"

"它打了我的胳膊。"

"很好。我问完了。"她又朝兰宁和玻格特说,"走吧,先生们。"

走到门口时,她朝兰多回转身:"如果你仍然有兴趣知道的话,我可以替你们的赌局判定输赢。列尼能说好几个词,说得非常好。"

三人回到苏珊·凯文的实验室,路上一言未发。实验室靠墙摆满了书,其中一部分是她自己写的。这间屋子的风格跟她本人的性格一致:冷淡严苛、一丝不苟。屋里只有一张椅子,她坐下了,兰宁和玻格特就继续站着。

她说:"列尼只是在自我防卫。那正是第三法则:机器人必须保护自己。"

"除非,"兰宁态度强硬,"保护自己与第一或第二法则相悖。你得把话说全!如果对人类构成伤害,列尼就无权以任何方式保护自己,无论伤害多么轻微。"

"它也并没有那样做,"凯文反击道,"没有明知故犯。列尼的大脑设置并不完整。它无从知道自己力气多大,也无从知道人类多么脆弱。它只是拂开了人类威胁它的胳膊,它根本不可能知道骨头会断。

照人类的说法,若某一个体真心无法区分善恶,那就不能对其施加道德上的谴责。"

玻格特用安抚的口气打断她:"我说,苏珊,我们并不谴责什么。我们明白列尼等于是人类世界的小婴儿,我们也不怪它。但公众就不一样了。美国机器人公司会被关掉的。"

"恰恰相反。如果你有跳蚤那么大的脑子,彼得,你就会看出这正是美国机器人公司一直在等的机会,看出这能解决公司的问题。"

兰宁白色的眉毛低低地弓下来。他柔声问道:"什么问题,苏珊?"

"如何把研究人员的数量维持在如今这种所谓的——上帝垂怜我们——高水平,难道公司不是在为这件事伤脑筋?"

"的确如此。"

"那好,你们提供什么给潜在的研究人员?刺激?新鲜感?突破未知的快感?不!你们向他们提供薪水,并且保证说工作中不会有任何问题。"

玻格特问:"此话怎讲,不会有任何问题?"

"难道会有问题吗?"苏珊·凯文反问道,"我们出产的是哪种机器人?是开发成熟的、胜任工作任务的机器人。某个工业告诉我们他们需要什么,一台计算机设计出大脑,机械生产线造出机器人,然后就完事了,工作完成。彼得,不久前谈起列尼的时候你曾经问过我,一个不能胜任任何工作的机器人有什么用处。现在我来问你——一个被设计来只能胜任一种工作的机器人有什么用处?它在一个地方开始,也在同一个地方结束。LNE 型机器人开采硼矿。如果需要铍,它们就没用了。如果硼的相关技术进入新阶段,它们也一样没用了。人类如果被设计成这样,那就只是亚人。机器人被设计成这样,那也是亚机器人。"

"难道你想要多功能机器人?"兰宁难以置信。

"为什么不行？"机器人心理学家质问道，"为什么不行？人家交给我一个机器人，大脑被弄得几乎彻底愚笨无知。我一直在努力教它，而你，艾弗瑞德，问我这么做有什么用处。或许单从列尼自身来讲是没什么用处的，因为以人类为标准，它再进步也不会超过五岁小孩的水平。但是从大局着眼呢？那用处可就大了。你可以把这当成一种对抽象问题的研究：学习如何才能教会机器人。从中我已经学会了如何让周围的正电子通路短路，借此创造新通路，只要我们再深入研究下去，就能以更好、更精妙、更高效的技术达成这一效果。"

"所以呢？"

"假设一开始你手头有一个正电子脑，所有的基本通路都被仔细勾勒出来了，但次级通路一条也没有。假设你开始创造次级通路，你可以出售专为接受指令设计的基本型号机器人；这些机器人可以被塑造来从事一种工作，然后如果有必要的话，也可以重新塑造它们来从事另一种工作。机器人会变成人类一样的多面手。机器人将有能力学习！"

两个男人瞪眼望着她。

她不耐烦道："你们还是不明白，是不是？"

兰宁说："我明白你那番话的意思。"

"你们难道不明白？这是一个全新的研究领域，有全新的技术等待发展，有全新的未知世界等人去探索，所以年轻人会燃起对机器人学的新的渴望。你们试试看就知道了。"

"容我指出一点，"玻格特圆滑地说，"此事大有风险。若我们从类似列尼这样无知的机器人开始，就意味着我们永远没法信任第一法则的保护——列尼就是绝好的例子。"

"完全正确。把这件事广而告之。"

"广而告之！"

"当然。宣扬这一危险。解释给公众听，说假如地球居民选择禁止这一工作在地球上进行,你们就到月球上去设立新的研究机构,但总之要向潜在的申请人强调危险。"

兰宁道:"看在上帝的分儿上,为什么?"

"因为危险是调味剂,能增加诱惑力。难道你以为核技术毫无风险,航空科技安全无虞?你们一直拿绝对的安全去诱惑人,结果见效没有?有没有解决你们所有人都如此鄙视的'弗兰肯斯坦情结'?那就试试别的招数,那些曾在其他领域见效的招数。"

凯文的私人实验室里传出动静,声音透过隔开实验室与办公室的门传进他们耳朵里。是列尼那银铃般的声音。

机器人心理学家立刻就不再说话,专心倾听门后传来的响动。她说:"请原谅,我想列尼在叫我。"

"它能够叫你?"兰宁问。

"我说过的,我已经成功教会它几个单词了。"她迈步朝门边走,显得有些慌乱,"如果你们愿意等一等我——"

两人目送她离开,又沉默了一小会儿,然后兰宁说:"你怎么看,彼得?她那番话会不会有点儿道理?"

"倒是有那么一点点可能,艾弗瑞德,"玻格特说,"一点点。足够让我们在董事会上提出来,看他们怎么说。毕竟木已成舟,确实有机器人伤了人类,公众也已经知道了。就像苏珊说的,我们不如干脆试试,把这件事转变成我们的优势。不过当然了,她这番作为的动机我是不信任的。"

"此话怎讲?"

"就算她说的这一切完全是真的,在她那里也只是一种合理化的借口而已。她做这一切的动机只有一个:她很想继续保留那机器人。如果我们非要逼她,"说到这里,数学家想到这话字面上还有一层完全不同的意思，不禁微微一笑[1]，"她会说这一切都是为了继续探索教导机器人学习的技术。不过我认为她把列尼派上了另一种用场。一种挺特别的用场，所有的女人里只适合苏珊。"

"我简直听不明白你是什么意思。"

玻格特道："刚才那机器人喊的是什么，你听到没有？"

"嗯，没有，我没太——"兰宁刚说了一半，门突然开了，两个男人立刻闭上嘴。

苏珊·凯文再度走进房间，迟疑着四下打量："你们俩有没有看见——我记得是放在这里头什么地方的——噢，在这儿。"

她奔向一个书柜的一角，拿起一个表面覆盖复杂金属网的东西，外形类似哑铃，中空，每一个空洞里都有形态各异的金属片，金属片的体积刚好够大，不会从网里掉出来。

她拿起那东西时，它内部的金属片移动起来相互撞击，发出悦耳的咔嗒声。兰宁突然回过神来：那分明就是机器人版的拨浪鼓啊。

苏珊·凯文再次打开门准备进去，这时门背后又传来列尼银铃般的声音。这回兰宁可算听明白了，机器人说出了苏珊·凯文教它的话。

它用风琴般美妙的声音喊道："妈咪，快回来。快回来，妈咪。"

他们还听见苏珊·凯文的脚步声，她正急切地穿过实验室的地板，奔向她这辈子唯一可能拥有和喜爱的婴儿。

---

[1] press 有"施加压力、逼迫"之意，更直接的意思则是"按"，比如按下机器的按钮，呼应前文玻格特曾抱怨苏珊活像机器人。——译者注